· 国家社科基金重大招标项目、四川省重大文化工程
《巴蜀全书》子项目《巴蜀思想家与〈文心雕龙〉》阶段性成果
· 教育部人文社会科学重点研究基地巴蜀文化研究中心重点资助项目
《巴蜀学者与〈文心雕龙〉》阶段性成果
· 四川省哲学社会科学重点研究基地四川思想家研究中心重点资助项目
《四川思想家与〈文心雕龙〉》阶段性成果

《文心雕龙》汉代巴蜀辞赋四大家研究

王万洪　唐　雪　李红波　陈立军　著

四川大学出版社

责任编辑:徐　凯
责任校对:喻　震　徐志静
封面设计:墨创文化
责任印制:王　炜

图书在版编目(CIP)数据

《文心雕龙》汉代巴蜀辞赋四大家研究 / 王万洪等. —成都：四川大学出版社，2018.3
ISBN 978-7-5690-1632-1

Ⅰ.①文…　Ⅱ.①王…　Ⅲ.①《文心雕龙》-古典文学研究②中国文学-古典文学研究-汉代　Ⅳ.①I206.2

中国版本图书馆 CIP 数据核字（2018）第 051034 号

书名　《文心雕龙》汉代巴蜀辞赋四大家研究

著　　者　王万洪　唐　雪　李红波　陈立军
出　　版　四川大学出版社
地　　址　成都市一环路南一段 24 号 (610065)
发　　行　四川大学出版社
书　　号　ISBN 978-7-5690-1632-1
印　　刷　成都金龙印务有限责任公司
成品尺寸　146 mm×208 mm
印　　张　10.25
字　　数　240 千字
版　　次　2018 年 4 月第 1 版
印　　次　2018 年 4 月第 1 次印刷
定　　价　46.00 元

◆读者邮购本书,请与本社发行科联系。
电话:(028)85408408/(028)85401670/
(028)85408023　邮政编码:610065
◆本社图书如有印装质量问题,请寄回出版社调换。
◆网址:http://www.scupress.net

序 言

一

通观《文心雕龙》全书，其以超越时代的远大世界观和宇宙意识，将天地、自然、万物均视作“郁然有采”的“形文”与“声文”，将人类的写作视为模仿自然而得来的“情文”。而刘勰论述写作的人文起点，是上古神话传说中的始祖伏羲。于是，伏羲成为人类历史上通过仰观俯察的方式，创立人文（八卦）的始祖。其后的皇帝、尧舜、大禹、伯益、后稷、文王、周公、孔子，顺次而出，各自为人文的发展立下了不朽功勋。上述人物有一个共同的特点：他们都不是今天文学、审美意义上的作家，而是建立了不朽功勋的帝王、政治家和杰出的思想家，刘勰以这样的标准来选择进入《原道》篇的卓越人文创造者，即便孔子，也被称为“素王”。所有帝王、政治家、思想家进行人文创造的起点和依据，都是同一个东西——《易》。传说伏羲始画八卦，文王推演之，孔子定其书——这样看来，《文心雕龙》主张一切人文均源始于《易》；伏羲以其开天辟地的伟大创举，成为中华民族的人文始祖；孔子以其删述六经的伟大创作，成为人文领域的真正“素王”。而本书采用伏羲为巴人祖先的说法，也就是说，本书的研究，将巴蜀文化名人对《文心雕龙》成书的影响，在《史记》等历史文献有明确记载的禹夏时代、五帝时代基础上，上推到了伏羲时代。

而与巴蜀文化密切相关的伏羲、五帝系列人物，大禹、夏代文学名家名作，汉司马相如、王褒、扬雄、李尤，三国诸葛亮，西晋陈寿等，居于《文心雕龙》最重要的素材来源之列，是全书论述文学起源、文学审美、文学范式、创作纲领与经典作家、优秀作品、创作技法、文学史论、文学批评的核心对象。

二

在当代，怎样创新地投入《文心雕龙》的研究，是一个严峻的问题。

说严峻，是因为这本享誉世界的名著，已经有了数百部研究著作、上万篇专题论文、数亿字研究文字，全世界取得的成果之多，几乎已将该书版本、校勘、注释、今译、范畴研究与理论研究做到了“山重水复疑无路”的地步，后人要想再从《文心雕龙》研究中沿袭前人之路，实在是难以走通了。

于是，必须进行研究思路、研究方法的更新和转变。

据李建中教授介绍，2007年的“龙学”年会上，他与陶礼天教授曾进行过深入长谈，从那以后，李老师专注于从关键词角度切入研究，陶礼天教授专注于从文学地理学角度展开研究——这两个角度，是目前“龙学”研究界最新的视野，取得了转变思路、拓展空间、创新方法的成就。[①]

---

① 2017年8月6日下午，中国《文心雕龙》研究学会第十四次年会在内蒙古师范大学举行闭幕式，李建中教授在专题发言中做了《龙学研究四通》的学术报告，其中提到本段文字所述的内容。

笔者认为，《文心雕龙》的研究，必须，也必然返本归宗，从历史文献、古籍文献中去探究其根本渊源。这一说法有以下依据：第一，持续数十年的源出儒家、道家、玄学、佛学群说或三家合一诸说，早已产生了数百篇专题论文、数十部相关著作，从主导思想异同、哲学思想渊源角度深入研究《文心雕龙》，目前仍在继续，且成果越来越多。第二，美学、文学、范畴研究，无一不探究根源，阐释新意。第三，版本、校勘、注释、今译研究，无不刨根究底，探本溯源。所以，李老师提出的关键词视野研究思路，正是上述研究现状的更往上溯源、探本、证史的研究，是从诸子思想、历史文献文本本身，再向上探究根源、深究文明之美本源的研究。简单一句话，是寻根。从这个角度出发，将于四部文献中深入浅出，非有数十年工夫不可，而一旦打通，则一定会成为一个文化学者，一个思想家，一个汇通各家各派的深渊式学者。

相比较而言，陶礼天教授主张的“文学地理学视野”，则带有思路创新、阵地转移的意味。《文心雕龙》书中确确实实包含着极为丰富的文学地理学因素，除了《神思》《体性》《养气》等抽象性、普适度极高的专题外，其余各篇均是文学史上少有的文学地理学素材宝库。陶老师以独到的眼光，开启了这方面的研究之门。

简单地说，李老师的主张能够多出成果，但是难度大；陶老师的主张能够出新成果，因为视野新。

三

本书现在做的，是从地域文化视野角度切入的研究，这与陶老师提倡的文学地理学批评视野非常近似，具有一定程度的内容交叉。这根源于我国民族复兴、文化自信的国策，是地域文化研究兴盛发展的历史机遇引发的，最直接的动因，就是川大古籍所舒大刚教授主持的国家社科基金重大项目、四川省重大文化工程《巴蜀全书》获得立项，我们在四川大学做研究，就可以直接在前人艰苦论证的基础上，从巴蜀地域文化角度展开本课题的研究。

也就是说，前人栽树，后人乘凉，我们是直接摘桃子的人。感谢舒老师！

从纯文学的角度来看。汉代巴蜀著名辞赋大家司马相如、王褒、扬雄、李尤，是《文心雕龙》论述到的巴蜀名人中的重中之重。从司马相如开创汉大赋体裁以来，巴蜀辞赋作家在这一领域深耕细作，居于整个汉代辞赋创作、艺术理论、历史影响的巅峰位置。司马相如开创了汉大赋体裁，创造了后代人竞相模拟的狩猎、园林、山川、君臣内容，他被称为赋圣、辞宗。王褒独开生面，《四子讲德论》以纵横家的气魄畅谈国是，是难得的长篇政论赋；他创作的《洞箫赋》被誉为“历代音乐赋之祖”，对后代同类题材影响巨大，实现了汉赋从长篇铺叙到抒情描写的手法转变。扬雄博及群书、博通经纶，是伟大的文学家、思想家、史学家、语言学家、文字学家，他以雄厚的学术修养和高妙的才华为基础，不仅模拟司马相如写作四大赋，而且独创京都大赋题材，写出的《蜀都赋》被誉为“历代京都大赋之祖”，影响千年。李尤才华虽然比不上前三人，但在边塞、宫殿、建筑辞赋题材的开拓和创作上独具特色，其《函谷关赋》被誉为“历代边塞赋之祖”。

巴蜀汉代四大辞赋名家，不仅是巴蜀文学、巴蜀文学家的典范，也是整个汉代文学、中国文学的杰出代表，他们以奇思纵意的才华、卓越独特的艺术想象、独具个性的语言传达、恢宏博大的篇章构思、题材多变的描写内容，拉开中国文学在汉代以辞赋成为独特断代标志的创作帷幕。他们，是伟大的！研究他们，是幸福的！

四

唐雪、李红波两位师姐是四川大学文学与新闻学院培养的博士研究生，她们在各自的研究领域中已经取得了较多的创新成果，而且具有学习、思考、研究《文心雕龙》的扎实功底，在两位师姐提出本书的研究思路和具体构思之后，我们当即决定展开合作研究，并邀请古籍所陈立军博士加入我们的研究团队。世人皆知：四川大学的历史文献学居于全国第一，文新学院的《文心雕龙》研究具有世界声誉。本书涉及巴蜀文化、历史文献、儒学文献、音乐文献、辞赋作品及其相关版本、文字、查证等工作，没有相关的基础，难以完成。稍感欣慰的是，我们同心协力，合作研究，写成本书，虽然遇到很多困难，但过程还是比较顺利的。期待下一步更多更好的合作！

限于学力和眼界，我们的研究一定存在不少问题，万望读者朋友提出批评，不吝指教，这将促使我们的成长和进步！谢谢！

王万洪、唐雪、李红波、陈立军

2018 年 3 月 25 日

目　录

绪 论

一、文学地理学视野下的《文心雕龙》研究现状

在《文心雕龙》研究历史上，从文学地理学角度入手展开研究，是一种全新的研究视野。在时间上，运用这一新兴学科于《文心雕龙》的研究，其发端与展开还只是近二十来年的事情，在成果上，整体看并不多。在国外，目前还没有学者明确地从文学地理学角度研究《文心雕龙》，亚洲的日本、韩国，欧洲的意大利、法国、俄罗斯、英国，美洲的美国、加拿大等国家，都有《文心雕龙》原著的该国语言翻译本出版，也有部分研究该书在不同国家传播与影响的成果问世，但以上情况主要属于语种翻译与版本流传，大体上属于传播学的范围，除了日本、美国、意大利和俄罗斯外，尚未有深入的、有影响的“龙学”理论研究成果出现；海外“龙学”以日本为代表，在《文心雕龙》理论研究、版本研究、传播研究等方面取得了较多深入的、创造性的成果。在中国，台湾、香港、澳门在文学地理学视野下的“龙学”研究也尚未展开；运用这一创新方法的研究成果集中于中国大陆，主要实践者有汪春泓、乔守春、陶礼天教授等人，代表学者是陶礼天教授。

其中，汪春泓先生在《梦随仲尼而南行——论刘勰的“北人意识”》① 一文中认为，南朝经学沦丧，儒道式微，刘勰主张对北方中原儒学的复兴，是为了挽救当下文学创作的讹滥，刘勰有明显褒赞北方经学的用意。对此，乔守春先生持有同样的看法，认为刘勰具有强烈的“北人意识”。② 而陶礼天先生则与之相反，认为“刘勰在这个‘随仲尼而南行’的梦中，主要表现的是其时政治上的‘褒南贬北’的倾向”③。不论刘勰是“褒南贬北”还是“褒北贬南”，其以儒家思想为主导、以经学为主导的指导思想是肯定的。主张经学，儒家主导，这就为《征圣》篇“圣文雅丽”说的提出梳理了思路，在前代研究者的基础上更近了一步。事实上，这几篇文章的基本理论依据都是《隋书·文学传·序》“江左宫商发越，贵乎轻绮；河朔词义贞刚，重于气质”④ 的南北地域风格论，共同主张质实、雅正的文风。同时，这几篇文章没有重视到的问题是，刘勰为什么要以绚丽多姿的云彩为依托来写出自己对孔子的崇拜之情？除了乔文所谓“自命不凡”“展示文才”之外，这其实与《文心雕龙》“郁然有采”的自然物色之美是暗合的。《原道》以为：“云霞雕色，有逾

① 中国《文心雕龙》学会编：《〈文心雕龙〉研究》（第一辑），北京：北京大学出版社，1995 年版，第 205 页。

② 乔守春：《刘勰二梦析论》，载于《北京青年政治学院学报》，2008 年第 2 期。该文指出，《文心雕龙·序志》篇“七龄”之梦和“齿在踰立”之梦的插入，有着广泛的“托梦示意”时代背景，寄寓了作者具有写作《文心雕龙》技术和以儒家思想为写作引擎的主观目的；客观上，不独可以窥得刘勰具有的强烈“北人意识”，而且亦能推算出他的生年。

③ 陶礼天：《文化传统与〈文心雕龙〉之性质略论》，载于《学术前沿》，2008 年第 1 期。

④ （唐）魏征等：《隋书》（影印本），北京：中华书局，1997 年版，第 1730 页。

画工之妙；草木贲华，无待锦匠之奇。夫岂外饰，盖自然耳。”① 天上的云彩美丽多姿，是大自然赋予它们的天然之色。又说“形立则章成”，“无识之物，郁然有采”。② 这些本于自然的“形文”，具有华美的文采。因此，刘勰说自己两次做梦，一次是在多彩的云霞之巅，一次是朱红的礼器在手，梦到孔子，随行而南，绝不只是“北人意识”那么简单。“北人意识”尚雅正，尊经典；云霞多姿则有重文采、尚美丽的意思在内。孔子不仅是儒家的伟大圣人，更是一位“删述经典”的伟大作家，所以，经他删述而成的五经圣文才会“衔华佩实”，以“雅丽”（《征圣》）著称。

从《文心雕龙》的雅丽之美生发开来，“雅丽”审美论的另一种主要意见是南北地域差异说。国平先生在《浅谈南北地缘美学对唐代诗歌的影响》一文中讨论到南北美学的地缘差异，认为北方美学的风格是豪迈雄壮、质朴淳厚的，而南方美学则秀丽婉美、浪漫热烈。从地域特征、文化差异、政治格局、战乱影响、移民影响等角度论述了“雅”与“丽”的地域差异，因为魏晋时期北人之南迁而渐趋统一。这是南朝雅丽文学思想起源的一种新解。

陶礼天教授是全国较早主张文学地理学研究方法的学者，他于1997年在华文出版社出版了文学地理学著作《北“风”与南“骚”》，1998年在《北大中文研究》创刊号上发

---

① 杨明照：《增订文心雕龙校注》，北京：中华书局，2000年版，第1页。因本书所引之《文心雕龙》文句，绝大部分出自杨明照先生《校注》本，故此后凡再引杨先生《校注》文句者，不再详注，只列出作者、书名、页码，特作说明。

② 杨明照：《增订文心雕龙校注》，第1页。

表了《文学与地理——中国文学地理学略说》一文。[①] 而在《文心雕龙》第十三次昆明年会与第十四次呼和浩特年会上，陶先生相继主张运用文学地理学的研究方法对《文心雕龙》进行研究。在《〈文心雕龙〉文学地理批评研究（上篇）》中，陶教授指出：

> 本文是第一次明确提出《文心雕龙》文学地理批评思想的研究，这就首先需要简要论述如下两个问题：第一，从文学地理学看问题，先秦至六朝时期的文学地理批评发生发展情况如何？第二，依照对文学地理学的建构与阐释，《文心雕龙》的文学地理批评思想包括哪些，是否符合其实际？[②]

在这篇可以明确称为《文心雕龙》文学地理学研究理论主张的论文中，陶教授详细回答了引文中提到的两个问题，其论据贯通了《文心雕龙》全书，并举证若干材料，为自己运用文学地理学理论的主张于该书研究的实际操作和创新学术视野进行证明。

与明确的文学地理学这一称谓在名称上不同，但切入视角比较近似的研究，是从区域文化分野的角度进行的《文心雕龙》构成要素研究。2012 年 12 月，王万洪在首届“巴蜀文化与湖湘文化高层论坛”上提交了题为《汉代巴蜀文学三杰与〈文心雕龙〉》的长篇论文，指出《文心雕龙》是我国古代文学理论的巅峰之作，汉代巴蜀文学家司马相如、王

---

① 按：该文为陶礼天教授《北“风”与南“骚”》一书的第一章全文。

② 陶礼天：《〈文心雕龙〉文学地理批评思想研究（上篇）》，《中国〈文心雕龙〉学会第十四次年会论文集》，2017 年 8 月，呼和浩特。

褒、扬雄以其杰出的文学创作、学术成就和文艺理论成就对《文心雕龙》做出了重要的贡献，这些贡献贯通全书，在序论、枢纽论、文体论、创作论、批评论中都有所体现。巴蜀三杰作为《文心雕龙》阐释文学思想、作家作品、创作得失、理论批评的经典代表，具有重要的地位。[①] 这是从区域文化分野角度研究《文心雕龙》的第一篇论文。其后，该文入选了朱汉民教授主编的《湖湘文化与巴蜀文化》与舒大刚教授主编的《四川大学古籍整理研究所建所三十周年纪念文集》。[②] 随着巴蜀文化这一广阔的地理视野的纳入，王万洪还从《文心雕龙》书中大力征引的巴蜀名人扬雄文学作品、文学思想、审美得失等角度入手，专文论述了扬雄对《文心雕龙》成书的影响，继而专文讨论了司马相如对《文心雕龙》成书的重大影响，推而论之，还对《文心雕龙》奉为圣人的孔子及其思想对该书成书的影响进行了初步探究[③]，但尚未在该探究中明确齐鲁文化的地理区域概念。

综上，作为世界性显学的《文心雕龙》研究，在文学地理学这一全新研究视野中，目前还处于刚刚起步的阶段，有限地集中于国内的几位学者，学术群体尚不壮大，研究成果还不多，其展开空间还很大。

---

① 参见《第一届巴蜀文化与湖湘文化高层论坛论文集》，2012 年 12 月，长沙。

② 朱汉民：《湖湘文化与巴蜀文化》，长沙：湖南大学出版社，2013 年版；舒大刚：《四川大学古籍整理研究所建所三十周年纪念文集》，成都：四川大学出版社，2013 年版。

③ 参见《扬雄对〈文心雕龙〉成书的影响》，载于《蜀学》第九辑，2015 年 5 月；《司马相如对〈文心雕龙〉成书的影响》，载于《地方文化研究》第十三辑，2017 年 5 月；《孔子思想对〈文心雕龙〉的影响初探》，载于《儒藏论坛》第七辑，2014 年 3 月。

二、本书的研究价值

本书认为，成书于南朝齐梁之际的《文心雕龙》，是我国写作学理论的巅峰之作。本书根据四部文献、历史影响、当代研究，选取汉代巴蜀地区涌现出来的著名辞赋大家、思想家司马相如、王褒、扬雄、李尤为研究对象，集中论述他们对《文心雕龙》成书所产生的巨大影响。书末附录了相关名家名作及史书记载，作为本书立论的支撑。

将本书的研究内容置于《文心雕龙》文本构成要素与当前“龙学”研究现状之中来看，其研究价值主要在于：

第一，本书是文学地理学研究方法论在“龙学”研究中的专题研究运用。书中从文学作家角度论述汉代司马相如、王褒、扬雄、李尤等人，而且从写作学角度将他们在《文心雕龙》中所处的重要位置、所做的重大贡献揭示出来，这是“龙学”研究第一次从区域文化角度和文学地理学角度展开的专题研究。

第二，为文学地理学全面运用于“龙学”研究打下基础，打开局面。笔者有一个长远的打算：从不同的区域文化分野入手，将《文心雕龙》论述到的各个区域文化之特点、重大历史事件、著名文学家、思想家、著名作品、文学理论以历史先后、分家分类的方式梳理出来，将其对《文心雕龙》的成书贡献一一揭示出来，这是本书写作的长远目标，也是下一步要展开的主要研究方向。比如齐鲁文化区产生的孔子、孟子，是先秦儒家的主要代表人物，特别是孔子，是刘勰敬仰的精神导师，是《文心雕龙》全书以儒家思想为宗的核心人物，是全书高举的作家作品第一旗帜——孔子的生平、言行、抱负、意志品质、删述经典的壮举与树德立言的不朽精神追求，是《文心雕龙》得以写成的第一内在动力。当然，这样的讨论是下一步的事情，本书首先将集中于巴蜀文化区名家名作上，展开写作尝试。

第三，突出表明在以儒家思想为主导的《文心雕龙》中，巴蜀文学作家、作品具有重要的地位，以此为基础，证明巴蜀文学在当代文学地理学的理论版图中不应该处于缺失的状态，而应该处于在场的状态。当代文学地理学主体理论体系的建构将巴蜀文学区系置于中国文学史的五次运动主流之外，这与文学史是不相符合的，这表明巴蜀文学至今不被重视的现实。巴蜀文学区系不仅在历史上涌现出一系列名垂青史的著名作家，如司马相如、王褒、扬雄、陈子昂、李白、三苏、杨慎、张问陶、李调元、巴金、郭沫若等，而且，他们的作品在文学史上也居于全国第一流的水准，有的还具有世界性的影响，特别在巴蜀文学纳入汉文学体系之后的汉代、唐宋与现当代，不仅与秦陇、中原等各个文学区系在地理上紧密相关，而且是创作、传播的主流区系，是任何文学史、文学批评著作都不可能绕开的重要内容。本书将以扎实的论证来证明这一观点，为完善文学地理学理论体系的建构出力。

第四，具体论述巴蜀著名作家、作品对《文心雕龙》构成要素做出的贡献。以汉代儒家地位上升和儒家著作称经为基点，以《文心雕龙》全书内证为依据，客观公正地分章论述他们对《文心雕龙》构成要素做出的贡献。研究指出，巴蜀文化区奉献给中国文化、中国文学的司马相如等名人与名作，每每出现于《文心雕龙》论述“文之枢纽”“论文叙笔”

"剖情析采，笼圈条贯"的重要位置，作为《文心雕龙》全书阐释文学起源、文学思想、作家作品、创作得失、写作技法、审美批评的经典代表，其政治功德、文学创作或文艺思想，是刘勰创作该书的重要取材对象。

第五，继承四川作为"龙学"研究重镇数百年传承下来的既朴实严谨又创新研究的优良学风，特别是杨明照先生开创的《文心雕龙》研究方法与研究特色，严谨实证，并推陈出新，为当代四川龙学研究的发展出力，这是本书的鲜明特点。"龙学"作为显学，其研究起点是明代新都杨升庵状元用五色彩笔批点的《文心雕龙》，这是公认的第一部"龙学"研究著作，开启了明清两代以批点、评论形式开展"龙学"研究的先河，对曹学佺、纪昀、黄叔琳、章太炎等后代名家有很大影响。杨升庵先生之后，四川《文心雕龙》研究在20世纪结出了累累硕果，这些成果主要以四川大学为中心。首先是感悟批点形式的成果双璧：刘咸炘先生早年著《文心雕龙阐释》，庞石帚先生晚岁著《文心雕龙杂记》，特别是刘咸炘先生之《文心雕龙阐释》，汇通古今，结合中西，许多见解发人深思。其次为举世公认的校注双璧：王利器先生著《文心雕龙校证》，此书一出，被誉为"龙学始有可读之书"；杨明照先生推出《文心雕龙校注》，在国内外产生了巨大影响。此后数十年，杨先生继续耕耘，相继推出《文心雕龙校注拾遗》《文心雕龙校注拾遗补正》《增订文心雕龙校注》等巨著，并发表了数十篇《文心雕龙》研究论文，结集为两本论文集出版。杨先生的成果具有世界声誉，他本人被誉为"龙学泰斗"，并多年担任中国《文心雕龙》学会主要领导。以上名家名作，奠定了四川作为"龙学"研究重镇的特殊地位。但进入21世纪之后，随着杨明照先生的仙逝，研究人才开始青黄不接，成果数量大幅度减少，影响力也明显下降了。笔者立志以《文心雕龙》研究为学术生涯的核心，立志复兴四川在“龙学”研究史上的重镇地位，渐次更新研究方法和写作思路，本书采用文学地理学的新方法，就是这一宏观思辨状态的产物。

三、相关说明

在展开研究之前，需要对以下两点作出相关说明：

第一，《文心雕龙》以儒家思想为宗，不仅是宗法汉代独尊儒术与儒家著作称经的国家政治、文化制度，也不仅是延续从孔子开始建立的儒家哲学学派，还将复古商周特别是周代礼乐制度作为该书的一大思想倾向，于是，“商周丽而雅”的历代文风核心准则建立起来，“圣文雅丽，衔华佩实”的儒家经典文风确立起来，并以之为贯通全书创作、审美、批评的主导文学思想。在上述核心内容下，刘勰继续上推，在《原道》等篇章中以或称经，或理政，或仁德，或著述的各种理由，将从伏羲开始，历经大禹，直到孔子的上古最著名的“圣人”型政治家、思想家纳入儒家思想体系，在文学源头上、发展脉络中、全书内容里坚定地保持这一特色。那么，本书论述到的司马相如、王褒、扬雄、李尤，就将主要地在儒家思想体系中出入。司马相如表面上在创作中以虚构为主、在生活上不够严谨、在个性上放诞不羁，具有鲜明的道家、神仙家特点，但是，他在整体的文学创作上、内在的思想皈依上、在开通西南夷的政治成就与忠言进谏汉武帝等方面，都体现了一个儒家思想主导下的文学家壮怀进取、为政扬名的特点，与儒家思想并不冲突。这一点，李凯教授等学者在若干论文中已经清晰辨明。[①] 王褒、扬雄等人，毫无疑问是正宗的儒家学者与文学家，尤其扬雄，是汉代辞赋、小学、哲学、文艺美学领域的大家，有“汉代孔子”“西道孔子”之称。尽管扬雄在学术思想上折中儒道，制作《太玄》《法言》，但他主要是援道入儒，开创新路，后被魏晋玄学哲学体系尊为宗师。李尤在京都的主要工作，是做兰台令史与国家图书馆馆长，聚集马融等儒家学者编书，诸如《汉纪》《东观汉记》等，他的辞赋与铭文，主要是对名山大川、恢宏建筑的赞颂之辞，是典型的儒家学者与文学家。以上巴蜀名家名作，是《文心雕龙》儒家思想体系指导下的写作构成要素中的重要内容，这是需要说明的第一点。

第二，本书不仅可以与《文心雕龙》在时间、空间、名家、名作等方面对应起来，其论述内容还是《文心雕龙》全书各类写作构成要素的重要取材对象。比如：《宗经》论“六义”，评楚汉，以扬雄文艺美学思想为要；《辨骚》论“枢纽”，以长卿（司马相如）、子渊（王褒）为最著名的代表作家；《才略》论九代之文，以司马相如、王褒、刘向、扬雄为汉代四百多年文学史的断代高标，巴蜀文学家四占其三，这是了不起的成就；文体论二十篇，司马相如、王褒、扬雄及其博通众体的各类创作成果，是刘勰征引、评论的主要对象，他们的文艺、美学理论是建立《文心雕龙》文体创作论、审美论、批评论的重要来源；在思维论、风格论、风

① 参见李凯教授《司马相如与儒学》[《四川师范大学学报》（社会科学版），2008 年第 3 期]、《司马相如文艺思想与儒家文艺思想大相径庭吗?》[《重庆师范大学学报》（哲学社会科学版），2012 年第 1 期] 等论文。

骨论、通变论中，司马相如、扬雄是刘勰建构上述重要范畴、描述各类写作原理的最重要征引对象；在《情采》《物色》《比兴》《夸饰》等诗骚对举、批评辞赋的重要篇章中，司马相如、扬雄、王褒及其创作得失是刘勰最重要的征引来源与批评对象；在其余各类写作技法论中，比如声律、章句、对偶、用典、练字、指瑕等，都以他们的作品与主张为重要内容；在《时序》论史、《才略》论才、《程器》论德、《知音》批评中，也以他们为主要的取材对象——尽管李尤出场的机会并不多，但能在三千年文学批评史上署名出场，以铭赋著称，当然是有水平的大家——巴蜀四大家及其作品，从枢纽论到批评论，贯通全书，一直被评论到《程器》篇才结束。没有他们的杰出成就，《文心雕龙》就找不出同等分量的文学大家和批评对象。

本书将从四大家的文学成就、辞赋贡献、理论贡献、审美批评、历史影响等方面入手，分家论述，将他们及其作品、思想、理论对《文心雕龙》成书所产生的巨大影响揭示出来。具体的考辨证明与研究论述，将在后文一一展开。

第一章 《文心雕龙》中的巴蜀名家

从文学地理学或区域文化视野出发可知，《文心雕龙》中有许多文学地理因素与区域文化因素。仅仅以书中征引与批评的主要作家及其籍贯来看，就有以下最具特色的分野：

文王、周公——关陇文学代表

孔子、孟子——齐鲁文学代表

相如、扬雄——巴蜀文学代表

屈原、陆机——荆楚文学代表

建安、竹林——中原文学代表

其余江淮文学、燕赵文学、吴越文学、三晋文学均有大量代表。在大的区域文学之中，数量上看，又以中原、齐鲁、三晋、关陇、荆楚为重心，其余为辅助。《文心雕龙》论述数千年文学发展历史，遵循了中国历史与政治格局发展的基本规律，三晋、中原、关陇地区是其重中之重。在文化典籍与文学概念并未区分的先秦两汉时期，从诸子文化思想与政治军事格局而言，北方中原、三晋、齐鲁、关陇儒家、道家等流派的思想家及其著作占据了主导位置；发展到汉魏六朝文学自觉时期，特别是诗歌、辞赋体裁具备独立的、自觉的审美特质创造的时期，南方巴蜀、荆楚、吴越文学开始明显占据上风。

以本书中的辞赋体裁为例：辞赋起源于多种因素的集合作用，最直接的渊源是屈原《楚辞》。在骚体赋于汉代正式形成并大有发展之后，枚乘、司马相如等结合古今文体，创制散体赋成功，以司马相如大赋为代表。散体赋又有大赋和小赋的体制区分。大赋以虚辞滥说、宏侈巨丽为基本特色，在题材上衍生了司马相如苑囿大赋一脉，他本人被尊为“赋圣”“辞宗”；同类题材中，以扬雄《甘泉》《长杨》《羽猎》《河东》四赋为最著名继承者；扬雄继往开来，新增京都大赋题材，创作出《蜀都赋》，东汉班固《两都赋》、张衡《二京赋》、赵壹《反都赋》与后来左思《三都赋》、唐李庾《两都赋》等为其著名继承作品。小赋以细腻刻画、抒情描写为基本特色，在题材上不仅有状物、写景之分，也有描写、刻画之精，以王褒《洞箫赋》为最著名代表作品，《洞箫赋》开启了历代音乐辞赋之先河，影响极为深远，汉魏唐宋一直到现当代，模拟之作与题材拓展之作层出不穷；李尤《函谷关赋》是历史上第一篇描写关隘的赋作，开启了新的题材内容；如此等等。

仅从上述简要叙述即可知晓如下信息：汉赋作为一种文体独立以后，中国文学地理版图之重心开始逐渐向南方和东部地区转移，尽管关陇、中原地区涌现出班固、张衡、傅毅、三曹父子、建安七子、竹林七贤等著名文学家、辞赋家，但整体的发展趋势仍然不可逆转，南方、东部的巴蜀、江淮、荆楚与吴越文学区系，诞生了司马相如、王褒、扬雄、陆机等最杰出的文学家、辞赋宗师——司马相如是汉赋得以正式独立的宗师，是汉大赋基本文学特色得以确立的宗师，扬雄是继承这一创作思路和作品最成功的大师；王褒是汉代抒情小赋得以与大赋区分的最著名作家；李尤第一个将关隘题材纳入赋体，陆机第一个将文学理论批评纳入赋体——上述各家，均是开风气之先、占据创作乃至理论最高位置的辞赋大家。如果加上屈原、宋玉、贾谊等辞赋先导，则汉赋的主流作家作品之地理区域位置，是在南方与东部。

而汉代巴蜀辞赋四大家——司马相如、王褒、扬雄、李尤，是其中最杰出的作家、理论家。截至目前，学术界、文学界对前三人作品、特点、成因、地位、影响的研究是很多的，但将四人合观统照，论述承上启下，特别是从《文心雕龙》这一特定解读立意来进行的研究，还没有出现过。

在正式展开本书的研究之前，我们先来梳理一下先秦两汉巴蜀文化、巴蜀文学的整体面貌。

第一节　巴、蜀与巴蜀文化

（一）巴

巴，是一个象形字，大小篆均象蛇形，其本义指一种传说中的大蛇，简称巴蛇。《说文解字》曰：“巴，虫也，或曰食象蛇。”故有“巴蛇吞象”的传说。[①]

① 有人认为，甲骨文中的“巴”像一个大手长臂之人。显然，这是善攀爬者的体型特征。也就是说，巴是攀爬者。巴人生活的区域，多是丛林崖壁，攀爬是基本技能，由此进化出大手长臂。自篆文以后，巴字结构演化，逐渐面目全非。

图 1—1　巴的篆文

从这个本义出发，中国地理位置的杭州湾象鸟，长江象蛇，蛇为北方水物。勾践建都琅玡，历时两百多年，江北地区被称作巴越。彼时江东金属工业（烹鼎金石）发达，丹（朱砂）原料来自江淮。所以《说文》认为："丹，巴越之赤石也。"由于江北地区相对贫困，因此上海人口中的巴含有蔑视的意味，把江北到上海的人称为乡巴佬。

其后指古巴族，兴起于今湖北省西部，后逐渐迁徙到今重庆市和四川东北部。在巴人建都之后，巴又成为古国名，在今重庆全境、四川东部、陕西南部、湖北西部、贵州北部、湖南西北部一带。武王伐纣时，巴师勇锐，立下大功，周朝分封在该地区的诸侯国叫巴国。公元前 316 年，趁巴、蜀攻伐之际，秦惠文王派遣司马错与张仪率兵灭巴后，改置巴、蜀、汉中三郡，巴国灭亡。

关于巴人的祖先，见于古籍文献记载者当推《山海经》与《路史》。《山海经·海内经》曰："西南有巴国，大皞生咸鸟，咸鸟生乘厘，乘厘生后照，后照是始为巴人。"与《山海经》此语类似，《路史·后记》曰："伏羲生咸鸟，咸鸟生乘厘，是司水土，生后照，后照生顾相，（降）处于巴，是生巴人。"稍有不同的是，《路史》将《山海经》中的"大皞"改成了"伏羲"，并又在"后照"之后加进一"顾相"，认为"顾相是生巴人"。除了前引《山海经》与《路史》记载的太皞伏羲氏之外，还有一种关于巴人祖先为黄帝的说法，《华阳国志·巴志》云：

《洛书》曰：人皇始出，继地皇之后，兄弟九人分理九州，为九囿，人皇居中州，制八辅。华阳之壤，梁岷之域，是其一囿，囿中之国则巴、蜀矣。其分野：舆鬼、东井。其君上世未闻。五帝以来，黄帝、高阳之支庶世为侯伯。[①]

《华阳国志》明确记载巴人为“黄帝、高阳之支庶”，是五帝以来一直居住在巴地的古老民族。由此可知，黄帝在以中原地区为政治中心的同时，向西南蜀地、巴地辐射，使巴蜀少数民族的历史文化传统，全部纳入了以五帝世系为中心的中原文化传统。

向下发展，在大禹治水、大禹称王、大禹生夏启等重大历史事件中，巴人与蜀人紧密联系，一起出现：

及禹治水，命州巴、蜀，以属梁州。禹娶于涂山，辛壬癸甲而去，生子启，呱呱啼，不及视，三过其门而不入室，务在救时——今江州涂山是也，帝禹之庙铭存焉。会诸侯于会稽，执玉帛者万国，巴、蜀往焉。[②]

江州即今重庆，涂山的地理位置大约在今奉节县一代。也就是说，与早先的黄帝联姻蜀山氏大体相当，不管是出于政治目的还是治水所需，大禹联姻江州涂山氏，治水成功，

① （晋）常璩撰，刘琳校注：《华阳国志新校注》，成都：四川大学出版社，2015年版，第5页。

② （晋）常璩撰，刘琳校注：《华阳国志新校注》，成都：四川大学出版社，2015年版，第5~6页。

生子夏启，最后会盟诸侯于会稽，在大禹建功与最终称王的整个历史过程中，巴蜀都是他依托的最主要对象。

夏商之后，周武王集合各个部落，组成联军，攻打商纣王，巴蜀出兵，帮助武王伐纣，而且立下大功：

> 周武王伐纣，实得巴、蜀之师，著乎《尚书》。巴师勇锐，歌舞以凌殷人，前徒倒戈。故世称之曰“武王伐纣，前歌后舞”也。武王既克殷，以其宗姬封于巴，爵之以子，——古者远国虽大，爵不过子，故吴、楚及巴皆曰子。[1]

在武王伐纣的过程中，得到巴、蜀之师的帮助，特别是巴师，不仅勇锐——这是三千年来历史与军事的共识——而且气势旺盛，以“巴渝舞”临阵表演，使得武王联军大振军威，以凌殷人，为取得最终胜利立下了大功。后来，武王封宗室于巴地，以“公侯爵子男”五级分封制中的“子”授以爵位，这已经是远国之中最高的爵位了。

（二）蜀

蜀，是一个会意字，从罒，从勹（音 bāo），从虫。罒即网，勹指包裹，虫指活物，三个部件联合起来表示网包活物，其本义是指用带孔眼的网罩包裹住活动物体。《说文解字》中，蜀字指“葵中蚕也”，从虫，上目象蜀头形，中象其身蜎蜎。葵，《尔雅·释文》引作桑。诗曰：“蜎蜎者蠋，蒸在桑野。”《毛传》曰：“蜎蜎，蠋皃。蠋，桑虫也。”《毛传》言虫，许慎《说文》言蚕者，因蜀似蚕也。

① （晋）常璩撰，刘琳校注：《华阳国志新校注》，成都：四川大学出版社，2015年版，第6页。

图 1—2　蜀的篆文

除了指蚕，蜀字还有多个义项，可以指鸡，《韵会》："鸡大者谓之蜀鸡。"可以指野兽，《山海经》："杻阳之山有兽焉，其状如马，其文如虎，名曰鹿蜀。佩其皮尾，宜子孙。"还可以指高峻独拔的大山，《尔雅·释山》："独者，蜀。"《疏》曰："山之孤独者名蜀。"其后，因独拔之高山众多，这一地带被称为蜀地，生活在蜀地的部落被称为蜀人，或蜀族，《史记》等称为蜀山氏。这一义项，是古代蜀山氏部落得名的本源，也表明了蜀地群山独拔、山势险峻的特点，间接表明了生活在此地的蜀人艰苦卓绝、不畏艰险、战天斗地的勇敢精神。

而后，因蜀山氏部落、氏族的发展，古蜀国建立。当代考古发现，古蜀文明的起源距今 6000 年以上，早于中原文明。古蜀人先祖为蜀山氏，有观点认为，蜀山氏与蚕丛氏是从岷江上游兴起的，是古羌人的一个分支。蜀国不只拥有单独一个王朝，在秦灭蜀之前，蜀分别由蚕丛氏、柏灌氏、鱼凫氏、开明氏诸族统领。开明五世之前，蜀国的都城建于广都樊乡（即今天的双流区）。到了开明九世建都于成都。开明十二世时五丁力士开辟了石牛道，打通了从蜀至秦的通道。公元前 316 年秦惠王在位时秦国灭掉了蜀国，蜀地从此成为秦国的粮仓，为秦统一六国奠定了基础。秦灭蜀后，蜀人残部一支在王子安阳王带领下辗转南迁，最后到达交趾，在现今越南北部建立了一个新的王朝，并持续了一百多年。

秦灭蜀国后，置蜀郡，即西汉益州地。后来，蜀又成为三国时蜀汉的简称，时间跨度为 221—263 年，为刘备所建，在今四川和云南、贵州北部以及陕西汉中一带。在刘氏集团蜀汉国之外，历史上还有汉代、晋代、五代时期建立的不同命运的地方割据势力蜀国。往后，蜀成为四川省的代称。

在历史记载中，曾有蜀族为黄帝后世的传说，《世本八种》说："蜀之先，肇始于人皇之际。无姓。相承云，黄帝后。"[①] 黄帝部落源起于西北黄土高原，属于"迁徙往来无常处"的游牧、游居部落，属于氐羌族人。其后有一支南下，定居在岷江流域。对此，除了司马迁《五帝本纪》的明确记载之外，《史记·三代世表·正义》引《谱记》曰："蜀之先肇始于人皇之际。黄帝与子昌意娶蜀山氏女，生帝喾，立，封其支庶于蜀，历虞、夏、商。周衰，先称王者蚕丛。国破，子孙居姚、嶲等处。"[②]《谱记》记载与司马迁记载相冲突的是，昌意娶蜀山氏女，生颛顼，而不是帝喾，帝喾是颛顼之族子，即侄儿。类似于此的记载，在古代的其他典籍中还有很多，比如《山海经·海内经》："黄帝妻累祖生昌意。昌意降处若水。"《竹书纪年》："昌意降居若水。"《世本·居篇》："若水允姓国，昌意降居为侯。"《世本·姓氏篇》："婼，姬姓之国，黄帝之子昌意降居若水为诸侯，此其后也。"凡此种种，均表明蜀人为黄帝部落之后，或是与黄帝部落中的一支融合而成，是有文献依据的。

① （汉）宋衷注，（清）秦嘉谟等辑：《世本八种》，北京：国家图书馆出版社，2008 年版，第 333 页。

② （汉）司马迁：《史记》（影印本），北京：中华书局，1997 年版，第 507 页。

笔者以为，古蜀人早在黄帝与其子昌意联姻于蜀地之时就已经存在，并早已发展为一个强大的区域部落，否则，黄帝不可能联姻于此，并立西陵氏女嫘祖为正妃，更不可能将地位传给蜀人颛顼。所以，蜀人不是黄帝之后，而是黄帝团结、结盟的强大部落，是帮助黄帝参与中原争霸、确立中原部落联盟首领位置的重要统战对象和辅助力量，早于黄帝部落而存在。其后，一直与黄帝世系（如颛顼、帝喾及其子孙等）团结发展、联盟发展。

对蜀人与黄帝世系的历史融合关系，晋人常璩《华阳国志·蜀志》的记载最为细致，曰：

蜀之为国，肇于人皇，与巴同囿。至黄帝，为其子昌意娶蜀山氏之女，生子高阳，是为帝颛顼；封其支庶于蜀，世为侯伯。历夏、商、周，武王伐纣，蜀与焉。其地东接于巴，南接于越，北与秦分，西奄峨嶓。地称天府，原曰华阳。故其精灵则井络垂耀，江汉遵流。《河图括地象》曰："岷山之地，上为井络，帝以会昌，神以建福。"《夏书》曰："岷山导江，东别为沱。"泉源深盛，为四渎之首，缎拗为九江。其宝则有璧玉、金、银、珠、碧、铜、铁、铅、锡、赭、垩、锦、绣、罽、氂、犀、象、毡、毦，丹黄、空青、桑、漆、麻、纻之饶，滇、獠、賨、僰僮仆六百之富。其卦值坤，故多班采文章；其辰值未，故尚滋味；德在少昊，故好辛香；星应舆鬼，故君子精敏，小人鬼黠；与秦同分，故多悍勇。在《诗》，文王之化，被乎江汉之域；秦豳同咏，故有夏声也。其山林泽渔，园囿瓜果，四节代熟，靡不有焉。①

"蜀之为国，肇于人皇，与巴同囿。"蜀人是人皇的后代，与巴同处于一个地方。"至黄帝，为其子昌意娶蜀山氏之女，生子高阳，是为帝颛顼；封其支庶于蜀，世为侯伯。"帝颛顼高阳氏为蜀人。这样，在三皇、五帝世系中，蜀人占有重要地位，上古巴蜀文明与中华文明关系密切。《夏书》曰："岷山导江，东别为沱。"岷江泉源深盛，为四渎之首，此乃古人对岷江为"江源"的最早认识，这一认识一直到明朝中期才被纠正过来。

回到前文。在记述了蜀地久远的历史、富饶的物产、杰出的人才之后，《华阳国志》于《蜀志》篇尾总结到：

> 蜀之为邦：天文，井络辉其上；地理，岷嶓镇其域；五岳，则华山表其阳；四渎，则汶江出其徼。故上圣则大禹生其乡，媾姻则黄帝婚其族，大贤彭祖育其山，列仙王乔升其冈。而宝鼎辉光于中流，离龙仁虎跃乎渊陵。开辟及汉，国富民殷，府腐谷帛，家蕴畜积。《雅》《颂》之声，充塞天衢，《中和》之咏，侔乎二《南》。蕃衍三州，土广万里，方之九区，于斯为盛。固乾坤之灵囿，先王之所经纬也。②

"故上圣则大禹生其乡，媾姻则黄帝婚其族，大贤彭祖育其山，列仙王乔升其冈。"五帝之首的黄帝，看到蜀人实

① （晋）常璩撰，刘琳校注：《华阳国志校注》，成都：巴蜀书社，1984 年版，第 175～176 页。

② （晋）常璩撰，刘琳校注：《华阳国志校注》，成都：巴蜀书社，1984 年版，第 330 页。

力雄厚，于是与西陵之女媾姻，生子降居于蜀，其后，颛顼帝继承黄帝帝位；五帝之后，大禹“生其乡”，为西羌岷山人，家在岷江上游的北川县；大禹在继承舜的帝位之后，其子夏启立国，于是，中国历史正式进入奴隶制国家阶段。这是对古代中华帝王世系的明确记载。

常璩（约291—361），字道将，蜀郡江原（今四川崇州市）人，东晋史学家，出生于西晋末年。常璩比当代人早约一千七百年，他的记载也许并不完善，但比我们能够看到的历史文献材料要更近、更多、更真实，因此，就算有关人皇、黄帝世系的脉络只是属于神话传说中的事情，无法确证，但本段记载表明：巴蜀大地自古以来就是人杰地灵的，“上圣则大禹生其乡，媾姻则黄帝婚其族”；作为“江源”的岷山与岷江地区，是中国古代文化的重要发祥地之一。

（三）巴蜀文化

巴与蜀，在地理空间上东西并列，并称为巴蜀，由此产生了巴蜀文化。巴蜀文化这一区域文化名称首见于20世纪40年代。巴蜀是一种特定的称谓，在战国以前，巴与蜀是分称的，泾渭分明。巴的古义为吞食大象的巨蟒，中心区域为重庆、川东及鄂西地区，涵盖陕南、汉中、黔中和湘西等地；蜀的古义为葵中之蚕，主要地理位置涵盖四川盆地中西部平原地区。由是观之，巴蜀的核心区域即为如今的四川省和重庆市。巴文化以重庆为中心，巴人在夷城（今湖北长阳土家族自治县境内）建立了巴国第一个首都，后活动于重庆全境、湖北西部、四川东部、陕西南部及贵州北部地区。蜀则由三个古族融合而成，后成为西周封国，相传“蜀与夏同源”，而“禹兴于西羌”，于是我们可以推论大禹实际上是古蜀人，蜀地包括今川西、陕南、甘南、滇北一带。巴、蜀交融已是战国之后。商至西周时，蜀人与黄河流域民族已有文化交流。巴蜀地区出土的商代后期陶器如深腹豆形器、高柄豆、小平底钵等，虽具地方特色，但铜镞、铜戈、铜矛却为黄河流域常见器形；出土的西周至春秋的玉石礼器与中原所出者一致。

四川盆地虽为高山和高原所环抱，但山原之间的若干河谷却成为巴蜀得天独厚的对外交通走廊。盆地的西部是岷江、雅砻江、大渡河和金沙江流域，它们穿行于横断山脉，其中可通行的河谷，成为古氐羌民族迁徙的南北走廊。盆地的东部有长江三峡作为出口。盆地北部既有剑门蜀道（古金牛道）直通秦陇，又有嘉陵江河谷直通汉中，从汉中沿着濂水谷道和巴江谷道，乃古代陕西汉中翻越米仓山入蜀之古道，即米仓道。而盆地以东的清江流域又北与江汉平原相通，南与湘西山地相连。正是依据这样的地理特点，自古巴蜀先民就兼容了南、北、东、西文化，使四川盆地成为荟萃农耕、游牧文化的聚宝盆。川西高原上群山争雄、江河奔流，长江的源头及主要支流岷江在这里孕育了古老而神秘的文明。

巴蜀盆地在地形上为四塞之国，古代交通甚为困难，故李白发出“蜀道之难，难于上青天”的感叹。这一封闭地形对巴蜀农业文明的对外交流和发展肯定会有较大影响。但正是因为如此，又反过来激励起巴蜀先民向外开拓、努力改善自身环境的决心和勇气。于是，环境与文化相交融，造就了巴蜀先民封闭中有开放、开放中有封闭的历史个性。随着时代的推移，开放和兼容成为巴蜀文化最大的特色。

巴蜀文化同秦陇文化的沟通，最大的障碍是北方的高山——秦岭。但巴蜀先民以惊人的勇气，创造了高超的栈道技术，打破了盆地地缘的封锁，克服了狭隘的封闭性。蜀王派遣五丁力士开道，迎接秦惠文王所送金牛和五个美女的神话故事，就是上古时代开山通道进行文化交流的生动体现。栈道是巴蜀人的一大发明。司马迁认为巴蜀四塞之国的封闭性是靠“栈道千里，无所不通”来达到开放的，这是很精到的史家眼光。逢山必须开道，遇水必须造桥，古蜀先民为了突破封闭，在发明栈道的同时，又发明了笮桥。笮桥即绳桥，有多种类型，至今尚可见到的藏区的溜索和编网的藤桥，岷山上的竹索桥，滇西北的编网篾桥，都江堰早期的珠浦桥以及攀枝花早期的铁索桥，都是巴蜀先民向外部世界开放的智慧体现。

巴蜀文化又具有很强的辐射能力，除与中原、楚、秦文化相互渗透影响外，主要表现在对滇黔夜郎文化和昆明夷、南诏文化的辐射，还远达东南亚大陆地区，在金属器、墓葬形式等方面对东南亚产生了深刻久远的影响。远在四千年前，四川盆地就存在几条从南方通向沿海，通向今缅甸、印度地区的通道。一些重要的考古发现，如三星堆出土的海贝、象牙，大溪文化的海螺和象牙，茂汶和重庆涂山出土的琉璃珠，都不是本地所产，而是来自印度洋北部地区的南海，这些都充分证明巴蜀先民与南方世界有所交通和交流。《史记》记载，张骞在大夏时，看到中国邛山（今四川荥经西）的竹杖和蜀地的细布在市场上出售，很觉奇怪。一问商人，得知是从身毒买来的。身毒在大夏东南数千里，那里的百姓骑象打仗，临近大海。大夏国远离汉朝一万二千余里，位于中国的西南方，而身毒国又位于大夏国东南几千里，竟有蜀地产物，可见离蜀地不远。他估计从蜀走身毒到大夏，必是快捷方式，又可免匈奴的阻击。他建议武帝打通西南夷道。武帝采纳了他的建议，命蜀郡、犍为郡派使者分别从駹、莋和邛、僰等四路并出，打开西南通道。但各路使者为昆明夷所阻，未能如愿。而经滇国、夜郎等使者在滇一带活动，取得成效，为武帝经略西南夷奠定了基础。事见《汉书·张骞传》《史记·西南夷列传》。这说明巴蜀到古身毒国（古印度）再到西亚之间，早就存在一条为中原王朝所不知晓的商贸通道。这条通道，现代史学家沿用张骞所打通的丝绸之路称呼的惯例，称之为“南方丝绸之路”。

南方丝绸之路主要有两条线路：一条为西道，即旄牛道。从成都出发，经临邛（邛州）、青衣（雅安）、严道（荥经）、旄牛（汉源）、阑县（越西）、邛都（西昌）、叶榆（大理）到永昌（保山），再到密支那或八莫，进入缅甸和东南亚。这条路最远可达滇越乘象国，可能到了印度和孟加拉地区。另一条是东道，称为五尺道。从成都出发，到僰道（宜宾）、南广（高县）、朱提（昭通）、味县（曲靖）、谷昌（昆明），以后一途入越南，一途经大理与旄牛道重合。根据目前所能见到的文献资料，最早走这条线路的古蜀先民的知名人物是秦灭蜀后南迁的蜀王子安阳王。安阳王率领兵将 3 万人沿着这条线路进入了越南北部红河地区，建立了瓯骆国，越南历史上又称之为蜀朝。历史上，早在《史记·张骞传》中就有关于今“南方丝绸之路”的明文记载，根据后代学者考证，成都正是东西两条南方丝绸之路的地理起点。在国家“一带一路”宏伟蓝图的建设、执行之下，巴蜀文化必将得到越来越深入的研究，巴蜀地区必将为国家建设、民族复兴做出越来越多的贡献。

有的学者曾以为，嘉陵江左源的天水到巴蜀，山高路遥，古人难以逾越。那么，对比一下张骞在战争状态下打通丝绸之路、发现南方丝绸之路所走过的千山万水，沿途崇山峻岭、大河阻绝、民族众多、千难万险，再回头看看古蜀人与古巴人逐水而居，翻越岷山、秦岭、大巴山的壮举，是完全可以做到的。

上古时期，与蜀人深有联系的是五帝世系，其后，蜀人大禹及夏朝、周朝与巴人深有联系。在巴蜀大地这块多民族聚居、富饶繁荣、物产富足的土地上成长、走出的著名人物，包括伏羲、颛顼、大禹、夏启、司马相如、王褒、扬雄等人，他们是中国历史上杰出的政治家、文学家、思想家，他们的政治成就、生平事迹、创作实践、文学作品和思想理论成果，为《文心雕龙》的成书做出了巨大贡献。

第二节　上古名家：为政致用的各类写作者

《文心雕龙》以先秦两汉儒家思想为宗，其成书离不开上古先圣的德政与美誉，离不开历代著名的文学作品及其传播、影响，作者刘勰对他们有着崇高的讴歌与赞美，列出《征圣》《宗经》等专门篇章，来树立以先圣德政为基础、以周公和孔子为代表的儒家圣人之丰碑，从而建立起全书的主旨依据和文学思想。这就要求必须往文化学、历史学、哲学等方面思考探索，在经、史、子、集中渔猎取舍，而且只能是广种薄收。《文心雕龙·原道》篇有一段话，是这样说的：

人文之元，肇自太极，幽赞神明，易象惟先。庖牺画其始，仲尼翼其终……若乃河图孕乎八卦，洛书韫乎九畴，玉版金镂之实，丹文绿牒之华，谁其尸之？亦神理而已。……自鸟迹代绳，文字始炳，炎皞遗事，纪在三坟……唐虞文章，则焕乎始盛。元首载歌，既发吟咏之志；益稷陈谟，亦垂敷奏之风。夏后氏兴，业峻鸿绩，九序惟歌，勋德弥缛。逮及商周……文王患忧……重以公旦多材……至夫子继圣，独秀前哲……爰自风姓，暨于孔氏，玄圣创典，素王述训，莫不原道心以敷章，研神理而设教，取象乎河洛，问数乎蓍龟，观天文以极变，察人文以成化。①

这一段话中出现了中国古代最著名的部分政治家、思想家，包括上古传说中的伏羲、炎帝、尧、舜、禹、伯益、后稷以及确证有其人的周文王、周公旦、孔子，时间跨度从原始社会的旧石器时代、新石器时代到奴隶社会的夏、商、周三代。按照《文心雕龙》的说法，人文从原初之产生到后代之发展，主要是经过上述先圣的贡献与积累而成，始自伏羲，终于孔子。考察其思想皈依，是将上古最有作为的著名人物及其言行、作品，统统归于全书宗法的儒家思想体系之内。从写作方式和体裁角度看，以上先贤创造有模仿自然的图像文学、有言谈得出的口语文学、有重大事件的叙事文学、有铭刻发布的政令文学、有诗歌音乐等审美文学，他们是中国文学从原始到成熟的上万年演进历史中的最杰出代表。

① 杨明照：《增订文心雕龙校注》，第1~2页。

李建中教授以为，《文心雕龙》充满了史学意识，本篇即可看作一篇简明的上古文明史。[①] 笔者对此深以为然。如果我们对上述杰出人物的籍贯和建功立业的地理位置稍作考察，即可发现如下情况：

伏羲，传说生于今四川阆中，一说甘肃天水，或说山东泗水。

炎帝，传说生于今陕西宝鸡。

尧帝，传说生于今山西临汾，黄帝长子玄嚣后裔。

舜帝，传说生于今河南范县，黄帝次子昌意后裔。

大禹，传说生于今四川北川，一说河南禹州，或说陕西，或说青海。

伯益，传说为秦人先祖，为《山海经》撰述人之首。

后稷，传说为周人始祖，葬于都广之野。

周文王，起于今陕西宝鸡之岐山周原。

周公旦，同上。

孔子，生于今山东曲阜。

上述名人中，伏羲至后稷等人的实际籍贯并无定论，实际上也不可能有定论，我们只能根据传说、文献记载和考古发现进行一个大体位置的概说。古文献中，籍贯明确记载于巴蜀的有伏羲（今四川阆中）和大禹（今四川北川）。帝尧、帝舜均为黄帝后裔，源出玄嚣与昌意，而玄嚣与昌意是黄帝与西陵氏女嫘祖联姻后所生的长子与次子，分别降居江水（今四川岷江）与若水（今四川雅砻江），玄嚣部落最有名的

① 2017年8月初，中国《文心雕龙》研究学会第十四次年会在内蒙古师范大学举行，在8月6日下午的大会报告中，李建中教授做了《龙学研究四通》的报告，其中提到了上述观点。特作说明。

后代是帝喾，为尧帝之父，昌意部落最有名的后代是颛顼，为舜帝六世祖，那么，尧帝与舜帝均有部分蜀人血统。传说中伯益为秦人始祖，他撰述的《山海经》以记述南方特别是古巴蜀文明、地理、传说为主，国家社科基金重大项目、四川省重大文化工程《巴蜀全书》编纂将其列为首批规划项目之首，称为巴蜀第一文献；传说中后稷为周人始祖，逝世后葬于“都广之野”，事见《山海经》等①，《华阳国志》等古文献认为，都广即广都，在今成都平原双流区一带，后为古蜀国都城，古时蜀人以广都、新都、成都为三都；后稷部落因后代兴起为周朝而最为著名，周文王、周公归属于此。那么，从伏羲到周公，或多或少，都与古巴蜀这一地域空间有一定关联。事实是否如此呢？

刘勰举证的这些名人，贯穿了传说中的原始社会旧石器时代的三皇时代与奴隶制社会的三代时期，新石器时代的五帝世系部分人物，其中的伏羲、炎帝早已不可按照今天的科学事实来进行个案考证，因为他们很可能不是具体的个人，而是所在部落或部落联盟的名称，这些部落，也有通过多种方式（如战争、迁徙等因素）消长、融合为一体才成为部落

① 《山海经·海内经》曰：“西南黑水之间，有都广之野，后稷葬焉。爰有膏菽、膏稻、膏黍、膏稷，百谷自生，冬夏播琴。鸾鸟自歌，凤鸟自儛，灵寿实华，草木所聚。爰有百兽，相群爰处。此草也，冬夏不死。”关于都广之野，全国有多处地方在争论，根据原文记载，笔者采用成都平原一说。这种说法不仅有文献依据和地理学依据，更有成都平原富饶美丽的历史依据。

的可能，其后的五帝世系也应作如是观。[①] 至于后来周人聚居于今陕西宝鸡岐山，周文王出，周公旦出，成为有明确记载的具体个人，则是从部落联盟之中剥离开来的个体首领。

如此，除了孔子外，前述名人的地理籍贯有一个很重要的信息：自身或先祖，均出自秦岭山水及其近邻山水体系之中。在秦岭这座著名的大山中，向北流出了洛水，这是传说中大禹发现洛书的河流，洛水右折，在洛阳注入黄河，河洛之地位于中原腹地，是上古大部分名人如尧、舜、禹等建功立业的地方，是北方文明的核心区域；向南流出了嘉陵江，在汇合源出甘肃天水的西汉水之后，成为巴人的母亲河，而《路史》等记载伏羲生于嘉陵江中段的阆中地区，被称为巴人始祖，或说出生于嘉陵江左源的天水成纪，那么，伏羲的主要活动区域，是在这条大江的源头与中段；向东流出了汉水，这是今天晚出的汉族人的母亲河；秦岭西南方向的岷山，源起今甘肃岷县，主体部分蜿蜒至四川，岷山向南流出了岷江，这是黄帝世系一再联合、控制的蜀人的母亲河，并且，在明代之前的历史记载中，岷江一直被认为是长江的上源，有江源之称，《尚书·禹贡》即有“岷山导江”的记载；天水向东北，发源出了黄河最大的支流渭河，在宝鸡附近，

① 传说中伏羲的母亲华胥、伏羲的妹妹女娲，是母系氏族社会向父系氏族社会过渡的部落代表，不应该看作是具体的人名，而是部落或部落联盟之名。传说中五帝世系的黄帝及其后代，虽然在时间上发展进步了几千年，但大体上也类同于此。比如传说黄帝部落曾战胜炎帝部落，统治炎帝部落之后，再联合其他部落击败蚩尤部落，逐渐成为中原各部落联盟首领。其后，有关于黄帝—少昊—蟜极—帝喾—后稷的世系传承，少昊即玄嚣，降居江水（今四川岷江），娶蜀女，生蟜极，蟜极生帝喾，帝喾生后稷，是为周人始祖，这些都是部落。

孕育了炎帝、黄帝[1]、周文王、周公，是炎帝部落、黄帝部落和周人的母亲河，而渭河上源鸟鼠山段有一个非常巴蜀化的名称——禹河，《山海经》云：“鸟鼠同穴之山，渭水出焉。”相传大禹凿通鸟鼠山，导渭水出山，这座鸟鼠山，即在天水定西。天水向东北流出了渭河，向东南流出了嘉陵江，中间夹着的，正是秦岭。

山水体系之外，按照今天的行政区划来看，秦岭向西是甘肃、青海，向南是四川、重庆，向北是陕西，向东是湖北、河南；在秦岭和大巴山之间，还有一块著名的土地——汉中，这里不仅是战国时期秦楚两国反复争夺的沃野，还是楚汉争霸时期刘邦赖以起家的大本营，秦灭巴蜀，汉据巴蜀，都以此作为征伐天下的重要根据地，汉中还是汉王朝四百年基业的发源地。《原道》篇中尊崇的孔子，需要感谢汉王朝立国之后建立起来的儒家为宗的思想政治体系，才能让他拥有影响两千余年的圣人之称。

这样，我们完全可以把中国南北方分界线的标志秦岭作为上古中华文明的摇篮。这样说，不仅因为有关于上述名人的神话传说或民间传说流传至今，更因为上古文献的记载也是如此。《山海经》被越来越多的学者认为是有科学依据和事实依据的古文献，《史记》《竹书纪年》《帝王世纪》《路史》等史传文献与儒家经典《尚书》《大戴礼记》等也有很

---

① 关于黄帝的生地，目前至少有五种意见：一是甘肃天水，因为黄帝是少典之子，伏羲之后，故有此说；二是陕西宝鸡，传说黄帝生于姬水，即今宝鸡岐水，炎帝生于姜水，炎黄同源；三是陕西黄陵，因为黄陵是黄帝归葬之地；四是河南新郑，因有“黄帝居于轩辕之丘”的记载，而轩辕之丘，一说即为河南新郑；五是山东曲阜，古称寿丘，黄帝陵墓碑刻有此说。

多这样的记载。而不断取得进展的考古发现，以出土实物为雄辩明证，也为这一说法增添着越来越多的证据，比如“禹出西羌”等，今天已逐渐成为定论。

《尚书·禹贡》曰：“华阳、黑水惟梁州。岷、嶓既艺，沱、潜既道。”华阳，一说为华山之阳，即华山南面；黑水，一说为岷江上游支流黑水河，一说即雅砻江，古称若水，彝族语音中，“若”指黑色，华阳、黑水之间的方位，大体上在今陕西华山南面到四川雅砻江之间的地理位置。其中的岷、嶓二山，即今岷山、嶓冢山。[①]《禹贡》记载，导山：“导嶓冢至于荆山。”导水：“嶓冢导漾，东流为汉。”《山海经》记载说，大时山再向西三百二十里的地方，叫作嶓冢山。汉水发源于此，向东南流入沔水。嚣水也发源于此，向北流入汤水。于是，我们可以推论嶓冢山即在今秦岭山系的中心位置，或者即大秦岭之古称。

在以岷、嶓二山特别是秦岭为核心区域的这一块地方，在古代没有今天陕、甘、青、宁、川、渝、鄂、豫行政区划的情况下，是属于巴蜀文化区的。四川大学林向教授指出：“事实上，陇南的西汉水流域、陕南的汉水流域、汉中盆地、江汉平原西部、湘鄂五溪流域、云贵高原北部等地，都是巴

① 一名嶓山。《尚书·禹贡》：“嶓冢导漾，东流为汉。”实际上，漾水乃西汉水之上源，故班固《汉书·地理志》陇西郡西县谓：“《禹贡》嶓冢山，西汉所出。”唐杜佑《通典·州郡》遂认为嶓冢山有二：（1）秦州上邽县（今甘肃天水市），“嶓冢山，西汉水所出，今经嘉陵曰嘉陵江，经阆中曰阆江”。（2）汉中郡金牛县（今陕西宁强县东北），“嶓冢山，禹导漾水，至此为汉水，亦曰沔水”。今宁强县北之嶓冢山，土人名汉源山，当为《禹贡》“嶓冢导漾”之嶓冢山。

蜀文化的分布范围。”[1] 那么，在这一广义的巴蜀文化区地域范围内，在刘勰的笔下，在《文心雕龙》最重要的开篇之作《原道》篇论述到的上古圣人之中，就有伏羲、炎帝、伯益、后稷、大禹、文王、周公直接生长于斯，传承于斯，就有帝尧与帝舜之先祖发源于斯，降居于斯，只有孔子不是。所以说，上古文明史，是以这一区域为中心位置建构起来的。

从地理位置上看，秦岭隔断了四川、重庆与陕南、甘南的空间联系，但这是可以克服的，而不是绝对阻碍古人交流与迁徙的。我们可以从巴蜀文化这一地理位置鲜明的名词内涵来解释这一现象。详细论述参见下一节内容。

在古巴蜀文化地理空间之前，蜀人大禹在历史上第一次明确划分了中国版图的位置区域：九州。九州是中国古代典籍中所记载的夏、商、周时代的地域区划，后成为中国的代称。大禹治水成功之后，将全国划分为九个区域，即九州。[2] 根据《尚书·禹贡》的记载，九州分别是冀州、徐州、兖州、青州、扬州、荆州、梁州、雍州和豫州。《禹贡》虽然是战国后期学者所作，但所记载的大禹划定九州之事，是真实可信的。

《尚书·禹贡》曰：“禹别九州，随山浚川，任土作贡。”其中，“华阳、黑水惟梁州”。华阳，指华山之阳，至于黑水，则有众多歧说。唐杜佑《通典·古梁州·上》云：“《禹贡》曰：‘华阳黑水惟梁州’，孔安国以为东据华山之南，西

---

① 林向：《巴蜀文化辨正》，载于《华中师范大学学报》（人文社会科学版），2005 年第 7 期，第 92 页。

② 另一种说法说黄帝始定九州。

距黑水也。又曰：‘导黑水，至于三危，入于南海。’孔安国注云：‘黑水自北而南，经三危，过梁州，入南海。’郑玄云：‘按三危在鸟鼠之西，而南当岷山，又在积石之西，南当黑水祠，黑水出其南胁。’此云经三危，彼云其出，明其乖戾。又按《汉书·地理志》：‘益州郡滇池有黑水祠，而不记山之所在，即今中国无之矣。’又按郦道元注《水经》，锐意寻讨，亦不能知黑水所经之处。顾野王撰《舆地志》，以为至僰道入江，其言与《禹贡》不同，未为实录。至于孔、郑通儒，莫知其所，或是年代久远，遂至堙涸，无以详焉。”[①] 也就是说，历代都没有将黑水位于何处搞清楚过。今四川黑水县，因黑水得名，黑水为岷江上游的支流之一，比较其方位，不太可能是梁州之黑水边界。而四川的另一条大江雅砻江，古称若水，当地彝族同胞呼“黑”为“若”，从语音、地理位置以及黑水“自北而南，经三危，过梁州，入南海”的归属来看，或许“若水”雅砻江即古“黑水”，也未可知。

梁州，起自华山、黑水，涉及陕西、四川、甘肃、青海，地为黑色松散的土。向北是雍州，起自黑水、西河，涉及陕西、内蒙古、宁夏、甘肃、新疆，地为最上等的黄壤。古时雍梁二州又有合并为一的情况。《通典》曰：“自汉川已下诸郡，皆其封域。舜置十二牧，梁州其一也。以西方金刚，其气强梁，故曰梁州。周礼以梁州并雍州。梁州当夏殷之闲为蛮夷之国，所谓巴、賨、彭、濮之人也。”又曰：“周

① （唐）杜佑撰，王文锦等点校：《通典》，北京：中华书局，1988 年版，第 4574 页。

末，秦惠王使司马错伐蜀，有其地，于天文兼参之宿，亦秦之分野，汉之巴、蜀、广汉、犍为、武都、牂柯、越嶲等郡，今通川、潾山、南平、涪陵、南川、泸川、清化、始宁、咸安、符阳、巴川、南宾、南浦、阆中、南充、安岳、盛山、云安、犍为、阳安、仁寿、通义、和义、资阳、南溪、武都、河池、同谷、顺政、阴平、江油、益昌、普安、巴西、梓潼、遂宁、蜀郡、德阳、濛阳、唐安、临邛、卢山、通化、临翼、越嶲、云南等郡皆是。汉之弘农郡西南境，今上洛郡。又得楚之交。汉之汉中，今汉中、洋川、安康、房陵等郡，并宜属楚。秦平天下，置郡为汉中、今汉中、洋川、安康、房陵等郡地也。"[①] 从这一详细的地理位置界定与巴、賨、彭、濮等民族构成可知，梁州即后来的巴蜀地区。再根据林向教授巴蜀地域的界定反推，古巴蜀地区正在这一以梁州为主、雍州为辅的范围之中，与秦岭山水体系具有很大程度的重合性。

对这一问题，记载最为详细、历史脉络最为清楚的是《华阳国志》，在《巴志》之开篇，作者常璩为我们详细梳理了巴蜀地域文化区的前世今生：

> 昔在唐尧，洪水滔天，鲧功无成。圣禹嗣兴，导江疏河，百川蠲修，封殖天下，因古九囿，以置九州；仰禀参伐，俯壤华阳，黑水、江、汉为梁州。厥土青黎，厥田惟下上，厥赋惟下中，厥贡璆、铁、银、镂、砮、磬、熊、罴、狐、狸、织皮。于是四隩既宅，九州攸

① （唐）杜佑撰，王文锦等点校：《通典》，北京：中华书局，1988 年版，第 4574 页。

同，六府孔修，庶土交正，底慎财赋，成贡中国。盖时雍之化东被西渐矣。历夏、殷、周，九州牧伯率职。周文为伯，西有九国。及武王克商，并徐合青，省梁合雍，而职方氏犹掌其地，辨其土壤，甄其贯利，迄于秦帝。汉兴，高祖藉之成业，乃改雍曰凉，革梁曰益，故巴、汉、庸、蜀属益州。至魏咸熙元年平蜀，始分益州巴汉七郡置梁州，治汉中。以相国参军中山耿黼为刺史。元康六年，广汉还益州，更割雍州之武都、阴平、荆州之新城、上庸、魏兴以属焉。凡统郡一十二，县五十八。[①]

本段文字详细记述了上古大禹时代的梁州、雍州之别与雍州逐渐与梁州合并的史实。在汉高祖时，“改雍曰凉，革梁曰益，故巴、汉、庸、蜀属益州”。三国归魏之后，“分益州巴汉七郡置梁州，治汉中”。晋惠帝司马衷元康六年（296）时，“广汉还益州，更割雍州之武都、阴平、荆州之新城、上庸、魏兴以属焉”。顺着这个清晰的历史地理脉络，秦岭山水属于汉代益州、魏国梁州，于元康六年复归益州，于是，这一区域属于古巴蜀文化区，可成定论。

在《原道》篇中，刘勰认为：“《河图》孕乎八卦，《洛书》韫乎九畴。”伏羲在黄河中根据河图创立了八卦，这是人类图像文学之始；大禹在洛水中根据洛书收获了洪范，这是国家有序治理之本——于是，从人类文学的起源到后代文学的巨大功能，从蒙昧的感悟体会到理性的政教指令，从仰

① （晋）常璩撰，刘琳校注：《华阳国志新校注》，成都：四川大学出版社，2015年版，第1~4页。

观俯察的创造形式到逻辑严整的政治制度，都产生并形成了，这是中华文明发展史上最重要的两个标志性事件。而在中原河洛完成这两大壮举的伏羲和大禹，正是从古巴蜀文化区走出来的两位巨人。

如果我们在刘勰的论述中补全以下三类部落及其首领人物，则可以收获更多的信息：

一是三皇世系。三皇是没有准确定论的旧石器时代部落或部落联盟首领，但无论怎样变，其中有伏羲是肯定的。向上，传说伏羲之母为华胥，生伏羲、女娲，那么，华胥作为旧石器时代母系氏族社会阶段著名的部落首领，女娲则有可能是其部落在过渡阶段的继任者，伏羲则是发展到父系氏族社会阶段的重要代表人物。有关他们三人的传说和相关的文献记载，实际上是中华上古文明在旧石器时代发展的数千年历史的缩影：华胥是公认的人文初母，伏羲则是公认的人文始祖，这不仅是汉民族的认识，更是中华多民族文明史的共识。华胥的出生地（或华胥部落的主要活动地），一说四川阆中，一说陕西蓝田，一说山东泗水。而华胥诞下伏羲的地方，一说四川阆中，一说甘肃天水，一说山东泗水——笔者主要采用前两种说法，其中心区域，即在前述林向教授指出的巴蜀文化区。

二是五帝世系。黄帝部落发展于黄土高原，联姻于蜀地西陵氏，领袖于中原各部，传承于少昊、颛顼、帝喾、帝尧、帝挚、帝舜等部落。五帝世系之渊源与发展，在《史记》《帝王世系》《路史》《华阳国志》等史书文献与《尚书》《孟子》《大戴礼记》等儒家经典的记载中无不与前述之巴蜀文化区息息相关，详见本书第三章的论述，在此，仅以当代考古成果实证之。根据最新的考古发现，研究者对黄帝世系在蜀地的影响有了更深入、更准确的认识，这一认识与五帝世系在时间上基本一致。《华阳国志·蜀志》所说的“蜀之为国，肇于人皇”，是指人皇兄弟九人分掌九州，各立城邑。其中一人建立了蜀国。今成都平原腹地考古发现的宝墩古城，是人皇兄弟之一在公元前 2550 年前后建立的蜀国都城。宝墩古城被废弃的年代约在公元前 2300 年。这两个起讫年代的碳 14 检测数据，和三皇五帝年表给出的人皇在位年、黄帝在位年完全吻合。三皇五帝年表的年代数据是用天文回推计算独立得到的。人皇属于良渚文化，四川考古发现的新石器时代晚期良渚文化玉琮应该就是三皇时代古蜀国的遗物。三皇古蜀国灭亡后，黄帝部落的一支进入成都平原，另建了一个新的古蜀国，世代传承，屡有废立兴灭，难以叙述。

以前，我们只能通过简略的文献记载了解古蜀文明和历史，比如有关蚕丛纵目、鱼凫神化、杜宇化鹃、开明复活等传说，虽然早已为人所熟知，但苦于没有实物证据，使古蜀历史充满了神秘色彩。“蚕丛及鱼凫，开国何茫然。尔来四万八千岁，不与秦塞通人烟”，伟大的浪漫主义诗人李白在唐代这样描述古蜀国的历史，古蜀国一直存在于虚无缥缈的传说中。但是，近百年来成都平原若干重大考古发现的实证与相关研究成果证明以上历史传说是真实的。1929 年，四川广汉三星堆的农民燕道诚无意中发现了大量的玉璋、玉璧等，经过相关专家鉴定和初步发掘，证明三星堆就是古蜀文明的中心区域，由此开始了几代考古人的寻梦之路。广汉三星堆（1986）、新津宝墩龙马古城、都江堰芒城、郫县古城、温江鱼凫城（1996）、温江金沙遗址（2001）等连续的重大考古发现，初步勾勒了古蜀文明大致的轮廓，从而揭示出它深邃而令人怦然心动的历史文化内涵，地下实物的出土，与众多的神话传说、文献记载相符合或大体一致，在这三重证据的合力证明之下，古蜀文明开始揭开神秘的面纱，逐渐清晰地呈现在大众眼前。目前，考古工作者经过不懈努力，基本把握了古蜀文明发展演进的脉络：以成都平原史前城址群为代表的宝墩文化（下限公元前 2700—1800 年）——以三星堆遗址为代表的三星堆文化（下限公元前 1800—1200 年）——以成都金沙遗址为代表的十二桥文化（下限公元前 1200—500 年）——以成都商业街船棺、独木棺墓葬为代表的战国青铜文化（下限公元前 500—316 年）——秦灭巴蜀，辉煌壮美的古蜀文明最后融入汉文化圈，成为中华文明的重要组成部分。

由此可见，古蜀文明实则早于或至少不晚于以黄帝世系为代表的中原文明，二者同步平行发展的可能性是有的。如果不是这样的话，黄帝父子就不会两代人都主动与蜀部落通婚，更不会选择蜀地出生、成长的后裔颛顼继承帝位。①

三是夏世系。传说中大禹娶妻涂山氏女，名女娇，生夏启。启灭伯益，建立夏朝，中华文明史正式从原始社会进入奴隶社会。大禹是西羌人，涂山氏一说居于今重庆市，夏启

---

① 颛顼帝为黄帝嫡孙。据《史记》《帝王世纪》等文献记载：其父昌意是黄帝与西陵氏女嫘祖（今四川省盐亭县人）联姻所生的次子，昌意降居若水（今四川雅砻江），娶蜀山氏女昌仆为妻，生颛顼。颛顼帝生而聪敏，十岁时即辅佐大伯父玄嚣（黄帝与嫘祖长子，降居江水，今四川岷江），玄嚣即少昊，在颛顼二十岁时，将帝位传给他。

大约出生于今重庆市奉节县一代[①]，那么，夏启是蜀地羌人与巴人后裔无疑。不管他是巧取豪夺还是天下归心，夏启或是攻灭伯益，或是接受伯益之主动让贤、自立为王，他建立夏朝，开辟了中华文明的历史新阶段，这是历史事实。夏朝是巴蜀人领导建立的奴隶制王朝，也是可以得出的推论。

这样，华胥、女娲、伏羲等旧石器时代的著名部落首领，其后的黄帝、颛顼帝、帝喾、帝尧、帝舜、帝禹等著名的新石器时代部落联盟首领，直到夏启及其建立的第一个奴隶制国家夏朝——上述杰出的人物、部落或朝代，都是以上述秦岭山水体系为核心的巴蜀文化区为地理依托的，或起源于此（伏羲、炎帝、颛顼、大禹、夏启等），或联姻于此（黄帝），或降居于此（少昊、昌意等），或成长于此（颛顼等），在这一区域发展、壮大起来之后，他们逐渐向中原、华北地区迁徙，并建功立业，名垂青史。那么，可以说，广义的巴蜀文化区，是整个中华民族重要的文明起源地之一，而且是核心起源地之一。刘琳、彭邦本教授指出，这个核心区域的主导民族，是羌族。

综合上面的论述可知：

在历代以来最著名的圣人中，上古三皇中的伏羲是《文心雕龙》论述的人文第一人，而有一种说法是伏羲及其母亲华胥、妹妹女娲出自今四川阆中。华胥是上古时期母系氏族社会杰出的部落女首领，其出生地有陕西蓝田说、山东泗水说、四川阆中说；华胥生伏羲，完成了母系氏族社会向父系

① 李诚：《古蜀神话传说与中华文明建构》，《巴蜀文化研究》第1辑，巴蜀书社，2004年版。

氏族社会的过渡，伏羲的出生地，也有甘肃天水说、四川阆中说、山东济宁说等不同的说法。对于华胥与伏羲部落的发源地，如果暂不考虑距离相对遥远的山东，那么，陕南、甘南、川北这一大块以秦岭、岷山、大巴山为核心的三角形山水地带，即巴蜀文化区，作为上古圣人伏羲的生地，或伏羲部落的发祥地，是可资成立的。

往下发展，经考古证实早于黄帝部落的炎帝部落，炎帝魁隗氏发祥于秦岭常羊山，兴起于赤水（今贵州赤水市），建帝都于陈仓（今陕西宝鸡），传七帝而失政，被炎帝神农氏取而代之。炎帝神农氏，始生地在姜水（今陕西宝鸡），据当代学者阳国胜研究，炎帝出生在华阳之常羊山，其华阳指巴蜀地区，因为不论是赤水，还是宝鸡，均在巴蜀文化区之内。如此，则可证炎帝部落源起于巴蜀文化区。

其后，五帝世系中的黄帝娶妻西陵氏之女嫘祖，生的两个儿子青阳氏玄嚣降居江水（今四川岷江），昌意降居若水（今四川雅砻江）；昌意娶妻蜀山氏之女倡仆（一作嫘仆），生高阳氏，后来继承黄帝帝位，是为颛顼帝；帝喾是玄嚣的孙子，颛顼帝的侄儿，据《史记·三代世表》等历史文献记载，帝喾在继承颛顼帝位称帝之后，派遣子孙返蜀，继续掌控蜀地部落，其后建国，称蚕丛①；帝喾传位于儿子帝挚，

① 直到唐代，这一说法仍然被记录在历史著作之中，杜佑《通典·州郡典·州郡五》记载“古梁州”时说：“或曰：蜀之先帝喾封其支庶于蜀，其后称王，长曰蚕丛，次曰伯雍，次曰鱼凫。”这是对古蜀历史传说的记载，如今早已被考古发现所证明。

帝挚禅位于弟弟放勋，即帝尧[1]；帝尧传帝舜，帝舜为颛顼帝六世孙；帝舜传帝禹，而帝禹为黄帝嫡系子孙，出于西羌，生地在今四川省北川县[2]；帝禹传伯益，其后出生于涂山（今重庆奉节一带）的夏启推翻伯益，终结了之前流传有序的原始社会部落联盟首领更迭的禅让制度，建立起中国历史上第一个奴隶制国家，中国历史从原始社会进入到全新的奴隶制社会。

综上所述，巴蜀文化区是古代中华文明的发源地之一，而且是核心发源地之一。这一推论早已有了几十上百的论文、著作成果和当代崭新的考古成果证明之，笔者不再赘述。在广义的巴蜀文化区范围内产生的伏羲、炎帝、五帝世系部分人物，大禹、伯益、夏启、文王、周公等杰出的政治家、思想家，是《文心雕龙》在写作时极力赞美、尽力褒扬、歌功颂德的主要对象。上古传说中的圣王，以其卓越的政治功绩、伟大的发明创造、亲民的教化事业、优秀的文学创作，为《文心雕龙》的成书提供了评论对象、征引源泉、道德高标和文本体裁。筚路蓝缕的古代文化与写作发展之路，经过数千年的历史，在《文心雕龙》成书的齐梁时代，已经极大丰富、成熟起来，到了一个需要总结、回顾历史，

① 皇甫谧《帝王世纪·第二》曰："帝挚之母，于四人（按：指帝喾四妃）之中其班最下，而挚年兄弟最长，故得登帝位。封异母弟放勋为唐侯。挚在位九年，政软弱，而唐侯德盛，诸侯归之。挚服其义，乃率其群臣造唐朝，而致禅因委，至心愿为臣。唐侯于是知有天命，乃受帝禅，而封挚于高辛氏。事不经见，汉故议郎东海卫宏所传云尔。"

② 皇甫谧《帝王世纪·第二》曰："伯禹夏后氏，姒姓也，其先出颛顼。颛顼生鲧，尧封为崇伯，纳有莘氏女，曰修己，见流星贯昴，梦接意感，又吞神珠薏苡，胸坼而生禹于石纽。"石纽，即今四川省北川县。同篇又说："（大禹）长于西羌，为西夷人。"此即"禹出西羌"之义。

并开拓未来的关键点，史称“文学自觉”。《文心雕龙》在这个关键的自觉时代完成，除了时代风气确实推动了文学自觉，理论发展催生了文论总结外，作者刘勰以宏观的历史视野，以贯通全书的雅丽文学思想为准绳，衡量文学发展史，在源头上取法上古圣人，为全书的写作奠定了坚实的基础。

第三节　汉代名家：巴蜀文学作家的代表

当代《文心雕龙》研究成果认为，成书于南朝齐梁之际的《文心雕龙》，是我国写作学理论的巅峰之作，围绕《文心雕龙》的成书时间、主导思想、体例结构、审美范畴等问题，学术界进行了深入而全面的研究，并形成了一门专门的学科——“龙学”。据武汉大学李建中教授统计，每年所发表的“龙学”研究论文，在比例上占到了全部古代文论研究论文的40%以上，与“红学”研究一样，堪称显学。[①]

有研究指出，中国文学作家的第一人是屈原，《楚辞》是我国最早的审美意义上的文学作品。以此为起点，中国文学进入文学作家、文学作品的时代。[②] 根据文学史论，有文字记载的巴蜀文学始于汉代，西汉文学[③]以王褒、扬雄、枚

① 李建中：《文心雕龙讲演录》（附光盘），桂林：广西师范大学出版社，2007年版。

② 司马迁《史记》为文学家列传，屈原是第一人，《离骚》是第一篇作家署名的纯文学作品。蜀中文学家司马相如则独自占据了一个专篇，而且是《史记》中篇幅最长的专文。由此可知，至少在司马迁看来，屈原、司马相如分别是战国、汉代最优秀的文学家。在他们之前，纯文学作品如《诗经》等，并没有署名的文学作家。自此，应用文与纯文学开始分野。

③ 这里的文学，是指纯文学意义上的审美文学，主要是辞赋文学，不再是杂文学。特作说明。

乘、司马相如为四大家，他们的创作标志着古代巴蜀文学第一个高峰的到来，这个高峰也是当时中国文学的最高峰。巴蜀文学作家四占其三，贡献巨大。如果将西汉这一时代范围调整为巴蜀这一区域范围，那么，汉代巴蜀文学四大家就应该是司马相如、王褒、扬雄、李尤。前三人是西汉名家，李尤是东汉巴蜀文学代表。前三人久负盛名，而李尤之声名尚不为多数人知晓。他们的共同特点是以辞赋文学名垂青史。

通观《文心雕龙》全书，对西汉著名文学作家司马相如、王褒、扬雄及其作品的论述非常多，巴蜀三杰①每每出现于“文之枢纽”“论文叙笔”“剖情析采，笼圈条贯”的重要位置，作为《文心雕龙》全书文学思想、作家作品、创作得失、理论批评的经典代表，其文学创作或文艺思想是刘勰创作该书的重要取材对象。具体说来，王褒主要以文学创作成就影响了《文心雕龙》的文体论与辞赋观，司马相如与扬雄则不仅以其丰富的创作成果成为划时代的经典作家代表，在《文心雕龙》的枢纽论、文体论、思维论、风格论、修辞论、作家论、鉴赏论、时序论、通变论中占有极为重要的位置，而且以其文艺理论思想深刻地影响了刘勰《文心雕龙》的文学思想、美学观念与创作目的。在以往的“龙学”研究中，对汉代蜀中三杰的杰出贡献还少有人关注，只对此略作探讨，多是以较短的篇幅对汉代巴蜀著名文学家司马相如等

① 刘勰在《文心雕龙·诠赋》篇中称荀况、宋玉、枚乘、司马相如、贾谊、王褒、班固、张衡、扬雄、王延寿十人为“辞赋之英杰”，顺此，有研究者简称司马相如、王褒、扬雄三人为汉代“蜀中辞赋三英杰”。实际上，从三人的创作成果目录与《文心雕龙》的实际征引来看，准确的称呼应为“汉代巴蜀文学三英杰”，因为他们的创作远远不止辞赋体裁，在散文等领域同样成就卓著。

三杰对《文心雕龙》成书所做的巨大贡献进行简要介绍。

《文心雕龙》全书五十篇，清人章学诚以“体大思精”目之，被“龙学”研究界公推为定论。在《序志》篇中，刘勰自述其书之结构体系曰：

> 盖《文心》之作也，本乎道，师乎圣，体乎经，酌乎纬，变乎骚：文之枢纽，亦云极矣。若乃论文叙笔，则囿别区分：原始以表末，释名以章义，选文以定篇，敷理以举统。上篇以上，纲领明矣。至于割情析采，笼圈条贯：摛《神》《性》，图《风》《势》，苞《会》《通》，阅《声》《字》，崇替于《时序》，褒贬于《才略》，怊怅于《知音》，耿介于《程器》，长怀《序志》，以驭群篇：下篇以下，毛目显矣。位理定名，彰乎大《易》之数，其为文用，四十九篇而已。①

刘勰以为，《文心雕龙》主要可以分为四个部分：从《原道》至《辨骚》这五篇以“文之枢纽”目之，可称为枢纽论；从《明诗》到《书记》的二十篇属于“论文叙笔，囿别区分”的文体论；《神思》到《程器》的二十四篇属于全面的“剖情析采，笼圈条贯”部分，学术界一般将其分为创作论（《神思》至《总术》十九篇）与批评论（《时序》至《程器》五篇）；最后是总纲性质的《序志》一篇，称为序论。② 实际上，在具体阅读或研究的时候，一般将序论放在最前面，枢纽论紧随其后，文体论、创作论、批评论作为展

① 杨明照：《增订文心雕龙校注》，第 619 页。

② 这样的板块划分，起自范文澜先生，百年“龙学”研究中对此多有论述。本书主要参考的是王运熙先生的划分意见。

开的主体，放在后面。这样安排顺序的好处是由小到大，还原《文心雕龙》所建构的理论体系从缘起、枢纽、纲领到“毛目”论述的脉络顺序。

仔细阅读《文心雕龙》的五大部分内容可知，有许多巴蜀本土作家、思想家、政治家被作者刘勰写进了《文心雕龙》，比如大禹、司马相如、王褒、扬雄、李尤、陈寿等人，另有诸葛亮、张载等著名入蜀政治家、作家入选。上述杰出代表中，大禹是上古帝王之一，开创夏朝，是中华儿女得以称为“华夏儿女”的始祖之一，治水定天下，德政声誉隆，开启夏王朝数百年的基业，是中国历史从原始部落向奴隶社会过渡并完成转变的关键人物；司马相如以其卓越的文学创作、政治贡献、小学成就和辞赋理论，被称为“赋圣”“辞宗”，在中国文学史、文明史、文化史上占据着重要的地位，是《文心雕龙》全书从前到后引以为范例的最著名作家之一；王褒是西汉蜀中文学奇才，是汉代大赋向抒情小赋过渡的代表作家，他的散文创作也有很高的成就，是《文心雕龙》全书从前到后不断征引、点评，并树立为两汉断代文学高标的经典作家；扬雄不仅是汉代最负盛名的辞赋作家，还精通哲学，折中儒道，是著名的大学者，是魏晋玄学在汉代的理论开启人，被后人尊为“汉代孔子”“西道孔子”，《文心雕龙》不仅将其列为最著名的作家和理论家之一，还将其杰出的思想成果和文学理论征引过来，作为树立雅丽文学思想的主要理论渊源之一[①]；李尤以其杰出的各体文学创作，

① 参见王万洪：《文心雕龙雅丽思想研究》，四川师范大学博士学位论文，2012年。

多次被刘勰品评，是汉代文学的一位大师，特别在铭体和赋体文学创作上，是历史上最著名的作家之一；巴人陈寿创作了著名的《三国志》，其书与注释不仅是刘勰写作《文心雕龙》的重要素材来源，还为史传文学树立了一个高标，是千年史传体裁的著名代表作家。入蜀著名政治家诸葛亮在政治治理之余，写出了许多流传千古的佳作美文，是教体文章和章表体裁的杰出代表作家；张载《剑阁铭》是流传天下的杰出铭文作品，被晋武帝下诏镌刻于名山，流传至今。

以上巴蜀英才和入蜀名家，为《文心雕龙》的成书做出了重要贡献，在枢纽论、文体论、创作论、批评论这几个板块中占据了至关重要的地位，是刘勰极力标举的上古圣人、经典作家与文学理论家：司马相如、王褒和扬雄是枢纽论部分重点推崇的最优秀作家代表，他们创作的各体作品是文体论部分的扛鼎之作，这些作品成为所属该体文章的基本标准。《文心雕龙》折中诗歌和辞赋的文学理论及其审美标准，源于孔子，而以扬雄为皈依。在创作论中，上述巴蜀作家是思维论、风格论、审美论、通变论、修辞技法、文字小学的典型代表，他们的成败得失，是所有文学创作取法或扬弃的对象。在批评论部分，他们成为文学史论、知音鉴赏、作家品评、学术道德的核心论述对象。以司马相如“锦绣宫商”与扬雄“丽则丽淫”为代表的汉代辞赋创作理论，是《文心雕龙》追求的雅丽文学思想之半壁江山；扬雄丰富精彩的文艺思想，诸如“心声心画”“自然之道”“征圣宗经”“丽淫丽则”、名德思想等，成为刘勰征引吸收、建立《文心雕龙》理论体系的重要取材对象。

在上述人物中，司马相如、王褒、扬雄是《文心雕龙》

论述较多，且历史影响很大的文学作家。[①] 三人之中，又以司马相如文学成就最高，为汉代辞赋四大家之首，是《史记》中西汉时期唯一一位专篇列传论述的作家，是汉代文学作家当之无愧的最著名代表；扬雄成就最为全面，在文学创作、哲学思辨、文艺理论、文字小学等方面居于西汉最杰出代表之列。他们的贡献，影响着《文心雕龙》成书的方方面面。蜀中三杰之所以在文学史上各占高标，主要是因为他们在赋体文学发展史上的各开先河之功与所在领域最高的创作成就。无论是他们身前还是身后，无论是《文心雕龙》还是当代评价，都是如此。可以说，没有蜀中三杰——尤其是扬、马二人的创作成就、学术贡献与理论推动，《文心雕龙》不仅将失去最值得依赖的征引取材对象，而且提不出贯通全书枢纽论、文体论并指导创作与批评实践的雅丽文学思想。因此，以蜀中三杰为代表，占据了《文心雕龙》半壁江山的辞赋创作与辞赋理论，对《文心雕龙》文学思想的提炼、产生有重大影响。

三杰集中出现于西汉，不是偶然的，这是《文心雕龙》成书之前，巴蜀地区被纳入中原文化体系、继承发展蜀地生活方式之后最富强的历史时期，与西汉国力、蜀地经济大发展和文翁兴蜀学相适应，各类人才大量涌现，文学名家随之而来，这是文学发展的历史规律。秦灭巴蜀之后，迁徙了大量关中居民来到蜀地，李冰父子修建都江堰水利工程，遂使成都平原成为千里沃野、“天府之国”，改变了古蜀文明的构成与特点，带来了富足的农、商生活，是秦灭六国的兵源、

① 文学作家，指各体兼通的纯文学、应用文作家。

粮源基地。秦灭六国之后，迁徙数万户六国豪强入蜀定居，中原文化、北方文化的进入，再一次增加了蜀地文明的厚度、强度和力度。西汉建国前，巴蜀大地是刘邦汉国的核心基地，汉兴置益州，是西汉五大名城之一；文翁化蜀之后，蜀地经济、文化、政治、学术全面繁荣起来，有“比肩齐鲁”之称；汉武帝以此为基地，委派唐蒙、司马相如等为代表，向西南夷广开边路，使西南少数民族也逐渐融入全国政治体系之中。到唐代时，成都工商、经济之繁荣，有“扬一益二”之美称，玄宗、僖宗时两次国家大乱，均入蜀避乱而安。元代双流人费著《岁华纪丽谱》曾说：“成都游赏之盛，甲于西蜀，盖地大物繁而俗好娱乐。”俗尚游乐是巴蜀人自古以来的一大特点。所以，巴蜀很早就兴起了旅游习俗，到唐宋时达到顶点。以成都而论，全年固定的游乐活动就有23次之多，或游江，或游山，或游寺，或游郊野，而且往往是群体出游，并与歌舞娱乐、体育竞技、商贸活动结合在一起，具有丰富的文化内涵，这些习俗一直传承到今天，且更为丰富。汉代巴蜀文学三杰司马相如《子虚赋》《大人赋》《天子游猎赋》是以上述蜀地生活特点为现实基础之一的极大夸张与虚构之推演，在丰富的想象力中创立了汉代苑囿大赋的体裁，没有蜀地所见所闻与生活方式的耳濡目染，没有汉帝国强盛的国力和广袤的山川、富饶的物产，是不可能完全凭空虚构而成的。王褒《洞箫赋》是汉代抒情小赋的代表，悠然安适、作乐享受，迄今仍是四川人的一大生活方式特点；而《僮约》中记载的戏谑态度、茶文化、吵闹对抗，正是四川人日常生活的精彩缩影。扬雄生长于蜀地中心的郫县（今郫都区），不仅在辞赋创作上继承发展了司马相如大赋的体裁与写法，还以成都为参照蓝本，写出了汉代京都大赋的首创名篇《蜀都赋》；蜀地以小学、《易》学研究名重于中国学术界，扬雄就是蜀地学者在西汉的最杰出代表，在老师严遵精研《易》学的基础上，扬雄折中儒道，深思厚积，发为《法言》《太玄》，被魏晋玄学推为开山祖师。以上文学、哲学、文字学成就的取得，与蜀地历史文化传统、日常生活方式与悠闲富足之乐是密不可分的。

在汉代著名文学家司马相如等涌现之前，蜀地曾经过很长时间的财力、物力、人力储备，经过李冰治水、文翁兴学等重大的经济基础建设和教育基础建设，在经济大发展、人才大储备、经学大昌盛、国力大富强的整体时代背景下，蜀地人才鼎盛，名家名作呈井喷式增长。这一切的基础，有两大标志性人物：一是李冰，二是文翁。

据详细考证，李冰，今山西省运城市盐湖区解州镇郊斜村人，战国时期秦国水利家，对天文地理也有研究。秦昭襄王末年（约公元前256—前251年）为蜀郡守，在今四川省都江堰市（原灌县）岷江出山口处主持兴建了中国早期的灌溉工程都江堰，因而使成都平原富庶起来。据《华阳国志·蜀志》记载，李冰曾在都江堰安设石人水尺，这是中国早期的水位观测设施。他还在今宜宾、乐山境开凿滩险，疏通航道，又修建汶井江（今崇庆县西河）、白木江（今邛崃南河）、洛水（今石亭江）、绵水（今绵远河）等灌溉和航运工程，以及修索桥、开盐井等。他也修筑了一条连接中原、四川雅安与云南的五尺道。老百姓怀念他的功绩，建造庙宇加以纪念。北宋以后还流传着李冰之子李二郎协助李冰治水的故事。

古代蜀地（今四川）非涝即旱，有泽国、赤盆之称。四川人民世世代代同洪水作斗争。秦惠文王九年（公元前316年），秦国吞并蜀国。秦为了将蜀地建成其重要基地，决定彻底治理岷江水患。同时派精通治水的李冰取代政治家张若任蜀守。李冰为蜀守的时间，没有明文记载，大约在秦昭王三十年至秦孝王之间（公元前277—前250年）。

李冰到蜀郡后，亲眼看到当地的严重灾情：发源于成都平原北部岷山的岷江，沿江两岸山高谷深，水流湍急；到灌县附近，一马平川，水势浩大，往往冲决堤岸，泛滥成灾；从上游裹挟而来的大量泥沙也容易淤积在这里，抬高河床，加剧水患；特别是在灌县城西南面，有一座玉垒山，阻碍江水东流，每年夏秋洪水季节，常造成东旱西涝。李冰到任不久，便开始着手进行大规模的治水工作。

建在都江堰渠首的二王庙是老百姓对李冰父子治水伟业的纪念。其中的碑刻内容多是对灌区水利工程进行维护的技术要领。而每年的清明时节，当地的居民都会在二王庙举行祭祀活动和开水（岁修完工后放水）典礼。李冰现在已成为都江堰灌区老百姓所崇拜的神灵，而与水有关的民间集体活动则加强了在灌区管理中政府与用水户之间的联系。李冰和他的儿子二郎沿岷江岸进行实地考察，了解水情、地势等情况，制定了治理岷江的规划方案。为了使岷江的水能够东流，首先把玉垒山凿开了一个二十米宽的口子，叫它“宝瓶口”。被分开的玉垒山的末端，状如大石堆，就是后人所称的“离堆”。此外，还采取了在江心构筑分水堰的办法，把江水分为两支，迫使其中一支流进宝瓶口。在修筑分水堰的过程中，采用江心抛石筑堰失败后，李冰另辟新路，让竹工编成长三丈、宽二尺的大竹笼，装满鹅卵石，然后一个一个地沉入江底，终于战胜了急流的江水，筑成了分水大堤。大堤前端开头犹如鱼头，所以取名叫“鱼嘴”。它迎向岷江上游，把汹涌而来的江水分成东西两股。西股的叫外江，是岷江的正流；东股的叫内江，是灌溉渠系的总干渠，渠首就是宝瓶口，流经宝瓶口再分成许多大小沟渠河道，组成一个纵横交错的扇形水网，灌溉成都平原的千里农田。分水堰两侧垒砌大卵石护堤，内江一侧的叫内金刚堤，外江一侧的叫外金刚堤，也称“金堤”。分水堰建成以后，内江灌溉的成都平原就很少有水旱灾害了。

都江堰的修成，不仅解决了岷江泛滥成灾的问题，而且从内江下来的水还可以灌溉十几个县，灌溉面积三百多万亩。从此，成都平原成为沃野千里的富庶之地，获得“天府之国”的美称。

成都平原在经济上发展起来之后，文化教育在汉代也开始发展起来，最主要的倡导者是文翁。《汉书·循吏传》说：

> 汉兴之初，反秦之敝，与民休息，凡事简易，禁罔疏阔，而相国萧、曹以宽厚清静为天下帅，民作“画一”之歌。孝惠垂拱，高后女主，不出房闼，而天下晏然，民务稼穑，衣食滋殖。至于文、景，遂移风易俗。是时，循吏如河南守吴公、蜀守文翁之属，皆谨身帅先，居以廉平，不至于严，而民从化。……文翁，庐江舒人也。少好学，通《春秋》，以郡县吏察举。景帝末，为蜀郡守，仁爱好教化。见蜀地辟陋有蛮夷风，文翁欲诱进之，乃选郡县小吏开敏有材者张叔等十余人亲自饬厉，遣诣京师，受业博士，或学律令。减省少府用度，

买刀布蜀物，赍计吏以遗博士。数岁，蜀生皆成就还归，文翁以为右职，用次察举，官有至郡守刺史者。又修起学官于成都市中，招下县子弟以为学官弟子，为除更徭，高者以补郡县吏，次为孝弟力田。常选学官僮子，使在便坐受事。每出行县，益从学官诸生明经饬行者与俱，使传教令，出入闺阁。县邑吏民见而荣之，数年，争欲为学官弟子，富人至出钱以求之。由是大化，蜀地学于京师者比齐鲁焉。至武帝时，乃令天下郡国皆立学校官，自文翁为之始云。文翁终于蜀，吏民为立祠堂，岁时祭祀不绝。至今巴蜀好文雅，文翁之化也。①

据《都江堰水利述要》记载：文翁在任职期间，带领人民“穿湔江，灌溉繁田一千七百顷”，是第一个扩大都江堰灌区的官员。由于注重兴修水利、发展农业，蜀郡出现了世平道治、民物阜康的局面。兴修水利以发展经济，兴办学校以培养人才，两者实为互补的关系。经济发展了，才有基础培养人才；同时，人才培养了，才会有能力促进经济发展。经济发展与人才培养互为因果。兴办学校，培养人才，不仅有促进物质文明的功能，更重要的是有促进精神文明的功能。在经济与教育措施双管齐下的发展方针之下，蜀地的民风得到极大的教化，蜀地到京城求学的人数和齐鲁之地的一样多。到汉武帝时，命令全国的郡县都设立学宫，有“学宫从文翁开始创立”这种说法。班固在《汉书》中评论说：“至今巴蜀好文雅，文翁之化也。”班固完成《汉书》时，上

① （汉）班固：《汉书》（影印本），北京：中华书局，1997年版，第3623～3627页。

距文翁在四川兴办学校约200年，班固的评价当不是溢美之词。文翁的贡献，不仅在于从教育入手，发展了四川的文化，而且他所创办的官学有一套得力的措施，由于他办官学成效卓著，到汉武帝时，中央政府推广了文翁管理官学的经验，下令全国各郡皆立学官，以发展教育。所以，文翁兴学，又开创了西汉一代的官学制度，这在中国教育史上是一个重要的发展阶段。

在巴蜀大地上，李冰治水，总结出科学原理：深淘滩，低作堰；文翁兴学，总结出教育原理：师资高，学风严。班固把文翁列为循吏之首，可见班固对文翁历史贡献和历史地位的重视。

一个国家的最终发展，靠的是教育和人才，有了人才，就有了一切建设与成果的软实力基础。一个地区的发展同样如此——在文翁兴学之前，巴蜀大地文教并不昌盛。这是有历史原因的：第一，秦灭巴蜀之战，将巴蜀等国原住民基本杀光、赶走，古巴蜀文化基本灭绝；第二，秦灭巴蜀之后，迁徙秦国豪族、地主、民众万户入巴蜀，秦灭六国之后，迁徙六国豪强与吕不韦势力集团入蜀安置，巴蜀地域的居民与文化属性改变了，先秦时期鼎盛的古巴蜀文化消失了；第三，秦始皇推进大一统的政治治理政策，书同文是其中之一，对巴蜀大地的推进是渐进式的，文字的毁灭就将文明复兴的基础毁掉了。所以，汉代初期的巴蜀居民实际上是一锅大杂烩，这既有好处：安置移民，便于管理，改良巴蜀原住民习性；也有坏处：民族属性不统一，难于治理，难于教化，难出人才。文翁就是在这样的基础上，抓住了治理蜀郡的关键——教育。在他的倡导下，蜀地学风日渐昌盛，慢慢培养出来一大批经学人才，蜀地小学人才与《易》学人才极多，这不是没有前提的，并逐渐诞生出一大批文学人才，以司马相如为代表的著名大文豪开始登上历史舞台。

秦国移民、李冰治水、文翁兴学，这三件大事使当时的成都在经济、物产、教育、人才培养等方面逐渐走到了全国的前列。

《汉书·地理志上》详细解读了巴蜀大地当时的地理位置、管辖区域、风物状态，这是全国富饶的、有名的大地盘，大致包括了上古九州时代的梁州，以及雍州南部的部分地区：

> 华阳、黑水惟梁州。岷、嶓既艺，沱、灊既道，蔡、蒙旅平，和夷厎绩。厥土青黎。田下上，赋下中三错。贡璆、铁、银、镂、砮、磬、熊、罴、狐、狸、织皮。西顷因桓是倈，浮于灊，逾于沔，入于渭，乱于河。黑水、西河惟雍州。弱水既西，泾属渭汭。漆、沮既从，酆水逌同。荆、岐既旅，终南、惇物，至于鸟鼠，原隰厎绩，至于猪野。三危既宅，三苗丕叙。厥土黄壤。田上上，赋中下。贡球、琳、琅玕。浮于积石，至于龙门西河，会于渭汭。织皮昆仑、析支、渠叟，西戎即叙。
>
> …………
>
> 汉中郡，秦置。莽曰新成。属益州。户十万一千五百七十，口三十万六百一十四。县十二：西城，旬阳，北山，旬水所出，南入沔。南郑，旱山，池水所出，东北入汉。褒中，都尉治。汉阳乡。房陵，淮山，淮水所出，东至中庐入沔。又有筑水，东至筑阳亦入沔。东

山，沮水所出，东至郢入江，行七百里。安阳，鬵谷水出西南，北入汉。在谷水出北，南入汉。成固，沔阳，有铁官。钖，莽曰钖治。武陵，上庸，长利。有郧关。

广汉郡，高帝置。莽曰就都。属益州。户十六万七千四百九十九，口六十六万二千二百四十九。有工官。县十三：梓潼，五妇山，水所出，南入涪，行五百五十里。莽曰子同。汁方，莽曰美信。涪，有孱亭。莽曰统睦。雒，章山，雒水所出，南至新都谷入湔。有工官。莽曰吾雒。绵竹，紫岩山，绵水所出，东至新都北入雒。都尉治。广汉，莽曰广信。葭明，郪，新都，甸氐道，白水出徼外，东至葭明入汉。过郡一，行九百五十里。莽曰致治。白水，刚氐道，涪水出徼外，南至垫江入汉，过郡二，行千六十九里，阴平道。北部都尉治。莽曰摧虏。

蜀郡，秦置。有小江入，并行千九百八十里。《禹贡》桓水出蜀山西南，行羌中，入南海。莽曰导江。属益州。户二十六万八千二百七十九，口百二十四万五千九百二十九。县十五：成都，户七万六千二百五十六，有工官，郫，《禹贡》江沱在西，东入大江。繁，广都，莽曰就都亭。临邛，仆千水东至武阳入江，过郡二，行五百一十里。有铁官、盐官。莽曰监邛。青衣，《禹贡》蒙山溪大渡水东南至南安入渽。江原，𨛬水首受江，南至武阳入江。莽曰邛原。严道，邛来山，邛水所出，东入青衣。有木官。莽曰严治。绵虒，玉垒山，湔水所出，东南至江阳入江，过郡三，行千八百九十里。旄牛，鲜水出徼外，南入若水。若水亦出徼外，南至大莋入绳，过郡二，行千六百里。徙，湔氐道，《禹贡》峄山在西徼外，江水所出，东南至江都入海，过郡七，行二千六百六十里。汶江，渽水出徼外，南至南安，东入江，过郡三，行三千四十里。江沱在西南，东入江。广柔，蚕陵。莽曰步昌。

犍为郡，武帝建元六年开。莽曰西顺。属益州。户十万九千四百一十九，口四十八万九千四百八十六。县十二：僰道，莽曰僰治。江阳，武阳，有铁官，莽曰戢成。南安，有盐官、铁官。资中，符，温水南至鳖入黚水，黚水亦南至鳖入江。莽曰符信。牛鞞，南广，汾关山，符黑水所出，北至僰道入江。有大涉水，北至符入江，过郡三，行八百四十里。汉阳，都尉治。山闟谷，汉水所出，东至鳖入延。莽曰新通。郁鄢，莽曰孱鄢。朱提，山出银。堂琅。

越嶲郡，武帝元鼎六年开。莽曰集嶲。属益州。户六万一千二百八，口四十万八千四百五。县十五：邛都，南山出铜。有邛池泽。遂久，绳水出徼外，东至僰道入江，过郡二，行千四百里。灵关道，台登，孙水南至会无入若，行七百五十里。定莋，出盐。步北泽在南。都尉治。会无，东山出碧。莋秦，大莋，姑复，临池泽在南。三绛，苏示，尼江在西北。阑，卑水，灊街，青蛉。临池灊在北。仆水出徼外，东南至来惟入劳，过郡二，行千八百八十里。有禺同山，有金马、碧鸡。

益州郡，武帝元封二年开。莽曰就新。属益州。户八万一千九百四十六，口五十八万四百六十三。县二十四：滇池，大泽在西，滇池泽在西北。有黑水祠。双柏，同劳，铜濑，谈虏山，迷水所出，东至谈稿入温。连然，有盐官。俞元，池在南，桥水所出，东至毋单入温，行千九百里。怀山出铜。收靡，南山腊谷，涂水所出，西北至越嶲入绳，过郡二，行千二十里。穀昌，秦臧，牛兰山，即水所出，南至双柏入仆，行八百二十里。邪龙，味，昆泽，叶榆，叶榆泽在东。贪水首受青蛉，南至邪龙入仆，行五百里。律高，西石空山出锡，东南盢町山出银、铅。不韦，云南，嶲唐，周水首受徼外。又有类水，西南至不韦，行六百五十里。弄栋，东农山，毋血水出，北至三绛南入绳，行五百一十里。比苏，贲古，北采山出锡，西羊人出银、铅，南乌山出锡。毋棳，桥水首受桥山，东至中留入潭，过郡四，行三千一百二十里。莽曰有棳。胜休，河水东至毋棳入桥。莽曰胜僰。健伶，来唯。从阳陆山出铜。劳水出徼外，东至麋泠入南海，过郡三，行三千五百六十里。

牂柯郡，武帝元鼎六年开。莽曰同亭。有柱蒲关。属益州。户二万四千二百一十九，口十五万三千三百六十。县十七：故且兰，沅水东南至益阳入江，过郡二，行二千五百三十里。镡封，温水东至广郁入郁，过郡二，行五百六十里。鳖，不狼山，鳖水所出，东入沅，过郡二，行七百三十里。漏卧，平夷，同并，谈指，宛温，毋敛，刚水东至潭中入潭。莽曰有敛，夜郎，豚水东至广郁。都尉治。莽曰同亭。毋单，漏江，西随。麋水西受徼外，东至麋泠入尚龙溪，过郡二，行千一百六里。都梦，壶水东南至麋泠入尚龙溪，过郡二，行千一百六十里。谈稿，进桑，南部都尉治。有关。句町。文象水东至增食入郁。又有卢唯水、来细水、伐水。莽曰从化。

巴郡，秦置。属益州。户十五万八千六百四十三，口七十万八千一百四十八。县十一：江州，临江。莽曰监江。枳，阆中，彭道将池在南，彭道鱼池在西南，垫江，朐忍，容毋水所出，南入江。有橘官、盐官。安汉，是鱼池在南。莽曰安新。宕渠，符特山在西南。潜水西南入江。不曹水出东北徐谷，南入灊。鱼复，江关，都尉治。有橘官。充国，涪陵。莽曰巴亭。[1]

如此广袤、富饶的地方，涌现出著名大富豪卓王孙等人，就不奇怪了。《史记·货殖列传》记载说：

南则巴蜀。巴蜀亦沃野，地饶卮、姜、丹沙、石、铜、铁、竹、木之器。南御滇僰，僰僮。西近邛笮，笮马、旄牛。然四塞，栈道千里，无所不通，唯褒斜绾毂其口，以所多易所鲜。

请略道当世千里之中，贤人所以富者，令后世得以观择焉。

蜀卓氏之先，赵人也，用铁冶富。秦破赵，迁卓氏。卓氏见虏略，独夫妻推辇，行诣迁处。诸迁虏少有余财，争与吏，求近处，处葭萌。唯卓氏曰："此地狭薄。吾闻汶山之下，沃野，下有蹲鸱，至死不饥。民工于市，易贾。"乃求远迁。致之临邛，大喜，即铁山鼓

① （汉）班固：《汉书》（影印本），北京：中华书局，1997年版，第1531～1603页。

铸，运筹策，倾滇蜀之民，富至僮千人。田池射猎之乐，拟于人君。

程郑，山东迁虏也，亦冶铸，贾椎髻之民，富埒卓氏，俱居临邛。

货殖之利，工商是营。废居善积，倚市邪赢。白圭富国，计然强兵。倮参朝请，女筑怀清。素封千户，卓郑齐名。①

巴蜀大地矿产、物产丰富，秦国移民入蜀，将矿山、物产开发出来，不仅产生了卓王孙等巨富，也将本地区的经济地位大大提升了，蜀郡成都成为汉代天下五大都会之一。人才的涌现，就成为物质基础建设好之后的必然，《汉书·地理志下》记载说：

巴、蜀、广汉本南夷，秦并以为郡，土地肥美，有江水沃野，山林竹木疏食果实之饶。南贾滇、棘僮，西近邛、莋马旄牛。民食稻鱼，亡凶年忧，俗不愁苦，而轻易淫泆，柔弱褊厄。景、武间，文翁为蜀守，教民读书法令，未能笃信道德，反以好文刺讥，贵慕权势。及司马相如游宦京师诸侯，以文辞显于世。乡党慕循其迹。后有王褒、严遵，扬雄之徒，文章冠天下。繇文翁倡其教，相如为之师，故孔子曰："有教亡类。"②

本段文字实际上是对两汉时期巴蜀大地文教人才的大总结。对于其中"相如为之师"的说法，笔者曾先后向多位汉

① （汉）司马迁：《史记》（影印本），北京：中华书局，1997年版，第3261～3282页。

② （汉）班固：《汉书》（影印本），北京：中华书局，1997年版，第1645页。

代文学研究名家、巴蜀文化研究名家请教，他们的看法大体一致，主要集中在以下两点：

第一，司马相如以文辞显名天下，“乡党慕循其迹，后有王褒、严遵，扬雄之徒，文章冠天下”，司马相如是在文学创作的道路上开启了巴蜀文人名扬天下的先河。在他之前，没有这样的人才出现过，在他之后，有王褒、扬雄、李尤、李白、苏轼、杨慎、张问陶、巴金、郭沫若等历代名家，他们一旦拿出文学作品来，就是当时的一流大家。而这个风气，是由司马相如开创的。

第二，在文学之外，更多的是指司马相如离川赴京、外交实践、以文干政的发展模式与仕途模式，这一点，对后代巴蜀文人有着更为深远的影响。[①] 扬雄的老师严君平，尽管“文章冠天下”，但他在《文心雕龙》中是未被提到的。王褒受蜀郡太守的推荐，到京都后可以直接和汉宣帝、章怀太子见面并议论时政，写出《圣主得贤臣颂》等著名文章，死在回蜀地访寻金马碧鸡的路上；扬雄四十岁前生活在四川，少年时代仰慕司马相如辞赋，《蜀都赋》作为他的代表作，写于三十七八岁的时候，但最终使他闻名天下的却是模仿相如大赋所写的“四大赋”；李尤从小就敬仰司马相如等辞赋大师，写了很多辞赋与铭文，后来到东都，拜为兰台令史，是《汉纪》《东观汉记》的主要编写者之一，当时他的手下就有后来的大儒马融；李白更不用说了，毕生想做官，毕生仰慕司马相如；苏轼以文学、书法名垂青史，但他实际上是一位

① 对此，四川师范大学熊良智教授、西华大学潘殊闲教授给予了较为详细的解释。

失意的政治家；明代著述四百余部的天下第一奇才杨升庵状元，得失成败都因为政治的变化。以上最著名的巴蜀大文豪，加上巴老与郭老，哪一个不是走出夔门、进入经济文化政治中心之后才名扬天下的呢？困守蜀中的严君平等人，才华一点不在上述名家之下，但他最终因为偏处西南一隅而名声不显，就是这个道理。

汉代时期，巴蜀出人才，主要是在文翁与司马相如之后。笔者曾经做过一项文献梳理工作：在司马相如、扬雄等著名文学家单独有传及何武、王涣、杨孟文等著名官吏单独有传的情况下，在《史记》《汉书》的“儒林传”之中，巴蜀人才一个也没有，而到了范晔《后汉书》的“儒林传”与“文苑传”，则一下子涌现出一大批巴蜀著名学者与文豪来，具体如下：

《后汉书·儒林传上》：

> 任安字定祖，广汉绵竹人也。少游太学，受《孟氏易》，兼通数经。又从同郡杨厚学图谶，究极其术。时人称曰：“欲知仲桓问任安。”又曰：“居今行古任定祖。”学终，还家教授，诸生自远而至。初仕州郡。后太尉再辟，除博士，公车征，皆称疾不就。州牧刘焉表荐之，时王涂隔塞，诏命竟不至。年七十九，建安七年，卒于家。[1]

《后汉书·儒林传下》：

---

① （南朝宋）范晔：《后汉书》（影印本），北京：中华书局，1997年版，第2551页。

任末字叔本，蜀郡繁人也。少习《齐诗》，游京师，教授十余年。友人董奉德于洛阳病亡，末乃躬推鹿车，载奉德丧致其墓所，由是知名。为郡功曹，辞以病免。后奔师丧，于道物故。临命，敕兄子造曰："必致我尸于师门，使死而有知，魂灵不惭；如其无知，得土而已。"造从之。……景鸾字汉伯，广汉梓潼人也。少随师学经，涉七州之地。能理《齐诗》《施氏易》、兼受《河》《洛》图纬，作《易说》及《诗解》，文句兼取《河》《洛》，以类相从，名为《交集》。又撰《礼内外记》，号曰《礼略》。又抄风角杂书，列其占验，作《兴道》一篇。及作《月令章句》。凡所著述五十余万言。数上书陈救灾变之术。州郡辟命不就，以寿终。……杜抚字叔和，犍为武阳人也。少有高才。受业于薛汉，定《韩诗章句》。后归乡里教授。沈静乐道，举动必以礼。弟子千余人。后为骠骑将军东平王苍所辟，及苍就国，掾史悉补王官属，未满岁，皆自劾归。时，抚为大夫，不忍去，苍闻，赐车马财物遣之。辟太尉府。建初中，为公车令，数月卒官。其所作《诗题约义通》，学者传之，曰《杜君法》云。……杨仁字文义，巴郡阆中人也。建武中，诣师学习《韩诗》，数年归，静居教授。仕郡为功曹，举孝廉，除郎。太常上仁经中博士，仁自以年未五十，不应旧科，上府让选。显宗特诏补北宫卫士令，引见，问当世政迹。仁对以宽和任贤，抑黜骄戚为先。又上便宜十二事，皆当世急务。帝嘉之，赐以缣钱。及帝崩，时诸马贵盛，各争欲入宫，仁被甲持戟，严勒门卫，莫敢轻进者。肃宗既立，诸马共谮仁刻峻，帝知其忠，愈善之，拜什邡令。宽惠为政，劝课掾史弟子，悉令就学。其有通明经术者，显之右署，或贡之朝，由是义学大兴。垦田千余顷。行兄丧去官。后辟司徒桓虞府。掾有宋章者，贪奢不法，仁终不与交言同席，时人畏其节。后为阆中令，卒于官。……董钧字文伯，犍为资中人也。习《庆氏礼》。事大鸿胪王临。元始中，举明经，迁廪牺令。病去官。建武中，举孝廉，辟司徒府。钧博通古今，数言政事。永平初，为博士。时草创五郊祭祀，及宗庙礼乐，威仪章服，辄令钧参议，多见从用，当世称为通儒。累迁五官中郎将，常教授门生百余人。后坐事左转骑都尉。年七十余，卒于家。①

不仅如此，在"儒林传"一篇的结束语中，范晔评论东汉儒林名家，征引蜀地大儒扬雄《法言》之名言警句，作为自己论证的理论论据，起到了关键的作用：

论曰：自光武中年以后，干戈稍戢，专事经学，自是其风世笃焉。其服儒衣，称先王，游庠序，聚横塾者，盖布之于邦域矣。若乃经生所处，不远万里之路，精庐暂建，赢粮动有千百，其耆名高义开门受徒者，编牒不下万人，皆专相传祖，莫或讹杂。至有分争王庭，树朋私里，繁其章条，穿求崖穴，以合一家之说。故杨雄曰："今之学者，非独为之华藻，又从而绣其鞶帨。"夫书理无二，义归有宗，而硕学之徒，莫之或徙，故通

① （南朝宋）范晔：《后汉书》（影印本），北京：中华书局，1997年版，第2572～2577页。

人鄙其固焉，又雄所谓“譊譊之学，各习其师”也。且观成名高第，终能远至者，盖亦寡焉，而迂滞若是矣。然所谈者仁义，所传者圣法也。故人识君臣父子之纲，家知违邪归正之路。[①]

扬雄作为西汉大儒、大学者、大文豪，《汉书》中分上下两卷列出了文学史中最长篇幅的传记。他的子书《法言》深入人心，为他赢得了西道孔子（桓谭语）、汉代孔子的美誉，其思想学说影响之深远，为历代巴蜀学者中之第一人。

儒林学者之外，巴蜀文学大家入传的人数就不多了。《后汉书·文苑列传上》载：

李尤字伯仁，广汉雒人也。少以文章显。和帝时，侍中贾逵荐尤有相如、杨雄之风，召诣东观，受诏作赋，拜兰台令史。稍迁，安帝时为谏议大夫，受诏与谒者仆射刘珍等俱撰《汉记》。后帝废太子为济阴王，尤上书谏争。顺帝立，迁乐安相。年八十三卒。所著诗、赋、铭、诔、颂、《七叹》《哀典》，凡二十八篇。

尤同郡李胜，亦有文才，为东观郎，著赋、诔、颂、论数十篇。[②]

在《后汉书》中，一下子冒出了五个大儒，有的是经学博士，他们分散在广汉绵竹、蜀郡繁县、广汉梓潼、犍为武阳、巴郡阆中、犍为资中等地区，这是东汉时期巴蜀儒学迅

① （南朝宋）范晔：《后汉书》（影印本），北京：中华书局，1997年版，第2588～2589页。

② （南朝宋）范晔：《后汉书》（影印本），北京：中华书局，1997年版，第2616页。

速发展、整体发展、高水平发展的直接写照。反过来看，《史记》《汉书》中最著名的巴蜀文学家有司马相如、王褒、扬雄，而在《后汉书》的“文苑传”中，只有李尤、李胜，而且传记极其短小，与西汉三杰根本没有可比性。这表明：蜀地教化日隆，慢慢与中原文化、儒家文化同化了，天纵奇才般的文学大家不再能够出现了，而学术的发展与趋同，慢慢与中原儒家文化一致了。

第四节　三国魏晋名家：为文致用的历史名人

在三国、魏晋、南北朝时期，《文心雕龙》所征引、纳入的巴蜀名家数量不多。从文学写作的角度来看，巴蜀地区产生的作家作品在数量、质量方面，以及在《文心雕龙》书中的地位、贡献、影响等各个方面，在纵向比较上较大禹、司马相如、扬雄等巴蜀前代名人要偏弱一些，在横向比较上也不如本区域文学之外的其他文学区系产生的名家名作。巴蜀文学在整体上处于低潮期。为便于论述，我们将本期本土名家与入蜀名家合在一起简述之。

三国时期，蜀汉丞相诸葛亮是《文心雕龙》论述政教体裁时重点取法的对象。《诏策》篇指出：“教者，效也，言出而民效也。……若诸葛孔明之详约，庾稚恭之明断，并理得而辞中，教之善也。”[①] 诸葛亮曾写过《答蒋琬教》《罢来敏教》《与李丰教》等著名教文，刘勰盛赞他为文“详约”，即既详细又简约。在看似矛盾的统一之中，讲清楚事实，约定

① 杨明照：《增订文心雕龙校注》，第268～269页。

好规矩，这是著名政治家的手笔。《章表》篇指出："至于文举之《荐祢衡》，气扬采飞；孔明之辞后主，志尽文畅：虽华实异旨，并表之英也。"① 诸葛亮《前出师表》《后出师表》忠言陈情，以质实为美，是志尽文畅的历史名篇。毛主席曾盛赞巴蜀大地流传千古的两位大文豪——诸葛亮和李密，认为他们写作的《出师表》与《陈情表》是感染力很强的佳作，他说："读《出师表》不哭者，是为不忠；读《陈情表》不哭者，是为不孝。"可惜《文心雕龙》中没有纳入李密《陈情表》，实为憾事。

晋代著名史学家陈寿，师承蜀汉名臣谯周，他最大的贡献是完成了《三国志》的写作，在同时代同类作品中被视为正宗。陈寿很有文才，在魏晋众多史学家中卓然独立，《史传》篇说："及魏代三雄，记传互出。《阳秋》《魏略》之属，《江表》《吴录》之类，或激抗难征，或疏阔寡要；唯陈寿《三志》，文质辨洽，荀、张比之于迁、固，非妄誉也。"② 在刘勰著述《文心雕龙》之时，根本就没有现在通行的"二十四史""前四史"之说，但是刘勰独具慧眼，在众多历史学作家作品中高度赞扬陈寿写作的《三国志》，文质彬彬，合情合理，是可以与司马迁《史记》、班固《汉书》相提并论的巨著。这一点，后代的历史发展印证了他的判断，《三国志》能跻身于"前四史"之列，这是巴蜀文学家、史学家奉献给中国文学、历史学的重大成果。

其后，晋代张载曾入蜀地，在广元剑门关写下了著名的

---

① 杨明照：《增订文心雕龙校注》，第 308 页。
② 杨明照：《增订文心雕龙校注》，第 209 页。

《剑阁铭》。《铭箴》篇说："张载《剑阁》，其才清采。迅足骎骎，后发前至，勒铭岷汉，得其宜矣。"[①] 是一篇文采飞扬，又兼备质实的铭体文学佳作。[②]

结　语

从文学作家、作品和审美角度来看，《文心雕龙》论述到的巴蜀先秦、两汉、魏晋诸家之中，当以汉代四大辞赋名家为核心代表，他们是真正意义上的文学作家、杰出的汉赋名家，其中，又以西汉三杰为主导力量。

笔者以为，没有司马相如等经典的文学作家，《文心雕龙》在写作理论的建构与影响上将黯然失色；没有伏羲、大禹这样仁、德、贤、才兼备的伟大的上古圣人及其德政美誉，《文心雕龙》将失去文化根基和理论建构的说服力；没有陈寿、诸葛亮、张载等魏晋巴蜀名家，《文心雕龙》的取材、系统性、影响力将大打折扣。

---

① 杨明照：《增订文心雕龙校注》，第 144 页。

② 按：张载字孟阳，安平人。父亲张收，任蜀郡太守。张载天性闲雅，博学并有文采辞章。太康初年（280），张载到蜀地看望父亲，取道剑阁，因有感于剑阁地势险要、风光独特，便写下了《剑阁铭》。铭文先写剑阁形势的险要，次引古史指出国之存亡在德不在险的道理，被后人誉为"文章典则"（张溥《张孟阳景阳集题辞》）。实际上，本铭实因蜀地人倚仗险阻，喜好作乱，张载便写《剑阁铭》以为告诫。益州刺史张敏见此铭，认为张载是奇才，便把此文上奏，晋武帝派使臣刻在剑阁山上。

第二章 “致名辞宗”

——汉代赋圣司马相如

第一节 司马相如生平简介

司马相如（约公元前179年—前118年），西汉辞赋家，汉代文化史、文学史的杰出代表，汉赋四大家之首，史称“赋圣”。司马相如的文学作品以辞赋创作和散文创作为主，代表作《子虚赋》等，带有明显的道家思想与神仙色彩。历史上有关司马相如生平最权威的记载是《史记》《汉书》等史书，根据二者的记载，可以将司马相如的生平简要梳理于下：

司马相如，字长卿，原名犬子，因仰慕战国时赵国名相蔺相如为人而改名。[1] 出生在今四川南充，成长于今四川成都，其先祖大约是公元前 316 年秦将司马错灭巴蜀时留在当地的一支，司马相如是巴蜀文化结合产生的文学巨人。[2] 他少年时代喜欢读书和练剑，是个文武双修的人，二十多岁时，父母用钱给他在宫廷内谋了个官职，做了汉景帝的武骑常侍，但这些并非相如所好，因而有不遇知音之叹，后来因病免职。

待梁孝王刘武来朝时，司马相如才得以结交邹阳、枚乘、庄忌等辞赋家。因病退职后，司马相如前往梁地与这些志趣相投的文士共事，就在此时，为梁王写了那篇著名的《子虚赋》。《子虚赋》的主题是这一时期以虚静为君的道家思想，但是并没有得到汉景帝的赏识，因为景帝不好辞赋。

---

① 司马相如生活在汉代初期走向鼎盛之时，这个时期的思想、世风也在转变之中。前代的诸侯王尚在，可是权势已经削弱。以前依附于诸侯王的士人，其才智也无处可用，但是，这个时期成长起来的一代文人，仍然兼具纵横家的精神、气质。东方朔的高自称许便是这种精神的表现。司马相如身上的策士遗风更为明显，他对社会现实的关注，对君主的随时进谏，他事景帝时意不自得便免官他就，表现出很强的独立精神。他又不同于东方朔、枚皋。他谏说、论事，宗旨严正，具有较强的社会责任感，即使在极端铺张的文学创作中，也多贯穿一条鲜明的主线，即要有所讽喻，有所针砭，注重自己作品或言论的社会效果。正是基于这一点，他受到君主的信任，被朝廷委以重任。而东方朔、枚皋，虽然自视甚高，天子却只俳倡畜之，没有让他们承担过严肃的使命。

② 关于司马相如的籍贯，历来有争议，《史记·司马相如列传》《汉书·司马相如传》皆载明司马相如为蜀郡成都人（司马相如字长卿，蜀郡成都人也），清代《四川通志》也记载："汉司马相如成都人，侨居蓬州。"但根据 20 世纪楚辞学的相关研究成果与历史考证来看，司马相如应该是四川南充人，先祖随秦国大将司马错灭巴蜀时入蜀，居于南充市蓬安县。2003 年，司马相如研究学会成立，其后举行了多次学术研讨会，对这一问题有了更加明确的定论。现在比较一致的看法是：司马相如出生地是南充蓬安，七岁时跟随父辈迁居到成都，遂落籍成都。后来司马相如和卓文君成婚，曾在今邛崃市短暂居住过，其后再次定居成都，故居在今成都市青羊区琴台路一带。

景帝去世后，汉武帝刘彻即位。刘彻看到《子虚赋》，非常喜欢，以为是古人之作，叹息不能与作者同时代。当时侍奉刘彻的狗监（主管皇帝的猎犬）杨得意是蜀人，对刘彻说："这是我的同乡司马相如所作。"刘彻惊喜之余马上召司马相如进京。司马相如向武帝表示说，"《子虚赋》写的只是诸侯王打猎的事，算不了什么，请允许我再作一篇天子打猎的赋"，这就是内容上与《子虚赋》相接的《上林赋》，不仅内容可以相衔接，且更有文采。此赋以"子虚""乌有先生""无是公"为假托人物，设为问答，放手铺写，以维护国家统一、反对帝王奢侈为主旨，歌颂了统一大帝国无可比拟的形象，又对统治者有所讽谏，开创了汉代大赋的一个基本主题。

此赋一出，使司马相如深受汉武帝赏识，他的创作才华和作品质量不仅在文学之路上得到了肯定，更进一步，他被刘彻封为郎官（"赋奏，天子以为郎"）。司马相如受到武帝重用，重新开启了他在汉景帝时代就已经准备好了的政治旅途，作为朝廷任命的中郎将回到蜀地，协调官民关系，开通西南边地交通，为国立功，实现了自己离开蜀郡赴汉武帝召见时许下的"驷马高车"的还故乡之愿。①

汉武帝建元六年（公元前 135 年），相如担任郎官数年，正逢唐蒙受命掠取和开通夜郎及其西面的僰中，征发巴、蜀

---

① 成都北门的驷马桥，原来叫升仙桥。据《华阳国志·蜀志》记载："（成都）城北十里有升仙桥，有送客观，司马相如初入长安，题市门曰：'不乘高车驷马，不过汝下。'"人们为了纪念胸怀大志的司马相如，将升仙桥改为驷马桥，至今仍是成都北上的必经之地。古时一车套四马，故称驷马，是贵族身份的象征。司马相如后来被任命为中郎将，作为朝廷使者荣归故里，实现了自己出川时许下的承诺。

二郡的官吏士卒上千人，西郡又为唐蒙征调陆路及水上的运输人员一万多人。唐蒙又用战时法规杀了大帅，巴、蜀百姓大为震惊恐惧。汉武帝听说这种情况，就派相如去责备唐蒙，趁机告知巴、蜀百姓，唐蒙所为并非皇帝的本意。司马相如在那儿发布了一张《谕巴蜀檄》的公告，并采取恩威并施的手段，收到了良好的效果。

相如出使完毕，回京向汉武帝汇报。唐蒙已掠取并开通了夜郎，趁机要开通西南夷的道路，征发巴、蜀、广汉郡的士卒，参加筑路的有数万人。修路两年，没有修成，士卒多死亡，钱财颇耗费，当权者多反对。这时，邛、筰的君长听说西南夷已与汉朝交往，请求汉朝委任他们以官职。汉武帝任命相如为中郎将，令持节出使，笼络西南夷。相如等到达蜀郡，蜀人都以迎接相如为荣。司马相如顺利出使西南夷，邛、筰、冉、駹、斯榆的君长都请求成为汉王朝的臣子。于是拆除了旧有的关隘，使边关扩大，开通了灵关道，在孙水上建桥，直通邛、筰。相如还京报告汉武帝，武帝特别高兴。司马相如运用高超的政治智慧，有远见地看到了出使西南夷的不易，为此，他创作了一篇《难蜀父老》，以解答问题的形式，成功地说服了众人，使少数民族与汉廷合作，为开发西南边疆做出了贡献。从这个角度来讲，司马相如是西汉武帝时期杰出的外交战略家和民族政策实践者。[①]

先秦至今，四川都是一个多民族区域。《战国策》说：

---

① 参见李殿元：《司马相如：西汉边疆开拓的杰出战略家与实践者》，载于《文史杂志》，2017 年第 6 期。

“蜀，西辟之国也，戎狄之长也。”① 《华阳国志》等文献记载，先秦时，除巴蜀二族为主要部落外，巴地上还有板楯蛮、濮、賨、共、苴、奴、獽、夷等族群，蜀地周边还有夜郎、邛、嶲、徙、氐、叟、筰、冉駹等族群。西汉时主要有濮人、氐人、冉駹夷、青衣羌、徙人、叟人、筰人、邛人和僰人等。秦灭巴蜀，设郡县，蜀人逐渐南迁以至消失，秦国迁徙人口充实之。秦灭六国后，将东方六国豪强三万余户迁徙到蜀地安置居住，一方面严格控制，另一方面大大促进蜀地人口数量的增加和多民族文化的融合与繁荣。到汉武帝时代，司马迁在《史记·西南夷列传》中说：

> 西南夷君长以什数，夜郎最大。其西，靡莫之属以什数，滇最大；自滇以北君长以什数，邛都最大，此皆魋结，耕田，有邑聚。其外，西自同师以东，北至楪榆，名为嶲、昆明，皆编发，随畜迁徙，毋常处，毋君长，地方可数千里。自嶲以东北，君长以什数，徙、筰都最大。自筰以东北，君长以什数，冄、駹最大。其俗或士箸，或移徙，在蜀之西。自冉駹以东北，君长以什数，白马最大，皆氐类也。此皆巴蜀西南外蛮夷也。②

巴蜀之外，西南“蛮夷”部落甚众，为了加强对西南边陲的控制和统治，汉武帝大力开边，恩威并施，征抚并用，不断拓展汉帝国力量对西南边疆的统治力度。《汉书·地理志·下》说：“巴、蜀、广汉……南贾滇、僰僮，西近邛、

① （汉）刘向辑，何建章注释：《战国策注释·秦策一》，北京：中华书局，1990年版。

② （汉）司马迁：《史记》（影印本），北京：中华书局，1997年版，第2991页。

筰马旄牛……武都地杂氐、羌，及犍为、牂柯、越巂，皆西南外夷，武帝初开置。”《史记》《汉书》对“西南夷”“西南外夷”的界定，已经排除了巴蜀两地，或者是以巴蜀为界。因为巴蜀已汉化，未汉化的四周族群便仍被称为蛮夷。可见，一个新的以“巴蜀为界的华夷分野”在此形成。[①] 在这个宏大的历史时间段中，司马相如扮演了一个受命执节、开疆拓土的朝廷钦差形象。可以说，西汉王朝乃至今天中国西南边陲疆域的确立，司马相如功不可没。

其后，司马相如在官场有所沉浮。又因为与卓文君结婚，老丈人给了好些钱财，成为富人，加上性格高傲，所以司马迁记载“其进仕宦，未尝肯与公卿国家之事，称病间居，不慕官爵”。日子过得悠闲自在。

在后来的岁月中，他曾多次以不同的文学体裁形式劝谏汉武帝：

第一次是陪同汉武帝在长杨打猎时，看到汉武帝爱好击杀熊彘，驰逐野兽，于是“上疏谏之”，体现了他为人臣尽职尽责的本分。这次进谏的结果是“上善之”。

第二次是打猎结束后，“还过宜春宫，相如奏赋以哀二世行失也”。写了《哀秦二世赋》，借古讽今，希望汉武帝严谨治国，从秦朝的灭亡中看到汉帝国的潜在危机。

第三次是看到汉武帝崇尚神仙道德、追求长生不死的迷恋状态：“天子既美《子虚》之事，相如见上好仙道，因曰：‘上林之事未足美也，尚有靡者。臣尝为大人赋，未就，请具而奏之。’相如以为列仙之传居山泽间，形容甚臞，此非

① 徐新建：《西南研究论》，昆明：云南教育出版社，1992 年版，第 61 页。

帝王之仙意也，乃遂就《大人赋》。”然而，与初衷相违背的是，“相如既奏大人之颂，天子大说，飘飘有陵云之气，似游天地之间意”。让汉武帝对追求长生不老更加迷恋，差点飞了起来。

整体上看，司马相如以文学而不是章表等文体进谏的方式表明，他不是一个直接提意见的大臣，他甚至没有将自己想要表达的讽谏意思让汉武帝读懂！但是，作为一个辞赋作家，一个郎官、孝文园令这样的小官、闲官，他本来就因为出使西南夷的时候被人告发贪污受贿而丢过官，而且，文人的身份，使得他不可能像真正的政治家那样直接向武帝提建议。更何况，当时的汉武帝一心沉迷长生不老之术，不仅炼丹服药，铸建承露盘，甚至在“巫蛊之祸”中直接逼死了太子，将自己的儿孙辈基本上扫光了，连个继承人都没留下来，弄得比秦始皇还厉害，面对这样性格和行事的汉武帝，司马相如也不敢去直接说了。

但是，在司马相如传奇的一生中，他临死都被汉武帝记挂着，天子知道他的卓绝才华，非常担心司马相如写出来的文章被他自己带进棺材，从而留下遗憾：

> 相如既病免，家居茂陵。天子曰：“司马相如病甚，可往从悉取其书；若不然，后失之矣。”使所忠往，而相如已死，家无书。问其妻，对曰：“长卿固未尝有书也。时时著书，人又取去，即空居。长卿未死时，为一卷书，曰有使者来求书，奏之。无他书。”其遗札书言封禅事，奏所忠。忠奏其书，天子异之。[①]

① （汉）司马迁：《史记》（影印本），北京：中华书局，1997年版，第3063页。

元狩五年（公元前 118 年），汉武帝派所忠前往茂陵，到达时相如已经死去，所忠把相如绝笔《封禅文》进献给天子，天子惊异其书。这篇文章写到刘彻心里去了，因为他北击匈奴、开疆拓土、治国安邦、名垂青史，想的正是和秦始皇一样去泰山封禅的大事业，居然被司马相如提前洞察并写了出来，不得不说，司马相如深具洞见之明、识人之能，确有过人之处。其后，“司马相如既卒五岁，天子始祭后土。八年而遂先礼中岳，封于太山，至梁父禅肃然”。汉武帝完成了封禅大业。

司马相如去世以后，其坟墓与卓文君墓一样由于年代久远，现在已经不可确证，不过后世多认为在成都。唐代《元和郡县志》载，司马相如葬于四川导江县东 20 里。清乾隆《灌县志》云，司马相如墓在治东 12 里刘海坝。《都江堰市金石录》有清嘉庆四年（1525）灌县知事徐鼎立碑“汉中郎将文苑令司马相如墓道”，该碑于 1958 年被灌县文物管理所收藏（文物目录载：因碑损毁严重，埋于楠木树下）。司马相如葬于都江堰市境内是确信无疑的了。

汉代最重要的文学体裁是赋，而司马相如是公认的汉赋代表作家和赋论大师，也是一位文学大师和美学大家。《汉书·艺文志》著录“司马相如赋二十九篇”，是“赋二十五家”中的巨匠，现存《子虚赋》《上林赋》《大人赋》《长门赋》《美人赋》《哀秦二世赋》6 篇，另有《梨赋》《鱼葅赋》《梓山赋》3 篇存名。《隋书·经籍志》有《司马相如集》1 卷，已散佚。明人张溥辑有《司马文园集》，收入《汉魏六朝百三家集》。

司马相如还掌握了辞赋创作的审美规律，并通过自己的辞赋创作实践和有关辞赋创作的论述，对辞赋创作的审美创作与表现过程进行了不少探索，看似只言片语，但与其具体赋作中所表露出的美学思想相结合，仍可看出他对赋的不少见解。他已经比较完整地提出了自己的辞赋创作主张。从现代美学的领域，对其辞赋美学思想进行阐释，是有益的和必要的。由于受到道家思想的深刻影响，司马相如的辞赋呈现出斑斓多姿的艺术风貌，特别是纵意夸张的想象力，从而获得了经久不息的艺术魅力。

两汉辞赋作家中，以司马相如成就最高，其大赋甚至成为汉大赋创作的范式，故研究司马相如辞赋创作的特点，对研究汉赋乃至整个汉代文学都有着深远的意义。

司马相如还是汉代很有成就的散文名家，其散文流传至今的有《谕巴蜀檄》《难蜀父老》《上疏谏猎》《封禅文》等。整体上看，在语言艺术的运用和体裁形式的发展等方面，司马相如对汉代散文做出了重要的贡献。

两千多年来，司马相如在文学史上一直享有巨大的声誉，产生了深远的影响。两汉作家绝大多数对他十分佩服，其中最有代表性的是历史学家司马迁。在整个《史记》中，专为文学家立的传只有两篇：一篇是《屈原贾生列传》，另一篇就是《司马相如列传》，仅此即可看出相如在太史公心目中的重要地位。并且在《司马相如列传》中，司马迁全文收录了他的三篇赋、四篇散文，以至《司马相如列传》的篇幅大约相当于《屈原贾生列传》的六倍之多！这就表明，司马迁认为司马相如的文学成就是超过屈原和贾谊的。

司马相如辞赋作品辞藻富丽，结构宏大，以“巨丽”著称，为数百年汉赋的发展奠定了时代风格特点，其后，扬雄、班固、张衡等杰出的汉赋作家均深受他的影响，这些直接的和间接的贡献，使他成为汉赋体裁的著名代表作家，后人称之为“赋圣”，刘勰称之为“辞宗”。

司马相如作为汉赋的宗师，为他立传的司马迁作为汉代史书的巨匠，不仅是司马家族中最杰出的人才，而且成为中国文学史、文化史上最杰出的代表，后人常将二人相提并论，直到20世纪，鲁迅的《汉文学史纲要》还把二人放在一个专节里加以评述，指出：“武帝时文人，赋莫若司马相如，文莫若司马迁。”

司马相如是巴蜀地区为中国文学贡献出来的第一位大家，他拥有卓越的想象力、语言传达力、艺术创造力、题材选取力，其作品新奇斑斓，多姿多彩，奇思妙想，滔滔不绝。以他为起点，巴蜀地区历代都为中国文学贡献了杰出作家，比如扬雄、李白、苏轼、杨慎、郭沫若、巴金等，他们身上，有鲜明的巴蜀地域文化特点。

司马相如还是一位杰出的文字学家，他精于辞赋创作，多用奇字，在文字学上有很深的造诣，撰述的《凡将篇》，是汉代著名文字学专著，为后来的扬雄整理、编撰文字学著作打下了坚实的基础。东汉的许慎，在他们的著作成果上，写出了《说文解字》。这在《文心雕龙》书中《练字》篇有记载。

千年以降，司马相如已成赋圣，壮美历史将他牢牢记住。本章的主要工作，就是将司马相如对《文心雕龙》成书所做的伟大贡献揭示出来。

第二节 《文心雕龙》文学作家的代表人物

一、两汉文学的断代高标

《才略》篇既是对《体性》篇风格类型理论的补充，也是对历代著名作家的一次全面比较。司马相如在刘勰点评的七十多位“九代文学”作家中地位极为显赫：

> 相如好书，师范屈、宋，洞入夸艳，致名“辞宗”；然覆取精意，理不胜辞，故扬子以为“文丽用寡者长卿”，诚哉是言也！[①]

司马相如以其开天下先的大赋创作，被尊称为“赋圣”，但是文采扬厉过度，有丽而不雅之嫌。在评论完两汉数十位著名作家之后，刘勰将相如进一步上升为两汉文学的断代标志：

> 然自卿、渊已前，多俊才而不课学；向、雄以后，颇引书以助文：此取与之大际，其分不可乱者也。[②]

本句中论述到的“卿、渊、向、雄”，分别指的是司马相如（长卿）、王褒（子渊）、刘向、扬雄四人，刘勰以四人为两汉文学最重要的经典作家。在西汉，司马相如与王褒“多役才而不课学”，才华横溢，独步当世；在两汉之交，自刘向与扬雄“引书以助文”开始，汉代作家才逐渐改变了仗

---

① 杨明照：《增订文心雕龙校注》，第 581 页。

② 杨明照：《增订文心雕龙校注》，第 582 页。

气使才而欠缺学习的不足。这既是巴蜀文学在汉代的前后变化，也是整个汉代文学在创作上的分水岭——司马相如、王褒、扬雄是两汉断代文学史上最优秀的代表。

二、辞赋文学之绝代双骄

在《辨骚》篇中，刘勰总结“文之枢纽”，提出指导全书文体论、创作论、批评论的总原则是：“若能凭轼以倚《雅》《颂》，悬辔以驭楚篇，酌奇而不失其真，玩华而不坠其实，则顾盼可以驱辞力，欬唾可以穷文致，亦不复乞灵于长卿，假宠于子渊矣。”[①] 这一原则折中《诗》《骚》，推崇雅丽，坚守儒家经典准则，鼓励大胆创新，是《文心雕龙》“驱辞穷文”的指导思想和全书论述写作的“枢纽”所在。[②] 司马相如成为写作枢纽论中最重要的代表作家之一。

首先，在论述屈原《楚辞》的重大影响时，刘勰指出：“自《九怀》以下，遽蹑其迹，而屈宋逸步，莫之能追。故其叙情怨，则郁伊而易感；述离居，则怆怏而难怀；论山水，则循声而得貌；言节候，则披文而见时。是以枚贾追风以入丽，马扬沿波而得奇：其衣被词人，非一代也。”[③] 受屈原影响最深、学《楚辞》最成功的汉赋四家是枚乘、贾谊、司马相如和扬雄，蜀地作家占据两席；而且“马扬沿波而得奇”，体现了鲜明的巴蜀地域文化特征：奇思纵逸，精

① 杨明照：《增订文心雕龙校注》，第52页。

② 王运熙先生称这一原则为创作论的总纲。从全书来看，这一原则可以归纳为雅丽文学思想，在文体论、创作论、批评论中均居于主导地位，是《文心雕龙》一以贯之的基本文学思想，即全书之“枢纽”。

③ 杨明照：《增订文心雕龙校注》，第52页。

妙绝伦。[1]

其次，在阐释文章写作的枢纽论之后，刘勰认为只要注意到了雅丽结合、奇正结合的折中原则，就可以很轻松地写作文章而不会出现差错，“若能凭轼以倚《雅》《颂》，悬辔以驭楚篇，酌奇而不失其真，玩华而不坠其实，则顾眄可以驱辞力，欬唾可以穷文致，亦不复乞灵于长卿，假宠于子渊矣”[2]，表面上是在说不需要向司马相如和王褒学习写作了，实际上是在间接地告诉读者：司马相如和王褒就是最优秀的作家，写东西就得向他们的作品学习，这是对巴蜀作家的最高赞美。司马相如于是成为《文心雕龙》在全书论文叙笔、剖情析采、笼圈条贯三部分展开论述后的经典楷模。其博通众体的文学创作、超越大众的写作技巧、在文学史上的杰出成就，是《文心雕龙》批评论述时取法的主要对象。

笔者以为，汉代辞赋主要有骚体赋和散体赋两大类，前者继承屈原作品而融入新意，后者则可分为大赋与小赋两类：大赋的成熟以司马相如《子虚赋》为代表，小赋的成熟以王褒《洞箫赋》为代表。所以说，刘勰的评价是极为准确的——整个汉赋，无论大赋还是小赋，最杰出的代表人物，都是巴蜀文学家。

三、大赋立体，致名辞宗

仅从历史影响而言，司马相如之盛名如雷贯耳，名垂青

① 关于汉赋与巴蜀地域文化的关系，李天道先生《司马相如赋的美学思想与地域文化心态》、毕庶春先生《巴蜀与汉赋初探》、刘跃进先生《秦汉时期巴蜀文学略论》等专著或论文已经作过探究。本书限于论述主题，在此不再展开。

② 杨明照：《增订文心雕龙校注》，第52页。

史，千年以来，提起汉赋，首先想到的一定是他；缩小到巴蜀文学家，提起文学，首先想到的也一定是他。

班固《汉书·艺文志》论“诗赋”文学曰：

> 传曰：“不歌而诵谓之赋，登高能赋可以为大夫。”言感物造端，材知深美，可与图事，故可以为列大夫也。古者诸侯卿大夫交接邻国，以微言相感，当揖让之时，必称《诗》以谕其志，盖以别贤不肖而观盛衰焉。故孔子曰“不学《诗》，无以言”也。春秋之后，周道浸坏，聘问歌咏不行于列国，学《诗》之士逸在布衣，而贤人失志之赋作矣。大儒孙卿及楚臣屈原离谗忧国，皆作赋以风，咸有恻隐古诗之义。其后宋玉、唐勒；汉兴，枚乘，司马相如，下及杨子云，竞为侈俪闳衍之词，没其风谕之义。是以杨子悔之，曰：“诗人之赋丽以则，辞人之赋丽以淫。如孔氏之门人用赋也，则贾谊登堂，相如入室矣，如其不用何！”自孝武立乐府而采歌谣，于是有代赵之讴，秦楚之风，皆感于哀乐，缘事而发，亦可以观风俗，知薄厚云。[①]

仅以赋体文学而言，屈原发端，宋玉继踵，司马相如立体，扬雄检讨之——真正继往开来、独创新体的辞赋大家，就是司马相如。所以，刘勰在《才略》篇里才会以“致名辞宗”来盛赞司马相如及其辞赋作品。这是巴蜀文学家的骄傲，是汉代文学史的骄傲，是中国文学史的骄傲。

---

① （汉）班固：《汉书》（影印本），北京：中华书局，1997年版，第1755～1756页。

第三节　各体皆能的杰出成就

司马相如在“论文叙笔”的二十篇文体论部分占据了非常重要的位置，在各类文体的创作上有突出的成就。限于本书限定的文体范围，本节主要从辞赋体裁来展开论述。《文心雕龙》论述赋体文学的核心篇章是《诠赋》篇，我们的主要笔力也将集中在那里。为了全面地了解司马相如其人其作，我们先来梳理一下《文心雕龙》中对他各类体裁作品的征引与评价。

一、诗歌成就

《明诗》《乐府》等篇章中有司马相如创作的四言诗歌和乐府声诗，主要是在汉武帝“好文学”的背景下，与朱买臣等人奉迎皇帝喜好的应景之作，有一定特色和成就，但整体质量并不高。论略。

二、讽喻名篇

在《哀吊》篇中，司马相如作为吊体文学的主要代表出场：“及相如之吊二世，全为赋体。桓谭以为其言恻怆，读者叹息；及平章要切，断而能悲也。”[①] 司马相如《吊秦二世文》，虽名为“吊”，实际上“全为赋体”，具有赋体文学“卒章显志”的特点，所以该文“卒章要切”，写作目的是委婉地规讽汉武帝以秦二世政亡人息之败为戒，用心可谓良

① 杨明照：《增订文心雕龙校注》，第 173 页。

苦。所以，《吊秦二世文》一般称为《哀秦二世赋》，这是司马相如随汉武帝长杨打猎，归途中经过宜春宫秦二世胡亥墓时，哀悼二世，委婉议政的文章。前半部分写景叙事，到宜春宫游览远眺，到秦二世坟前凭吊；后半部分作品抒情议论，借前车之鉴委婉讽谏汉武帝。

司马迁说，司马相如写这篇文章，“相如奏赋，以哀二世行失也”。写作的时间发生在汉武帝在长杨打猎结束后，“还过宜春宫”的时候。属于触景生情，意在讽谏武帝，显示了他通过委婉方式表达儒家君臣职分的心态。这表明，司马相如的作品，始终是与政治活动密切相关的。除了这样的委婉方式，司马相如还曾经直接劝谏过汉武帝，事情是这样的：

（相如）常从上至长杨猎，是时天子方好自击熊彘，驰逐野兽，相如上疏谏之。其辞曰：

臣闻物有同类而殊能者，故力称乌获，捷言庆忌，勇期贲、育。臣之愚，窃以为人诚有之，兽亦宜然。今陛下好陵阻险，射猛兽，卒然遇轶材之兽，骇不存之地，犯属车之清尘，舆不及还辕，人不暇施巧，虽有乌获、逢蒙之伎，力不得用，枯木朽株尽为害矣。是胡越起于毂下，而羌夷接轸也，岂不殆哉！虽万全无患，然本非天子之所宜近也。

且夫清道而后行，中路而后驰，犹时有衔橛之变，而况涉乎蓬蒿，驰乎丘坟，前有利兽之乐而内无存变之意，其为祸也不亦难矣！夫轻万乘之重不以为安，而乐出于万有一危之涂以为娱，臣窃为陛下不取也。

盖明者远见于未萌而智者避危于无形，祸固多藏于隐微而发于人之所忽者也。故鄙谚曰“家累千金，坐不垂堂”。此言虽小，可以喻大。臣原陛下之留意幸察。①

这篇文章被称为《谏猎疏》，也叫作《上书谏猎》，是司马相如随从武帝猎于长杨宫苑，见武帝爱好击杀熊彘，驰逐野兽而上的一篇奏书。表现皇帝田猎，这是汉赋常见的题材，当时包括司马相如在内的几乎所有文学侍从都进行过创作，一般也都有讽谏之意旨，但又无不淹没在颂圣的铺叙之中，文章美则美矣，讽谕则不可能很明显。而此篇奏疏作为公文，与赋体文学截然不同，朝臣戒谏的应用性极强，完全没有颂圣之辞，而是就事论事，直截了当。文章先指出，皇帝“凌阻险，射猛兽”，“是胡越起于毂下，而羌夷接轸也，岂不殆哉！虽万全无患，然本非天子所宜近也。”然后再论：“夫轻万乘之重不以为安，而乐出万有一危之涂以为娱，臣窃为陛下不取也。”最后拳拳劝谏：“盖明者远见于未萌而智者避危于无形，祸固多藏于隐微而发于人之所忽者也。”文章语言朴素自然，并不借助富丽的藻饰，却将满腔忠悃强烈地寓于其中，而显出独特的审美价值，与雍容典雅的坐而论道不同。

汉武帝虽有雄才大略的一面，但在迷信神仙、奢靡侈费、贪恋女色、沉湎游猎等方面并不输于昏君。司马相如为郎时，曾作为武帝的随从行猎长杨宫，武帝不仅迷恋驰逐野兽的游戏，还喜欢亲自搏击熊和野猪。司马相如写了这篇《谏猎疏》呈上，由于行文委婉，劝谏与奉承结合得相当得

① （汉）司马迁：《史记》（影印本），北京：中华书局，1997 年版，第 3053～3054 页。

体，面对司马相如的文章，武帝认为还可以，“上善之”。身为人臣，司马相如是因为文章写得好被汉武帝赏识、召见、重用、提拔起来的，功成之后，司马相如始终不忘自己写文章、为人臣的本职工作，这样的忠言直谏，显示了他的耿直性格和深受儒家思想熏染的内在情操。而汉武帝能听得进去，表明他对司马相如的信任和重视。

三、政论雄文

《诏策》篇记载了司马相如书写诏书之事，尽管现在我们看不到司马相如担任这一要职所撰写的诏文，但由此可见相如当时文才与地位之高，已经不是“辞赋小道”之属，而是步入了“经国大业”的行列。

《檄移》对此有进一步的论述：“移者，易也；移风易俗，令往而民随者也。相如之《难蜀老》，文晓而喻博，有移檄之骨焉。”[①] 司马相如作为朝廷安抚并聚集巴蜀大地人心的朝廷钦差，其《难蜀父老》言简意赅，深含大义，在历史上确实起到了“移风易俗，令往而民随”的政治功效。相如此作，是移体文学的经典。其文曰：

> 汉兴七十有八载，德茂存乎六世，威武纷纭，湛恩汪濊，群生澍濡，洋溢乎方外。于是乃命使西征，随流而攘，风之所被，罔不披靡。因朝冉从駹，定筰存邛，略斯榆，举苞满，结轶还辕，东乡将报，至于蜀都。
>
> 耆老大夫荐绅先生之徒二十有七人，俨然造焉。辞毕，因进曰：“盖闻天子之于夷狄也，其义羁縻勿绝而

① 杨明照：《增订文心雕龙校注》，第285页。

已。今罢三郡之士，通夜郎之涂，三年于兹而功不竟，士卒劳倦，万民不赡；今又接以西夷，百姓力屈，恐不能卒业，此亦使者之累也，窃为左右患之。且夫邛、筰、西僰之与中国并也，历年兹多不可记已。仁者不以德来，强者不以力并，意者其殆不可乎！今割齐民以附夷狄，弊所恃以事无用。鄙人固陋，不识所谓。”

使者曰：“乌谓此邪！必若所云，则是蜀不变服而巴不化俗也。余尚恶闻若说。然斯事体大，固非观者之所觏也。余之行急，其详不可得闻已。请为大夫粗陈其略：

盖世必有非常之人，然后有非常之事；有非常之事，然后有非常之功。非常者，固常人之所异也。故曰非常之原，黎民惧焉；及臻厥成，天下晏如也。昔者洪水浡出，泛滥衍溢，人民登降移徙，陭区而不安。夏后氏戚之，乃堙鸿水，决江疏河，漉沈赡菑，东归之于海，而天下永宁。当斯之勤，岂唯民哉？心烦于虑而身亲其劳，躬胝无胈，肤不生毛，故休烈显乎无穷，声称浃乎于兹。”

且夫贤君之践位也，岂特委琐握龊，拘文牵俗，循诵习传，当世取说云尔哉！必将崇论闳议，创业垂统，为万世规。故驰骛乎兼容并包，而勤思乎参天贰地。且《诗》不云乎，‘普天之下，莫非王土；率土之滨，莫非王臣。’是以六合之内，八方之外，浸浔衍溢，怀生之物有不浸润于泽者，贤君耻之。今封疆之内，冠带之伦，咸获嘉祉，靡有阙遗矣。而夷狄殊俗之国，辽绝异党之地，舟舆不通，人迹罕至，政教未加，流风犹微。

内之则犯义侵礼于边境，外之则邪行横作，放弑其上，君臣易位，尊卑失序，父兄不辜，幼孤为奴，系累号泣，内向而怨，曰：'盖闻中国有至仁焉，德洋而恩普，物靡不得其所，今独曷为遗己！'举踵思慕，若枯旱之望雨。盭夫为之垂涕，况乎上圣，又恶能已？故北出师以讨强胡，南驰使以诮劲越。四面风德，二方之君鳞集仰流，愿得受号者以亿计。故乃关沫若，徼牂牁，镂零山，梁孙原。创道德之涂，垂仁义之统。将博恩广施，远抚长驾，使疏逖不闭，阻深闇昧，得耀乎光明，以偃甲兵于此，而息诛伐于彼。遐迩一体，中外提福，不亦康乎？夫拯民于沈溺，奉至尊之休德，反衰世之陵迟，继周氏之绝业，斯乃天子之急务也。百姓虽劳，又恶可以已哉？"

且夫王事固未有不始于忧勤，而终于佚乐者也。然则受命之符合在于此矣。方将增泰山之封，加梁父之事，鸣和鸾，扬乐颂，上咸五，下登三。观者未睹指，听者未闻音，犹鹪明已翔乎寥廓，而罗者犹视乎薮泽。悲夫！"

于是诸大夫芒然丧其所怀来，而失厥所以进，喟然并称曰："允哉汉德，此鄙人之所愿闻也。百姓虽怠，请以身先之。"敞罔靡徙，因迁延而辞避。①

《难蜀父老》第一句指明了本文的写作年代是"汉兴七十有八载"，但后世的理解出现三种歧说：元光五年（前

① （汉）司马迁：《史记》（影印本），北京：中华书局，1997年版，第3049～3053页。

130 年）、元光六年（前 129 年）、元朔元年（前 128 年）。当时，武帝派司马相如出使巴蜀，他制定佑、邛、冉、吨，疏导交通，开拓疆土，为此遭到当地缙绅的反对，所以相如作此文，陈述开拓疆域、交好夷狄的必要，也告诫百姓不要目光短浅，畏苦畏劳。其间暗讽武帝要“博恩广施”“拯民于沉溺”。

《难蜀父老》这篇名作及其事迹有一个背景，因司马相如以中郎将出使西南进行开发时，蜀地长父多言打通西南夷没有用处，朝中大臣也以为如此，他不敢直陈己见，所以假借驳诘蜀父老的形式，为朝廷已行政策辩护。文章采用赋体主客问答的方式展开，曲折进谏，表明“盖世必有非常之人，然后有非常之事；有非常之事，然后有非常之功。夫非常者，固常人之所异也”，以突出“蜀都耆老大夫搢绅先生之徒”所发问疑不正确，“必若所云，则是蜀不变服而巴不化俗也”，反而造成咄咄逼人的艺术效果。

这一篇驳论文，托言难蜀父老，实际上驳斥了朝廷重臣的错误认识，坚定了武帝开发西南的信心。先概述凭强盛国力平定边境的胜利形势，是全文的背景；紧接着提出批驳的靶子：开发西南边境难成，损民，无用，主体和重心是批驳——先指出开发西南具有促进民族进化、事关统一大业的重大意义，是总批；接着指出并用大禹治水为例证明创大业、立殊功的普遍规律，驳倒“难成”“损民”，劝武帝效禹立非常之功，永传之名；再通过颂扬武帝采纳远见卓识的议论（指自己的主张），开创大业，垂范万代，指出开发西南是当务之急，是消除混乱、使民族和睦、拯救百姓、统一祖国的伟大事业，将使中外更加安乐，驳倒“损民”“无用”；

又用形象的比喻，批评死盯着创业开始时的忧患而看不到正迈向成功，享受安乐的短浅见识，驳倒“难成”；最后写蜀人诚服，表明自己的主张正确。这篇文章高瞻远瞩，很有说服力，文中用边民的怨言和渴望作为论据，动情入理，很有雄辩性和说服力；赞颂武帝采纳远见开创大业，促使武帝听取自己的意见，坚定开发的信心，委婉而有力。

司马相如以其卓越的远见，运用外交辞令和文学才华，为汉代江山开疆拓土、巩固西南边防做出了巨大的历史贡献。①

从文学角度看，《难蜀父老》是首篇论难文，开创了一种新文体。所谓“难”，即《难蜀父老》中“而己诘难之”的“诘难”之意。“难”作为文章形式，由来已久。先秦西汉著作，多以虚设问答作结构，辞赋如《楚辞》之《卜居》《渔父》，文章如《孟子》诸篇、宋玉之《对楚王问》等，或本身就是对问、对策，如《二世、李斯责问书对》《公孙弘对天文、地理、人事之纪》等。就一个具体现实事件而虚设论难写成一篇完整文章，明确以“难”作篇名，《难蜀父老》还是第一篇，在文体发展史上意义重大。②

---

① 据史书记载，司马相如还是开边功臣，他两次奉命回巴蜀，第一次是因唐蒙强行筑道，引起各族叛离，巴蜀人惊恐，他来做安抚工作。回报汉武帝时他又提出了开边的意见，武帝再次派他出使西南。第一次是南边，这次的重点是西边。相如派出副使，说服夷人头目，拆除边关，拓宽道路，架设桥梁，置一都尉及十余县，属蜀郡。今天四川西南的边界，基本上是由司马相如固定下来的。

② 刘勰之后，还有几家评论。明朝著名文学家王维桢说：“先叙事起，而后诡为问答之词。其事虽非，而其文则腴。”明朝著名文学家林云铭说：“是文谓宣其使指则可。若谓以风天子，其事已成，不便中绝；且词中劝百讽一。”明朝著名文学家金圣叹说：“瞌折顿挫，极尽文态。”清朝著名文学家王文濡说：“表面虽是难蜀父老，说得堂皇正大，而其讽天子，好大喜功之意，却以隐约出之，此文之所以名贵也。”

四、封禅鸿章

最使司马相如在“以文干政”之路名扬天下的是他为汉武帝封禅一事创作的《封禅文》，其文曰：

伊上古之初肇，自昊穹兮生民。历撰列辟，以迄于秦。率迩者踵武，逖听者风声。纷纶葳蕤，堙灭而不称者，不可胜数也。续《韶》《夏》，崇号谥，略可道者七十有二君。罔若淑而不昌，畴逆失而能存？

轩辕之前，遐哉邈乎，其详不可得闻也。五三《六经》载籍之传，维见可观也。《书》曰：“元首明哉，股肱良哉。”因斯以谈，君莫盛于唐尧，臣莫贤于后稷。后稷创业于唐尧，公刘发迹于西戎，文王改制，爰周郅隆，大行越成，而后陵夷衰微，千载无声，岂不善始善终哉！然无异端，慎所由于前，谨遗教于后耳。故轨迹夷易，易遵也；湛恩蒙涌，易丰也；宪度著明，易则也；垂统理顺，易继也。是以业隆于襁褓而崇冠于二后。揆厥所元，终都攸卒，未有殊尤绝迹可考于今者也。然犹蹑梁父，登泰山，建显号，施尊名。大汉之德，逢涌原泉，沕潏漫衍，旁魄四塞，云尃雾散，上畅九垓，下溯八埏。怀生之类沾濡浸润，协气横流，武节飘逝，迩陕游原，迥阔泳沫，首恶湮没，暗昧昭晢，昆虫凯泽，回首面内。然后囿驺虞之珍群，徼麋鹿之怪兽，導一茎六穗于庖，牺双觡共抵之兽，获周余珍，收龟于岐，招翠黄乘龙于沼。鬼神接灵圉，宾于闲馆。奇物谲诡，俶傥穷变。钦哉，符瑞臻兹，犹以为薄，不敢道封禅。盖周跃鱼陨杭，休之以燎，微夫斯之为符也，以登介丘，不亦恧乎！进让之道，其何爽与！

于是大司马进曰："陛下仁育群生，义征不憓，诸夏乐贡，百蛮执贽，德侔往初，功无与二，休烈浃洽，符瑞众变，期应绍至，不特创见，意者泰山、梁父设坛场望幸。盖号以况荣，上帝垂恩储祉，将以荐成。陛下谦让而弗发也，挈三神之欢，缺王道之仪，群臣恧焉。或谓且天为质闇，珍符固不可辞；若然辞之，是泰山靡记而梁父靡几也。亦各并时而荣，咸济世而屈，说者尚何称于后，而云七十二君乎？夫修德以锡符，奉符以行事，不为进越。故圣王弗替，而修礼地祇，谒款天神。勒功中岳，以彰至尊，舒盛德，发号荣，受厚福，以浸黎民也。皇皇哉斯事！天下之壮观，王者之丕业，不可贬也。愿陛下全之。而后因杂荐绅先生之略术，使获燿日月之末光绝炎，以展采错事；犹兼正列其义，校饬厥文，作《春秋》一艺，将袭旧六为七，摅之无穷，俾万世得激清流，扬微波，蜚英声，腾茂实。前圣之所以永保鸿名而常为称首者用此，宜命掌故悉奏其义而览焉。"

于是天子沛然改容，曰："愉乎，朕其试哉！"乃迁思回虑，总公卿之议，询封禅之事，诗大泽之博，广符瑞之富。乃作颂曰：

自我天覆，云之油油。甘露时雨，厥壤可游。滋液渗漉，何生不育；嘉谷六穗，我穑曷蓄。

非唯雨之，又润泽之；非唯濡之，泛尃濩之。万物熙熙，怀而慕思。名山显位，望君之来。君乎君乎，侯不迈哉！

般般之兽，乐我君囿；白质黑章，其仪可嘉；旼旼睦睦，君子之能。盖闻其声，今观其来。厥途靡踪，天瑞之征。兹亦于舜，虞氏以兴。

濯濯之麟，游彼灵畤。孟冬十月，君徂郊祀。驰我君舆，帝以享祉。三代之前，盖未尝有。

宛宛黄龙，兴德而升；采色炫耀，熿炳辉煌。正阳显见，觉寤黎烝。于传载之，云受命所乘。

厥之有章，不必谆谆。依类托寓，谕以封峦。

披艺观之，天人之际已交，上下相发允答。圣王之德，兢兢翼翼也。故曰："兴必虑衰，安必思危。"是以汤武至尊严，不失肃祗；舜在假典，顾省厥遗：此之谓也。[①]

此文是司马相如遗作，死后才被上奏给汉武帝，阐明了请求封禅的主张及意义。文章先概说自古以来历代封禅的君王，指出封禅无不昌盛；接着用略知的三皇五帝和可稽的周代封禅的盛事作对比，指出大汉恩德和祥兆空前，武帝更应该封禅；又假托大司马上书，歌颂武帝功德、祥兆空前，封禅是天意所示，圣君所宜，会给官吏和百姓带来好处；进而假设武帝同意封禅，而拟作颂功德赞祥瑞的刻石词。直陈其意，托人进言，拟作颂词，再三强调武帝最宜封禅，真可谓"一篇之中三致志焉"。最后还以天人感应为论，强调祭祀典仪可促进敬慎小心，居安思危，从更广意义上反复阐明应该封禅的主旨。

---

① （汉）司马迁：《史记》（影印本），北京：中华书局，1997年版，第3063～3072页。此文又载于《汉书》卷五七下、《文选》卷四八与《艺文类聚》卷一，题同作《封禅文》。

封禅是古代统治者举行的一种祭祀天地的礼仪。古人认为群山中泰山最高，为“天下第一山”，因此人间的帝王应到最高的泰山去祭过天帝，才算受命于天。远古暨夏商周三代已有封禅的传说。《史记·封禅书》载有春秋时期齐相管仲论封禅的一段话，说齐桓公称霸后想行封禅之祀，管仲反对，认为古代封泰山、禅梁父的有七十二代的帝王，著名的有无怀氏、伏羲、神农氏、炎帝、黄帝、颛顼、帝喾、尧、舜、禹、汤、周成王等十二个，都是受命之后才举行封禅仪式的。他们那时候封禅，有嘉禾生出，凤凰来仪，种种祥瑞不召而至。桓公自知没这么大的福气，只好放弃了封禅的妄想。不过先秦时代如何举行封禅之礼，由于缺乏史料，其具体情况已不得而知。《史记》所载，舜、禹以后举行过封禅的只有两个人，即秦始皇和汉武帝。

秦始皇统一中国之后，认为自己的统治得到上天的委命，第三年（公元前 219 年）就带了齐、鲁的儒生博士 70 人到泰山举行封禅活动。准备行封禅之礼时，儒生博士便议论纷纷，说古代天子封禅坐的是用蒲裹车轮的蒲车，以免损伤山上的草木土石；要扫地而祭，铺上用菹秸做的席。所说互相乖异，难以做到，秦始皇一怒之下将他们全部斥退，自己乘车从山南登上泰山之顶去行封礼，并刻石歌功颂德，然后又从山北下来，到梁父山去行禅礼。他的礼节基本上是取自战国祭天帝时所采用的一套仪式稍加改造而成的。

公元前 110 年，汉武帝先到梁父山行禅礼祭地，然后到泰山下东方设坛，举行一次封礼祭天。坛宽 1 丈 2 尺，高 9 尺，下埋玉牒书之后，汉武帝与少数大臣登上泰山之巅，举行了第二次封礼。武帝封禅，祭天采用祭太一神之礼，设坛三层，四周为青、赤、白、黑、黄五帝坛，杀白鹿、猪、白牦牛等做祭品，用江淮一带所产的一茅三脊草为神籍，以五色土益杂封，满山放置奇兽珍禽，以示祥瑞。汉武帝则身穿黄色衣服，在庄严的音乐声中跪拜行礼。为了纪念这次封禅典礼，武帝还特改年号为元封。

所以，封禅不是简单的祭祀天地的仪式，而是只有在历史上建立过重大功勋、享有极高威望的帝王才有资格进行的国家大事。司马迁在《史记·封禅书》中列出了帝王封禅所必需的条件，即太平盛世或天降祥瑞，帝王在当政期间，只要具备二者中的任何一个条件即可封禅，但二者之间有着某种隐秘的联系，帝王贤明、天下太平、天降祥瑞三者之间应该是一种相互依附的关系。《史记·封禅书》中记载“每世之隆，则封禅答焉，及衰而息”，也就说，帝王当政期间要有一定的功绩，即要使天下太平，民生安康才可封禅、向天报功。汉武帝有这个资格，司马相如这篇文章，实际上顺应了汉武帝这种既要封禅祭祀天地、彰显治国政绩，又可以借此机会名垂青史并强调君权神授的内在心理。

刘勰对司马相如这篇文章有极高的评价，《封禅》曰：

铺观两汉隆盛：孝武禅号于肃然，光武巡封于梁父；诵德铭勋，乃鸿笔耳。观相如《封禅》，蔚为唱首。尔其表权舆，序皇王，炳元符，镜鸿业；驱前古于当今之下，腾休明于列圣之上；歌之以祯瑞，赞之以介邱：绝笔兹文，固维新之作也。……及扬雄《剧秦》……影写长卿，诡言遁辞，故兼包神怪；然骨掣靡密，辞贯圆通，自称“极思”，无遗力矣。……故称“《封禅》丽而不典，《剧秦》典而不实”，岂非追观易为明，循势易为力欤？[1]

“相如《封禅》，蔚为唱首”，司马相如是历代封禅文的首创者，此文“表权舆，序皇王，炳玄符，镜鸿业”，颂扬明君政教之功德，赞美汉武帝泰山封禅的伟绩，堪称“绝笔”；不仅如此，还是启发后代、垂范后世的“维新之作”，这是司马相如辞赋创作“劝而不止”、干政失效所无法起到的巨大政治作用。反观扬雄《剧秦美新》一文，尽管“影写长卿”，“骨制靡密，辞贯圆通”，但是名不正且言不顺，因此“典而不实”，内容被诟病。从封禅文体发展历史的角度看，汉代封禅文有相如、扬雄、班固三家，司马相如首创其例，为一代宗师。

通过以上四个方面的分析可知，司马相如在文学创作上各体皆能，是一个不多见的全面能手。他的文学作品绝非应景、逢迎之作，而是具有鲜明的政治功能性和独创新颖性。整体上讲，司马相如是汉代散文的一代大宗师，是一个以文干政、建功立业、实现宏愿的杰出政治家和出使西南、开疆拓土的战略实践家。

我们只有从以上分析的基础上进一步展开对司马相如宏伟大赋创作的研究，才能有基础、有新意、有收获，才能不人云亦云，重复研究。

① 杨明照：《增订文心雕龙校注》，第 298 页。

第四节 “致名辞宗”，一代赋圣：杰出的辞赋创作（上）

在上述博通众体的文学创作之外，司马相如作为汉赋四大家[①]之首，被尊称为“赋圣”，刘勰以“致名辞宗”（《才略》）称之，辞赋才是他名垂青史的最成功体裁。司马相如的辞赋创作成为刘勰征引论述、评价得失的第一选择，他的辞赋美学理论对刘勰有直接的影响。《诠赋》篇认为辞赋“受命于《诗》人，而拓宇于《楚辞》”，是中和《诗》《骚》之后形成的文学新体裁，荀子是赋体文学的创造者。发展到西汉一朝时，赋体文学已有众多名家：

> 陆贾扣其端，贾谊振其绪，枚马同其风，王扬骋其势；皋朔已下，品物毕图。繁积于宣时，校阅于成世，进御之赋，千有余首。讨其源流，信兴楚而盛汉矣。[②]

具体而言，这八大名家是陆贾、贾谊、枚乘、司马相如、王褒、扬雄、枚皋、东方朔，司马相如赫然在列。而从“讨其源流”的结论来看，辞赋与《诗经》显然并无源流关系，《楚辞》才是汉赋真正的源头，因此，辞赋之丽与《楚

---

① 关于“汉赋四大家”，历来有两种说法：一是指司马相如、王褒、扬雄、班固，二是指司马相如、扬雄、班固、张衡。无论哪一种，均将司马相如视为汉赋第一作家。

② 杨明照：《增订文心雕龙校注》，第98页。

辞》之丽具有前后相承的因果关系。[1]

《诠赋》篇中，在具体讨论了京苑大赋与抒情小赋两类辞赋作品及其特征之后，刘勰又对先秦两汉赋体文学史进行了一次大阅兵：

> 观夫荀结隐语，事数自环；宋发夸谈，实始淫丽。枚乘《兔园》，举要以会新；相如《上林》，繁类以成艳；贾谊《鹏鸟》，致辨于情理；子渊《洞箫》，穷变于声貌；孟坚《两都》，明绚以雅赡；张衡《二京》，迅发以宏富；子云《甘泉》，构深玮之风；延寿《灵光》，含飞动之势：凡此十家，并辞赋之英杰也。[2]

上述引文中一共列出了十位最著名的辞赋作家：荀况、宋玉、枚乘、司马相如、贾谊、王褒、班固、张衡、扬雄、王延寿，刘勰称之为“辞赋之英杰也”，司马相如仍然位居其中。如此，不论是前文断代为西汉的诸家，还是通观先秦两汉赋体文学史的十家，司马相如均名列其间。司马相如《上林赋》开启了苑囿大赋的创作先河，从题材开创之功与创作成就来看，司马相如是历代公认的“赋圣”，是汉赋第一作家，刘勰之论当之无愧。

在刘勰看来，司马相如辞赋成就最高，因此，相如辞赋创作的成败得失，也成为刘勰论述文学创作与文学批评的第一范例。有成必有失，司马相如被高高挂起来，要挨批评，

① 汉代辞赋与儒家经典的前后继承关系很不明显，更多的是对屈原《楚辞》的继承，这在《辨骚》篇中有清楚的论述：“枚贾追风以入丽，马扬沿波而得奇：其衣被词人，非一代也。”刘勰以为汉赋受《诗》之影响，主要是因为《宗经》观念的支配，“赋颂歌赞，则《诗》立其本”，文出五经，势在必行，因此不免牵强附会。

② 杨明照：《增订文心雕龙校注》，第99页。

也是首当其冲、跑不掉的人物。《诠赋》总结出了“立赋之大体”：

> 原夫登高之旨，盖睹物兴情。情以物兴，故义必明雅；物以情观，故词必巧丽。丽词雅义，符采相胜，如组织之品朱紫，画绘之著玄黄。文虽新而有质，色虽糅而有本，此立赋之大体也。①

作赋最根本的要求就是“丽词雅义，符采相胜”，雅而且丽，文质彬彬，不能脱离“衔华佩实”的雅丽之风，这不仅是刘勰坚持的辞赋创作理论和鉴赏理论，也是《文心雕龙》全书对一切文章的最高审美要求，在文体论的其他篇章中反复提倡这一“丽词雅义”的原则，因此，单纯走向质朴或单纯追求华丽都是错误的。据此，刘勰针对文学发展由质趋文的靡丽繁缛趋势提出批评，在《情采》《比兴》《夸饰》《物色》等重要专题中均直接将诗骚对举，而把矛头对准辞赋“淫丽”之弊，意在回归雅丽之正采，远离讹滥之歪风，为当时的文学创作找到了一条正确的发展途径。在这一过程中，司马相如赋作被指责甚多。

在《文心雕龙》中，刘勰赞美司马相如“致名辞宗”，称他为赋体文学最杰出的代表作家，文学史上也将其美誉为“赋圣”。一个作家，排除政治、时代、传播等因素，能获得这样高的历史评价，全靠他的作品来说话。司马相如的辞赋创作类型多样，作品数量在《汉书·艺文志》中记载“有赋二十九篇”，尽管现在我们已经无法看到这些作品的全貌，

① 杨明照：《增订文心雕龙校注》，第99页。

但从今存的部分作品中，仍可以深切感受到这些不同内容作品的强大艺术感染力。

一、继轨屈原，骚体三赋

司马相如今存的赋作之中，有骚体赋三篇，分别是《长门赋》《大人赋》与《哀秦二世赋》，虽然这三篇作品内容各有不同，但都符合骚体赋的基本特征而有所发挥与创造。特别是三篇文章的对象所指都是汉武帝，与汉武帝的感情生活、仙道思想、政治理念有密切关系。

（一）《长门赋》

《长门赋》最早见于南朝梁萧统编著的《昭明文选》，据其序言，这是汉代文学家司马相如受汉武帝失宠皇后陈阿娇的百金重托而作的一篇骚体赋。作品以一个受到冷遇的嫔妃的口吻写成：君主许诺朝往而暮来，可是天色将晚，还不见幸临。她独自徘徊，对爱的期盼与失落充满心中。她登上兰台遥望其行踪，唯见浮云四塞，天日窈冥。雷声震响，她以为是君主的车辇，却只见风卷帷幄。此赋以景写情，情景交融，表现了陈皇后被遗弃后苦闷和抑郁的心情，艺术表现上反复重叠，表达女性感情极其细腻，是一篇优秀的骚体赋。原文并序曰：

> 孝武皇帝陈皇后，时得幸，颇妒。别在长门宫，愁闷悲思。闻蜀郡成都司马相如天下工为文，奉黄金百斤，为相如、文君取酒，因于解悲愁之辞。而相如为文以悟主上，陈皇后复得亲幸。其辞曰：
>
> 夫何一佳人兮，步逍遥以自虞。魂逾佚而不反兮，形枯槁而独居。言我朝往而暮来兮，饮食乐而忘人。心

慊移而不省故兮，交得意而相亲。

伊予志之慢愚兮，怀贞悫之懽心。愿赐问而自进兮，得尚君之玉音。奉虚言而望诚兮，期城南之离宫。修薄具而自设兮，君曾不肯乎幸临。廓独潜而专精兮，天漂漂而疾风。登兰台而遥望兮，神怳怳而外淫。浮云郁而四塞兮，天窈窈而昼阴。雷殷殷而响起兮，声象君之车音。飘风回而起闺兮，举帷幄之襜襜。桂树交而相纷兮，芳酷烈之訚訚。孔雀集而相存兮，玄猨啸而长吟。翡翠胁翼而来萃兮，鸾凤翔而北南。

心凭噫而不舒兮，邪气壮而攻中。下兰台而周览兮，步从容于深宫。正殿块以造天兮，郁并起而穹崇。间徙倚于东厢兮，观夫靡靡而无穷。挤玉户以撼金铺兮，声噌吰而似钟音。

刻木兰以为榱兮，饰文杏以为梁。罗丰茸之游树兮，离楼梧而相撑。施瑰木之欂栌兮，委参差以槺梁。时彷佛以物类兮，象积石之将将。五色炫以相曜兮，烂耀耀而成光。致错石之瓴甓兮，象瑇瑁之文章。张罗绮之幔帷兮，垂楚组之连纲。

抚柱楣以从容兮，览曲台之央央。白鹤嗷以哀号兮，孤雌跱于枯杨。日黄昏而望绝兮，怅独托于空堂。悬明月以自照兮，徂清夜于洞房。援雅琴以变调兮，奏愁思之不可长。案流徵以却转兮，声幼妙而复扬。贯历览其中操兮，意慷慨而自卬。左右悲而垂泪兮，涕流离而从横。舒息悒而增欷兮，蹝履起而彷徨。揄长袂以自翳兮，数昔日之諐殃。无面目之可显兮，遂颓思而就床。抟芬若以为枕兮，席荃兰而茝香。

忽寝寐而梦想兮，魄若君之在旁。惕寤觉而无见兮，魂迋迋若有亡。众鸡鸣而愁予兮，起视月之精光。观众星之行列兮，毕昴出于东方。望中庭之蔼蔼兮，若季秋之降霜。夜曼曼其若岁兮，怀郁郁其不可再更。澹偃蹇而待曙兮，荒亭亭而复明。妾人窃自悲兮，究年岁而不敢忘。①

《长门赋》载于李善注《文选》卷一六。其序言提到该赋为西汉司马相如作于汉武帝时。据传汉武帝时，皇后陈阿娇被贬至长门宫（汉代长安别宫之一，在长安城南，原是馆陶公主献给汉武帝的一所园林），终日以泪洗面，遂辗转想出一法，命一个心腹内监，携黄金百斤，求大文士司马相如代作一篇赋，请他写自己深居长门的闺怨。司马相如遂作《长门赋》。据《长门赋》序，武帝读此赋后大为感动，陈皇后遂复得宠。② 陈皇后用尽一切办法都不能得到汉武帝的重新恩宠，托司马相如写一篇文章，就再次得到武帝恩宠，由此可知：

第一，司马相如辞赋作品写得之好，感染力之强，举世无双。

第二，辞赋文学在宫廷生活中发挥了极大的作用，文学的传情达意功能在此彰显无遗。

第三，汉武帝"好辞赋"的心理被后宫及文学侍臣牢牢抓住。这也是辞赋文学为什么能在汉代——特别是武帝与宣

---

① （清）严可均：《全汉文》（第3册），北京：商务印书馆，1999年版，第147～150页。

② 但由于序言提及武帝的谥号，司马相如不可能知道，而且史书上也没有记载汉武帝对陈皇后复幸之事。所以有人认为《长门赋》是后人伪作。

帝时代大行其道的根本原因之一，即上有所好，下必效之。《时序》篇以“崇替在选”称之，非常准确。

这篇赋首开骈体宫怨题材之先河，是受到历代文学称赞的成功之作。聂石樵《先秦两汉文学史》指出，这是最早的《宫怨》诗，开后代写宫怨作品之先河。作品将离宫内外的景物同人物的情感有机结合在一起，以景写情，情景交融，在赋中已是别创。

这篇赋据说是受了失宠的陈皇后的百金重托写成的，以受到冷遇的陈皇后口吻写成。赋一开头就写陈皇后独自一人在深宫徘徊，神情恍惚，郁郁寡欢，先为人们塑造了一个美丽却孤独而凄凉的形象，明月沉缺，红颜憔悴，最动人心，所以虽未读全文却已有一丝怜悯在心。接下来，作者才道出美人孤独寂寞的原因，因为武帝喜新厌旧，曾许愿常来看我但却因和“新人”玩乐而遗忘，当年金屋在，今已空悠悠。在这里，作者运用了对比的手法，用未央宫的歌舞升平来对比长门宫的清冷孤寂，用新人笑来对比旧人哭，虽只“饮食乐而忘人；交得意而相亲”，短短十二字，却蕴含着无数的意味：有对皇帝喜新厌旧无情抛弃自己的怨恨，有对再难面君颜重拾旧宠的伤感，有对生活百无聊赖度日如年的无奈，有对自己命运凄凉的自怜。可谓一语含千金，全篇充满了穷声尽貌的描写，荡气回肠的意蕴。

《长门赋》是一篇抒情赋，但也有铺叙之笔。在描写失意者的心态时，作者巧妙地运用了夸张想象和景物衬托两种手法。此赋时如高山瀑布，澎湃汹涌，亮烈坦荡，气采宏流，如对陈皇后所见自然景物以及对宫殿庄严宏伟的景色描写；时而又如涓涓细流，丝丝缕缕，绵绵不绝，清明澄澈，沁人心脾，如对陈皇后独处空房，无所事事的凄楚心境的描写。整体来讲，这篇赋作辞藻华丽，精巧雕琢，字字珠玑，读之感人至深，令人伤心欲绝。也难怪汉武帝心念旧恩，复宠陈阿娇了。

（二）《大人赋》

众所周知，《大人赋》又称《大人之颂》，是司马相如的代表作品之一，蕴含着丰富的道家思想。其文曰：

世有大人兮，在乎中州。宅弥万里兮，曾不足以少留。悲世俗之迫隘兮，朅轻举而远游。垂绛幡之素蜺兮，载云气而上浮。建格泽之长竿兮，总光耀之采旄。垂旬始以为幓兮，抴彗星而为髾。掉指桥以偃蹇兮，又旖旎以招摇。揽欃枪以为旌兮，靡屈虹而为绸。红杳眇以眩湣兮，猋风涌而云浮。驾应龙象舆之蠖略逶丽兮，骖赤螭青虬之蚴蟉蜿蜒。低卬夭蟜据以骄骜兮，诎折隆穷蠼以连卷。沛艾赳螑仡以佁拟兮，放散畔岸骧以孱颜。蛭踱辖辖容以委丽兮，绸缪偃蹇怵臭以梁倚。纠蓼叫奡蹋以艐路兮，蔑蒙踊跃腾而狂趡。莅飒卉翕熛至电过兮，焕然雾除，霍然云消。

邪绝少阳而登太阴兮，与真人乎相求。互折窈窕以右转兮，横厉飞泉以正东。悉征灵圉而选之兮，部乘众神于瑶光。使五帝先导兮，反太一而从陵阳。左玄冥而右含雷兮，前陆离而后潏湟。厮征伯侨而役羡门兮，属岐伯使尚方。祝融惊而跸御兮，清雾气而后行。屯余车其万乘兮，綷云盖而树华旗。使句芒其将行兮，吾欲往乎南嬉。

历唐尧于崇山兮，过虞舜于九疑。纷湛湛其差错兮，杂遝胶葛以方驰。骚扰冲苁其纷挐兮，滂濞泱轧洒以林离。钻罗列聚丛以茏茸兮，衍曼流烂坛以陆离。径入雷室之砰磷郁律兮，洞出鬼谷之崫礨嵬磈。遍览八紘而观四荒兮，朅渡九江越五河。经营炎火而浮弱水兮，杭绝浮渚而涉流沙。奄息总极泛滥水嬉兮，使灵娲鼓瑟而舞冯夷。时若薆薆将混浊兮，召屏翳诛风伯而刑雨师。西望昆仑之轧沕洸忽兮，直径驰乎三危。排阊阖而入帝宫兮，载玉女而与之归。舒阆风而摇集兮，亢乌腾而一止。低回阴山翔以纡曲兮，吾乃今日睹西王母皬然白首。载胜而穴处兮，亦幸有三足乌为之使。必长生若此而不死兮，虽济万世不足以喜。

回车朅来兮，绝道不周，会食幽都。呼吸沆瀣兮餐朝霞，噍咀芝英兮叽琼华。嬐侵浔而高纵兮，纷鸿涌而上厉。贯列缺之倒景兮，涉丰隆之滂沛。驰游道而脩降兮，骛遗雾而远逝。迫区中之隘陕兮，舒节出乎北垠。遗屯骑于玄阙兮，轶先驱于寒门。下峥嵘而无地兮，上寥廓而无天。视眩眠而无见兮，听惝恍而亡闻。乘虚无而上假兮，超无友而独存。①

文章以“大人”隐喻天子，赋中描写“大人”遨游天庭，与真人周旋，以群仙为侍从，过访尧舜和西王母，乘风凌虚，长生不死，逍遥自在，是迎合汉武帝喜好神仙、追求长生不死的心理，也是借此来讽劝汉武帝好神仙之道的不当。此赋想象丰富，文字靡丽，但是其内容和形式都是模仿

① （汉）司马迁：《史记》（影印本），北京：中华书局，1997年版，第3056～3063页。

《楚辞·远游》，文学价值稍逊之。

《西京杂记》中记载："相如将献赋，未知所为，梦一黄衣翁谓之曰：可谓《大人赋》。遂作《大人赋》，言神仙之事以献之，赐锦四疋。"实际上，《大人赋》本是司马相如伤时与自伤之作，是作者仕进与退隐、出世与入世矛盾心理的流露。这篇赋是因武帝喜好求仙而作的，也可能是迎合武帝心理的游仙文章，其效果是武帝读后"飘飘然乘云气遨游天地"。此赋用骚体赋形式、汉大赋的手法，虚构夸张地铺叙"大人"游仙，对跨乘的各种龙想象描写得尤其生动形象。先写"大人"不满人生短促，人世艰难，于是驾云乘龙遨游仙界；然后分东南西北四方写遨游盛况；文末归于超脱有无，独自长存。有人说是以"归于无为"来"讽谏"，可能是超越人生，摆脱人世，融于自然造化，得到长生的意思。也有人认为其中写游西方见"西王母"几句，就是用仙人居住的山谷形貌很瘦来劝诫求仙的。

继秦始皇之后，汉武帝在建立起伟大的军事、政治、外交功勋之后，对长生之术深信不疑。他怕死，幻想长生乃至永生，信任方士，炼制丹药，修建承露盘以通天地。最后竟然糊涂地酿成"巫蛊之祸"，将太子与其他接班人迫害致死，导致自己身后竟然无人可以接班。汉武帝对仙道之术与道家思想极为推崇，在日常生活中最是信奉。司马相如的《大人赋》中，既有迎合武帝喜好的心意，也有对蜀地、蜀人好仙道的传统的表现，还有道家思想指引下的升仙幻想，这就让汉武帝非常愿意接受。而文中隐含的劝谏之意，反而被文饰过度的言辞完全遮掩住了，根本就起不到"讽谏"的作用。

由此可知，司马相如是一个极为精明的作家，他的作品具有鲜明的针对性，就是为了写给汉武帝看的。皇帝的接受与肯定，是他作品得以出名、传播、影响后代的重要因素之一。至于辞赋的讽喻功能，不得不——尽管作者不想这样——退而居其次了。

（三）《哀秦二世赋》

《吊秦二世文》一般称为《哀秦二世赋》，其文曰：

> 登陂陁之长岩阪兮，坌入曾宫之嵯峨。临曲江之隑州兮，望南山之参差。岩岩深山之谾谾兮，通谷豁兮谽谺。汩淢噏习以永逝兮，注平皋之广衍。观众树之塕薆兮，览竹林之榛榛。东驰土山兮，北揭石濑。弥节容与兮，历吊二世。持身不谨兮，亡国失埶；信谗不寤兮，宗庙灭绝。呜呼哀哉！操行之不得兮，坟墓芜秽而不修兮，魂无归而不食。夐邈绝而不齐兮，弥久远而愈佅。精罔阆而飞扬兮，拾九天而永逝。呜呼哀哉！①

这是司马相如随汉武帝长杨打猎，归途经过宜春宫秦二世胡亥墓时，哀悼二世，委婉议政的文章。前半部分写景叙事，到宜春宫游览远眺，到秦二世坟前凭吊；后半部分抒情议论，借前车之鉴委婉讽谏汉武帝。

秦二世继承秦始皇创建的前无古人的江山基业后，数年时间就国破家亡，“身死人手，为天下笑”。汉武帝极好游猎，所以征召司马相如时，相如“以天子游猎赋”进之，夸饰天子游猎之壮观，“上大悦”，不仅留下相如为官，还给予他非常高的政治待遇，重用他出使西南各部，开疆拓土。相

① （汉）司马迁：《史记》（影印本），北京：中华书局，1997年版，第3055页。

如描述的游猎场所，后来成为汉武帝集天下财力物力、珍禽异兽、天下奇观于一体的皇家猎场上林苑，专供他一人游猎享受。司马相如长期跟随在汉武帝身边，多次出行，深知武帝这类喜好之弊端，于是写作此文，借古讽今，以求直言劝谏。这就与前两篇文章截然不同：前两篇文章是全凭描写之生动感人为胜，本文则以议论深刻警醒为优。这表明司马相如从来都不是一个置身事外的空头文学家，而是一个以文干政的实践政治家。

二、抒情《美人》，刻镂精美

《子虚》《上林》等苑囿大赋是公认的司马相如留给后人的汉代大赋代表作品，实际上，司马相如的抒情小赋也很出色，绘景了然精当，抒情意蕴深长。比如上述《哀秦二世赋》，虽不及《子虚》《上林》两赋的名气大，却不能否认是汉赋中之精美而微者。由此可知，司马相如不仅擅长大赋写作，在抒情小赋上也有独创之处，为后来王褒抒情小赋登上历史舞台奠定了基础。司马相如的《美人赋》就是这样一篇辞赋名作，其文并序曰：

司马相如，美丽闲都，游于梁王，梁王悦之。邹阳谮之于王曰："相如美则美矣，然服色容冶，妖丽不忠，将欲媚辞取悦，游王后宫，王不察之乎？"

王问相如曰："子好色乎？"相如曰："臣不好色也。"王曰："子不好色，何若孔墨乎？"相如曰："古之避色，孔墨之徒，闻齐馈女而遐逝，望朝歌而回车，譬犹防火水中，避溺山隅，此乃未见其可欲，何以明不好色乎？若臣者，少长西土，鳏处独居，室宇辽廓，莫与为娱。臣之东邻，有一女子，云发丰艳，蛾眉皓齿，颜盛色茂，景曜光起。恒翘翘而西顾，欲留臣而共止。登垣而望臣，三年于兹矣，臣弃而不许。

“窃慕大王之高义，命驾东来，途出郑卫，道由桑中。朝发溱洧，暮宿上宫。上宫闲馆，寂寞云虚，门阁昼掩，暧若神居。臣排其户而造其室，芳香芬烈，黼帐高张。有女独处，婉然在床。奇葩逸丽，淑质艳光。睹臣迁延，微笑而言曰：‘上客何国之公子！所从来无乃远乎?’遂设旨酒，进鸣琴。臣遂抚琴，为幽兰白雪之曲。女乃歌曰：‘独处室兮廓无依，思佳人兮情伤悲！有美人兮来何迟，日既暮兮华色衰，敢托身兮长自思。’玉钗挂臣冠，罗袖拂臣衣。时日西夕，玄阴晦冥，流风惨冽，素雪飘零，闲房寂谧，不闻人声。于是寝具既陈，服玩珍奇，金鉔薰香，黼帐低垂，裀褥重陈，角枕横施。女乃驰其上服，表其亵衣。皓体呈露，弱骨丰肌。时来亲臣，柔滑如脂。臣乃脉定于内，心正于怀，信誓旦旦，秉志不回。翻然高举，与彼长辞。”①

《美人赋》的前半部分完全是宋玉之作的拷贝，也是有人在王前指控作者好色，作者辩解，先举出的例证也是东邻女子为绝代佳人，也“登垣而望臣，三年于兹矣”。从时间上推断，这篇赋应该是司马相如早期的作品，虽有摸拟宋玉《登徒子好色赋》的痕迹，而能过之。文中反映出文君相如私奔的生活体验，也表现出相如风流才子的心性。以散体赋

① （清）严可均辑：《全汉文》（第3册），北京：中华书局1959年版，第146～147页。

形式写骚体赋内容。开头假设自己（第一人称）受人诽谤，以引出下文自己不好色。先写年轻时就不好色，而且用古代圣贤作为有力的衬托，再重点写赴梁途中的艳遇，突出自己不好色，从而点面结合表现主旨：坚守高洁品格的思想。全文运用比兴手法，笔调轻巧灵活，语言晓畅秀丽。

据《前汉演义》记载：司马相如与美女卓文君私奔，穷困潦倒，后被丈人卓王孙发现，心疼己女，给予钱百万，家童百名。司马相如于是成了富家翁。造一琴台，与文君消遣，买一口井，以酿酒合欢。因酒色过度而生病，后经名医调理，才逐渐好转，于是作《美人赋》以自铭。

综观司马相如的《美人赋》，也与他的其他赋作一样，都呈现出恢宏飞扬和细腻婉曲兼具的双重风格，表现出整体与细节充分结合的完美统一。

三、咏物小赋，名存实亡

在司马相如今存的辞赋作品中，还有一类咏物小赋，其一为《梨赋》[①]，仅存一句曰："唰嗽其浆。"其二为《鱼俎赋》[②]，除了这个题目，半句也没有留下来。所以，我们无从得知以上作品的真实面貌。

---

① 见《文选·魏都赋》刘逵注。文残。于此存目。

② 见《北堂书钞》一百四十六。文轶。于此存目。

第五节　“致名辞宗”，汉代赋圣：杰出的辞赋创作（下）

司马相如能够“致名辞宗”，成为一代赋圣，最根本的原因是他创作的多篇大赋。《子虚赋》是他的成名作，创作于青年时期，正是文思泉涌的激情澎湃期。《史记·司马相如列传》曰：“会景帝不好辞赋，是时梁孝王来朝，从游说之士齐人邹阳、淮阴枚乘、吴庄忌夫子之徒，相如见而说之，因病免，客游梁。梁孝王令与诸生同舍，相如得与诸生游士居数岁，乃著子虚之赋。”[①] 其后“梁孝王卒，相如归”，回到成都之后，司马相如家贫，经过一系列动心思与弄才略的活动，他与临邛大富豪卓王孙之女卓文君结成婚姻，最终在成都过上了“为富人”的生活。于是，相如的生活开始稳定下来。

所谓成家立业者，就是先解决婚姻问题，再进一步实现事业目标。司马相如尽管年轻时好击剑，花钱买官进京担任的也是汉景帝的“武骑常侍”，但他最擅长的还是写文章，特别是辞赋。多年以后，早岁写下的《子虚赋》给他带来了命运的转机。《史记·司马相如列传》中说：

> 居久之，蜀人杨得意为狗监，侍上。上读子虚赋而善之，曰：“朕独不得与此人同时哉！”得意曰：“臣邑人司马相如自言为此赋。”上惊，乃召问相如。[②]

---

① （汉）司马迁：《史记》（影印本），北京：中华书局，1997年版，第2999页。
② （汉）司马迁：《史记》（影印本），北京：中华书局，1997年版，第3002页。

根据《史记》的记载，“好辞赋”的汉武帝，非常推崇《子虚赋》，他以为这是前代古人的作品，恨不能与之同时而生！这里可以看出如下几点情况：

第一，武帝时代，辞赋流传很广。特别是《子虚赋》这样的划时代名作，尽管不是在京城写成的，但是其流传很广。梁孝王门客之中，枚乘、司马相如是第一流的辞赋大家，他们的作品不仅在梁王门客群体之间流传，其中的优秀作品也流传到了京城与皇宫之中，汉武帝才能够看到这样杰出的大赋作品。

第二，司马相如籍籍无名。文章流传如此之广，文学成就如此之高的司马相如，在当时根本就没有什么名气，文章写得好是一个方面，汉武帝根本就不知道他父亲还有过这样一个武骑常侍，甚至连司马相如是哪里人、何时生死等情况，一概不知，所以才会感叹不能与之同时而生。

第三，人脉关系的重要性。如果没有蜀人杨得意担任狗监这一能接近皇帝的官职，而他恰好又知道有这么一个家乡人及其作品，司马相如只会被湮没在汉武帝的感叹之中，中国文学史将损失一颗璀璨的明星。

第四，一个作家，不管官职高低、成就高下，最终拿出来说话的，还是他的作品。要说司马相如在婚娶中表现出来的人品之差，那是少见的；要说他在外交政策实践中立下的功勋，那是少见的；要说他发誓不乘高车驷马绝不归蜀的胸怀，那是极为豪迈的；要说他恃才放旷的傲诞性格，那是经常得罪人的——但是，一个文学家，他不是道德家，不是政治家，不是人际关系学家，他之所以是文学家，靠的是作品。而《子虚赋》这样的作品，历史上只有司马相如能开创式地创作出来，靠的是他的天赋和才华。这是硬实力，除此无他。

现有的文献资料，从《史记》《汉书》《全汉文》等典籍中录出《子虚赋》于下：

楚使子虚使于齐，齐王悉发境内之士车骑之众，与使者出田。田罢，子虚过诧乌有先生，而无是公在焉。坐定，乌有先生问曰："今日田乐乎？"子虚曰："乐。""获多乎？"曰："少。""然则何乐？"曰："仆乐齐王之欲夸仆以车骑之众，而仆对以云梦之事也。"曰："可得闻乎？"

子虚曰："可。王驾车千乘，选徒万骑，田于海滨。列卒满泽，罘罔弥山，掩兔辚鹿，射麋脚麟。骛于盐浦，割鲜染轮。射中获多，矜而自功。顾谓仆曰：'楚亦有平原广泽游猎之地饶乐若此者乎？楚王之猎何与寡人？'仆下车对曰：'臣，楚国之鄙人也，幸得宿卫十有余年，时从出游，游于后园，览于有无，然犹未能遍睹也；又恶足以言其外泽者乎！'齐王曰：'虽然，略以子之所闻见言之。'

"仆对曰：'唯唯。臣闻楚有七泽，尝见其一，未睹其余也。臣之所见，盖特其小小者耳，名曰云梦。云梦者，方九百里，其中有山焉。其山则盘纡茀郁，隆崇嵂崒，岑岩参差，日月蔽亏，交错纠纷，上干青云；罢池陂陁，下属江河。其土则丹青赭垩，雌黄白坿，锡碧金银；众色炫耀，照烂龙鳞。其石则赤玉玫瑰，琳瑉琨珸，瑊玏玄厉，瑌石武夫。其东则有蕙圃衡兰，芷若射干，穹穷昌蒲，江离麋芜，诸蔗猼且。其南则有平原广泽，登降阤靡，案衍坛曼，缘以大江，限以巫山。其高燥则生葴蔪苞荔，薜莎青薠。其卑湿则生藏莨蒹葭，东蘠雕胡，莲藕菰芦，庵蔄轩芋。众物居之，不可胜图。其西则有涌泉清池，激水推移。外发芙蓉菱华，内隐钜石白沙。其中则有神龟蛟鼍，瑇瑁鳖鼋。其北则有阴林巨树，楩楠豫章，桂椒木兰，蘗离朱杨，樝梸梬栗，橘柚芬芳。其上则有赤猿蠼蝚，鵷鶵孔鸾，腾远射干。其下则有白虎玄豹，蟃蜒貙豻，兕象野犀，穷奇獌狿。'

'于是乃使专诸之伦，手格此兽。楚王乃驾驯驳之驷，乘雕玉之舆，靡鱼须之桡旃，曳明月之珠旗，建干将之雄戟，左乌嗥之雕弓，右夏服之劲箭。阳子骖乘，纤阿为御，案节未舒，即陵狡兽。蹴邛邛，蹴距虚，轶野马而𨍶騊駼，乘遗风而射游骐，儵眒凄浰，雷动熛至，星流霆击，弓不虚发，中必决眦，洞胸达腋，绝乎心系，获若雨兽，掩草蔽地。于是楚王乃弭节裴回，翱翔容与，览乎阴林，观壮士之暴怒，与猛兽之恐惧，徼𨘋受诎，殚睹众物之变态。

'于是郑女曼姬，被阿锡，揄纻缟，杂纤罗，垂雾縠，襞积褰绉，纡徐委曲，郁桡溪谷；衯衯裶裶，扬衪恤削，蜚纤垂髾。扶与猗靡，翕呷萃蔡，下摩兰蕙，上拂羽盖，错翡翠之威蕤，缪绕玉绥，眇眇忽忽，若神仙之仿佛。

"'于是乃相与獠于蕙圃，媻珊勃窣，上金堤，掩翡翠，射鵔鸃，微矰出，纤缴施，弋白鹄，连驾鹅，双鸧下，玄鹤加。怠而后发，游于清池，浮文鷁，扬桂枻，张翠帷，建羽盖，罔瑇瑁，钓紫贝，摐金鼓，吹鸣籁，榜人歌，声流喝，水虫骇，波鸿沸，涌泉起，奔扬会，礧石相击，硠硠礚礚，若雷霆之声，闻乎数百里之外。

“‘将息獠者，击灵鼓，起烽燧，车案行，骑就队，纚乎淫淫，班乎裔裔。于是楚王乃登阳云之台，泊乎无为，澹乎自持，勺药之和具而后御之。不若大王终日驰骋而不下舆，脟割轮淬，自以为娱。臣窃观之，齐殆不如。’于是王默然无以应仆也。”

乌有先生曰：“是何言之过也！足下不远千里，来况齐国，王悉发境内之士，而备车骑之众，以出田，乃欲戮力致获，以娱左右也，何名为夸哉！问楚地之有无者，愿闻大国之风烈，先生之余论也。今足下不称楚王之德厚，而盛推云梦以为高，奢言淫乐而显侈靡，窃为足下不取也。必若所言，固非楚国之美也。有而言之，是章君之恶也，无而言之，是害足下之信。章君恶而伤私义，二者无一可，而先生行之，必且轻于齐而累于楚矣。且齐东陼巨海，南有琅邪，观乎成山，射乎之罘；浮勃澥，游孟诸。邪与肃慎为邻，右以汤谷为界，秋田乎青丘，傍偟乎海外，吞若云梦者八九，其于胸中曾不蒂芥。若乃俶傥瑰伟，异方殊类，珍怪鸟兽，万端鳞萃，充仞其中者，不可胜记，禹不能名，契不能计。然在诸侯之位，不敢言游戏之乐，苑囿之大；先生又见客，是以王辞而不复，何为无用应哉！”[1]

---

① （清）严可均辑：《全汉文》（第 3 册），北京：商务印书馆，1999 年版，第 130～141 页。按：严可均将本文和《上林赋》合起来称为《子虚赋》。

《子虚赋》中假托楚国有位子虚先生，他是楚的使臣，出使于齐国，受到齐王的热情接待："悉发境内之士，备车骑之众，与使者出田。"打猎结束，子虚拜访了齐人乌有先生，本是出于炫耀的动机，于是二人思想观念的差异也随之展开。

在诸侯分立的时代，诸侯国之间的交往确实存在各种各样的明争暗斗，双方在彬彬有礼的交往中存在对荣誉、利益的挑战和维护。即使在今天，外交战线上的斗争与妥协，也从来没有停息过。

文中的这位子虚先生在齐国的乌有先生面前夸说楚国的云梦之大和楚王的田猎之盛，宣扬自己国家的长处，显示其国力，显然想压倒齐国一头。

乌有先生对子虚的回答中，不免有为尊者讳，维护齐国威望的嫌疑。他认为，齐王"悉发境内之士"的田猎，完全是出于对死者的热情，"以娱左右也，何名为夸哉！"否定齐王有炫耀之意。至于说询问楚的情况，在他看来，也是极其友好的表示："问楚地之有无者，愿闻大国之风烈，先生之余论也。"这一切都是出于好意，反倒是子虚先生过于敏感做出过激的反应，将友好的接待误认为比权量力的明争暗斗。乌有先生批评他"不称楚王之德厚，而盛推云梦以为高；奢言淫乐而显侈靡"，意思是说你不称颂楚王的德行多么高，而盛吹云梦泽有多大，打猎的场面有多壮观，实际上是夸颂侈靡享乐。乌有先生进而指出，子虚的谈话使自己陷入两难的境地，如果楚国有这么一回事，那么作为使臣的子虚先生，没能彰显楚王的德，反而暴露了楚王贪图淫乐奢侈的丑恶，如果楚国没有这么一回事，仅仅出于虚荣心说了谎话，那就是说明你缺乏诚信，操守有亏，损害你的信誉，无论是张扬国君的丑恶，还是恶意中伤，二者都是错误的，作为使臣来说，也是不称职的。在批评子虚的同时，乌有先生却也把齐国土地之广、物产之多夸耀一番，以至认为云梦不过是其后花园中小小一角。

就作品的主旨来说，作者显然意在劝诫封建统治者不可过于奢侈和淫靡，但由于作品以大量篇幅来描写和渲染贵族奢侈淫乐的生活方式，迎合了最高统治者夸耀权势、尊贵和好大喜功的心理，正如扬雄论赋所批评的那样，只不过起了“讽一而劝百”的作用，所谓“讽一而劝百”，就是讽谏的内容很少，而实际上是起了鼓励作用。

在艺术表现方面，《子虚赋》首先结体宏大，描写场面雄伟壮观，富有气魄。如写云梦一段说：“云梦者，方九百里。其中有山焉。其山则盘纡岪郁，岑崟参差，日月蔽亏。交错纠纷，上干青云。罢池陂陀，下属江河。……其东则有蕙园，衡兰芷若，芎䓖菖蒲。江离蘼芜，诸柘巴苴。其南则有平原广泽，登降陁靡，案衍坛曼。缘以大江，限以巫山。……”之所以要这样“其东”“其南”“其西”“其北”地分段铺陈描写，就是要为下面描写楚王的田猎游玩展开宏伟的场面。其次是词汇丰富，文采华茂，表现了作者较高的文字驾驭能力。但终以过于夸奇炫博，好用生词僻字，反成文章病累。

司马相如不但有开拓性的赋体作品，而且他对作赋从理论上也有过一些言论，提出了“合綦组以成文，列锦绣而为质”和“囊括宇宙，纵览人物”（《西京杂记》）的主张，这说明他在作赋时比较重视广博的资料和辞采、结构等形式方面的内容，而忽略统摄作品的思想。但是汉武帝时代是封建社会上升发展的时代，统治者需要反映和歌颂一世之盛的作品，而赋这种文体在当时可以说是适应了这种要求。就司马相如来说，在赋史上是有重要地位的，他的《子虚赋》《上林赋》在写法上具有创造性，为汉赋这一文体创建了成熟的形式。后来的一些描写京都、宫苑、田猎、巡游的大赋，都模拟相如赋而难以超越。故扬雄说："如孔氏之门用赋也，则贾谊升堂，相如入室矣。"（《法言·吾子》）。鲁迅高度评价司马相如对汉赋"变体创新"的贡献，说他"不师故辙，自摅妙才，广博宏丽，卓绝汉代"（《汉文学史纲要》）。司马相如不模仿前人，根据自己的思想感情来表现，其作品广博宏丽，在汉代是首屈一指的。

相如赋宏大巨丽，描写精彩生动，声色动人耳目，这是之前文学史上从来没有出现过的散文体裁的大赋。汉武帝为之惊诧而叹服，将司马相如从蜀地成都召到京城长安当面对问，结果司马相如说："有是。然此乃诸侯之事，未足观也。

请为天子游猎赋①，赋成奏之。”司马相如说，以前那一篇只是描写、议论、表现诸侯（梁孝王）排场、规模之事，不算什么，现在您是皇帝，召见我，我给您重新写一篇表现天子游猎的赋作，写好之后再给您看，行不行？

汉武帝可高兴坏啦！本想着前一篇已经惊为天人之作了，但在淡定的司马相如面前，会看到另一篇称颂天子游猎出行的雄文，岂不快哉！《史记》说：

> 相如以“子虚”，虚言也，为楚称；“乌有先生”者，乌有此事也，为齐难；“无是公”者，无是人也，

① 按：关于本篇作品的存亡，有争议。《史记·司马相如列传》说：“上读《子虚赋》而善之，曰：‘朕独不得与此人同时哉！’（杨）得意曰：‘臣邑人司马相如自言为此赋。’上惊，乃召问相如。相如曰：‘有是。然此乃诸侯之事，未足观也，请为《天子游猎赋》，赋成奏之。’上许，令尚书给笔札。相如以‘子虚’，虚言也，为楚称；‘乌有先生者’，乌有此事也，为齐难；‘无是公’者，无是人也，明天子之义。故空藉此三人为辞，以推天子诸侯之苑囿。其卒章归之于节俭，因以风谏。奏之天子，天子大说。”《汉书》因之，也没有分篇问题。所以说，《天子游猎赋》是单独的一篇，《子虚赋》是单独的另一篇。宋代王观国在《学林》卷七“古赋题”中指出：“司马相如《子虚赋》中，虽言上林之事，然首尾贯通一意，皆《子虚赋》也，未尝有《上林赋》。而昭明太子编《文选》，乃析其半，自‘亡是公听然而笑’为始，以为《上林赋》，误矣。”金人王若虚《滹南集》卷三十四《文辨》、明人焦竑《笔乘》卷三、清人何焯《义门读书记·文选》等并赞同其说。何焯引祝氏曰：“此赋虽两篇，实则一篇。”他们都认为《子虚赋》和《上林赋》是同一篇作品，即《子虚赋》，未尝有《上林赋》，因此，不应当分成两篇。在此基础上，清人顾炎武在《日知录》卷二十七中又进一步指出：“《子虚》之赋，乃游梁时作，当是侈梁王田猎之事而为言耳。后更为楚称齐难，而归之天子，则非当日之本文矣。若但如今所载子虚之言，不成一篇结构。”阎若璩、孙志祖也赞成此说。《潜邱札记》卷五曰：“真《子虚赋》久不传，《文选》所载，乃《天子游猎赋》，昭明误分之而标名耳。”《读书脞录》卷七曰：“此赋以子虚发端，实非《子虚赋》本文。《子虚赋》帝已读之矣，何庸复奏乎？盖此赋但当名《上林赋》，不当名《子虚赋》。昭明误分，而以旧题加之尔。”就是说，《史记》所载的这篇作品，就是《天子游猎赋》，所谓《子虚赋》，实际上已经失传。笔者的理解是：司马相如请求写一篇表现天子游猎的赋作，谨献给汉武帝，而不一定是说这篇作品的名称就叫《天子游猎赋》。

明天子之义。故空藉此三人为辞，以推天子诸侯之苑囿。其卒章归之于节俭，因以风谏。奏之天子，天子大说。①

这段记载透露出三层信息：

第一，本篇继续了《子虚赋》中子虚先生、乌有先生、无是公三人对话的问答形式，人物、内容、形式，均是对《子虚赋》的发展继承。这种内容上的衔接，是梁孝王时代《子虚赋》言说诸侯之事的续集。

第二，本篇赋作明确了言说天子游猎之事的写作初衷，他的阅读者只有一个特定的对象：汉武帝，是直接说明了写给他看的。所以，天子游猎之事，规模、级别、范围、状物、写景等内容，将远比诸侯之事更为宏侈巨丽，在只能虚拟言说的情况下，必然更加虚辞滥说，文采之华丽，想象之丰富，盖过《子虚赋》很多，这是为了特定对象写作特定文章的必然选择。因为相如表现的是文才，展示的是汉帝国富强宏大的国力，迎合的是汉武帝雄强宏大的政治抱负和治国功绩。

第三，本篇原本是想“卒章归之于节俭，因以风谏”，也就是说，和以前的章表奏议等直接进谏的政论文在本质上是一样的，就是想以文干政，但是，“奏之天子，天子大说”，汉武帝高兴的是什么呢？不是讽谏之义，因为体裁、题材、写法、文采、辞藻的全新，导致根本就没有达到这一目的的现实结果。这表明：文学的政治功能被大大弱化了。

我们来看看这篇宏文：

---

① （汉）司马迁：《史记》（影印本），北京：中华书局，1997年版，第3002页。

无是公听然而笑曰："楚则失矣，齐亦未为得也。夫使诸侯纳贡者，非为财币，所以述职也；封疆画界者，非为守御，所以禁淫也。今齐列为东藩，而外私肃慎，捐国逾限，越海而田，其于义故未可也。且二君之论，不务明君臣之义而正诸侯之礼，徒事争游猎之乐，苑囿之大，欲以奢侈相胜，荒淫相越，此不可以扬名发誉，而适足以贬君自损也。且夫齐楚之事又焉足道邪！君未睹夫巨丽也，独不闻天子之上林乎？

"左苍梧，右西极，丹水更其南，紫渊径其北；终始霸浐，出入泾渭；酆鄗潦潏，纡余委蛇，经营乎其内。荡荡兮八川分流，相背而异态。东西南北，驰骛往来，出乎椒丘之阙，行乎洲淤之浦，径乎桂林之中，过乎泱莽之野。汩乎浑流，顺阿而下，赴隘陕之口。触穹石，激堆埼，沸乎暴怒，汹涌滂濞，泮浡滵汩，湢测泌瀄，横流逆折，转腾潎洌，澎濞沆瀣，穹隆云挠，蜿灗胶戾，逾波趋浥，莅莅下濑，批壧冲壅，奔扬滞沛，临坻注壑，瀺灂霣坠，湛湛隐隐，砰磅訇磕，潏潏淈淈，湁潗鼎沸，驰波跳沫，汩急漂疾，悠远长怀，寂漻无声，肆乎永归。然后灏溔潢漾，安翔徐徊，翯乎滈滈，东注大湖，衍溢陂池。于是乎蛟龙赤螭，鮔鰽螹离，鰅鳙鲅魠，禺禺鳎魶，捷鳍擢尾，振鳞奋翼，潜处于深岩；鱼鳖讙声，万物众夥，明月珠子，玓瓅江靡，蜀石黄碝，水玉磊砢，磷磷烂烂，采色澔旰，丛积乎其中。鸿鹄鹔鸨，鴐鹅鸀鳿，䴔䴖鹮目，烦鹜鷛鸈，鷏鴜䴔鸬，群浮乎其上。汎淫泛滥，随风澹淡，与波摇荡，掩薄草渚，唼喋菁藻，咀嚼菱藕。

“于是乎崇山矗矗，巃嵸崔巍，深林巨木，崭岩参嵯，九嵏、嶻嶭，南山峨峨，岩陁甗锜，摧崣崛崎，振谿通谷，蹇产沟渎，谽呀豁閜，自陵别岛，崴磈嵔瘣，丘虚崛礨，隐辚郁壘，登降施靡，陂池貏豸，沇溶淫鬻，散涣夷陆，亭皋千里，靡不被筑。掩以绿蕙，被以江离，糅以蘪芜，杂以流夷。尃结缕，攒戾莎，揭车衡兰，稿本射干，茈姜蘘荷，葴橙若荪，鲜枝黄砾，蒋苎青薠，布濩闳泽，延曼太原，丽靡广衍，应风披靡，吐芳扬烈，郁郁斐斐，众香发越，肸蚃布写，晻暧苾勃。

“于是乎周览泛观，瞋盼轧沕，芒芒恍忽，视之无端，察之无崖。日出东沼，入于西陂。其南则隆冬生长，踊水躍波；兽则㺎旄貘犛，沈牛麈麋，赤首圜题，穷奇象犀。其北则盛夏含冻裂地，涉冰揭河；兽则麒麟角端，騊駼橐驼，蛩蛩驒騱，駃騠驴骡。

“于是乎离宫别馆，弥山跨谷，高廊四注，重坐曲阁，华榱璧珰，辇道纚属，步櫩周流，长途中宿。夷嵏筑堂，累台增成，岩突洞房，俯杳眇而无见，仰攀橑而扪天，奔星更于闺闼，宛虹拖于楯轩。青虬蚴蟉于东箱，象舆婉蝉于西清，灵圄燕于闲观，偓佺之伦暴于南荣，醴泉涌于清室，通川过乎中庭。槃石裖崖，嵚岩倚倾，嵯峨磼碟，刻削峥嵘，玫瑰碧琳，珊瑚丛生，瑉玉旁唐，玢豳文鳞，赤瑕驳荦，杂臿其间，垂绥琬琰，和氏出焉。

“于是乎卢橘夏孰，黄甘橙楱，枇杷橪柿，楟柰厚朴，梬枣杨梅，樱桃蒲陶，隐夫郁棣，榙㯺荔枝，罗乎后宫，列乎北园。貤丘陵，下平原，扬翠叶，杌紫茎，发红华，秀朱荣，煌煌扈扈，照曜钜野。沙棠栎槠，华泛檘栌，留落胥余，仁频并闾，欃檀木兰，豫章女贞，长千仞，大连抱，夸条直畅，实叶葰茂，攒立丛倚，连卷累佹，崔错癹骫，阬衡閜砢，垂条扶於，落英幡纚，纷容萧蔘，旖旎从风，浏莅卉吸，盖象金石之声，管籥之音。柴池茈虒，旋环后宫，杂遝累辑，被山缘谷，循阪下隰，视之无端，究之无穷。

“于是玄猿素雌，蜼玃飞鸓，蛭蜩蠼蝚，螹胡豰蛫，栖息乎其间；长啸哀鸣，翩幡互经，夭蟜枝格，偃蹇杪颠。于是乎隃绝梁，腾殊榛，捷垂条，踔稀间，牢落陆离，烂曼远迁。

“若此辈者，数千百处。嬉游往来，宫宿馆舍，庖厨不徙，后宫不移，百官备具。

“于是乎背秋涉冬，天子校猎。乘镂象，六玉虬，拖蜺旌，靡云旗，前皮轩，后道游；孙叔奉辔，卫公骖乘，扈从横行，出乎四校之中。鼓严簿，纵獠者，江河为阹，泰山为橹，车骑雷起，隐天动地，先后陆离，离散别追，淫淫裔裔，缘陵流泽，云布雨施。”

“生貔豹，搏豺狼，手熊罴，足野羊，蒙鹖苏，绔白虎，被豳文，跨壄马。陵三嵕之危，下碛历之坻；俓陵赴险，越壑厉水。推蜚廉，弄解豸，格瑕蛤，铤猛氏，罥騕褭，射封豕。箭不苟害，解脰陷脑；弓不虚发，应声而倒。于是乎乘舆弥节裴回，翱翔往来，睨部曲之进退，览将率之变态。然后浸潭促节，倏夐远去，流离轻禽，蹴履狡兽，轊白鹿，捷狡兔，轶赤电，遗光耀，追怪物，出宇宙，弯繁弱，满白羽，射游枭，栎蜚虡，择肉后发，先中命处，弦矢分，艺殪仆。

“然后扬节而上浮，陵惊风，历骇飙，乘虚无，与神俱，蹸玄鹤，乱昆鸡。遒孔鸾，促鵕鸡，拂翳鸟，捎凤皇，捷鸳雏，掩焦明。

“道尽涂殚，回车而还。招摇乎襄羊，降集乎北纮，率乎直指，闇乎反乡。蹶石，历封峦，过雉鹊，望露寒，下棠梨，息宜春，西驰宣曲，濯鹢牛首，登龙台，掩细柳，观士大夫之勤略，钧獠者之所得获。徒车之所蹸轹，乘骑之所蹂若，人民之所蹈躏，与其穷极倦𤘽，惊惮慑伏，不被创刃而死者，佗佗籍籍，填阬满谷，掩平弥泽。

“于是乎游戏懈怠，置酒乎昊天之台，张乐乎轇轕之宇；撞千石之钟，立万石之钜；建翠华之旗，树灵鼍之鼓。奏陶唐氏之舞，听葛天氏之歌，千人唱，万人和，山陵为之震动，川谷为之荡波。巴俞宋蔡，淮南于遮，文成颠歌，族举递奏，金鼓迭起，铿铊铛鼟，洞心骇耳。荆吴郑卫之声，韶濩武象之乐，阴淫案衍之音，鄢郢缤纷，激楚结风，俳优侏儒，狄鞮之倡，所以娱耳目而乐心意者，丽靡烂漫于前，靡曼美色于后。

“若夫青琴宓妃之徒，绝殊离俗，姣冶娴都，靓庄刻饬，便嬛绰约，柔桡嬛嬛，妩媚姌弱；抴独茧之褕袘，眇阎易以戌削，媥姺徶徲，与世殊服；芬香沤郁，酷烈淑郁；皓齿粲烂，宜笑的皪；长眉连娟，微睇绵藐；色授魂与，心愉于侧。

“于是酒中乐酣，天子芒然而思，似若有亡。曰：‘嗟乎，此泰奢侈！朕以览听余闲，无事弃日，顺天道以杀伐，时休息于此，恐后世靡丽，遂往而不反，非所以为继嗣创业垂统也。’于是乃解酒罢猎，而命有司曰：‘地可以垦辟，悉为农郊，以赡萌隶；隤墙填堑，使山泽之民得至焉。实陂池而勿禁，虚宫观而勿仞。发仓廪以振贫穷，补不足，恤鳏寡，存孤独。出德号，省刑罚，改制度，易服色，更正朔，与天下为始。’

“于是历吉日以斋戒，袭朝衣，乘法驾，建华旗，鸣玉鸾，游乎六艺之囿，骛乎仁义之涂，览观春秋之林，射貍首，兼驺虞，弋玄鹤，建干戚，载云罕，掩群雅，悲伐檀，乐乐胥，修容乎礼园，翱翔乎书圃，述易道，放怪兽，登明堂，坐清庙，恣群臣，奏得失，四海之内，靡不受获。于斯之时，天下大说，向风而听，随流而化，喟然兴道而迁义，刑错而不用，德隆乎三皇，功羡于五帝。若此，故猎乃可喜也。

“若夫终日暴露驰骋，劳神苦形，罢车马之用，抏士卒之精，费府库之财，而无德厚之恩，务在独乐，不顾众庶，忘国家之政，而贪雉兔之获，则仁者不由也。从此观之，齐楚之事，岂不哀哉！地方不过千里，而囿居九百，是草木不得垦辟，而民无所食也。夫以诸侯之细，而乐万乘之所侈，仆恐百姓之被其尤也。”

于是二子愀然改容，超若自失，逡巡避席曰：“鄙人固陋，不知忌讳，乃今日见教，谨闻命矣。”①

无论在篇幅上，还是内容上，《上林赋》巨丽之特征，均远远超过《子虚赋》。所以，弊在华丽过度，因此收不到想要的劝谏效果。本篇采用问答的体式，多为整齐排偶的句式，与以屈原为代表的《楚辞》已经不甚相同，对楚国云梦和天子上林苑的辽阔，两处物产的丰富，特别是对天子畋猎的声势，作了极其夸张的描绘，使之超出了事物的现实可能性。这样极度夸张的描写赋予作品以强烈的艺术感染力，使作品具有超乎寻常的巨丽之美。同时，在司马相如的笔下，夸张描绘的艺术渲染原则和严正的艺术旨趣紧密结合在一起，对艺术巨丽之美的追求和对艺术社会意义即讽谏作用的依归，较好地融为一体。

在结构上，《子虚》《上林》二赋都是篇首几段用散文领起，中间若干段用韵文铺叙，篇末又用散文结尾。作品气势恢宏，波澜起伏，一转再转，而又气脉贯通，一泻千里。这两篇作品句法灵活，用了许多排比句，并间杂长短句。在对各种景物进行描写时，司马相如不是像枚乘那样多用长句，而是大量采用短句，描写山水用四字句，描写游猎主要用三言，音节短促，应接不暇，文采斑驳陆离。

司马相如把田猎作为主要描写对象，展开了全面的具体

① （清）严可均辑：《全汉文》（第3册），北京：商务印书馆，1999年版，第130～141页。根据全文内容推断，本文实际上就是《子虚》《上林》二赋合成一篇的作品。《子虚赋》是西汉辞赋家司马相如早期客游梁孝王时所作。此赋通过楚国之子虚先生讲述随齐王出猎，齐王问及楚国，极力铺排楚国之广大丰饶，以至云梦不过是其后花园之小小一角。乌有先生不服，便以齐之大海名山、异方殊类，傲视子虚。总的来看都是张扬大国风采、帝王气象。此赋与《上林赋》构成姊妹篇，都是汉代文学正式确立的标志性作品。

的描写，并通过对客观事实的具体描写，形象地表现了作品的主题。《上林赋》是歌颂的作品，作者所描写的是帝王贵族的生活，竭力宣扬的是汉天子的豪华和富有，这固然有揣摩帝王心理、投其所好的一面，但通过这些描写，我们可以感受到统一的汉帝国在上升时期所具有的气象和面貌，其视野之恢宏、胸襟之开阔，是以前的文学作品所没有的。

《上林赋》还是一篇讽喻性的作品，作者通过作品中三个人物一浪高过一浪的描写以及最后子虚、乌有先生俯首受教、态度的转变，表达了对诸侯的奢侈和僭越礼法行为的不满，以及维护中央王朝统一的政治态度，这与汉初政论家贾山、贾谊、晁错等人论政所表达的认识是一致的。至于赋末作者通过天子之口所发表的抑制奢侈、崇尚节俭的议论，因为前文已经有了太多内容上的虚辞滥说，其社会效果则是十分微弱的。

而以《上林赋》为代表的大赋与《楚辞》更大的不同表现在：

一是它丧失了真情实感。这是它与《楚辞》本质的不同。

二是空间的极度排比。《上林赋》没有时间的纵向穿插，唯任空间的繁细铺排。

三是以直接而单纯的铺叙摹绘为主要表现手法。繁细的铺叙、夸张的摹绘，是《上林赋》最主要的表现手法。以宫殿苑猎、山水品物为主要描摹对象。

四是遣词用语更加繁难辟涩。

《上林赋》的上述特点，表明它的根本特色不在抒情写志，而在于彰显作者的卓越文才和做繁杂艰深的文字游戏。

因此，司马相如本来想表达“其卒章归之于节俭，因以风谏”的写作目的并未达成，反而使得好神仙、喜玄幻的汉武帝“大悦”，赏了相如一个郎官来当。

这就必然为主张雅丽兼备的刘勰所批评。刘勰的理论来源，是最初羡慕相如而写作辞赋的扬雄。《史记》载：

> 天子既美子虚之事，相如见上好仙道，因曰：“上林之事未足美也，尚有靡者。臣尝为大人赋，未就，请具而奏之。”相如以为列仙之传居山泽间，形容甚臞，此非帝王之仙意也，乃遂就大人赋。[①]

正是这篇《大人赋》，不仅没有收到良好的婉转进言的效果，还被扬雄作为“文丽用寡”的典型代表，遭到了批评。《汉书·扬雄传》载：

> 雄以为赋者，将以风之也……既乃归之于正，然览者已过矣。往时武帝好神仙，相如上《大人赋》，欲以风，帝反缥缥有陵云之志。由是言之，赋劝而不止，明矣。[②]

赋的写作太过靡丽[③]，语词虚诞，不着边际，美则美矣，主题却被冲得很淡，到了“曲终奏雅”的时候，读者已经被那些奇思妙想与闳侈巨衍的夸饰描写完全吸引，已不关注作者要说什么忠言建议了。

---

① （汉）司马迁：《史记》（影印本），北京：中华书局，1997年版，第3056页。

② （东汉）班固：《汉书》（影印本），北京：中华书局，1997年版，第3575页。

③ “赋”在此处主要指相如赋与扬雄诸赋。扬雄青壮年时仰慕相如，于是模拟相如赋作，声名鹊起。其后因仕途不畅，又见赋家地位低下，赋作功能有限，遂有此说。事见《汉书·扬雄传》。

司马相如苦心经营的《大人赋》比《上林赋》更加绮靡虚诞，其用意本来是想借此提醒汉武帝不要铺张浪费，结果却适得其反。扬雄“文丽用寡”一说，真实地反映了相如赋巨丽而不实用的特点。从文学审美的角度看，相如赋最为壮丽，但从以文干政的角度看，扬雄所言也不无道理。

在《情采》篇中，刘勰指出：“昔诗人什篇，为情而造文；辞人赋颂，为文而造情。……故为情者要约而写真，为文者淫丽而烦滥。而后之作者，采滥忽真，远弃《风》《雅》，近师辞赋：故体情之制日疏，逐文之篇愈盛。”[①] 辞赋淫丽，文采繁缛，刘勰认为后代作者应该向“要约写真”之途回归，否则就会越滑越远，讹滥丛生。《比兴》篇以为：“炎汉虽盛，而辞人夸毗；诗刺道丧，故‘兴’义销亡。于是赋颂先鸣，故‘比’体云构，纷纭杂沓，信旧章矣。”[②] 从比兴修辞手法兴废的角度讨论到汉代辞赋兴盛的原因和弊端，指出《雅》《颂》胜于辞赋，汉赋不如周《诗》，原因就在于夸饰过度。《夸饰》篇集中批评了辞赋创作华美伤质的弊端：“自宋玉、景差，夸饰始盛；相如凭风，诡滥愈甚。……验理则理无不验，穷饰则饰犹未穷矣。……虚用滥形，不其疏乎？此欲夸其威，而饰其事义暌刺也。”[③] 辞赋夸张虚诞，言过其实，必须回归雅正之途。《物色》篇比较了《诗经》与《楚辞》、汉赋在景物描写方面的异同，一针见血地指出“诗人丽则而约言，辞人丽淫而繁句”，欲以精约风格之利来纠正繁缛风格之弊。

---

① 杨明照：《增订文心雕龙校注》，第 419 页。
② 杨明照：《增订文心雕龙校注》，第 416 页。
③ 杨明照：《增订文心雕龙校注》，第 470 页。

从《诠赋》《情采》《比兴》《夸饰》《物色》等专门论述辞赋利弊、提倡"丽词雅义"的篇章中，我们可以非常清晰地看到扬雄"丽则丽淫"的辞赋评论贯通了《文心雕龙》全书。刘勰对待《楚辞》、汉赋的基本态度是"丽以淫"，基本的解弊方法是"丽以则"，《诠赋》篇赞语提出"风归丽则"的辞赋风格标准，即是《征圣》篇"圣文雅丽"说的同义表述。因为圣文雅而不丽，辞赋丽而不雅，诗骚结合，方可真正做到"衔华佩实"之彬彬正采，实现"符采相胜"的审美目的。雅丽结合的原则适用于一切文章的创作、审美与鉴赏批评，成为贯通《文心雕龙》全书的基本文学美学思想。

第六节 杰出的辞赋理论家

难能可贵的是，司马相如不仅在辞赋创作上引领诸家，而且还有辞赋理论流传下来，对《文心雕龙》的辞赋美学理论和写作思维学理论产生了直接影响。据《西京杂记》卷二载：

> 司马相如为上林子虚赋。意思萧散，不复与外事相关。控引天地，错综古今，忽然如睡，焕然而兴，几百日而后成。其友人盛览字长通，牂牁名士，尝问以作赋。相如曰："合綦组以成文，列锦绣而为质；一经一纬，一宫一商，此赋之迹也。赋家之心，苞括宇宙，总览人物。斯乃得之于内。不可得而传览。"乃作《合组

歌》《列锦赋》而退。终身不复敢言作赋之心矣。[①]

这段话包含的美学思想与创作思维原理甚为重要。对刘勰创作《文心雕龙》而言，可资借鉴的主要有以下两点：

首先，阐明了对辞赋华丽特点的准确认识。司马相如以“丝织经纬”说解释“作赋之迹”，取法自然事物，以比喻批评的形式论述辞赋文学尚丽的特性。他重视辞赋“文质交加”的特点，尤其强调其“锦绣之质，宫商之声”的形式美与声韵美，这在《文心雕龙》中有鲜明的体现，《原道》篇有言：

> 傍及万品，动植皆文：龙凤以藻绘呈瑞，虎豹以炳蔚凝姿；云霞雕色，有逾画工之妙；草木贲华，无待锦匠之奇。夫岂外饰，盖自然耳。至于林籁结响，调如竽瑟；泉石激韵，和若球锽：故形立则章成矣，声发则文生矣。夫以无识之物，郁然有采，有心之器，其无文欤？[②]

自然界的动植物天然地具有外在形式美与声律音韵美，文章源于自然之道，故而必然兼备形式之美与声律之美。这一思想在《情采》篇中也有所体现：

> 圣贤书辞，总称文章，非采而何？夫水性虚而沦漪结，木体实而花萼振，文附质也。虎豹无文，则鞟同犬羊，犀兕有皮，而色资丹漆，质待文也。若乃综述性

---

① 成林、程章灿：《西京杂记全译》，贵州人民出版社，1993 年版，第 66～67 页。

② 杨明照：《增订文心雕龙校注》，第 1 页。

灵，敷写器象，镂心鸟迹之中，织辞鱼网之上，其为彪炳，缛采名矣。故立文之道，其理有三：一曰形文，五色是也；二曰声文，五音是也；三曰情文，五性是也。五色杂而成黼黻，五音比而成韶夏，五情发而为辞章，神理之数也。①

刘勰将文章本源归结到自然“神理之数”，主张达到文采华丽、音韵和谐的审美之境。《原道》《情采》的论述，为《文心雕龙》主张文学尚丽找到了哲学依据，是为“五经含文”所作的积极铺垫，司马相如是这一依据之先导者。同时，“经纬锦绣”说也是《诠赋》篇“如组织之品朱紫，画绘之著玄黄”的“立赋之大体”在尚丽一面的直接理论来源。

其次，“控引天地，错综古今”一说，成为《神思》篇创作思维论的直接来源。《文心雕龙·神思》篇是古代文论史上最系统的写作思维专论。已有的研究成果指出，刘勰在继承庄子、陆机思维理论的基础上，系统地论述了文章写作思维的各方面问题。笔者认为，刘勰对“神思”的定义和特征描述，其核心观点来自司马相如。《神思》开篇指出：“古人云：‘形在江海之上，心存魏阙之下。’神思之谓也。文之思也，其神远矣。故寂然凝虑，思接千载；悄焉动容，视通万里；吟咏之间，吐纳珠玉之声；眉睫之前，卷舒风云之色；其思理之致乎！故思理为妙，神与物游。神居胸臆，而志气统其关键；物沿耳目，而辞令管其枢机。枢机方通，则

① 杨明照：《增订文心雕龙校注》，第418页。

物无隐貌；关键将塞，则神有遁心。”[1] 指出创作思维变化多端、不可方物的特点与写作构思“物—意—文”的基本模式。《西京杂记》的记载表明相如作赋的思维有三个特点：一是“意思萧散，不复与外事相关”，此即刘勰“寂然凝虑”“其神远矣”之谓；二是“控引天地，错综古今”，此即“思接千载”“视通万里”者也；三是“忽然如睡，焕然而兴”，完全投入，神随思转，此即“神与物游”时或“枢机方通”，或“关键将塞”之谓。因此，从真实的状态来论述文学构思，司马相如是刘勰取法的第一人选。

司马相如辞赋创作“几百日而后成”，迟缓以极！《神思》顺此提出并讨论了文章体裁与思维速度对写作的影响问题。刘勰认为“人之禀才，迟速异分；文之制体，大小殊功”，写文章不能只看快慢，因为人的思维速度本身就有快慢之分，所写文体不同，写作速度也会有差异。在《文心雕龙》中，司马相如与扬雄尽管创作上各体皆能，而且成就非凡，但“相如含笔而腐毫，扬雄辍翰而惊梦”，属于典型的慢节奏，所以“虽有巨文，亦思之缓也”。他们最后的成就与思维速度无关。《汉书·枚乘（附皋）传》：“（皋）为文疾，受诏辄成，故所赋者多。司马相如善为文而迟，故所作少而善于皋。”清人王先谦补注引沈钦韩曰：“《西京杂记》：‘皋文章敏疾，长卿制作淹迟，皆尽一时之誉。’”古人写作前常以口润笔，兼行构思，《文赋》有“或操觚以率尔，或含毫而邈然”之说，“含笔腐毫”形容相如写作时构思时间之长，相如作赋“忽然如睡，焕然而兴，几百日而后成”，

① 杨明照：《增订文心雕龙校注》，第 372 页。

这就说明相如赋之鸿篇巨制、神奇高迈、华丽虚诞，如果没有殚精竭虑地苦思冥想，是不可能写得出来的。刘勰对扬、马思维迟缓的论述，讲到了构思的艰巨性和写作劳心费神、“为文伤命”（《养气》）的真实状态，所以《文心雕龙》将第四十二篇列为《养气》，专门讨论写作状态的养成与平时蓄养精神的问题。刘勰举扬、马之例，是注意到了临案写作的真实思维状态，不是说有才就快，无才就慢。这种直面写作状态的讨论，才是最真实的写作研究。

第七节　对《文心雕龙》体系建构的突出贡献

《文心雕龙》下篇共二十五篇，从《神思》到《总术》的十九篇一般称为创作论，这些专题又可以划分为思维论、风格论、修辞论等版块，涉及从前写作到后写作的方方面面。[①] 司马相如在创作论、批评论的体系建构中做出了突出贡献，并成为刘勰论述创作得失的首选作家。

一、创作论建构的代表作家

《神思》篇论述写作思维，司马相如及其辞赋创作思维理论成为首选的批评对象；《体性》篇论述作家情性风格论，“长卿傲诞，故理侈而辞溢”，司马相如成为“文如其人”的汉魏十二文学名家中的杰出代表。

① 当代写作学界将写作过程分为前写作、显写作与后写作三个大的阶段。前写作主要指构思立意、谋篇布局阶段，显写作主要指具体的行文操作阶段，后写作主要指修改定稿阶段。从大的环节与线性写作特点来看，三阶段的划分是合理的。详见马正平《写作行为论》（重庆：西南师范大学出版社，1995 年版）一书。

《风骨》篇紧接《体性》篇“风趣刚柔”的刚柔风格类型论与“数穷八体”的八体风格类型论，是熔铸二者、化合为一的集成之说，主要倡导的是文学风格的共时审美理想，主张文章不仅要有风格，更要有“风骨”。司马相如《大人赋》文采过人，感染力极强，被刘勰征引在本篇之中，作为论述“风骨”感染力的唯一作品：“昔潘勖《锡魏》，思摹经典，群才韬笔，乃其骨髓峻也；相如赋仙，气号凌云，蔚为辞宗，乃其风力遒也。”[①]《风骨》篇是四百年“龙学”研究史上最热门、最集中、最具争议的内容。[②]借此机会，笔者想将自己的看法说明于下。潘勖《册魏公九锡文》曰：

① 潘勖《册魏公九锡文》是作为有“风骨”的文章应该具备言辞精约、摹写经典之特点而引用的，与相如赋功用不同。

② 据陈耀南先生统计，仅仅到1988年，关于“风骨”的理解就有六十多种，论文数百篇；经过二十多年的发展，又出现了更多的研究文章乃至研究专著，新说不少。回顾“风骨”研究史，论述“风骨”内涵的时候有两种主要的倾向：分论“风”“骨”与合观“风骨”。将“风”“骨”分论的意见主要有三种情况：一是“风即文意，骨即文辞”说（黄侃）；与之相反的意见是“风即文辞，骨即文意”说（刘永济）；还有一类意见是认为“风”与“骨”近义，均指内容与形式（张少康）。这三类意见中影响最大的是黄侃先生“风意骨辞”说，后人无论是赞成，是反对，或是改动此说，都逃不开将“风”与“骨”割裂开来分析的路数。强调“风骨”合观的研究意见主要有如下五种：一是认为“风骨”是阳刚的风格类型（詹锳、王小盾等），这是当下最主要的意见；二是认为“风骨”是集合“典雅、精约、显附、壮丽”等优良文风的“雅丽”风格（刘禹昌）；三是认为“风骨”是文质彬彬的中和之美（牟世金）；四是认为“风骨”内涵与“建安风骨”或“建安风力”近似（王运熙等）；五是指出“风骨”是儒家刚健中正的人格修养的表现（李凯）。有的研究者还讨论了“风骨”与文采的关系问题，主要的意见有三类：一是“风、骨、采”三者并列，与《宗经》“六义”相互对应（易中天）；二是认为“风骨”与文采分属文章的内容和形式，二者是相互对立的关系（张少康）；三是指出“风骨”与文采是并列关系，而不是从属关系或因果关系（曹顺庆）。刘永济先生从《镕裁》“三准”说角度提出解析“风骨”为“风、骨、采、情、事、辞”等要素的意见，也可以归入此类。更进一步，有的研究者从魏晋时风与人物品藻、书画理论、文学理论、时代风气之弊与文学创作之弊等角度提出了刘勰论述风骨的背景与目的，其代表有王运熙、汪涌豪先生等。

制诏：使持节丞相领冀州牧武平侯：

朕以不德，少遭愍凶，越在西土，迁于唐、卫。当此之时，若缀旒然，宗庙乏祀，社稷无位；群凶觊觎，分裂诸夏，率土之民，朕无获焉，即我高祖之命将坠于地。朕用夙兴假寐，震悼于厥心，曰："惟祖惟父，股肱先正，其孰能恤朕躬？"乃诱天衷，诞育丞相，保乂我皇家，弘济于艰难，朕实赖之。今将授君典礼，其敬听朕命。

昔者董卓初兴国难，群后释位以谋王室；君则摄进，首启戎行，此君之忠于本朝也。后及黄巾反易天常，侵我三州，延及平民，君又翦之以宁东夏，此又君之功也。韩暹、杨奉专用威命，君则致讨，克黜其难，遂迁许都，造我京畿，设官兆祀，不失旧物，天地鬼神于是获乂，此又君之功也。袁术僭逆，肆于淮南，慑惮君灵，用丕显谋，蕲阳之役，桥蕤授首，棱威南迈，术以陨溃，此又君之功也。回戈东征，吕布就戮，乘辕将返，张杨殂毙，眭固伏罪，张绣稽服，此又君之功也。袁绍逆乱天常，谋危社稷，凭恃其众，称兵内侮，当此之时，王师寡弱，天下寒心，莫有固志，君执大节，精贯白日，奋其武怒，运其神策，致届官渡，大歼丑类，俾我国家拯于危坠，此又君之功也。济师洪河，拓定四州，袁谭、高干，咸枭其首，海盗奔迸，黑山顺轨，此又君之功也。乌丸三种，崇乱二世，袁尚因之，逼据塞北，束马县车，一征而灭，此又君之功也。刘表背诞，不供贡职，王师首路，威风先逝，百城八郡，交臂屈膝，此又君之功也。马超、成宜，同恶相济，滨据河、潼，求逞所欲，殄之渭南，献馘万计，遂定边境，抚和戎狄，此又君之功也。鲜卑、丁零，重译而至，单于箄于、白屋，请吏率职，此又君之功也。君有定天下之功，重之以明德，班叙海内，宣美风俗，旁施勤教，恤慎刑狱，吏无苛政，民无怀慝；敦崇帝族，表继绝世，旧德前功，罔不咸秩；虽伊尹格于皇天，周公光于四海，方之蔑如也。

朕闻先王并建明德，胙之以土，分之以民，崇其宠章，备其礼物，所以藩卫王室，左右厥世也。其在周成，管、蔡不静，惩难念功，乃使邵康公赐齐太公履，东至于海，西至于河，南至于穆陵，北至于无棣，五侯九伯，实得征之，世祚太师，以表东海；爰及襄王，亦有楚人不供王职，又命晋文登为侯伯，锡以二辂、虎贲、鈇钺、秬鬯、弓矢，大启南阳，世作盟主。故周室之不坏，繄二国是赖。今君称丕显德，明保朕躬，奉答天命，导扬弘烈，缓爰九域，莫不率俾，功高于伊、周，而赏卑于齐、晋，朕甚恧焉。朕以眇眇之身，托于兆民之上，永思厥艰，若涉渊冰，非君攸济，朕无任焉。今以冀州之河东、河内、魏郡、赵国、中山、常山、钜鹿、安平、甘陵、平原凡十郡，封君为魏公。锡君玄土，苴以白茅；爰契尔龟，用建冢社。昔在周室，毕公、毛公入为卿佐，周、邵师保出为二伯，外内之任，君实宜之，其以丞相领冀州牧如故。又加君九锡，其敬听朕命。以君经纬礼律，为民轨仪，使安职业，无或迁志，是用锡君大辂、戎辂各一，玄牡二驷。君劝分务本，穑人昏作，粟帛滞积，大业惟兴，是用锡君衮冕之服，赤舄副焉。君敦尚谦让，俾民兴行，少长有礼，上下咸和，是用锡君轩县之乐，六佾之舞。君翼宣风化，爰发四方，远人革面，华夏充实，是用锡君朱户以居。君研其明哲，思帝所难，官才任贤，群善必举，是用锡君纳陛以登。君秉国之钧，正色处中，纤毫之恶，靡不抑退，是用锡君虎贲之士三百人。君纠虔天刑，章厥有罪，犯关干纪，莫不诛殛，是用锡君鈇钺各一。君龙骧虎视，旁眺八维，掩讨逆节，折冲四海，是用锡君彤弓一，彤矢百，玈弓十，玈矢千。君以温恭为基，孝友为德，明允笃诚，感于朕思，是用锡君秬鬯一卣，珪瓒副焉。魏国置丞相已下群卿百寮，皆如汉初诸侯 王之制。往钦哉，敬服朕命！简恤尔众，时亮庶功，用终尔显德，对扬我高祖之休命！①

刘勰以为："潘勖《锡魏》，思摹经典，群才韬笔，乃其骨髓峻也。"潘勖字元茂，建安十八年（213 年）汉献帝策命曹操为魏公，加九锡，策文为潘勖所作，载《文选》三十五及《三国志·魏志·武帝纪》。

文中"思摹经典"一说，指的是潘勖这篇文章，是从正宗的儒家经典中模仿写作出来的。何义门评本文云："全仿《尚书》行文。"方伯海评云："褒辑《尚书》《左》《国》以成文，浑朴质穆。"

"韬笔"，指搁笔。群才搁笔，指压倒当时许多作者。《太平御览》卷五九三引《殷洪（应作芸）小说》："魏国初

① 转引自（清）严可均辑《全后汉文》卷八十七。又载萧统《文选》，袁宏《后汉纪》卷三十，陈寿《三国志·魏志·武帝纪》。

建，潘勖字元茂，为策命文，自汉武已来，未有此制，勖乃依商周宪章，唐虞辞义，温雅与典诰同风。于时朝士，皆莫能措一字。……及晋王为太傅，腊日大会宾客，勖子蒲时亦在焉。宣王谓之曰：尊君作《封魏君策》，高妙信不可及。吾曾闻仲宣亦以为不如。”

骨髓，是支撑人或动物身体骨架的内在支柱脊柱中的精华，是人体的造血组织，位于长骨的髓腔及所有骨松质内。峻，本义指山高而陡，引申为高大、严厉苛刻、深刻等义项，在这里用深刻义最佳。骨髓峻，是以比喻手法，点明《册魏公九锡文》一文思想很深刻、内容高大上的基本特点。王金凌云：“潘勗《册魏公九锡文》，今人多谓辞虽典雅，事不足录，但刘勰处齐梁之际，而六朝禅代，莫不如此。纵然刘勰不以为然，亦口不能言，而称其骨峻，是因为镕式经诰之故。”因此，《册魏公九锡文》取法于儒家经典，雅正至极，但要说到文采之美，这篇文章是缺少的。

相如《大人赋》所言神仙之事虽然虚诞，但当时汉武帝沉迷于炼金丹、求长生、望不死，故而大受感染，盼望神仙的出现，所以，汉武帝读后“飘飘有凌云之意”，刘勰以为《大人赋》感染力巨大，生动之气充盈全篇，这就是风力遒劲的优秀作品。

刘勰称赞相如赋“气号凌云，蔚为辞宗，乃其风力遒也”，这里的“风力”不是指绝对力量，而是指文章对读者巨大的感染力、吸引力，是从读者阅读角度提出来的“风骨”要素之一。王运熙先生认为：“《大人赋》述游仙之事，汉武读后飘飘有凌云之气。刘勰认为这种强大的艺术感染力，来自作品具有飞动的风骨，因为作品骨气端翔，所以读后使人气概凌云。”又说：“《大人赋》文接近《楚辞》，较为简练，风貌较为清明爽朗，有飞动之致，故刘勰举以为作品有风力之范例。”所以，《风骨》所论之“风力遒劲”，绝非劲健有力或刚健有力之意，主要是指文学作品的内容丰富、文气生动、感染力强的特征，故而“风骨”为阳刚风格之说不能成立。

刘勰引相如赋来论“风骨”，具有特殊的用意，这个用意在以往的“风骨”研究中被忽略了。① “风力”所指，有两个鲜明的特点：一是文学作品感染力的得来，需要作家具有相当丰富乃至神奇的想象力。以《大人赋》为例，本篇神奇巨丽，是司马相如丰富神奇的想象力的结果②，用《文心雕龙》的话说，是作家“才、气、学、习”化合熔铸的结果。主体写作才华的高妙，是文章风格独特，吸引读者的第一要素。二是本篇闳侈巨衍，主旨不显，是典型的“文丽用寡”的讹滥之文，为什么刘勰会说这篇文章“风力遒劲”呢？这就可见“风力”无关文章的思想倾向，而只关系到文章的内容丰富、技法高妙与语言精彩，文章的形式之美与内容之美触动了读者的心灵。因此，“风”的教化感染功能在

① 在“风骨”研究中谈到司马相如《大人赋》的时候，主要有两种意见：一是指责刘勰引用不当，将虚辞滥说的汉代辞赋用到这里来，是笔误；二是认为刘勰引用很好，司马相如作品文采出众，与潘勖作品刚好形成一对相反风格的组合。这样，“风”与“骨”各自就是对立矛盾的一组范畴，一为形式，一为内容，矛盾对立。笔者认为这两种说法都是可以再作讨论的。

② 本篇因为字数太多，在此不录。相如以“大人”隐喻天子，赋中描写“大人”遨游天庭，与真人相周旋，以群仙为侍从，过访尧舜和西王母，乘风凌虚，长生不死，逍遥自在，是迎合汉武帝喜好神仙、欲求长生不死的心理，而暗含规讽之旨，是“隐主旨，秀佳句”的典范作品。相如此赋想象丰富，文字靡丽，极尽夸饰之能事，但是其内容和形式都仿自屈原《远游》，故独创性稍逊。

脱离政教之后，“风力”即与雅正的思想无关，而成为文章内容与外在语言结合生成的巨大感染力。所以，“风骨”所论，核心在于文章的语言表达与审美效果。

在《通变》篇中，司马相如与扬雄被刘勰视为完美体现了文学发展继承规律与文学新变规律的典型。在“斟酌质文、隐括雅俗”之后，刘勰认为汉赋的创作不仅体现了文学新变的规律，还具有继承前代、一脉相承的特点：

> 夫夸张声貌，则汉初已极。自兹厥后，循环相因，虽轩翥出辙，而终入笼内。枚乘《七发》云：“通望兮东海，虹洞兮苍天。”相如《上林》云：“视之无端，察之无涯；日出东沼，月生西陂。”马融《广成》云：“天地虹洞，固无端涯；大明出东，月生西陂”。扬雄《校猎》云：“出入日月，天与地沓”。张衡《西京》云：“日月于是乎出入，象扶桑于蒙汜。”此并广寓极状，而五家如一。诸如此类，莫不相循。[①]

关于该篇所引相如原作，历代以来认为有歧义。杨明照先生《增订文心雕龙校注》云：“按当依《上林赋》作‘入乎西陂’。此盖写者涉下《广成颂》‘月生西陂’而误。”《文选》李善注：“张揖云：日朝出苑之东池，暮入于苑西陂中。善曰：《汉宫殿簿》曰：长安有西陂池、东陂池。”清孙志祖《文选考异》卷一：“《上林赋》入乎西陂：按……与马融《广成颂》‘大明出东，月生西陂’，辞旨自别。”汉赋五家描写海天日月的壮丽景象，尽管言辞有差异，但都体现了“夸

① 杨明照：《增订文心雕龙校注》，第401页。

张声貌”的时代风气。“汉赋巨丽”的夸饰特点，被淋漓尽致地表现出来。如此，文学需要继承前代因子，需要合理得法地创新变化——文学通变的共时规律就被揭示出来。司马相如在这一重要的篇章中再次出场，成为刘勰笔下的成功范例获得了褒扬。

詹锳先生《文心雕龙义证》在论述到这里的时候，有一段深刻的见解，摘引如下：

> 按：在艺术形式方面，刘勰对辞的夸张描写，举出汉朝五位赋家的描绘作为例证，说明描写方式大都是继承前人而又有所变化。就他所举的对于大海和天地日月的描写来看，变化是不大的，所以他才得出“五家如一”“莫不相循”的结论。他也说“参伍因革，通变之数也”，就是说通变的方术是有因袭、有革新，继承与创造交替运用，但在他举出的“五家如一”的例子里，并没有把创造的因素显示出来。他指出“虽轩翥出辙，而终入笼内”，意思是说虽然想高飞远驰越出轨辙，始终离不开固定的圈子。这种说法，实质上是抹煞了创造性。像曹操的《观沧海》，虽然以同类的文辞来描写大海和天地日月，却用来象征他博大的胸怀，不是单纯的写景，岂不就跃出圈子了吗！①

通，指继承，继承前人的写法；变，指创造，创造新的写法。二者的结合，是《通变》一篇的核心观念。那么，怎样才能既继承前人，又能自我新变呢？刘勰实际上并没有告

---

① 詹锳：《文心雕龙义证》，上海：上海古籍出版社，1989年版，第1101～1102页。

诉我们。司马相如等辞赋高手，主要是靠着自己的卓越才华在写作，写出来的日月景色也并非一致，只是在大体上有相似性而已。这本来就是有继承（日月等选材内容、景色特点、相似的措辞）又有新变（措辞不同、具体景色不同、描述重点不同）的作品。

从《镕裁》到《附会》的十二个专题主要论述修辞技法问题，属于微观层面的写作研究。司马相如在《丽辞》《夸饰》《事类》《练字》等篇章中继续扮演着经典作家的角色，其创作得失与文字小学水平，成为刘勰在这些篇章中立论或驳论的基本标准。

《丽辞》篇论述对偶修辞，诗赋皆用。“丽辞”技法是文学原道之“形文”的基本特点，刘勰从文学原道的哲学原理高度说：“造化赋形，支体必双；神理为用，事不孤立。夫心生文辞，运裁百虑；高下相须，自然成对。”① 自然万物具有“支体必双”“事不孤立”的特点，因此，“心生文辞”一定具有“自然成对”的基本属性。在诗歌、辞赋成就已经很高且骈文大兴的汉魏六朝时代，刘勰说这个话可谓是准确地把握住了文学发展的时代脉搏，《文心雕龙》主张“新变”“趋时”的文学发展观，“丽辞”理论就是一个显著成就。在刘勰看来，开启“丽辞”技法运用的是这样几个人：“自扬、马、张、蔡，崇盛丽辞：如‘宋画吴冶，刻形镂法’，丽句与深采并流，偶意共逸韵俱发。”② 司马相如与扬雄在对偶修辞技法上引领了新变潮流。

① 杨明照：《增订文心雕龙校注》，第 451 页。
② 杨明照：《增订文心雕龙校注》，第 451 页。

刘勰归纳的“丽辞之体”，共有“言对、事对、反对、正对”四种，这四种对偶法中，“言对为易，事对为难；反对为优，正对为劣”，何出此言？因为“言对者，双比空辞者也”，其中“偶辞胸臆，言对所以为易也”，也就是说，言对就是写作措辞不引用经典语句或典章故实，自创语句，显得没有学问，读书少，最多就是才气的显摆罢了——这是当时语境下的批判——但是“言对为美，贵在精巧”，要写好并非易事，并举司马相如为“言对”的代表：“长卿《上林赋》云：‘修容乎《礼》园，翱翔乎《书》圃。’此言对之类也。”①

《文选》李善注引郭璞曰：“《礼》所以整威仪，自修饰也。……《尚书》所以疏通知远者，故游涉之。”司马相如《上林赋》中的“修容”，指的是在《礼》的规定范围内修饰容貌礼仪，所说的“翱翔”，是在《尚书》的范围内自由飞翔。这两句说的是学习礼仪和讲究学问的事，都是在经典苑囿之下来学习或修饰。司马相如此句以儒家经典《仪礼》《尚书》为苑囿，表明学习感染儒家经典的惬意自由——既有经典基础，又有逍遥自由，是典型的“风力遒也”而深具感染力的作品——这就与他“双比空辞”的论断前后矛盾，截然不合。

发展到《夸饰》篇中，这种主张“丽则”而赞《诗》，反对“丽淫”而贬《骚》的观点特别明显。整体上看，《夸饰》篇的基本观点与《辨骚》《诠赋》《情采》《物色》等篇一脉相承，同时深含贯通《文心雕龙》全书的雅丽文学思

① 杨明照：《增订文心雕龙校注》，第451页。

想。在这一重要的篇章中，司马相如成为最主要的评论对象之一。刘勰在《宗经》《通变》等篇中都谈到了“楚艳汉侈”的华丽之美与“夸张声貌”的夸饰技法，《丽辞》《比兴》篇也先后对辞赋夸饰过度进行了不同角度的分析，因此，《夸饰》就专为解决文学创作如何正确使用夸张手法而列，全文从哲学依据、诗骚创作、方法正误几个方面论述了这个意见。文章开篇就说：“夫‘形而上者谓之道，形而下者谓之器’。……故自天地以降，豫入声貌，文辞所被，夸饰恒存。”① 刘勰认为，“形而上者”的自然之“道”决定了自然万物文采艳丽的特点，作为“形而下者”的文章之“器”也应该是“文辞所被，夸饰恒存”的。夸饰手法出自天地自然之属性，这就为文学的美丽精神②找到了坚实可信的哲学基础。于是，儒家经典与辞赋都是文采绚丽、具有夸饰特点的，但对于经典以外的夸饰现象，刘勰主要持批评的态度。针对的靶子就是辞赋创作：

> 自宋玉景差，夸饰始盛；相如凭风，诡滥愈甚。故上林之馆，奔星与宛虹入轩；从禽之盛，飞廉与鹪鹩俱获。……莫不因夸以成状，沿饰而得奇也。③

辞赋崇尚夸饰，从战国到两汉皆循流而作，“诡滥愈甚”。以司马相如为代表的两汉辞赋创作，呈现出越来越严

---

① 杨明照：《增订文心雕龙校注》，第 470 页。

② 文学的“美丽精神”一说，由王岳川先生“中国文化的美丽精神”一说演化而来。王先生是以汉字的书写之美看待中国文化（意蕴、视觉）之美；《文心雕龙》论述文学特质，重美尚丽，主张文学的美丽精神，这与当时“采丽竞繁”的齐梁时风也有密切的关联。

③ 杨明照：《增订文心雕龙校注》，第 470 页。

重的夸饰过度现象。不仅如此，汉赋"事义睽剌"，言说迂回虚诞的弊端越来越明显，以至于后世的模仿者与学习者误入歧途，"辞人炜烨"而"言在萎绝"。

刘勰所论，涉及战国《楚辞》到汉代大赋发展的数百年文学史，其中主要是针对写作对象、体裁特征与写作手法而言的。范先生注："扬雄《法言·吾子》篇：或问：'景差、唐勒、宋玉、枚乘之赋也益乎？'曰：'必也淫。''淫则奈何？'曰：'诗人之赋丽以则，辞人之赋丽以淫。'屈原，诗人之赋也，尚存比兴之义；宋玉以下，辞人之赋也，则夸饰弥盛矣。"据《史记·屈原列传》记载："屈原既死之后，楚有宋玉、唐勒、景差之徒者，皆好辞而以赋见称；然皆祖屈原之从容辞令，终莫敢直谏。"杨明照先生《增订文心雕龙校注》云："《文选》皇甫谧《三都赋序》：宋玉之徒，淫文放发，言过于实，夸竞之兴，体失之渐，风雅之则，于是乎乖。"屈原作品距离《诗经》时代还比较近，所以尚存《诗经》比兴写法和现实主义色彩，有针对性；而从宋玉以下的辞赋作者，不敢面对现实，只能空谈或夸张写作，比兴色彩消失了，针砭时弊的现实主义色彩更是不见了，成了华丽而不实用的大赋。于是脱离政治和讽谏功能的纯文学作品产生了，审美色彩和写作手法上"夸饰弥盛"，这其实是《楚辞》传播的一大收获。

从宋玉《登徒子好色赋》原文来看："天下之佳人，莫若楚国。楚国之丽者，莫若臣里。臣里之美者，莫若臣东家之子。东家之子增之一分则太长，减之一分则太短，著粉则太白，施朱则太赤，眉如翠羽，肌如白雪，腰如束素，齿如含贝。嫣然一笑，惑阳城，迷下蔡。然此女登墙窥臣三年，至今未许也。登徒子则不然。其妻蓬头挛耳，齞（音砚）唇历齿，旁行踽偻，又疥且痔。登徒子悦之，使有五子。王熟察之，孰为好色者矣。”傅庚生《中国文学欣赏举隅》说：“此言美丑皆似太夸，然愈夸乃愈见其文笔之可喜也。”黄春贵先生说：“此言夸饰文学之盛行，始于宋玉、景差之徒，彼二人者，上承屈原之流沫，下启汉赋之先鞭，张皇铺陈，崇尚淫丽，渐失诗人比兴之义。”

发展到司马相如，其身逢盛世，凭借武帝好文学、喜辞赋的政治背景和汉帝国盛大的国力与富强的政治局面，“凭风”依时，继承宋玉、景差之夸饰手法与瑰丽想象，自创雄文，吹嘘更甚。《史记·司马相如列传》载：“无是公言天子上林，广大山谷水泉万物，及子虚言楚云梦所有甚众，侈靡过其实。”然而，文学本就允许夸张，《诗经》《尚书》是正宗的儒家经典，有没有夸张？三皇五帝动辄活一两百岁、执政数十上百年，算不算夸张？孟子对牧野之战“流血漂杵”大大怀疑，算不算对夸张手法的质疑？更何况富强盛大的汉帝国时代，雄强博大的气象，本就需要远比屈原《楚辞》题材和宋玉美色内容更为博大的文体与手法来表达，夸张的本源是具有丰富的想象力和文字传达力，这一点，只有天赋出众的作家才能办得到。所以，梁玉绳《史记志疑》卷三十四就有不同的声音：“余谓上林地本广大，且天子以天下为家，故所叙山谷水泉，统形胜而言之。至其罗陈万物，亦惟麟凤蛟龙一二语为增饰。观《西京杂记》《三辅黄图》，则奇禽异木，贡自远方，似不全妄。况相如明著其指，曰子虚、乌有、亡是，特主文谲谏之义尔。不必从地望所奠，土毛所产，而较有无也。”这是一种开明的态度：要是文学作品所写作的东西要一一与自然界实物相对应，那就显得不好玩儿了，属于吹毛求疵。

《文心雕龙》以宗经为第一要义，所以雅正为第一批评准则。刘勰对辞赋的整体评价并不高，往往以“楚艳汉侈，流弊不还”（《宗经》）、“楚汉侈而艳”（《通变》）指责之，又以为学习辞赋，并非习染雅制，故称“效《骚》命篇者，必归艳逸之华”（《定势》），认为辞赋的影响也是不好的。《定势》篇引用桓谭“文家各有所慕，或好浮华而不知实核，或美众多而不见要约”的话，暗中指向的批评目标，同为辞赋这种夸饰艳丽的创作。因此，刘勰尽管积极主张文学创作尚丽尚美，但更主张丽而有度，夸而有则，追求“风归丽则”的雅丽之美。刘勰据此开出药方，认为拯救汉赋夸饰巨丽之弊端，应该这样来做：

> 酌《诗》《书》之旷旨，翦扬马之甚泰，使夸而有节，饰而不诬，亦可谓之懿也。①

《老子》第二十九章：“是以圣人去甚、去奢、去泰。”《韩非子·杨权》：“故去甚去泰，身乃无害。”泰，过甚。“《诗》《书》之旷旨”是要求雅正，“扬马之甚泰”是辞赋过于巨丽，要做到二者的结合，“使夸而有节，饰而不诬”，创作既雅且丽的作品，才是对夸饰手法的正确运用。这一点，与《辨骚》篇主张的“凭轼以倚《雅》《颂》，悬辔以驭楚篇，酌奇而不失其真，玩华而不坠其实”的观点完全一致，都是在折中诗骚、取法中和的基础上提出来的新观点。

---

① 杨明照：《增订文心雕龙校注》，第471页。

在《事类》篇中，刘勰讨论了引事用典的修辞方法，司马相如之作，在用典修辞上是最好的范例之一。本篇首先提出儒家经典有用典之举，继而将历代文学家对用典的态度和程度罗列出来：

观夫屈、宋属篇，号依《诗》人；虽引古事，而莫取旧辞。唯贾谊《鹏赋》，始用鹖冠之说；相如《上林》，撮引李斯之书：此万分之一会也。[①]

司马相如有《大人赋》，影写屈原《远游》，这是他辞赋创作模仿借鉴的一面。具体到《上林赋》中，有“建翠华之旗，树灵鼍之鼓”的句子，刘勰认为是从李斯《谏逐客书》中“建翠凤之旗，树灵鼍之鼓”征引而来的。成语“万分之一”，见于《战国策·韩策三》及《史记·张释之列传》等，指非常偶然的会合。司马相如《上林赋》开启了辞赋文学用典的先河，为后来扬雄、班固等人饱读诗书、引经据典写作辞赋做了示范，难能可贵。

但因为相如少年时好武，早岁为侍卫，课学不多，所以相如赋尽管才思纵逸，但在用典上却有错讹，刘勰举出了一个著名的例子：

凡用旧合机，不啻自其口出；引事乖谬，虽千载而为瑕。陈思，群才之英也，《报孔璋书》云：“葛天氏之乐，千人唱，万人和，听者因以蔑《韶》《夏》矣。”此引事之实谬也。按葛天之歌，唱和三人而已。相如《上林》云：“奏陶唐之舞，听葛天之歌，千人唱，万人

① 杨明照：《增订文心雕龙校注》，第477页。

和。”唱和千万人，乃相如接人。然而滥侈葛天，推三成万者，信赋妄书，致斯谬也。[①]

刘勰将曹植笔下“葛天氏之乐，千人唱，万人和”的引用错误归结于司马相如《上林赋》“葛天之歌，千人唱，万人和”之夸饰描写，因为据原书记载，“葛天之歌，唱和三人而已”，司马相如夸张为千万人唱和，以至于曹植将错就错，谬误千载。

《吕氏春秋·古乐》篇：“昔葛天氏之乐，三人操牛尾，投足以歌八阙。”相如《上林赋》：“奏陶唐氏之舞，听葛天氏之歌，千人唱，万人和，山陵为之震动，川谷为之荡波。”纪昀评论说：“千人万人，自指汉时之歌舞者，不过借陶唐葛天点缀其事，非即指上二事也。子建固误，彦和亦未详考也。”这是说，司马相如的意思，是讲后世宫廷奏歌，有千万人唱和，并不是指原来的葛天氏歌的体制。

梁玉绳《史记志疑》卷三十四“《司马相如传》听葛天氏之歌，千人唱，万人和”条附案：“余谓千唱万和，此赋乃总承上文，非专言葛天，谬在陈思，不在相如。”梁章钜《文选旁证》卷十一“千人倡万人和”条：“按此赋千倡万和，乃总承上文，非专属葛天。当由陈思误用，不得以此讥相如矣。”牟世金先生注曰：“这里，刘勰不论《上林赋》之误，而评曹植之论，当于文学描写与论述文不同有关。曹植的‘信赋妄书’，正是忽略了这种区别。”

不管司马相如和陈思王曹植谁对谁错，笔者对此一分为二地看待：一方面，儒家经典在刘勰笔下具有绝对崇高的地

① 杨明照：《增订文心雕龙校注》，第478页。

位，经典无误，引事就该实事求是，不得篡改；另一方面，汉赋本就以夸饰为基本手法而呈现巨丽的风格特征，没有夸饰，哪来的汉赋？刘勰以经典之实，衡量汉赋之丽，当然会得出“辞赋丽淫，经典丽则”的结论。对文学创作而言，这种桎梏与自设之藩篱是错误的，与赞美《楚辞》“惊采绝艳”之说也前后矛盾，这是《文心雕龙》文学指导思想的一个缺陷，就是绝对宗经。

二、批评论建构的特殊作家

从《时序》到《程器》这五篇一般称为批评论，主要是宏观地对文学发展史、文学鉴赏、作家才略、道德修养等问题进行整体探讨，巴蜀三杰在这部分内容中也有突出的贡献。

《物色》篇是《文心雕龙》的第四十六篇，就自然现象对文学创作的影响，来论述文学与现实的关系。全篇分三个部分。第一部分论述自然景色对作者的影响。刘勰从四时的变化必然影响万物的一般道理展开，进而说明物色对人的巨大感召力，不同的季节也使作者产生不同的思想感情。根据这种现象，刘勰提炼出一条基本原理：“岁有其物，物有其容；情以物迁，辞以情发。”相当精辟地概括了文学创作和自然景物的关系。第二部分论述怎样描写自然景物。必须对客观景物进行仔细的观察研究，进而结合物象的特点来思考和描写。刘勰从《诗经》中描绘自然景色的具体经验中，概括出“以少总多”的原则，认为这是值得后人学习的。对汉代辞赋创作中堆砌辞藻的不良倾向，刘勰提出了批评，要文学创作避免这种“繁而不珍”的罗列。第三部分总结了晋宋以来“文贵形似”的新趋向，提出一些具体的写作要求：首先是要密切结合物象，“体物为妙，功在密附”；其次强调“善于适要”，能抓住物色的要点；其三是要继承前人而加以革新，做到“物色尽而情有余”；最后强调“江山之助”，鼓励作者到取之不尽的大自然府库中去汲取营养。

在展开具体论述的时候，刘勰将《诗经》与屈原《离骚》对比论述：

> 《诗》人感物，联类不穷。流连万象之际，沉吟视听之区。写气图貌，既随物以宛转；属采附声，亦与心而徘徊。故“灼灼”状桃花之鲜，“依依”尽杨柳之貌，“杲杲”为出日之容，“瀌瀌”拟雨雪之状，“喈喈”逐黄鸟之声，“喓喓”学草虫之韵。“皎日”“嘒星”，一言穷理；“参差”“沃若”，两字连形：并以少总多，情貌无遗矣。虽复思经千载，将何易夺？及《离骚》代兴，“触类而长”；物貌难尽，故重沓舒状：于是“嵯峨”之类聚，“葳蕤”之群积矣。①

很显然，刘勰以为，《诗经》对自然景物的描写属于言简意赅的类型，使用不同的拟声词写声音、不同的形容词摹状貌，整体的特点是“以少总多，情貌无遗”。刘勰征引的大量例子都是以少量的文字来表达丰富的内容，并把事物的神情形貌纤毫无遗地表现出来，所以很精炼。及至《楚辞》继《诗经》而起，所写事物触类旁通而有所发展，所以屈原《楚辞》最大的特点是“触类而长，物貌难尽”，反复描写，

① 杨明照：《增订文心雕龙校注》，第573～574页。

“重沓舒状”，因而词汇便复杂繁富起来。

《诗经》言简意赅的精炼描写是历代公认的，任举例证如下：

1. 写水中植物：蒹葭苍苍，白露为霜。

2. 写水中鸟儿：关关雎鸠，在河之洲。

3. 写路堤杨柳：昔我往矣，杨柳依依；今我来思，雨雪霏霏。

4. 写天气转凉：七月流火，九月授衣。

笔者以为，《诗经》的景物描写以简约为主要特色，这是与它采用四言为主的句型和当时文学发生的质朴状态有很大关系的。如果将诗三百的内容用后来的辞赋手法或今天的白话文翻译渲染下来，必然不再简约若是。

而屈原《楚辞》中的景物描写比《诗经》大大进了一步，体现在几个方面：一是景物描写的渲染、抒情功能增加了，二是隐喻、象征的含义增加了，三是情景交融的审美成分增加了。任举例如下：

1.《离骚》写陆上草木句：

余既滋兰之九畹兮，又树蕙之百亩。畦留夷与揭车兮，杂杜衡与芳芷。

冀枝叶之峻茂兮，愿俟时乎吾将刈。虽萎绝其亦何伤兮，哀众芳之芜秽。

这些植物、花卉的描写，表面上是在说屈原本人的生活状态与心情，实则含有隐喻及象征意义，这是对《诗经》写景起兴手法的大大拓展，文字内容的增多与景物名称的增加，必然带来反复描写，“重沓舒状”的感受。

2.《湘夫人》写水中草木句：

袅袅兮秋风，洞庭波兮木叶下。

鸟何萃兮苹中，罾何为兮木上？

沅有芷兮澧有兰，思公子兮未敢言。

荒忽兮远望，观流水兮潺湲。

筑室兮水中，葺之兮荷盖。

荪壁兮紫坛，播芳椒兮成堂。

桂栋兮兰橑，辛夷楣兮药房。

罔薜荔兮为帷，擗蕙櫋兮既张。

白玉兮为镇，疏石兰兮为芳。

其中的“帝子”，表面上是神话中的湘夫人[①]，然而，实际上隐喻了屈原自己心中日夜关注的楚国国君；自然地，湘君这一神话人物，象征的是身遭流放的屈原本人。湘君为了迎接湘夫人的降临所做的种种努力，预示着屈原为了重新见到楚国国君所做的种种事情，其间，多种多样的植物、花卉、江景、洲渚，一系列的迎神、降神、娱神行为与细腻惶恐的心理描写，婉转曲致，言不由衷，想直接表达，又拉不下被流放的脸面，放不下内心的愤恨，然而忠君报国的情怀与楚国日渐衰败的实情，又逼迫屈原不得不放下身段，期待乃至哀求楚王能够不计前嫌，重新召见自己，让自己能够再次为国出力。这样现实而残酷的背景，与瑰丽神奇的艺术传达，二者之间的共鸣，是一般读者体会不到的。因此，《楚辞》的艺术色彩，与直白朴实的《诗经》整体上是相异的。

在以上描写陆地、水中草木的两则例证之外，屈原《楚

---

① 《湘君》《湘夫人》分别以湘水男神和湘水女神为咏诵主体，互相表达思慕之情。王逸以为湘君是水神，湘夫人是舜之二妃。有学者认为湘夫人是娥皇、女英，湘君是舜帝。

辞》作品中还有大量描写山川、河流、风云、动物的例证，在此不一一列举。

综上，《楚辞》多是借景抒情，借物喻人，抒发志向，借现场身边之物以代其心意，所以求其真意，知其事实，知其人物，是读懂《楚辞》的关键。

因此，《诗经》与《楚辞》，前者简约，后者繁缛，这是二者在景物描写方面最大的不同。

顺流而下，汉代大赋不仅吸收了《楚辞》写景的内容和繁缛的写法，还大大加入了作者主观的虚构、想象与夸张，不仅不再是《诗经》精炼准确的样子，甚至于不是《楚辞》从多角度反复描写景物的样子，而是走向了华丽过度、虚辞滥说的不当状态，刘勰说：

> 及长卿之徒，诡势瑰声；模山范水，字必鱼贯：所谓诗人丽则而约言，辞人丽淫而繁句也。[①]

“长卿之徒，诡势瑰声”，指的是以司马相如为代表的汉赋作家群体，写作中追求诡奇的声势。“模山范水，字必鱼贯”，指的是对山水等自然景物的描写，犹如游鱼，有自然先后的顺序。这里实际上说的是汉赋大力使用铺排的写作手法，而且“繁类成艳”，以至于雄文涛涛，不可抑制。范文澜先生注：“司马相如《上林赋》：荡荡兮八川分流，相背而异态。……汨乎浑流，顺阿而下，赴隘陕之口。触穹石，激堆埼，沸乎暴怒，汹涌滂晞，滭浡滵汩，湢测泌瀄……于是乎崇山巃嵸，崔巍嵯峨，深林钜木，崭岩嵾嵯……状貌山

① 杨明照：《增订文心雕龙校注》，第574页。

川，皆连接数十百字，汉赋此类极多，所谓字必鱼贯也。”

骆鸿凯先生则从另一个角度指出：“字必鱼贯者，谓好用连语双声叠韵诸联绵字也。此盖因扬马之流，精通小学，故能撮字书之单词，缀为俪语，或本形声假借之法，自铸新词。”这就将汉赋大家的一个重要基本功——文字小学功夫的修为指出来了，司马相如是汉代著名文字学家，他的大赋创作当然体现了他的学术修养，这是时代的必然，也是汉赋创作的一大特色。自相如始，扬雄、班固、张衡等著名汉赋大家，无一不是精通小学的高手。

扬雄《法言·吾子》篇：“诗人之赋丽以则，辞人之赋丽以淫。”“丽以则”指美丽典雅，“丽以淫”指侈丽放荡。这是扬雄在反思自己早年追随相如赋作，大力创作辞赋，人到中年时分，终于感觉到辞赋虽美，但是讽谏功能相当有限，于是幡然悔悟，首先声明写作辞赋是“童子雕虫篆刻”一样的小把戏，不值得有追求的人大量投入精力，然后提出了上述著名的“丽则丽淫”说。一句话：《诗经》之丽，是简约而符合规范的；辞赋之丽，是繁缛而过度的。

班固《汉书·艺文志》记载说：“大儒孙卿及楚臣屈原，离谗忧国，皆作赋以风，咸有恻隐古诗之义。其后，宋玉、唐勒；汉兴，司马相如，下及杨子云，竞为侈丽闳衍之词，没其讽喻之义，是以扬雄悔之，曰：‘诗人之赋丽以则，辞人之赋丽以淫。’”对此，黄海章先生认为，从屈原《楚辞》开始，之所以要大力展开景物描写，主要的目标，还在曲尽事物的情态，用以寄托作者的心情。等到司马长卿等一班辞赋家出来，便一味铺张扬厉，对事物作夸大的描写，而无真实的情感存乎其间，就不免“淫丽而繁滥”了。

所以，扬雄批判的还不只是辞赋景物描写过度方面的问题，更在于其思想内容已经被冲淡到读者几乎无法觉察的地步，没有了讽谏乃至充实的思想内容，汉赋的政治功能几乎可以忽略不计。

《知音》篇是古代文论史上最出名的一篇文学鉴赏专文。扬、马二人各自以创作与理论成就位列其中。刘勰认为“知音”甚难，贵古贱今的现象很多，比如：“昔《储说》始出，《子虚》初成，秦皇、汉武，恨不同时；既同时矣，则韩囚而马轻，岂不明鉴同时之贱哉?”[①] 刘勰以司马相如为汉武帝贵古贱今的牺牲品，这个说法与事实不符。据《史记·司马相如列传》载：

> （相如初）事孝景帝，为武骑常侍，非其好也。会景帝不好辞赋，是时梁孝王来朝，从游说之士齐人邹阳、淮阴枚乘、吴庄忌夫子之徒，相如见而说之，因病免，客游梁。梁孝王令与诸生同舍，相如得与诸生游士居数岁，乃著子虚之赋。……蜀人杨得意为狗监，侍上。上读子虚赋而善之，曰：“朕独不得与此人同时哉!”得意曰：“臣邑人司马相如自言为此赋。”上惊，乃召问相如。相如曰：“有是。然此乃诸侯之事，未足观也。请为天子游猎赋，赋成奏之。”上许，令尚书给笔札。[②]

这段记载清楚地表明汉武帝对相如赋“善之”的态度，

---

① 杨明照：《增订文心雕龙校注》，第 599 页。

② （汉）司马迁：《史记》（影印本），北京：中华书局，1997 年版，第 2999～3002 页。

也记载了相如借机再作大赋、取悦武帝之事实。《史记·司马相如列传》在本段之后并未言及武帝轻慢相如之事。这是《文心雕龙》征引失误的瑕疵之一。刘勰深以为赏鉴之难，发出“见异，唯知音耳”的感叹，他认为鉴赏者必须要有主观的公正态度和具体可操作的方法，于是提出了客观公正的“六观”说[①]，作为文学鉴赏的客观标准，迄今仍然是文学评论的重要原则，司马相如为此做出了打基础的贡献。

结 语

综上所述，司马相如在《文心雕龙》中居于至关重要的地位，是刘勰极力标举的经典作家。他创作的各体作品是文体论部分的扛鼎之作；在创作论中，又成为创作思维论、风格论、风骨论、通变论、修辞技法、文字小学的典型代表，他创作的成败得失，是刘勰取法或扬弃的基本标准；在批评论部分，司马相如成为文学史论、知音鉴赏、作家品评、文章道德的核心论述对象。以其“锦绣宫商”“控引天地”为代表的辞赋尚丽与思维理论，成为刘勰征引吸收的重要取材对象。司马相如对《文心雕龙》的成书有重大的影响。

① 刘勰主张的“六观”说是：“是以将阅文情，先标六观，一观位体，二观置辞，三观通变，四观奇正，五观事义，六观宫商。斯术既行，则优劣见矣。”

第三章　历代音乐赋之祖

——蜀中奇才王褒

第一节　王褒及其作品简介

王褒，西汉辞赋家，字子渊。蜀地资中（今四川省资阳市雁江区昆仑乡墨池坝）人，资阳三贤[①]之一，是我国历史上著名的辞赋家，官至谏大夫，生卒年不详。在巴蜀文学史上，王褒是继司马相如之后的又一位大家。他的生卒年失载，只知他的文学创作活动主要在汉宣帝（公元前73—前49年在位）时期，约卒于汉宣帝晚年。工歌诗，善辞赋。汉宣帝提倡歌诗音律，王褒受益州刺史王襄推荐，被召入朝，常从帝游猎，所幸宫馆，则令歌颂。不久，擢为谏议大夫。后方士言益州有金马碧鸡之宝，宣帝命他前往祭祀，病死道中。后葬于家乡（今资阳市雁江区墨池坝）。

《汉书·艺文志》著录有王褒辞赋十六篇，今存《洞箫

① 资阳三贤：指孔子老师苌弘，资阳市忠义镇高岩山人；西汉著名辞赋大家王褒，资阳市雁江区昆仑乡墨池坝人；西汉经学大师董钧，资阳市雁江区保和镇东安乡桐子坝人。王褒、董钧故居与坟墓隔沱江而望，可惜均已被毁，仅存残破墓碑而已。笔者老家就在附近，尚能目睹之。

赋》《九怀》《圣主得贤臣颂》《甘泉宫颂》《碧鸡颂》《责须髯奴辞》等，另有《僮约》等名文。《隋书·经籍志》有《王褒集》5卷，已佚；明代张溥辑有《王谏议集》，收入《汉魏六朝百三家集》。

因为王褒在历史上的名声没有司马相如等人显赫，所以，为了更好地介绍他，且《汉书》所载王褒本传篇幅并不算长，故选择性地摘录于下：

王褒字子渊，蜀人也。宣帝时修武帝故事，讲论六艺群书，博尽奇异之好，征能为《楚辞》九江被公，召见诵读，益召高材刘向、张子侨、华龙、柳褒等待诏金马门。神爵、五凤之间，天下殷富，数有嘉应。上颇作歌诗，欲兴协律之事，丞相魏相奏言知音善鼓雅琴者渤海赵定、梁国龚德，皆召见待诏。于是益州刺史王襄欲宣风化于众庶，闻王褒有俊材，请与相见，使褒作《中和》《乐职》《宣布》诗，选好事者令依《鹿鸣》之声习而歌之。时，氾乡侯何武为僮子，选在歌中。久之，武等学长安，歌太学下，转而上闻。宣帝召见武等观之，皆赐帛，谓曰："此盛德之事，吾何足以当之！"

褒既为刺史作颂，又作其传，益州刺史因奏褒有轶材。上乃征褒。既至，诏褒为圣主得贤臣颂其意。褒对曰：……是时，上颇好神仙，故褒对及之。

上令褒与张子侨等并待诏，数从褒等放猎，所幸宫馆，辄为歌颂，第其高下，以差赐帛。议者多以为淫靡不急，上曰："'不有博弈者乎，为之犹贤乎已！'辞赋大者与古诗同义，小者辩丽可喜。辟如女工有绮縠，音乐有郑、卫，今世俗犹皆以此虞说耳目，辞武比之，尚有仁义风谕，鸟兽草木多闻之观，贤于倡优博弈远矣。”顷之，擢褒为谏大夫。

其后太子体不安，苦忽忽善忘，不乐。诏使褒等皆之太子宫虞侍太子，朝夕诵读奇文及所自造作。疾平复，乃归。太子喜褒所为《甘泉》及《洞箫》颂，令后宫贵人左右皆诵读之。

后方士言益州有金马碧鸡之宝，可祭祀致也，宣帝使褒往祀焉。褒于道病死，上闵惜之。①

王褒少孤，家贫，事母至孝，以耕读为本。桑梓墨池就是他洗笔砚之处。县城南书台山，便是他另一个攻书的地方。他精通六艺，熟读《楚辞》，崇敬屈原而作《九怀》，初露才华。尔后，他游历成都、湔上（今都江堰市玉垒山）等地，博览风物，以文会友。王褒少年时期就善于写诗，工于作赋，对音乐也有较高的修养。汉宣帝时，益州刺史王襄得知王褒是位很有才学的人，就请他来成都做客，在此期间，他写下了《中和》《乐职》《宣布》诗，王襄将他写的诗配上音乐，命僮子依古乐演唱，大为成功，由此声名远播。王褒又为王襄作传，故深得其赏识，上奏推荐王褒有过人之才。当时的汉宣帝十分喜爱文学与音乐，自己也会创作，因而经常征召各地在这方面有造诣的文士到长安。汉宣帝下令召见王褒，命他担任皇家的文学、音乐方面的“待诏”。旋擢谏大夫。

王褒进京之后，汉宣帝就出了个题目，要他写一篇《圣

① （汉）班固：《汉书》（影印本），北京：中华书局，1997年版，第2821～2830页。

主得贤臣颂》。这篇文章怎么写，王褒是颇费了一番斟酌的。构思时他想到了马，所以文中便出现了马跑的“情景”：“纵驰骋骛，忽如景靡。过都越国，蹶如历块。追奔电，逐遗风，周流八极，万里壹息。何其辽哉，人马相得也！”王褒以写马写出善御者六辔在手，操纵自如，意在用良御御骏马比喻圣主得贤臣，从一个侧面反映了汉宣帝励精图治的景象。这篇文章是王褒散文的代表作，描写十分生动，音节也颇为急促，使人如见其马，如闻其声。该文深得汉宣帝的喜爱，王褒得到了他的重视。

王褒的主要仕宦经历是在汉宣帝时，由于宣帝喜爱辞赋，先后征召文学之士刘向、张子侨、华尤、柳褒等待诏金马门。王褒也得到益州刺史王襄的推荐，被召入京，受诏作《圣主得贤臣颂》。宣帝令他与张子侨等一起待诏，多次带他们田猎，经过宫馆，便命他们写作辞赋以为歌颂。不久，将他提拔为谏议大夫（秩比八百石，低于县令）。后来，听说益州有金马碧鸡之宝，王褒受宣帝之命前往祭祀，结果病死途中。由此可见，王褒的仕宦经历比较简单，主要是充当皇帝的文学侍从，未见有大的政治作为。这种经历，使他很难具备司马相如那种独立不羁、超凡脱俗的胸襟和气魄，但他毕竟摆脱了据守一隅的局限，走出了巴山蜀水，因而眼界还是比较开阔的。

将二者相比较可以看出：司马相如能最终成名，是因为汉武帝赏识他的作品，在杨得意的推荐下，相如来到长安，可以直接见到皇帝，并随侍左右；王褒能最终成名，也是因为汉宣帝在益州刺史王襄的推荐下赏识王褒的文学才华，王褒进京之后，深受重视。由此可知，一个地方性的文人，本领再大，影响也有限；如果进京，得到皇帝赏识，其身份、地位、影响等立刻就大大提升了。司马相如和王褒都是如此。

王褒还写有《四子讲德论》，也是歌颂当时朝廷的作品，文采也很富丽，有“夫鸿均之世，何物不乐”等句，意思即指天下太平。另写有《九怀》，这是王褒比较重要的作品，为追思屈原之辞。作者对伟大的爱国诗人屈原是崇敬的，对其不幸遭遇是同情的，所以《九怀》写得既有情感又有文藻，颇有《离骚》的风格。后来刘向编定《楚辞》、王逸作《楚辞章句》，都收入了此文，杨慎《全蜀艺文志》也著录了全文。

王褒在京中任职一段时期后，汉宣帝听信方士之言，要他回益州去祭祀传闻之中的“金马碧鸡之宝”。不料王褒竟在途中染病，未得医治即死于旅途之中。

王褒特别善于写咏物小赋，他是汉代写咏物小赋的代表作家，以《洞箫赋》最为著名。《洞箫赋》是第一篇专门描写乐器与音乐的赋，王褒首创，盖与西汉中期乐府音乐之盛有关，同时也与太子（即元帝）喜欢洞箫有关，《文选·三都赋》刘楠林注：“汉元帝能吹洞箫。”《洞箫赋》的取材深受《七发》第一段的影响，但王褒将之发展为全赋，这无疑扩大了汉赋的题材范围，开后世咏物赋和音乐赋的先河。《洞箫赋》中所描写的自然景色，与《七发》第一段的类似描写相比，是更为主观化和浪漫化的，因而也是一个进步。《洞箫赋》虽多用骚体句，但杂以骈偶句，这也是首开其端的。自此以后，辞赋中的骈偶句也像散文中的一样，渐渐多了起来。总之，这篇赋在各个方面都颇有独创性。

《洞箫赋》是王褒美赋的代表作，用笔精细，颇具诗情画意。凡此种种，都和司马相如所定型的散体大赋区别明显，表现了艺术上难能可贵的创新。咏物赋最早起于荀卿的《云》《蚕》，但词既简略，又多隐语，只是初具雏形而已。晋代葛洪《西京杂记》虽说过景帝时梁孝王曾使枚乘作《柳赋》，路乔如作《鹤赋》，邹阳作《酒赋》，公孙乘作《月赋》，羊胜作《屏风赋》，而且其中《柳赋》《鹤赋》《月赋》《屏风赋》还收录在《古文苑》中，但是历来都被怀疑为伪托，不足信。因此，《洞箫赋》实为当下所能见到的继荀卿之后完成咏物赋体的第一篇。这不仅丰富了当时已趋式微的大赋，而且对后世咏物文学也影响深远。

正是因为《洞箫赋》卓越的艺术成就，及其在赋体文学发展史上的独特贡献，《文心雕龙》才将王褒作为汉赋划时代的杰出作家来看待和评论，给予了王褒崇高的礼赞，与司马相如、扬雄等大赋名手相提并论，等量齐观。

王褒还写有《僮约》，这是他的作品中最有特色的文章，记述了他在四川时所亲身经历的事。神爵三年（公元前59年），王褒到“湔上”（即渝上，今四川彭州市一带）时，遇见寡妇杨舍家发生主奴纠纷，他便为这家奴仆订立了一份契券，明确规定了奴仆必须从事的若干项劳役，以及若干项奴仆不准得到的生活待遇。这是一篇极其珍贵的历史资料，其价值远远超过了受到汉宣帝赞赏的《圣主得贤臣颂》之类的辞赋。在《僮约》中有这样的记载：“脍鱼炮鳖，烹茶尽具”；“牵犬贩鹅，武阳买茶”。这是我国，也是全世界最早的关于饮茶、买茶和种茶的记载。由这一记载可以知道，四川地区是全世界最早种茶与饮茶的地区；武阳（今四川彭山）地区是当时茶叶主产区和著名的茶叶市场。此外，《僮约》中所描述的当时奴仆们的劳动生活、奴伴关系，是研究汉代四川社会情况的极为重要的材料，我们可以从中了解到西汉社会生活的一个侧面。

王褒还创作有著名的《楚辞》组歌《九怀》，是模拟屈原《九歌》《九章》的作品，带有强烈的追思屈原的意味。王褒与屈原，加上宋玉《九辩》、刘向《九叹》、王逸《九思》等杰出作品，共同组成了号称“九体”的系列《楚辞》作品①，是先秦两汉组诗歌词中的经典代表，从这一点来讲，王褒是西汉第一家。

韩国东国大学中文系白承锡在《王褒〈四子讲德论〉之探讨》一文中指出，王褒的散文名篇《四子讲德论》虽以“论”为名题，尤《文选》归入论类，但这篇是沿用《楚辞》司马相如的问答方式，且采用纵横家的口气而写作的典型赋作。王褒假设微斯文学、虚仪夫子、浮游先生、陈丘子等四人，而自己居于掌握全局的地位，充分运用四个虚构人物的讨论之妙，达到“宣风化于众庶”之效果。这篇虽然不能摆脱为禄而写的清客文学之讥，但是在修辞造句上下了极大的功夫；内容上，于歌功颂德之中表现讽喻之义，可谓用心良苦。在当时属于较少见的长篇说理赋。②

① 在贾谊之后，出现了一系列以悼念屈原为主题的骚体赋，诸如严忌的《哀时命》、东方朔的《七谏》、王褒的《九怀》、刘向的《九叹》、王逸的《九思》等。尤其是《九怀》《九叹》《九思》等作品，一脉相承，九章成篇，体制固定，主题相类，作为骚体赋的一种体制，虽然规模不大，却具备了独有的格局，与大赋的“七体”互相辉映，是为“九体”。

② （韩）白承锡：《王褒〈四子讲德论〉之探讨》，载于《辽东学院学报》（社会科学版），2004 年 第 3 期。

可惜《文心雕龙》并未征引以上两篇名文，故不在本章中作专门研究，实为憾事。

总体上看，王褒的作品在体裁和数量上远不及司马相如和扬雄，也没有被刘勰直接征引的写作理论，但是，刘勰对王褒极为推崇，不仅在《才略》篇中将其视为汉代文学“役才而不课学”与“引书以助文”的前后分界的四位代表作家之一（按：这四位被刘勰视为汉代文学分界标志的作家中有三位出自蜀地），更在《辨骚》篇中将其与司马相如并列，作为整个文学史上最著名的代表作家看待。由此可以看出，王褒在《文心雕龙》中的地位甚高。

第二节　《文心雕龙》文学作家的经典代表

一、《时序》评历史，灿烂如星汉

《时序》篇是中国古代文论史上的第一篇文学史论，对先秦至齐梁“九代文学”的“文质之变”作出了从现象到本质的深度阐释。在汉代，王褒等蜀中三杰引领时代风尚，成为著名的文学家：

> 越昭及宣，实继武绩：驰骋石渠，暇豫文会；集雕篆之轶材，发绮縠之高喻。于是王褒之伦，底禄待诏。……亦已美矣。[1]

西汉一朝，文学发展昌盛，作家作品灿如星汉，王褒跻

① 杨明照：《增订文心雕龙校注》，第546页。

身于当时最著名的文学家之列，作为巴蜀文学的杰出代表，在全国居于第一流作家的行列。西汉文学的创作整体上以辞赋为主，包括王褒的作品，根源主要是在《楚辞》，所以刘勰准确地指出："爰自汉室，迄至成、哀，虽世渐百龄，辞人九变，而大抵所归，祖述《楚辞》：灵均余影，于是乎在。"文学发展有其自身继承前代的规律性特征，汉赋对《楚辞》的继承就体现了这一特征。不同时代的文学体裁与创作时尚又鲜明地体现了当时的社会风尚与哲学思潮，乃至与帝王政治关系密切。汉赋兴盛的背后，与汉王朝气象雄浑、富庶强盛、文治武功冠绝天下密切相关，与汉武帝尊崇儒术、好大喜功也有直接的关系。这又是汉赋于继承前代之外，当下新变的一面，所以刘勰说"质文沿时，崇替在选"，汉赋巨丽，乃因为时代气象之巨丽。

二、《才略》论文学，两汉之高标

《才略》篇既是对《体性》篇风格类型理论的补充，也是对历代著名作家的一次全面比较，王褒在刘勰点评的七十多位"九代文学"作家中地位极为显赫：

> 王褒构采，以密巧为致，附声测貌，泠然可观。[①]

王褒与司马相如那种铺张扬厉、才华横溢的大赋创作者不同，他属于精美细腻、密巧为致的抒情小赋高手。其《洞箫赋》开创了辞赋作品中的音乐赋先河，被称为历代音乐赋之祖。在评论完两汉数十位著名作家之后，刘勰将王褒进一

① 杨明照：《增订文心雕龙校注》，第581页。

步上升为两汉文学的断代标志：

然自卿、渊已前，多俊才而不课学；向、雄以后，颇引书以助文：此取与之大际，其分不可乱者也。①

本句中论述到的“卿、渊、向、雄”，分别指的是司马相如（长卿）、王褒（子渊）、刘向、扬雄四人，刘勰以四人为两汉文学最重要的经典作家。在西汉，司马相如与王褒“多役才而不课学”，才华横溢，独步当世；在两汉之交，自刘向与扬雄“引书以助文”开始，汉代作家才逐渐改变了仗气使才而欠缺学习的不足。这既是巴蜀文学在汉代的前后变化，也是整个汉代文学在创作上的分水岭——司马相如、王褒、扬雄是两汉断代文学史上最优秀的代表。

三、《辨骚》论枢纽，王褒为代表

“文之枢纽”的五篇专论，以《宗经》为核心，确立了“道—圣—经”的文学发展脉络，提出了“正纬”“辨骚”的辩证新变观念。五篇结束，必然有一个文学基本观念的总结，否则“枢纽”之说无法成立。笔者以为，具体到写作实践层面，“文之枢纽”在《辨骚》篇中总结提出。

刘勰在《辨骚》篇中极力赞美《楚辞》，指出：“固知《楚辞》者，体慢于三代，而风雅于战国，乃《雅》《颂》之博徒，而词赋之英杰也。观其骨鲠所树，肌肤所附，虽取镕《经》意，亦自铸伟辞。”②《楚辞》是折中诸家、正确新变的产物，最大的特点是自成一体，伟辞惊艳，“故能气往轹

① 杨明照：《增订文心雕龙校注》，第582页。

② 杨明照：《增订文心雕龙校注》，第52页。

古，辞来切今，惊采绝艳，难与并能矣”。因此，研究《文心雕龙》论述文学的基本态度，应该特别注意《辨骚》。刘勰对《楚辞》的赞美有三：第一，“取镕《经》意”，以儒家经典为创作思想指导；第二，“风雅于战国”，受战国时代纵横家与阴阳家思想及其奇诡富丽之言说的影响，绝非儒家雅正之作[①]；第三，最重要的是，《楚辞》能够不受诸家限制，正确新变，从而“自铸伟辞”，“惊采绝艳”。刘勰在此表明了自己在雅正基础上的崇丽文学观念。在此基础上，他总结“文之枢纽”，提出指导全书文体论、创作论、批评论的总原则：“若能凭轼以倚《雅》《颂》，悬辔以驭楚篇，酌奇而不失其真，玩华而不坠其实，则顾盼可以驱辞力，欬唾可以穷文致。”[②] 这一原则折中《诗》《骚》，推崇雅丽，坚守思想准则，鼓励大胆创新，是《文心雕龙》“驱辞穷文”的指导思想，是全书的“枢纽”所在。[③]

王褒、司马相如、扬雄三位蜀地作家一起，成为枢纽论中举证的最重要的经典作家。首先，在论述屈原《楚辞》的重大影响时，刘勰指出：“枚贾追风以入丽，马扬沿波而得

---

① 《文心雕龙·时序》篇对此有较为细致的界说：“春秋以后，角战英雄；六经泥蟠，百家飙骇。方是时也，韩魏力政，燕赵任权；五蠹、六虱，严于秦令；唯齐、楚两国，颇有文学。齐开庄衢之第，楚广兰台之宫；孟轲宾馆，荀卿宰邑：故稷下扇其清风，兰陵郁其茂俗。邹子以谈天飞誉，驺奭以雕龙驰响；屈平联藻于日月，宋玉交彩于风云：观其艳说，则笼罩《雅》《颂》。故知暐烨之奇意，出乎纵横之诡俗也。”笔者曾就此写作过长篇读书笔记，结论以为除刘勰所论，《楚辞》之奇诡与荆楚地域文化密不可分。汉代巴蜀辞赋创作领衔全国，与巴蜀地域文化奇思纵逸、巫道盛行同样密不可分。

② 杨明照：《增订文心雕龙校注》，第 52 页。

③ 王运熙先生称这一原则为创作论的总纲。从全书来看，这一原则可以归纳为雅丽文学思想，在文体论、创作论、批评论中均居于主导地位，是《文心雕龙》一以贯之的基本文学思想，即全书“文之枢纽”。

奇：其衣被词人，非一代也。”受屈原影响最深、学《楚辞》最成功的汉赋四家中，蜀占其二；而且“马扬沿波而得奇”，体现了鲜明的巴蜀地域文化特征：奇思纵逸，精妙绝伦。其次，在阐释完文章写作的枢纽论之后，刘勰认为只要注意到了雅丽结合、奇正结合的折中原则，就可以很轻松地写作文章而不会出现差错，“亦不复乞灵于长卿，假宠于子渊矣”，表面上是在说不需要向司马相如和王褒学习写作了，实际上是在间接地告诉读者：司马相如和王褒就是历代最优秀的作家，写东西就得向他们学习。

这是对王褒，也是对巴蜀作家的最高赞美。于是，王褒成为《文心雕龙》在全书展开论述后的标杆作家。

笔者以为，汉代辞赋主要有骚体赋和散体赋两大类，前者继承屈原作品而融入新意，后者则可分为大赋与小赋两类：大赋的成熟以司马相如《子虚赋》为代表，小赋的成熟以王褒《洞箫赋》为代表。所以说，刘勰的评价是极为准确的——整个汉赋，无论大赋还是小赋，最杰出的代表人物，都是巴蜀文学家。

第三节　杰出的文学创作与文献价值

《文心雕龙》的文体论部分从《明诗》到《书记》，共计二十篇，每一篇均按照“原始以表末，释名以章义，选文以定篇，敷理以举统”的结构原则为主要脉络构成。王褒在这一部分中占据了重要的位置，除了在《诠赋》篇中为刘勰的辞赋评论提供创作支持与理论支撑外，在《书记》篇中的文体创造和文学理论方面也有精彩的表现，特别是《僮约》一文，对研究我国古代茶叶贸易具有十分重要的史学文献价值。

一、《诠赋》高峰，辞赋英杰

王褒与司马相如、扬雄三位蜀中辞赋名家在《诠赋》篇中联袂出场，星光灿烂，影响至今。

刘勰以为辞赋“受命于《诗》人，而拓宇于《楚辞》”，是中和《诗》《骚》之后形成的文学新体裁，学者荀子是赋体文学的创造者。发展到西汉一朝时，赋体已有八大名家：“陆贾扣其端，贾谊振其绪，枚马同其风，王扬骋其势；皋朔已下，品物毕图。繁积于宣时，校阅于成世，进御之赋，千有余首。讨其源流，信兴楚而盛汉矣。”① 具体而言，这八大名家是陆贾、贾谊、枚乘、司马相如、王褒、扬雄、枚皋、东方朔，蜀中三杰赫然在列。而从“讨其源流，兴楚而盛汉矣”的结论来看，辞赋与《诗经》显然并无源流关系，《楚辞》才是汉赋真正的源头，因此，辞赋之丽与《楚辞》之丽具有前后相承的因果关系。对此前已述及，不赘。在具体讨论了京苑大赋与抒情小赋两类辞赋作品及其特征之后，刘勰又对先秦两汉赋体文学史进行了一次大阅兵：

> 观夫荀结隐语，事数自环；宋发夸谈，实始淫丽。枚乘《兔园》，举要以会新；相如《上林》，繁类以成艳；贾谊《鹏鸟》，致辨于情理；子渊《洞箫》，穷变于声貌；孟坚《两都》，明绚以雅赡；张衡《二京》，迅发以宏富；子云《甘泉》，构深玮之风；延寿《灵光》，含

① 杨明照：《增订文心雕龙校注》，第98页。

飞动之势：凡此十家，并辞赋之英杰也。①

引文中一共列出了十位最著名的辞赋作家：荀况、宋玉、枚乘、司马相如、贾谊、王褒、班固、张衡、扬雄、王延寿，刘勰称之为“辞赋之英杰也”，蜀中三杰仍然位居其中。如此，不论是前文断代为西汉的八家，还是通观赋体文学史的十家，三杰均名列其间，司马相如《子虚赋》《上林赋》开启了京苑大赋的创作；扬雄模仿学习之后，《蜀都赋》等名作继往开来，在这一题材上继续发扬光大；王褒作为上承司马相如、下接扬雄的名家，其代表作《洞箫赋》则开创了汉代抒情小赋的先河。从汉赋开创之功与创作成就来看，即使再将人数压缩一半，蜀中三杰也依然会稳居其中。

王褒与司马相如和扬雄的不同在于：除了辞赋的题材差异外，王褒没有留下辞赋理论，实为憾事。

二、《髯奴》《僮约》，经典文献

《书记》篇是《文心雕龙》文体论中的大杂烩，与其他篇章主要论述一种或两种文体及其变体不同，本篇涉及三十余种具体的应用文体裁。刘勰首先对其中主要的体裁进行了应用对象与体裁归属的分类说明：

夫书记广大，衣被事体；笔札杂名，古今多品。是以总领黎庶，则有谱、籍、簿、录；医历星筮，则有方、术、占、试；申宪述兵，则有律、令、法、制；朝市征信，则有符、契、券、疏；百官询事，则有关、

① 杨明照：《增订文心雕龙校注》，第99页。

刺、解、牒；万民达志，则有状、列、辞、谚：并述理于心，著言于翰；虽艺文之末品，而政事之先务也。[①]

在具体展开对每一种文体的介绍和例证说明时，刘勰认为："券者，束也。明白约束，以备情伪，字形半分，故周称判书。古有铁券，以坚信誓；王褒'髯奴'，则券之楷也。"[②] 他论述到王褒的《髯奴》一文，并以之为幽默谐趣的代表。《髯奴》，全称《责须髯奴辞》，其文曰：

我观人须，长而复黑，冉弱而调，离离若缘坡之竹，郁郁若春田之苗。因风披靡，随身飘飘。尔乃附以丰颐，表以蛾眉，发以素颜，呈以妍姿，约之以绁线，润之以芳脂。莘莘翼翼，靡靡绥绥，振之发曜，黝若玄珪之垂。于是摇鬓奋髭，则论说虞唐；鼓鬐动鬣，则研核否臧。内育环形，外阐宫商。相如以之闲都，颛孙以之堂堂。

岂若子髯，既乱且赭；枯槁秃瘁，劬劳辛苦，汗垢流离，污秽泥土，伧嗫穰擩，与尘为侣；无素颜可依，无丰颐可怙，动则困于惣灭，静则窘于囚虏。薄命为髭，正著子颐，为身不能庇其四体，为智不能御其形骸。癞须瘐面，常如死灰。曾不如犬羊之毛尾，狐狸之毫氂。为子须者，不亦难哉！[③]

---

① 杨明照：《增订文心雕龙校注》，第 350 页。

② 杨明照：《增订文心雕龙校注》，第 351 页。

③ 转引自（清）严可均：《全汉文》（第 6 册），北京：商务印书馆，1999 年版，第 81～82 页。内收王褒传世作品十余篇。本文又见于《古文苑》卷一七，《四部丛刊》本。学友梁启勇发表有《责须髯奴辞校注》一文，载于《湖北成人教育学院学报》2010 年第 4 期，可参。

《责须髯奴辞》首载于《古文苑》，本篇署名黄香。但纵观全文，为嘲谑俗赋，且嘲谑对象为髯奴，与《僮约》类似，由此看来，本篇亦出王褒无疑。《初学记》收载署“汉王褒”，故后人多从之，认为是同出于王褒的姊妹篇。《责须髯奴辞》，由《僮约》“买夫时户下髯奴便了”一语来看，本文“须髯奴”疑即髯奴便了。文分两段，先扬一般人须髯之美为反衬，再抑而诮责须髯奴须髯之丑“曾不如犬羊之毛尾，狐狸之毫氂”，但同时认为这是“劬劳辛苦，污秽泥土”所致，故亦从侧面反映了奴隶的生活命运。结构上似受启发于宋玉《风赋》“雄风”“雌风”之对比，修辞上善用比喻，描写时动静结合，虽亦谐谑之作，然文字较《僮约》文雅，清丽可诵。“王侯须若缘坡竹，哦诗清风起空谷”，黄庭坚不仅受《僮约》启发而为《跛奚移文》，又爱本文而用其典实。

王褒虽是宫廷赋家，但能注意到下层奴隶的生活，不仅在汉赋作家中仅见，即在所有古代赋家中也属少有，他的贡献是值得重视的。

但是，刘勰在这里犯了一个错误：《责须髯奴辞》不是“券”体，真正的“明白约束，以备情伪”的王褒著作，是“以坚信誓”的《僮约》。说到《僮约》，这可是一篇在历史上大大有名的应用文。现录其文如下：

> 蜀郡王子渊，以事到湔，止寡妇杨惠舍，惠有夫时奴，名便了。子渊倩奴行酤酒，便了拽大杖，上夫冢岭曰：“大夫买便了时，但约守冢，不约为他家男子酤酒。”子渊大怒曰：“奴宁欲卖耶？”惠曰：“奴大忤人，人无欲者。”子渊即决买券云云，奴复曰：“欲使，皆上券。不上券，便了不能为也。”子渊曰：“诺。”

券文曰：神爵三年正月十五日，资中男子王子泉，从成都安志里女子杨惠买夫时户下髯奴便了，决卖万五千。奴从百役使，不得有二言。晨起早归，食了洗涤；居当穿臼，缚帚裁盂。凿井浚渠，缚落锄园，斫陌杜埤，地刻大枷。屈竹作杷，削治鹿卢，出入不得骑马载车。其坐大呶，下床振头；垂钓刈刍，结苇腊纻。汲水酪，佐酣醆。织履作麄，黏雀张鸟；结网捕鱼，缴雁弹凫。登山射鹿，入水捕龟。后园纵养雁鹜百余，丘逐鸱鸟，持捎牧猪，种姜养芋，长育豚驹。粪除常洁，喂食马牛；鼓四起坐，夜半益刍。二月春分，陂堤杜疆；落桑披棕，种瓜作瓠。别茄披葱，焚槎发畤；垄集破封，日中早烩。鸡鸣起舂，调治马驴，兼落三重。舍中有客，提壶行酤，汲水作，涤杯整案。园中拔蒜，斫苏切脯，筑肉霍芋，脍鱼炰鳖。烹茶尽具，已而盖藏；关门塞窦，喂猪纵犬，勿与邻里争斗。奴但饭豆饮水，不得嗜酒；欲饮美酒，唯得染唇渍口，不得倾盂覆斗。不得晨出夜入，交关伴偶。舍后有树，当裁作船，下至江州上到湔，主为府掾求用钱。推访恶败棕索，绵亭买席，往来都洛，当为妇女求脂泽，贩于小市。归都担枲，转出旁蹉，牵犬贩鹅。武阳买茶杨氏池中，担荷往来市聚，慎护奸偷。入市不得夷蹲旁卧，恶言丑骂。日作刀弓，持入益州，货易牛羊，奴自交精慧，不得痴愚。持斧入山，断椠裁辕，若残当作俎机木屐及彘盘。焚薪作炭，垒石薄岸，治舍盖屋，书削代牍。日暮以归，当送于薪二三束。四月当披，五月当获，十月收豆。抡麦窖芋。南安拾粟采橘，持车载辏。多取蒲苎，益作绳索。

雨堕如注瓮，披薜戴子公。无所为当，编蒋织箔。植种桃李，梨柿柘桑，三丈一树，八赤为行；果类相从，纵横相当。果熟收敛，不得吮尝。犬吠当起，惊告邻里。枨门柱户，上楼击鼓；荷盾曳矛，还落三周。勤心疾作，不得遨游。奴老力索。种莞织席；事讫欲休，当舂一石。夜半无事，浣衣当白；若有私敛，主给宾客。奴不得有奸私，事当关白。奴不听教，当笞一百。

读券文适讫，词穷咋索，仡仡叩头，两手自搏，目泪下落。鼻涕长一尺，审如王大夫言，不如早归黄土陌，丘蚓钻额，早知当尔，为王大人酤酒，真不敢作恶。①

王褒的《僮约》虽是游戏性的文字，但由于它选材的独特，描写的生动形象，尤其是刻画奴仆形象非常成功，使它同当时其他文人的作品相比有着不可忽视的价值。茶为贡品、为祭品，已知在周武王伐纣时，或者在先秦时就已出现，而茶作为商品，则据本文所知在西汉时才出现。

从文辞的语气看来，《僮约》不过是作者的消遣之作，文中不乏揶揄、幽默之句。但王褒就在这不经意中，为中国茶史留下了非常重要的一笔。

《僮约》中有两处提到茶，即“脍鱼炰鳖，烹茶尽具”和“武阳买茶，杨氏担荷”。“烹茶尽具”意为煎好茶并备好洁净的茶具，“武阳买茶”就是说要赶到邻县的武阳（今成都以南彭山区双江镇）去买回茶叶。

① 转引自（清）严可均辑：《全汉文》（第6册），北京：商务印书馆，1999年版，第79～80页。唐欧阳询辑《艺文类聚》卷三十五录此文，文句多有不同之处。

结合《华阳国志·蜀志》“南安、武阳皆出名茶”的记载，则可知王褒为什么要便了去武阳买茶。从茶史研究而言，茶叶能够成为商品上市买卖，说明当时饮茶至少已开始在中产阶层流行，足见西汉时饮茶已相当盛行。

便了应该是史上最早具有维权意识的打工者，主动要求和雇主签下劳动合同。但是这个雇主比“周扒皮”还狠，他当即写下一份长约六百字的《僮约》，列出了名目繁多的劳役项目和干活时间的安排，对便了提出了十分严厉而苛刻的要求：从天不亮起床洒扫到半夜给牲口添饲料，从田间劳作、养猪喂牛到登山射鹿；从结网捕鱼、栽种果树到夜间防盗，从洗衣做饭烧茶到给客人沽酒，他承担了王褒所能想到的一切劳动，并且在生活上还设立了种种限制，不能骑马，不能坐车，不得嗜酒，果子熟了不得品尝，不能藏私房钱，如果不听话，就打一百鞭子。

王褒无意中为中国茶业和中国茶文化史留下了最早的、最可靠的文字史料。《僮约》中有两处提到茶，即“脍鱼炰鳖，烹茶尽具”和“武阳买茶，杨氏担荷”。武阳，可能是中国历史上第一个有文字记载的买卖茶叶的市场。美国茶学权威威廉·乌克斯在其《茶叶全书》中说“5 世纪时，茶叶渐为商品”，但《僮约》的写作时间是在公元前 59 年，从“武阳买茶”可以看出，那时候茶就是一种商品了，这比威廉·乌克斯的说法整整提前了五个世纪。[①]

王褒所作之《僮约》，记奴婢契约事，后以“僮约”泛

① 从零散的古籍文献注疏，特别是陆羽《茶经》的记载可知：司马相如文字学著作《凡将篇》中就有对茶叶、制茶的记载，但毕竟该书已经不复存在，所以还是以王褒《僮约》为先。特作说明。

称主奴契约或对奴仆的种种约束规定。《僮约》是王褒的作品中最有特色的文章之一，在烦琐的条款中颇具诙谐之趣，刘勰以之为信誓旦旦之铁券中的另类，“券之谐也”，在明文约束中不乏生动。他所描述的当时奴仆们的劳动生活、奴伴关系，是研究汉代四川社会情况的极为重要的材料，可以从中了解到西汉社会生活的一个侧面。但本文冗杂烦琐，非常死板，有冷幽默之谐趣在，故而清赵翼《僮约》诗曰：“僮约虽颁十数条，守门奴已出游遨。”梁实秋先生《雅舍小品·仆人》也讽刺了其烦琐古板所带来的另类幽默。

第四节　《洞箫》抒情，乐赋之祖

《文心雕龙》下篇共二十五篇，王褒在创作技法论中做出了突出的贡献，并成为刘勰论述创作得失的重要作家。《比兴》篇集中论述比喻和起兴的修辞方法，认为：

> 比者，附也；兴者，起也。附理者切类以指事，起情者依微以拟议。起情故“兴”体以立，附理故“比”例以生。“比”则畜愤以斥言，“兴”则环譬以记讽。观夫“兴”之托谕，婉而成章；“称名也小”，“取类也大”。……何谓为“比”？盖写物以附意，飏言以切事者也。[①]

比、兴二法是《诗经》“六义”中最常用的两种写作手法。刘勰认为比喻方法共有四个大类：“或喻于声，或方于

① 杨明照：《增订文心雕龙校注》，第460页。

貌，或拟于心，或譬于事。”具体到辞赋作品中，又可以分为“比声之类、比貌之类、以物比理、以声比心、以响比辩、以容比物”六个小类，其中说“王褒《洞箫》云：‘优柔温润’，‘如慈父之爱子也’，此以声比心者也”，对《洞箫赋》给予了极高的评价。《洞箫赋》是汉代抒情小赋的代表作，现录其文如下：

原夫箫干之所生兮，于江南之丘墟。洞条畅而罕节兮，标敷纷以扶疏。徒观其旁山侧兮，则岖嵚岿崎，倚巇迤，诚可悲乎其不安也。弥望傥莽，联延旷荡，又足乐乎其敞闲也。托身躯于后土兮，经万载而不迁。吸至精之滋熙兮，禀苍色之润坚。感阴阳之变化兮，附性命乎皇天。翔风萧萧而径其末兮，回江流川而溉其山。扬素波而挥连珠兮，声礚礚而澍渊。

朝露清冷而陨其侧兮，玉液浸润而承其根。孤雌寡鹤，娱优乎其下兮，春禽群嬉，翱翔乎其颠。秋蜩不食，抱朴而长吟兮，玄猿悲啸，搜索乎其间。处幽隐而奥庰兮，密漠泊以獭猭。惟详察其素体兮，宜清静而弗喧。幸得谥为洞箫兮，蒙圣主之渥恩。可谓惠而不费兮，因天性之自然。

于是般匠施巧，夔妃准法。带以象牙，掍其会合。锼镂离洒，绛唇错杂；邻菌缭纠，罗鳞捷猎；胶致理比，挹抐擫擶。于是乃使夫性昧之宕冥，生不睹天地之体势，闇于白黑之貌形；愤伊郁而酷䀄，愍眸子之丧精；寡所舒其思虑兮，专发愤乎音声。

故吻吮值夫宫商兮，和纷离其匹溢。形旖旎以顺吹兮，瞋䀎䀎以纡郁。气旁迕以飞射兮，驰散涣以逫律。

趣从容其勿述兮，惊合遝以诡谲。或浑沌而潺湲兮，猎若枚折；或漫衍而络绎兮，沛焉竞溢。惏栗密率，掩以绝灭，霅霵晔踕，跳然复出。

若乃徐听其曲度兮，廉察其赋歌。啾咇嗍而将吟兮，行鍖銋以和啰。风鸿洞而不绝兮，优娆娆以婆娑。翩绵连以牢落兮，漂乍弃而为他。要复遮其蹊径兮，与讴谣乎相和。

故听其巨音，则周流泛滥，并包吐含，若慈父之畜子也。其妙声，则清静厌瘱，顺叙卑达，若孝子之事父也。科条譬类，诚应义理，澎濞慷慨，一何壮士，优柔温润，又似君子。

故其武声，则若雷霆輘輷，佚豫以沸慣。其仁声，则若颽风纷披，容与而施惠。或杂遝以聚敛兮，或拔掇以奋弃。悲怆怳以恻惐兮，时恬淡以绥肆。被淋灑其靡靡兮，时横溃以阳遂。哀悁悁之可怀兮，良醰醰而有味。

故贪饕者听之而廉隅兮，狼戾者闻之而不怼。刚毅强獻反仁恩兮，啴唌逸豫戒其失。钟期、牙、旷怅然而愕兮，杞梁之妻不能为其气。师襄、严春不敢窜其巧兮，浸淫、叔子远其类。嚚、顽、朱、均惕复惠兮，桀、跖、鬻、博偪以顿悴。吹参差而入道德兮，故永御而可贵。时奏狡弄，则彷徨翱翔，或留而不行，或行而不留。愺恅澜漫，亡耦失畴，薄索合沓，罔象相求。

故知音者乐而悲之，不知音者怪而伟之。故闻其悲声，则莫不怆然累欷，撇涕抆泪；其奏欢娱，则莫不惮漫衍凯，阿那腲腇者已。是以蟋蟀蚸蠖，蚑行喘息；蝼蚑蝘蜒，蝇蝇翊翊。迁延徙迤，鱼瞰鸟睨，垂喙蜸转，瞪瞢忘食，况感阴阳之和，而化风俗之伦哉！

乱曰：状若捷武，超腾踰曳，迅漂巧兮。又似流波，泡溲泛涟，趋巇道兮。哮呷呟唤，躋蹈连绝，淈殄沌兮。搅搜㶎捎，逍遥踊跃，若坏颓兮。优游流离，踌躇稽诣，亦足耽兮。颓唐遂往，长辞远逝，漂不还兮。赖蒙圣化，从容中道，乐不淫兮。条畅洞达，中节操兮。终诗卒曲，尚余音兮。吟气遗响，联绵漂撇，生微风兮。连延络绎，变无穷兮。[①]

《洞箫赋》对后来马融《长笛赋》、嵇康《琴赋》诸作均产生了一定的影响。马融在《长笛赋》序文中阐述其创作动机时说："追慕王子渊、枚乘、刘伯康、傅武仲等箫、琴、笙颂，唯笛独无，故聊复备数，作长笛赋。"由此可见其影响。谈到《洞箫赋》必然要提到枚乘，据《文选》记载枚乘应是最早写音乐赋的作者，但他的《笙赋》早已亡佚，所以无从考证。而他的《七发》第一部分就描写了音乐，结构上主要是从琴的取材、制器、乐声等方面来展开的。王褒的《洞箫赋》基本上可以看作是对《七发》中相关片段的扩充，但《七发》并不以音乐命名，而且音乐也只是其中的一部分，所以《洞箫赋》应是现存最早的以音乐为题材的作品。

《洞箫赋》的结构布局具有相对的完整性，作者详细地叙述了箫的制作材料的产地情况，然后写工匠的精工细作与调试，接着写乐师高超的演奏，随后写音乐的效果及其作

① 转引自（清）严可均辑：《全汉文》（第6册），北京：商印印书馆，1999年版，第58~61页。

用。基本上通过“生材、制器、发声、声之妙、声之感、总赞”的顺序来写洞箫这件乐器，这也成为后来音乐赋的一个固定模式。汉代以前，横吹、竖吹的管乐器统称为笛或篴，所称箫者应该是排箫，所以《洞箫赋》所写之箫应为排箫。从赋中“吹参差而入道德兮，故永御而可贵”中的“参差”也可知此处洞箫为排箫，因为古时洞箫又有别称“参差”。排箫即洞箫或箫，据《尔雅·释乐》郭璞注曰大箫“编二十三管”，小箫“十六管”。下面以《洞箫赋》的结构顺序来对其进行全面的分析。

第一，生材。“原夫箫干之所生兮，于江南之丘墟。”此句指出了箫竹的产地，即江南的土山坡上。《丹阳记》曰：“江宁县慈母山临江生箫管竹。”由此其产地也得到了印证。接下来文章用大段的文字来描写箫竹所处的环境：“徒观其旁山侧兮，则岖嵚岿崎，倚巇迤靡，诚可悲乎其不安也。弥望傥莽，联延旷汤，又足乐乎其敞闲也。托身躯于后土兮，经万载而不迁。吸至精之滋熙兮，禀苍色之润坚。感阴阳之变化兮，附性命乎皇天。翔风萧萧而径其末兮，回江流川而溉其山。扬素波而挥连珠兮，声礚礚而澍渊。朝露清冷而陨其侧兮，玉液浸润而承其根。孤雌寡鹤，娱优乎其下兮，春禽群嬉，翱翔乎其颠。秋蜩不食，抱朴而长吟兮，玄猿悲啸，搜索乎其间。处幽隐而奥庰兮，密漠泊以猭。惟详察其素体兮，宜清静而弗喧。”此段写到了山、水、猿、禽，也只有这样的环境才会产出适合做箫的竹子，突出箫竹吸收天地之精华而成材的环境。

第二，制器。“于是般匠施巧，夔妃准法，带以象牙，掍其会合；锼镂离洒，绛唇错杂，邻菌缭纠，罗鳞捷猎，胶致理比，挹抐擫鑈。”此句主要描写了箫的制作，写到了巧匠鲁班制器，夔、妃来定律数，并镶嵌上象牙作为装饰，以及各种文饰，可见其制作的工序烦琐、细致，就其外形来说也有很高的欣赏价值。

第三，发声。这一部分写到了盲者由于“寡所舒其思虑兮，专发愤乎音声”，所以才能奏出“ 故吻吮值夫宫商兮，龢纷离其匹溢”的音乐，这也是古代之所以有很多盲人乐师的主要原因。在后面紧接着写到了吹奏者吹奏时的身体动作（形旖旎以顺吹兮）以及面部的动作（气旁迕以飞射兮），这种面部（脸颊）和咽部“一鼓一缩”的技巧动作应该是古代的吹奏方法，在现在看来这种方法应该是不科学的。此部分还运用了比喻的手法来描写乐声的特点，如“或浑沌而潺湲兮，猎若枚折”等。

第四，声之妙。这一部分主要描写了乐声的美妙效果，“要复遮其蹊径兮，与讴谣乎相和”写到了人声与箫声的和谐相伴所产生的艺术效果。以下几句“故听其巨音，则周流氾滥，并包吐含，若慈父之畜子也。其妙声则清静厌瘱，顺叙卑达，若孝子之事父也。科条譬类，诚应义理，澎濞慷慨，一何壮士！优柔温润，又似君子。故其武声则若雷霆輘輷，佚豫以沸渭；其仁声则若飄风纷披，容与而施惠”分别描写其巨声、妙声、武声、仁声的特点，并运用通感的描写方法来阐述不同“乐声”的特点。写到“巨声”，以“慈父之畜子”这样的形象来描述其人声和箫声和谐的特点；用“孝子之事父”来形象地表述“妙声”清和流畅的特点；“武声”则以“雷霆輘輷”的意象来表述；“仁声”的特点就以“飄风纷披，容与而施惠”，即和缓的南风吹拂万物的景象来表现。

第五，声之感。这一部分主要描写听者的感受。“故贪饕者听之而廉隅兮，狼戾者闻之而不怼。刚毅强虣反仁恩兮，啴啌逸豫戒其失。”写到不同的人听到这样的音乐后的反应，来说明此音乐的感化、教化作用。“钟期、牙、旷怅然而愕兮，杞梁之妻不能为其气”的描写虽然有些夸张，但也同样表现了美妙的音乐所具有的艺术感染力。“故知音者，乐而悲之；不知音者，怪而伟之。故闻其悲声，则莫不怆然累欷，撆涕抆泪；其奏欢娱，则莫不惮漫衍凯，阿那腲腇者已”则从“知音”者和“不知音”者的内心感受及“悲”“欢”之音所造成的不同的情感冲击来描写不同的声音。再后来则通过描写“是以蟋蟀蚸蠖，蚑行喘息。蝼蚁蝘蜒，蝇蝇翊翊。迁延徙迤，鱼瞰鸟睨，垂喙蜿转，瞪瞢忘食”的蟋蟀、蚸蠖、蝼蚁、蝘蜒等动物的表现，从另外的角度写对乐声的不同感受和音乐引人入胜的效果。

第六，总赞。这一部分写到了箫声音色丰富的特点，描写声音强、弱、高、低不同的效果，并运用比喻的手法来进行描绘。

汉武帝在思想文化界首倡“罢黜百家，独尊儒术”的政策，确立了儒家思想的正统与主导地位，使专制“大一统”的思想成为一种主流意识形态。结合王褒的生平来看，他比较注重对儒家音乐思想的阐发，以儒家所推崇的君子仁人之德来比拟音声，展现了作者的儒家意识，这是对儒家音乐思想的发挥。从文章中读者时时能够感受到儒家文化对他的影响。

总的来说《洞箫赋》开音乐赋固定写作模式的先河，自此以后，其他赋家纷纷效仿，从而使这种模式的地位得以确立。从另一方面讲，《洞箫赋》的这种“取材、制器、发声……”的模式基本囊括了箫这一乐器所能涉及的诸多方面，这与武帝确立的“大一统”思想不无吻合之处，而从以下的细节方面，读者同样可以看到儒家思想的影响。

第一，取材方面。在描写这一部分时，作者强调了箫竹生长环境的险峻、凄寒，即“江南丘墟”“岖嵚岿崎”，同时也写到了选材的要求，即“洞条畅而罕节兮”，这些正与儒家推崇逆境造才、唯才是用的思想相吻合。当然作者也没有忘记“圣主”的作用，从而体现了阶级观念。

第二，制器方面。要求做到“挹抐擫钃”，即中制、符合礼制规格，这与礼乐制度的等级观念不无关系，而且从洞箫的外形来看，它也是非常符合礼制的。

第三，声音描述方面。在描述不同的声音时，特别是描写巨声和妙声时，用“慈父畜子”和“孝子事父”的仁义道德来形象地展现其声音的特点。

第四，声音作用方面。这一部分集中体现了儒家音乐思想中所推崇的教化作用。“嚚、顽、朱、均惕复惠兮，桀、跖、鬻、博儡以顿顇”一句说顽固凶残的丹朱、商均、夏桀、盗跖、夏育、申博听了以后都受到震惊而醒悟过来，改变自己的恶性而陷入自我反省之中。“吹参差而入道德兮，故永御而可贵”则说吹奏洞箫就能把人引入感化之道，所以长久地使用它的作用就很可贵了。所以说此部分所体现的儒家音乐思想的教化作用还是很明显的。

《洞箫赋》还很好地体现了汉代“以悲为美”的社会审美取向。“悲”据蔡仲德先生的论断，汉代所说的“悲”应该是指“悲乐”，而不是说音乐感动人而使人产生撇泪流涕的表现。首先取材方面，通过“孤雌寡鹤”“秋蜩不食”“玄猿悲啸”这些物象以说明箫竹生长环境的悲，从而为箫的制作奠定了悲的基调。然后又提到了盲乐师因为一生不见光明，心中郁结了很多忧愁悲愤，只有通过音乐来表达，所以才会有“寡所舒其思虑兮，专发愤乎音声”的表现。对于乐声的感受和作用，文中提到“故知音者，乐而悲之；不知音者，怪而伟之”，即认为只有那些体会到悲乐感情的人才能称为“知音者”，说明作者以能欣赏悲乐为其音乐审美的标准，这也是汉代音乐审美的一大特色。

总之，《洞箫赋》为后来音乐赋的写作提供了一个很好的典范，在描写方面它运用多种手法，为读者展现了一幅色彩鲜艳的图画，其中既有高山流水，也有乐师尽情的表演，更有对乐声的生动描述，给读者以美的享受。音乐思想方面，此赋涉及很多儒家音乐思想的内容，这也是汉代“大一统”思想影响的表现，但是文中有很多内容涉及“声音”的描写，所以使音乐固有的娱乐性得以凸显，这一点也是王褒赋作的一个很重要的特点。文中也很好地体现了汉代“以悲为美”的审美取向，从而更加全面地展现了汉代大文化背景对作者的影响。

王褒和他的作品对后世有很大的影响，最直接的表现就是马融《长笛赋》与嵇康《琴赋》，都是在音乐赋中开创新的描写对象的名作，它们的出现直接受到王褒《洞箫赋》的影响。《长笛赋》序言说：“（马）融既博览典雅，精核数术，又性好音，能鼓琴吹笛，而为督邮，无留事，独卧郿平阳邬中。有雒客舍逆旅，吹笛为气出精列相和。融去京师，逾年，蹔闻，甚悲而乐之。追慕王子渊枚乘刘伯康傅武仲等箫琴笙颂，唯笛独无，故聊复备数，作《长笛赋》。”由此可知，没有王褒《洞箫赋》，就不可能有马融《长笛赋》的顺利出现。

结　语

王褒的创作标志着汉赋由京苑大赋向抒情小赋的转变与过渡。因为辞赋“日用乎比，月忘乎兴”，崇尚铺排比喻，语言铺张扬厉，外向激荡之风远胜含蓄比兴之义，刘勰评论其“习小而弃大，所以文谢于周人也”。《骚》不如《诗》，后不及前，今不如古，这在《情采》《夸饰》《物色》等篇中有多层次多角度的论述，比如《情采》认为“诗人什篇，为情而造文；辞人赋颂，为文而造情”，《物色》以为“诗人丽则而约言，辞人丽淫而繁句”，刘勰所持之论，是扬雄“丽淫丽则”说的反复体现。这既有《文心雕龙》以儒家思想为主导的指导思想的限制，也有辞赋壮丽华美而雅正不足、规讽有限的功能限制。刘勰之论，应该说是比较公正的。

王褒是汉代最具有文学情趣的赋家。他的赋往往并不追求政治上的讽喻规诫，而是如“女工有绮縠，音乐有郑卫”，显现出唯美的“辩丽可喜”，娱悦耳目，“有鸟兽草木多闻之观”的纯文学属性，因此不符合当时儒家言志尚用的标准，但却更具语言艺术陶冶性情的审美价值。这从《汉书》本传所载“太子体不安，苦忽忽善忘，不乐。诏使褒等皆之太子宫虞侍太子，朝夕诵读奇文及所自造作。使得太子疾平复”中可见一斑。随着社会文明的不断发展，人类的精神需求、审美享受也必定趋向更加丰富的多元化。其实早在春秋后期，儒家学派的创始人孔子就已经注意到了这点，他的"《诗》，可以兴，可以观，可以群，可以怨"的著名论断就是证据。从这一意义上讲，王褒赋所自觉表现出的唯美意识，不仅在当时的赋坛独树一帜，而且符合文学自身发展的客观规律。明代杨慎不仅在他编辑的《全蜀艺文志》里选有王褒的作品，还专门作了《王子渊祠》诗，诗云："伟晔灵芝发秀翘，子渊擒藻谈天朝。汉皇不赏《贤臣颂》，只教宫人咏《洞箫》。"该诗用比喻的手法，赞誉了王褒的才华：文采秀发，擅长辞赋，谈耀一代。全诗对王褒表示惋惜，对汉主予以讽刺。

总之，作为一个著名赋家，王褒没有司马相如那种磅礴的气势和批判精神，无法达到相如"广博宏丽，卓绝汉代"的巨大成就，但他善于观察生活，善于描写那些独具特色的事物。在汉赋的题材开拓、手法创新和语言锤炼等方面，都做出了自己的贡献，在巴蜀文学史上产生了不可忽视的影响。

第四章　历代京都大赋之祖

——“西道孔子”扬雄

第一节　扬雄生平简介

扬雄（公元前 53 年—公元 18 年），字子云，一作“杨雄”，本姓杨，扬雄好奇，特自标新，易姓为扬。西汉官吏、学者。西汉蜀郡成都（今四川成都郫都区友爱镇）人。扬雄少时好学，博览多识，酷好辞赋。口吃，不善言谈，而好深思。家贫，不慕富贵。博览群书，长于辞赋。年四十余，始游京师长安，大司马王音召为门下史，推荐为待诏。后经蜀人杨庄引荐，以文见召，奏《甘泉》《河东》等赋。被喜爱辞赋的成帝召入宫廷，侍从祭祀游猎，任给事黄门郎。其官职一直很低微，历成、哀、平“三世不徙官”。王莽称帝后，校书于天禄阁。后受他人牵累，即将被捕，于是坠阁自杀，未遂。后转大中大夫。天凤五年（公元 18 年）卒，年七十一。有《方言》十三卷，《训纂》一卷，《蜀王本纪》一卷，《法言》十三卷，《太玄经》九卷，《琴清英》一卷，集五卷。

扬雄逝世后，被安葬在故乡。据《扬雄家谍》记载，天凤五年（公元 18 年）扬雄去世，他的弟子侯芭为其负土起坟，千年以来，到受人们的追思和祭奠。扬雄墓在今郫都区[1]西南 11 公里三元场友爱镇。墓为圆形，高数米，直径 10 米，封土若小丘。墓地开旷，东西有农舍竹林环抱。墓前里许竹林间，为子云亭旧址。

如果说司马相如是在全国产生重大影响的巴蜀文学家、政治家，那么，扬雄就是巴蜀英才在全国学术界、思想界产生重大影响的第一人，也是迄今为止在历史上影响最大的四川思想家。他被后人尊称为西道孔子、汉代孔子，是汉代儒家最著名的思想家之一。扬雄积极批判神学经学，为的是能够恢复孔子的正统儒学。在扬雄看来，孔丘是最大的圣人，孔丘的经典是最主要的经典。他在《法言》中说："舍舟航而济乎渎者，末矣。舍五经而济乎道者，末矣。"又说："山之蹊，不可胜由矣；向墙之户，不可胜入矣。"曰："恶由入?"曰："孔氏。孔氏者，户也。"因此，"好书而不要诸仲尼，书肆也；好说而不要诸仲尼，说铃也，仲尼之道犹四渎也，经营中国，终入大海；他人之道者，西北之流也，纲纪夷貉，或入于沱，或沦于汉"。但是，扬雄认为自孔子死后，孔子圣道的发展与传播却由于"塞路者"的干扰而受到了阻碍。在"古时有杨墨塞路，当时孟子辞而辟之，廓如也。后之塞路者有矣，窃自比孟子"。这里所说的"后之塞路者"就是指汉代的"欲仇（售）伪而假真、羊质而五虎皮、学也为利"的虚伪、烦琐荒诞的官方正统经学。因此，扬雄要像孟子那样扫除"塞路者"，为孔子儒学能在汉代健康发展开辟道路。

① 2016 年秋，原成都市郫县更名为郫都区。

扬雄曾撰《太玄》等，将源于老子之道的玄作为最高范畴，并在构筑宇宙生成图式、探索事物发展规律时，以“玄”范畴为中心思想，是汉朝道家思想的继承者和发展者，《三字经》把他列为“五子”之一，“五子者，有荀扬，文中子，及老庄”，对后世影响重大。魏晋玄学走儒道结合的发展之路，扬雄就是玄学在汉代的思想起源者。

扬雄是司马相如之后西汉最著名的辞赋家。所谓“歙马独来寻故事，文章两汉愧杨雄”。在刘禹锡著名的《陋室铭》中，“西蜀子云亭”的“西蜀子云”即为扬雄。在辞赋方面，扬雄最服膺司马相如，“每作赋，常拟之以为式”（《汉书·扬雄传》）。他的《甘泉》《羽猎》诸赋，就是模拟司马相如《子虚》《上林》二赋而写的，其内容为铺写天子祭祀之隆、苑囿之大、田猎之盛，结尾兼寓讽谏之意。其用辞构思亦华丽壮阔，与司马相如赋相类，所以后世有“扬马”之称。

扬雄赋写得比较有特点的是他自述情怀的几篇作品，如《解嘲》《逐贫赋》和《酒箴》等。《解嘲》写他不愿趋炎附势去做官，而自甘淡泊来写他的《太玄》。文中揭露了当时朝廷擅权、官吏倾轧的黑暗局面：“当涂者升青云，失路者委沟渠；旦握权则为卿相，夕失势则为匹夫。”并对庸夫充斥、而奇才异行之士不能见容的状况深表愤慨：“当今县令不请士，郡守不迎师，群卿不揖客，将相不俯眉。言奇者见疑，行殊者得辟。是以欲谈者卷舌而同声，欲步者拟足而投迹。”可见赋中寄寓了作者对现实社会的强烈不满。这篇赋虽受东方朔《答客难》影响，但纵横驰说，词锋锐利，在思想和艺术上仍表现出它的特点。《逐贫赋》是别具一格的小赋，写他惆怅失志，“呼贫与语”，质问贫何以老是跟着他。

这篇赋发泄了他在贫困生活中的牢骚，多用四字句，构思新颖，笔调诙谐，却蕴含着一股深沉不平之气。《酒箴》是一篇咏物赋，内容是说水瓶朴质有用，反而易招损害；酒壶昏昏沉沉，倒“常为国器”，主旨也是抒发内心的不平。另外还仿效屈原《楚辞》，写有《反离骚》《广骚》和《畔牢愁》等作品。《反离骚》为凭吊屈原而作，对诗人遭遇充满同情，但又用老、庄思想指责屈原“弃由、聃之所珍兮，摭彭咸之所遗”，反映了作者明哲保身的思想，而未能正确地评价屈原。《广骚》《畔牢愁》今仅存篇目。

扬雄早期以辞赋闻名，晚年对辞赋的看法却有所转变。他晚年评论辞赋创作是欲讽反劝，认为作赋乃是“童子雕虫篆刻”，“壮夫不为”。另外还提出“诗人之赋丽以则，辞人之赋丽以淫”的看法，把《楚辞》和汉赋的优劣得失区别开来（《法言·吾子》）。扬雄关于赋的评论，对赋的发展和后世对赋的评价有一定影响，对后来刘勰、韩愈的文论亦颇有影响。

扬雄在散文方面也有一定的成就。如《谏不受单于朝书》便是一篇优秀的政论文，笔力劲练，语言朴实，气势流畅，说理透辟。他的《法言》刻意模仿《论语》，在文学技巧上继承了先秦诸子的一些优点，语约义丰，对唐代古文家具有积极影响，如韩愈“所敬者，司马迁、扬雄”（柳宗元《答韦珩示韩愈相推以文墨事书》）。此外，他是“连珠体”的创立人，自他之后，继作者甚多。

2017 年 6 月，四川省人民政府隆重推出四川十大历史文化名人，分别是大禹、李冰、落下闳、扬雄、诸葛亮、武则天、李白、杜甫、苏轼、杨慎。被誉为汉代孔子、西道孔子的扬雄，成为巴蜀文化史上最杰出的文宗。

刘勰共38次论述、征引到扬雄及其作品，这些内容全面、均衡地分布于《文心雕龙》从“文之枢纽”到“论文叙笔”再到“剖情析采，笼圈条贯”的前后始终，扬雄不仅是兼备众体的卓越作家，在各体文学创作中都占据了一流大家的位置，贡献了许多著名的作品，创立了许多新兴的文体，而且是卓有建树的理论家，在辞赋理论、经学理论、创作评论、写作理论、审美批评等方面，都是《文心雕龙》极力推崇的一流理论大家。因此，归纳上述论述，其重点有三：一是在《宗经》《事类》等篇目中论述扬雄的宗经观点；二是引用扬雄的文学理论见解，为论述提供论据；三是以扬雄的作品为对象，进行审美与创作的评价。整体上看，扬雄具有经学家、文学家、理论家的数重身份，刘勰论述扬雄，赞美非常多，而对于扬雄辞赋评论“丽淫丽则”的借鉴运用，更是雅丽思想直接取法的对象，书中若干次运用或化用之。总而言之，扬雄是继孔子之后，对雅丽思想影响最大的儒家人物。

第二节　《文心》论宗经，扬雄倡“含文”

在《文心雕龙》的序论中，扬雄立言不朽的理论与实践对刘勰产生了重要的影响。但《文心雕龙》的性质毕竟是写作理论著作而不是伦理学著作，因此，发展到“文之枢纽”的五篇专论时，就必须对写作的“枢纽”问题展开深入的讨论。这一部分最重要的问题有两个：一是树立儒家思想的思想指导地位和儒家经典的理论主导地位，二是从哲学高度提出人文尚丽的文学观念并在具体作家作品的比较中落实到具体的写作实践上来。在这两个问题中，扬雄均有重要的地位和影响。

一、扬雄《法言》与“圣文雅丽”

《文心雕龙》的枢纽论部分共有五个专题：《原道》《征圣》《宗经》《正纬》与《辨骚》。《原道》篇从哲学高度阐释了自然之道的华丽特点、人文原道必定“郁然有采”的基本属性、儒家圣人与儒家经典在人文历史上的主导作用等问题，其核心是人文有采，为后两篇论述儒家经典的文采之美打下了理论基础。《征圣》篇指出儒家圣人具有最高的美言美行，其政化、事迹、修身均以“贵文”为要，在这样的前提条件下，儒家经典就具有了“繁略殊形，隐显异术，抑引随时，变通适会”的特征与写作技法，是学习写作的最高范本，而且“圣文雅丽，衔华佩实”，具有雅而且丽的审美风格，笼罩或雅或丽的一切文章。《宗经》篇具体提出“文出五经”的观点，认为《诗》《书》《礼》《易》《春秋》衍生出后代所有的文章体裁类型，事实上，从《明诗》到《书记》的二十篇文体论正是按照“五经发其源”的体例来设计安排的；同时，本篇指出五经有“一则情深而不诡，二则风清而不杂，三则事信而不诞，四则义贞而不回，五则体约而不芜，六则文丽而不淫”的“六义”特点，学习五经，可以养成“六义”中正面的优良写作技能，改正不良的写作风气。[①]《正纬》篇通过比较指出纬书具有丽而不雅的特点，这个特点于解经无益，但“有助文章”，写作可以借鉴，刘勰开始承认文章写作与儒家经典的区别。《辨骚》篇详论了对《楚辞》的历代评价，提出自己独到的看法，刘勰认为《楚辞》和经典相比较具有“四同”与“四异”，屈原《楚辞》体现了最高的文采之美，是历代文学中最杰出的代表作品，影响后世，泽被千秋。[②]

通过上面的简单分析，我们可以发现，枢纽论的五篇专题以《宗经》为核心，确立了儒家思想和儒家经典在全书的理论与创作主导地位。[③]但这只是从指导思想角度来说的，落实到具体的写作问题上来，这五篇有一个共同的基本特点：极力主张文学尚丽。《原道》指出人文有采，这一基本

① 对于“六义”的研究意见颇多。易中天先生将“六义”与风、骨、采二合一地对接观照，得出“风骨”就是雅丽之文审美理想的看法；王志彬先生认为单看“六义”尚属片面，还应该结合《知音》篇“六观”说，二者的结合，才是《文心雕龙》批评论的整体意见；还有的研究者以为这是《文心雕龙》的创作论。实际上，“六义”的排列顺序是由情到文（采），转化来看，就是《情采》篇论述的文质关系说，以及如何正确创造彬彬“正采”的方法论。“雅丽”是一个整体的概念，分而为六是对雅丽的细化，合六为一是对雅丽的整合。雅丽即“六义”，不仅是创作原则，同时是审美原则与批评原则。

② 有的研究者认为《辨骚》篇应该归属于文体论部分，这是从文体归类的角度来看的，其说不妥：一则因为刘勰自述是将本篇列于枢纽论；二则《辨骚》篇在论述《离骚》特点的同时，还有一个重要的目的是总结枢纽论五篇的核心内容，即文学创作应该在经典雅正得法的基础上进一步突出华丽之美，雅丽结合。从这个角度讲，纬书与《离骚》在本质上都是“丽而不经”的作品，《辨骚》以归入枢纽论为宜。

③ “文之枢纽”以《宗经》篇为核心，这是近年来《文心雕龙》研究的一个新发现。一般认为，枢纽论部分应该以《原道》篇为核心，詹福瑞、孙蓉蓉、李建中等研究者认为应该以《宗经》篇为核心，因为全书的指导思想是儒家文艺思想。笔者认同此说，同时认为《辨骚》篇专论文学创造的新变范例与诗骚结合、奇正结合的创作原则，这才是真正阐释文学写作之枢纽的篇目。

属性为典而不美的儒家经典提供了具有文采之美的哲学依据，纬书与《楚辞》本就华美异常。这样，作为“人文”的经、纬、骚共有尚丽的属性，“文出五经”在审美特点上不会被动摇。但是儒家雅正的文学观念与文学尚丽的基本属性交汇融合，必然会激荡出两个方向相反的基本观念：尚雅贬丽与雅丽结合。这一对矛盾互现的基本文学观念贯通于《文心雕龙》全书。

刘勰的主要选择是折中经典之雅与纬骚之丽，走雅丽结合的路子。在《宗经》篇论述经典“六义”之后，刘勰引用扬雄的话来证明自己的论断：“故扬子比雕玉以作器，谓五经之含文也。”据此可知，刘勰提出经典之“六义”，经典具有的文采之美，除了《原道》的哲学依据外，在具体写作理论层面上的根源，正是扬雄“五经含文”的主张。

扬雄的《法言》一书折中儒道，在坚持儒家思想的前提下，大力提倡“自然之道”、“日新”观念与物色美丽之说，是传统儒家向道家取材后新变的产物。曾有论者直接从道家思想入手探索《文心雕龙·原道》篇的论说，大多不得要领，而从扬雄《法言》入手，这个问题可迎刃而解。所以，扬雄的明道思想，是《文心雕龙》的《原道》《物色》、文学新变的重要渊源。《法言》中有丰富精彩的征圣美圣言论，提出了“文质丹青”“弸中彪外”“如莹如玉”“君子美玉”等一系列的歌颂言论，对圣人的美德令名、美言美行、内在修养、文采之美进行了崇高的赞美，从这个角度看，《文心雕龙》的征圣思想与作家修养理论，扬雄又是一个重要的渊源。从《宗经》篇尊奉五经与五经含文的论述来看，刘勰均直接取法于扬雄。

扬雄在《法言》中论述了精彩的宗经思想。一方面，儒家经典在扬雄这里不仅是“不刊之鸿教”，而且散发着迷人的文采之美，这与古板的传统看法截然不同。扬雄以其复古与新变交织的观念而辩证宗经，对经典蕴含的华美之义进行了深刻的论证与阐释。扬雄关于“五经含文”的论述，成为刘勰直接采用“六义”说的证据，更是《文心雕龙》“圣文雅丽”思想的直接来源。扬雄对五经特点的理解超越了前人，其学说为《文心雕龙》所全盘继承，主要体现在以下几个方面：

第一，全面论述了五经在内容上的特点。《寡见》篇说：

> 或问：“五经有辩乎？”曰：“惟五经为辩。说天者莫辩乎《易》，说事者莫辩乎《书》，说体者莫辩乎《礼》，说志者莫辩乎《诗》，说理者莫辩乎《春秋》。舍斯，辩亦小矣。”①

扬雄所说的“惟五经为辩”，全面涉及了五经“《易》说天”“《书》说事”“《礼》说体”“《诗》说志”“《春秋》说

---

① 王以宪、张广保：《法言注释》，北京：华夏出版社，2002年版，第56页。

理”的内容特点。[①] 在扬雄看来，五经是最能够体现“辩”的特点的，据此，论辩之士，“伎数之子”，都应该归入儒家五经的统摄范围中来。这个思想包含的内容有如下几层：一是儒家最高；二是儒家统摄各家；三是五经内容丰富，囊括万有；四是五经各自特点不同，每一经都可以发展出涉及自身领域的新东西。《文心雕龙·宗经》篇全面继承了扬雄的说法，曰：“象天地，效鬼神，参物序，制人纪，洞性灵之奥区，极文章之骨髓者也。”[②] 经典在内容上极为丰富，是人情与文章的最高表现形式。在具体的各自特点上，《文心雕龙》关于“《易》惟谈天”“《书》实记言”“《诗》主言志”“《礼》以立体”“《春秋》辨理”的说法，与扬雄“《易》说天”“《书》说事”“《礼》说体”“《诗》说志”“《春秋》说理”的总结几乎完全一致。

第二，扬雄对“五经美玉”的论述，使刘勰建立起“五经含文”的尚丽主张。《寡见》篇以美玉为喻，认为经典应

① 先秦道家《庄子》书中曾谈到儒家六经的特点，《天下》篇：“古之人其备乎！配神明，醇天地，育万物，和天下，泽及百姓，明于本数，系于末度，六通四辟，小大精粗，其运无乎不在。其明而在数度者，旧法世传之史尚多有之。其在于《诗》《书》《礼》《乐》者，邹鲁之士搢绅先生多能明之。——《诗》以道志，《书》以道事，《礼》以道行，《乐》以道和，《易》以道阴阳，《春秋》以道名分。——其数散于天下而设于中国者，百家之学时或称而道之。”其后，儒家的荀子谈到过五经的特点，《儒效》篇说：“诗言是其志也，书言是其事也，礼言是其行也，乐言是其和也，春秋言是其微也。”汉代司马迁在《史记·太史公自叙》中也曾评价六经：“易著天地阴阳四时五行，故长于变；礼经纪人伦，故长于行；书记先王之事，故长于政；诗记山川谿谷禽兽草木牝牡雌雄，故长于风；乐乐所以立，故长于和；春秋辩是非，故长于治人。是故礼以节人，乐以发和，书以道事，诗以达意，易以道化，春秋以道义。”三家之中，荀子不曾谈《易》，而郭沫若先生以为《易传》最终成于荀子。扬雄对五经特点的理解，显然有上述诸子所发议论的铺垫。

② 杨明照：《增订文心雕龙校注》，第27页。

该是文采华丽的：

> 或曰："良玉不雕，美言不文，何谓也？"曰："玉不雕，玙璠不作器。言不文，典谟不作经。"①

"玉不琢，不成器"，表明了璞玉需要雕琢打磨，使之更美；"美言不文"的说法，则是《老子》"信言不美，美言不信"的同义命题。扬雄认为，语言不美则不能动人，不能显示经典的美好深刻，"典谟"也不能再作经书了，意在说明经典是文采华美的。推导此说，其实源于扬雄主张的圣人"文质彬彬"与"心声心画"二论，扬雄认为圣人君子的修养内外皆美，文质相符，依据他"言如其人"与"文如其人"的理论可知，经典本是记载圣人言行的"亡则书"的作品，是华实相副的，故而五经含文，自然华美。《君子》篇说：

> 或问："君子言则成文，动则成德，何以也？"曰："以其弸中而彪外也。般之挥斤，羿之激矢。君子不言，言必有中也；不行，行必有称也。"②

屈原在《离骚》中说自己兼有"内美与修能"，即文质皆备，扬雄在此也尚内美。"弸中彪外"的提出，指出了内在修养的充实对外在文采"辉光"之美的意义。因此，圣人之文一定是华实相副的。扬雄的这一说法，是《文心雕龙》论述"圣文雅丽，衔华佩实"的最直接的理论依据。《征圣》篇认为圣人文章文采焕然："远称唐世，则焕乎为盛；近褒

① 王以宪、张广保：《法言注释》，北京：华夏出版社，2002年版，第57页。
② 王以宪、张广保：《法言注释》，北京：华夏出版社，2002年版，第119页。

周代，则郁哉可从。”“焕乎为盛”，用的是孔子赞美尧帝时代文学发展繁荣的话；“郁哉可从”则是直接引用了孔子论述周代文学“郁郁乎文哉”的评价与“吾从周”的史学主张。二者的核心意思，都是指向“圣文美丽”这一主导内容。又说，圣文是“志足而言文，情信而辞巧，乃含章之玉牒，秉文之金科”，是文采华美的作品。同篇还记载了一个“颜阖以为，仲尼‘饰羽而画’，徒事华辞”的“訾圣弗得”的故事，这个故事的核心，也是指向圣人孔子的华丽言辞。孔子作为最伟大的经典作家，其言辞华丽，则其文章必然华丽。《征圣》篇赞语说：“精理为文，秀气成采。”圣文是精义坚深而且文采华美的作品。正是在这样的理论铺垫基础上，刘勰才在最后得出了“圣文之雅丽，衔华而佩实”这一总结性的论述。《宗经》篇说：

扬子比雕玉以作器，谓“五经”之含文也。[①]

比照扬雄《法言》，我们可以看到，扬雄是经典“雅丽”理论的第一发现者。《文心雕龙》的研究者普遍认为，五经之中，除了《诗经》，要说其他四经“含文”，是不太恰当的，其他四经主要是“含雅”“含质”“含理”“含奥”，而不是“含文”。为了解决这个难题，刘勰不仅站在哲学的高度提出“文源于道，郁然有采”的依据，从根本上阐述“五经含文”一说；还在实践理论中取法扬雄，搬出“五经含文”的先行论述者的意见，来充实、支撑自己的雅丽理论主张。这就从原理和论据两个角度证明了五经为什么“含文”，解

① 杨明照：《增订文心雕龙校注》，第28页。

答了这一难题，使得雅丽思想逾越了五经“雅而不丽”的事实障碍，成为全书中贯穿前后的文学尚美、文学正采主张的理论红线，并为矫正魏晋齐梁文学新变不当的不良倾向服务。

第三，刘勰关于《宗经》“六义”的界说，在扬雄《法言》中可以找到直接的理论论据。《法言》是刘勰《宗经》篇提出“六义”说，得出“风清”“文丽”等说法的直接来源，刘勰全盘继承了扬雄对经典与圣人的评价。所谓“六义”，是指经典的六大写作特点：

> 一则情深而不诡，二则风清而不杂，三则事信而不诞，四则义直而不回，五则体约而不芜，六则文丽而不淫。[①]

刘勰主张“情深、风清、事信、义贞、体约、文丽”的六条标准，可以简单地归入属于文学内容的“情、事、义”三体与属于形式的“风、体、文”三体。刘勰论述的意见，实际上是扬雄已经讲过的话。《学行》云：

> 或曰：“猗顿之富以为孝，不亦至乎？颜其馁矣。”曰：“彼以其粗，颜以其精；彼以其回，颜以其贞。颜其劣乎？颜其劣乎？”[②]

“六义”说中的“义贞而不回”，就是出自这里。《吾子》云：

> 或问：“君子尚辞乎？”曰：“君子事之为尚。事胜

① 杨明照：《增订文心雕龙校注》，第 28 页。

② 王以宪、张广保：《法言注释》，北京：华夏出版社，2002 年版，第 15 页。

辞则伉，辞胜事则赋，事、辞称则经。足言足容，德之藻矣！”①

扬雄认为君子尚辞好辩，“事胜辞则伉，辞胜事则赋，事、辞称则经”的说法，直指“六义”说中的“事信而不诞”。《问神》则说：

或曰：“《玄》何为？”曰：“为仁义。”曰：“孰不为仁？孰不为义？”曰：“勿杂也而已矣。”②

或曰：“淮南、太史公者，其多知与？何其杂也。”曰：“杂乎杂，人病以多知为杂。惟圣人为不杂。”③

经过对比可以发现，刘勰关于五经“风清而不杂”与“体约而不芜”的论述，取法扬雄“惟圣人为不杂”一说。因为圣人“文质皆美”，《先知》篇说：“圣人，文质者也。车服以彰之，藻色以明之，声音以扬之，诗书以光之。”诗书对于圣人文质的彰显与修养濡染作用很大，圣人要穿着色彩华美的车服来彰显美德，是华实相副的，故而“风清而不杂”。《吾子》中关于“诗人之赋丽以则，辞人之赋丽以淫”的论述，则显然是最重要的“文丽而不淫”的理论渊源。至于“情深”一条，《法言》论情不多，论道德仁义美则不少，“心声心画”说重视“情动”，情动于中，归根结底，还是内在修养的德义精神在起支配作用，所以“情深而不诡”在扬雄处虽然没有明言，但也能找到依据。

第四，具体评论五经，比如《诗》《书》《春秋》《仪礼》

① 王以宪、张广保：《法言注释》，北京：华夏出版社，2002 年版，第 17 页。
② 王以宪、张广保：《法言注释》，北京：华夏出版社，2002 年版，第 40 页。
③ 王以宪、张广保：《法言注释》，北京：华夏出版社，2002 年版，第 40 页。

等。《孝至》曰：

> 或问“泰和”。曰：“其在唐、虞、成周乎？观《书》及《诗》温温乎，其和可知也。”①

“泰和”一说，与孔子“尽善尽美”大体一致，是一种充实愉悦的中和之美，含有道德政教的意味，这就是儒家经典的特点。扬雄以文观政，指出文学反映时代政治的面貌，这就是刘勰《时序》篇的基本观点。同时，儒家经典风格“泰和”，是其主张的中和美的最好载体。刘勰化用此说，在风格八体的“得其环中”“雅丽黼黻”“正采彬彬”等中和美上大力提倡这个说法。《修身》论《仪礼》则曰：

> 《礼》多仪。或曰：“日昃不食肉，肉必干；日昃不饮酒，酒必酸。宾主百拜而酒三行，不已华乎？”曰：“实无华则野，华无实则贾，华实副则礼。”②

有人问：敬酒的礼节是不是太过于烦琐了呢？“宾主百拜而酒三行”，酒肉都不能食用了。扬雄说出了“华实副则礼”的话，来告诉对方，礼仪就是有这么重要。其实不是礼仪重要，而是礼仪是经典规定了的，必须如此。“华实副则礼”一说，与孔子“文胜质则史，质胜文则野，文质彬彬，然后君子”一说极为相似。虽然扬雄与孔子论述的是礼仪问题、修养问题，但是在后来的发展变化中，文质彬彬与华实相副都指向了文学作品内在美与外在美的和谐统一。《文心雕龙》的雅丽文学思想，出自孔子文质观与扬雄华实论，是

① 王以宪、张广保：《法言注释》，北京：华夏出版社，2002年版，第130页。
② 王以宪、张广保：《法言注释》，北京：华夏出版社，2002年版，第26页。

儒家文艺美学思想的直接产物。《问明》曰：

孟子疾过我门而不入我室。或曰："亦有疾乎？"曰："摭我华而不食我实。"①

扬雄的华实观念主张内外双修、文质皆备。对于"摭我华而不食我实"的形式主义者，扬雄"疾"之，看不起，讨厌。推及为文，写文章不能只是追求文采之美，还要追求内容之充实、思想之健康、主旨之积极，等等，做到形式美与内容美、思想美与艺术美的统一为最好，所以雅丽思想的提出，正是为主张丽而且雅的写作之美找到了文质皆备的操作原理。

以经典为理论支撑，扬雄评价了不少的著名作家作品。《君子》云：

淮南说之用，不如太史公之用也。太史公，圣人将有取焉；淮南，鲜取焉尔。②

史书实录，取法圣人；淮南之说，取法道家。暗含儒家胜过道家的意见。同篇又说：

必也儒乎！乍出乍入，淮南也；文丽用寡，长卿也；多爱不忍，子长也。仲尼多爱，爱义也；子长多爱，爱奇也。③

扬雄对司马相如、刘安、司马迁等著名作家的论述，其点评都非常准确。《文心雕龙》的《才略》篇与《史传》篇

---

① 王以宪、张广保：《法言注释》，北京：华夏出版社，2002年版，第47页。
② 王以宪、张广保：《法言注释》，北京：华夏出版社，2002年版，第120页。
③ 王以宪、张广保：《法言注释》，北京：华夏出版社，2002年版，第120页。

直接运用了“文丽用寡，长卿”与“子长多爱，爱奇”的说法。《风骨》篇主张“翔集子史之术”，文学写作要向史书取法；同时谈到司马相如《大人赋》，“乃其风力遒也”，仙道之说感染力巨大，但是讽谏之旨不达。《汉书·扬雄传》载：

> 雄以为赋者，将以风之也，必推类而言，极丽靡之辞，闳侈巨衍，竞于使人不能加也，既乃归之于正，然览者已过矣。往时武帝好神仙，相如上《大人赋》，欲以风，帝反缥缥有陵云之志。由是言之，赋劝而不止，明矣。①

“文丽用寡”一说，即对此而发。“极丽靡之辞，闳侈巨衍，竞于使人不能加也”，论说的是汉代辞赋“巨丽”之美，这个美有其时代背景的原因，更有司马相如树立榜样而扬雄“追风入丽”的创作实践作为实证。“赋劝而不止”的“用寡”说，就是由“丽靡之辞”的“文丽”原因造成的。赋的优点、特点，也成为其弱点、缺点。由此，再拓展到具体地评论历代典籍。《重黎》曰：

> 或问“《周官》？”曰：“立事。”“《左氏》？”曰：“品藻。”“太史史迁？”曰：“实录。”②

扬雄对儒家经典与史书的评价言简意赅，非常准确。刘勰《风骨》篇主张写作之道应该“熔铸经典之范，翔集子史之术”，是向扬雄取法得来的经验之谈。经典为思想规范，子书与史书为操作技法，二者结合，可以囊括古代的重要典

① （汉）班固：《汉书》（影印本），北京：中华书局，1997年版，第3575页。
② 王以宪、张广保：《法言注释》，北京：华夏出版社，2002年版，第86页。

籍，尤其是百家争鸣环境下的子书，成为后代学术思想的渊源，文章写作的法与术均来自此。

因此，《文心雕龙》在“文之枢纽”部分提出的“原道—征圣—宗经”的理论脉络，无一不受扬雄学术思想的影响。

二、《辨骚》论枢纽，扬雄为模范

“文之枢纽”的五篇专论，以《宗经》为核心，确立了“道—圣—经”的文学发展脉络，提出了“正纬”“辨骚”的辩证新变观念。五篇结束，必然有一个文学基本观念的总结，否则“枢纽”之说无法成立。笔者以为，具体到写作实践层面，“文之枢纽”在《辨骚》篇中总结提出。

《文心雕龙》专门列出《辨骚》篇，对历史上各家评论《楚辞》的意见进行了综述，罗列了汉武帝、淮南王刘安、王逸、汉宣帝、班固等人的不同批评意见。之后指出，扬雄讽味，亦言“体同《诗》雅”。将扬雄的评论意见与前述诸人相提并论，表明扬雄是汉代《楚辞》评论中的重要一员，他的意见是，《楚辞》同于《诗三百》，其手法与雅正的歌诗一致。这表明扬雄是站在儒家立场上来进行《楚辞》评论的。

之后，刘勰在《辨骚》篇中指出了《楚辞》与经典比较的四同与四异，表明《楚辞》是有着独立文学审美特征的独创性作品，可以称之为“奇文”。

刘勰极力赞美《楚辞》，指出：“固知《楚辞》者，体宪于三代，而风杂于战国，乃《雅》《颂》之博徒，而词赋之英杰也。观其骨鲠所树，肌肤所附，虽取镕《经》旨，亦自铸伟辞。”《楚辞》是折中诸家、正确新变的产物，最大的特点是自成一体，伟辞惊艳，“故能气往轹古，辞来切今，惊采绝艳，难与并能矣”。因此，看《文心雕龙》论述文学的基本态度，应该特别注意《辨骚》。刘勰对《楚辞》的赞美有三：第一，“取镕《经》旨”，以儒家经典为创作思想指导；第二，“风杂于战国”，受战国时代纵横家与阴阳家思想及其奇诡富丽之言说的影响，绝非儒家雅正之作；第三，最重要的是，《楚辞》能够不受诸家限制，正确新变，从而“自铸伟辞”，“惊采绝艳”。刘勰在此表明了自己在雅正基础上的崇丽文学观念。在此基础上，他总结“文之枢纽”，提出了指导全书文体论、创作论、批评论的总原则：

> 能凭轼以倚《雅》《颂》，悬辔以驭楚篇，酌奇而不失其真，玩华而不坠其实，则顾盼可以驱辞力，欬唾可以穷文致。①

这一原则折中《诗》《骚》，推崇雅丽，坚守思想准则，鼓励大胆创新，是《文心雕龙》“驱辞穷文”的指导思想，是全书的“枢纽”所在。②

扬雄成为枢纽论中最重要的典范作家之一。首先，在论述屈原《楚辞》的重大影响时，刘勰指出：“枚贾追风以入丽，马扬沿波而得奇：其衣被词人，非一代也。”在受屈原影响最深、学《楚辞》最成功的汉赋四家中，蜀占其二；而

① 杨明照：《增订文心雕龙校注》，第52页。

② 王运熙先生称这一原则为创作论的总纲。从全书来看，这一原则可以归纳为雅丽文学思想，在文体论、创作论、批评论中均居于主导地位，是《文心雕龙》一以贯之的基本文学思想，即全书之“枢纽”。

且“马扬沿波而得奇”，扬雄辞赋体现了鲜明的巴蜀地域文化特征：奇思纵逸，精妙绝伦。其次，在阐释完文章写作的枢纽论之后，刘勰认为只要注意到雅丽结合、奇正结合的折中原则，就可以很轻松地写作文章而不会出现差错，实际上是在间接地告诉读者：司马相如和扬雄就是历代最优秀的作家，写东西就得向他们学习。这是对巴蜀作家的最高赞美，扬雄也成为《文心雕龙》在全书展开论述后的标杆人物。

第三节　《文心雕龙》文体论的多产榜样

文体论部分从《明诗》到《书记》，共计二十篇，每一篇均按照“原始以表末，释名以章义，选文以定篇，敷理以举统”的结构原则为主要脉络构成。扬雄在这二十篇文体论中占据了非常重要的位置，在各类文体的创作及理论上有着突出的贡献。

在《颂赞》篇中，刘勰开篇指出：“颂者，容也，所以美盛德而述形容也。……夫化偃一国谓之风，风正四方谓之雅，容告神谓之颂。风雅序人，事兼变正；颂主告神，义必纯美。”扬雄作为汉代颂体文学的首席代表出场：“若夫子云之表充国……其褒德显容，典章一也。”[①]《赵充国颂》是扬雄的著名散文之一，在这篇颂体文章中，扬雄以精练的语言概述了赵充国将军的行伍军功和生平事迹，高度赞美了赵将军保家卫国、开疆拓土、巩固边防、为国立功的英雄壮举和个人美德，其文受皇命而为，“义必纯美”，也是赵将军身为

① 杨明照：《增订文心雕龙校注》，第111页。

“在汉中兴”名臣赢得的身后令名。刘师培在《左庵文论》中说：“扬雄《赵充国颂》将充国一生战功皆括于内，最为切题。”

在《铭箴》篇中，刘勰指出扬雄模范儒家经典《尚书》之体例所创作的《百官箴》，则是历代箴体文学中最精彩的作品：

> 箴者，所以攻疾防患，喻针石也。斯文之兴，盛于三代。《夏》《商》二箴，余句颇存。及周之辛甲，百官箴一篇，体义备焉。
>
> 迄至春秋，微而未绝。故魏绛讽君于后羿，楚子训民于在勤。战代以来，弃德务功，铭辞代兴，箴文委绝。至扬雄稽古，始范《虞箴》，作《卿尹》《州牧》二十五篇。及崔、胡补缀，总称《百官》。指事配位，鞶鉴可征，信所谓追清风于前古，攀辛甲于后代者也。①

扬雄继承古人，重兴箴文，《百官箴》继往开来，可称楷模。因其箴文篇目甚众，文字过多，在此不一一征引。

扬雄有才，这是毫无疑问的事实，但在诔体文学的创作中，他却脱离了拟古的范式，因而出现弊病。《诔碑》篇云：“诔者，累也，累其德行，旌之不朽也。”是一种表彰死者功业德行，表达哀悼之情的文章，而且主要用于皇族、贵族、名臣、名将等高级别人物身后，与颂体、铭文差不多。《汉书》卷九十八《元后传》记述了王莽姑姑王政君一生的主要经历和事迹，元后去世后，王莽召见扬雄，让他写了《元后

① 杨明照：《增订文心雕龙校注》，第144页。

诔》。刘勰评论道："暨乎汉世，承流而作。扬雄之诔元后，文实烦秽。沙麓撮其要，而挚疑成篇；安有累德述尊，而阔略四句乎？"[①] 扬雄的《元后诔》在《艺文类聚》卷十五、《全汉文》卷五十四均有辑录，但在《汉书》卷九十八《元后传》中只引用了"太阴之精，沙麓之灵，作合于汉，配元生成"这四句，晋代文论家挚虞没有见到扬雄该文的全貌，所以在《文章流别论》中怀疑全文只有这四句。沙麓，山名，在河北省大名县东。《元后传》："昔《春秋》沙麓崩。"指的是《春秋》僖公十四年"沙麓崩"一事。《公羊传》曰："沙鹿者何？河上之邑也。"刘勰"沙麓撮其要"一说，指的就是《汉书》中记载的这四句，已撮举全文的要领。因"沙麓"指元后生长的地方，刘勰认为扬雄的《元后诔》"文实繁秽"，实际上撮其要领，也不过是这四句话。

按刘勰之论，诔体文学需要"辞哀而韵长"，扬雄之文哀辞过度，太过繁杂，因而损伤了整体的效果。文体各有特点，创作时需要遵循该体的特殊要求，否则就会出现偏差，这种观点与《定势》篇"因情立体，即体成势"之说完全符合，可见《文心雕龙》上下篇之间衔接紧密，体系严谨。

但细读全文，《元后诔》绝不是上述四句即可概括要领的。再细读刘勰原话，他是针对挚虞的怀疑来说的：这篇文章"累德述尊"，怎么会只有这四句呢？

在论述精巧丽文的《杂文》篇中，刘勰点明是扬雄独创了"连珠"这一文体：

> 宋玉含才，颇亦负俗，始造《对问》，以申其志，

① 杨明照：《增订文心雕龙校注》，第159页。

放怀寥廓，气实使之。及枚乘摛艳，首制《七发》，腴辞云构，夸丽风骇。盖七窍所发，发乎嗜欲，始邪末正，所以戒膏粱之子也。扬雄覃思文阔，业深综述，碎文璅语，肇为《连珠》；其辞虽小而明润矣。凡此三者，文章之枝派，暇豫之末造也。[①]

“连珠”之体“小而明润”，与“对问”“七体”一道，是“文章之枝派，暇豫之末造”，属于把玩尚可而偏离正道的休闲文学，扬雄作为“连珠”体裁的创造者，显示了他过人的文体独创精神和写作能力。

连珠，谓辞句连续，互相发明，历历如贯珠，故谓。傅玄叙连珠，称这种文体的特点是义明而词净，事圆而音泽。此后这种文体在东汉章帝之世盛行一时，班固、贾逵、傅毅三人受诏而作，而蔡邕广连珠又踵事增华，言质辞碎，班固喻美辞壮，贾逵儒而不艳，傅毅文而不典。

连珠体的起源，傅玄《连珠序》认为：“兴于汉章之世，班固、贾逵、傅毅三子受诏作之。”刘勰《文心雕龙·杂文》指出：“扬雄覃思文阁，业深综述，碎文琐语，肇为《连珠》。”大概是平时写好的片段，没有派上用场的，就集在一起，成了“连珠”。由此看来，连珠之作，始于扬雄。沈约《注制旨连珠表》也认为：“连珠之作，始自子云。”从现存文献看，也以扬雄《连珠》为最早。

傅玄《连珠序》又曰：“其文体辞丽而言约，不指说事情，必假喻以达其旨，而贤者微悟，合于古诗劝兴之义。欲使历历如贯珠，易睹而可悦，故谓之连珠也。班固喻美辞

① 杨明照：《增订文心雕龙校注》，第184页。

壮，文章弘丽，最得其体。蔡邕似论，言质而辞碎，然旨笃矣。贾逵儒而不艳。傅毅有文而不典。”对连珠的体裁风格作了准确的阐述，并论述了各家作品风格之得失。

扬雄创造的连珠体裁，对后世创作产生了深远的影响，刘勰综述说：“自《连珠》以下，拟者间出。杜笃、贾逵之曹，刘珍、潘勖之辈，欲穿明珠，多贯鱼目。可谓寿陵匍匐，非复邯郸之步；里丑捧心，不关西施之嚬矣。唯士衡运思，理新文敏，而裁章置句，广于旧篇，岂慕朱仲四寸之珰乎！夫文小易周，思闲可赡，足使义明而词净，事圆而音泽，磊磊自转，可称珠耳。”[①] 东汉、三国、魏晋时期，模拟写作和以此闻名者层出不穷。在文学史上连珠体创作最有名的莫过于陆机《演连珠》五十首，《文选》中有收录。此后谢灵运《连珠集》五卷、刘祥《连珠十五首》、陈证《连珠》十五卷、黄芳《连珠》一卷、梁武帝《连珠》一卷，和者数十人。

在精通各体文学的基础上，扬雄还有独创的思想著作，是汉代子书的代表人物之一。《诸子》篇说：

> 若夫陆贾《新语》，贾谊《新书》，扬雄《法言》，刘向《说苑》，王符《潜夫》，崔实《政论》，仲长《昌言》，杜夷《幽求》：咸叙经典，或明政术，虽标论名，归乎诸子。何者？博明万事为子，适辨一理为论；彼皆蔓延杂说，故入诸子之流。[②]

本段罗列了两汉最著名的子书作家及其著作八人八书，

① 杨明照：《增订文心雕龙校注》，第 185 页。

② 杨明照：《增订文心雕龙校注》，第 232 页。

扬雄《法言》是对儒家经典《论语》的模仿，采用语录体的形式，以儒家思想为主导，直接取法《荀子》融合诸家、为我所用的路子，对哲学、政治、经济、伦理、文学、艺术、科学、军事乃至历史上的人物、事件、学派、文献等都有所论述，因而出入百家，内容广泛。刘勰准确地把握了《法言》“博、辨、蔓、杂”的特点，将其归入子书系列，扬雄也是蜀中三杰中唯一著有子书的作家。实际上，《法言》一书对《文心雕龙》全书文学理论的影响，在儒家诸子中仅次于孔子，是汉代诸家中影响最大的，本章开头部分和后半部分对《法言》所论多有征引，作了一些力所能及的论述。

最使司马相如在“以文干政”方面名扬天下的是他为汉武帝封禅之事创作的《封禅文》，相如之外，扬雄也有相同题材的创作。刘勰对此有公允的评价，《封禅》篇曰：

> 铺观两汉隆盛：孝武禅号于肃然，光武巡封于梁父；诵德铭勋，乃鸿笔耳。观相如《封禅》，蔚为唱首。尔其表权舆，序皇王，炳元符，镜鸿业；驱前古于当今之下，腾休明于列圣之上；歌之以祯瑞，赞之以介邱：绝笔兹文，固维新之作也。……及扬雄《剧秦》，班固《典引》，事非镌石，而体因纪禅。观《剧秦》为文，影写长卿，诡言遁辞，故兼包神怪；然骨掣靡密，辞贯圆通，自称“极思”，无遗力矣。《典引》所叙，雅有懿采，历鉴前作，能执厥中；其致义会文，斐然余巧。故称“《封禅》丽而不典，《剧秦》典而不实”，岂非追观易为明，循势易为力欤？[①]

① 杨明照：《增订文心雕龙校注》，第298页。

“相如《封禅》，蔚为唱首”，司马相如是历代封禅文的首创者，此文“表权舆，序皇王，炳玄符，镜鸿业”，颂扬明君政教之功德，堪称“绝笔”；不仅如此，还是启发后代、垂范后世的“维新之作”，这是司马相如辞赋创作“劝而不止”、干政失效所无法起到的巨大政治作用。反观扬雄《剧秦美新》一文，尽管“影写长卿”，“骨掣靡密，辞贯圆通”，但是名不正且言不顺，因此“典而不实”，架势拉开了，但内容被诟病。这是扬雄为存身保命而迫不得已之作，怨不得他。现录其文如下：

诸吏中散大夫臣雄，稽首再拜上封事皇帝陛下：臣雄经术浅薄，行能无异，数蒙渥恩，拔擢伦比，与群贤并，愧无以称职。臣伏惟陛下以至圣之德，龙兴登庸，钦明尚古，作民父母，为天下主。执粹清之道，镜照四海，听聆风俗，博览广包，参天贰地，兼并神明，配五帝，冠三王，开辟以来，未之闻也。臣诚乐昭著新德，光之罔极，往时司马相如作封禅一篇，以彰汉氏之休。臣常有颠眴病，恐一旦先犬马，填沟壑，所怀不章，长恨黄泉，敢竭肝胆，写腹心，作剧秦美新一篇，虽未究万分之一，亦臣之极思也。臣雄稽首再拜以闻，曰：

权舆天地未祛，睢睢盱盱，或玄而萌，或黄而牙。玄黄剖判，上下相呕。爰初生民，帝王始存。在乎混混茫茫之时，舋闻罕漫而不昭察，世莫得而云也。厥有云者：上罔显于羲皇，中莫盛于唐虞，迩靡著于成周。仲尼不遭用，春秋困斯发。言神明所祚，兆民所托，罔不云道德仁义礼智。独秦屈起西戎，邠荒岐雍之疆，因襄文宣灵之僭迹，立基孝公，茂惠文，奋昭庄，至政破纵擅衡，并吞六国，遂称乎始皇。盛从鞅仪韦斯之邪政，驰骛起翦恬贲之用兵，灭灭古文，刮语烧书，弛礼崩乐，涂民耳目。遂欲流唐漂虞，涤殷荡周谯，除仲尼之篇籍，自勒功业，改制度轨量，咸稽之于秦纪。是以耆儒硕老，抱其书而远逊；礼官博士，卷其舌而不谈。来仪之鸟，肉角之兽，狙犷而不臻。甘露嘉醴，景曜浸潭之瑞潜；大茀经實，巨狄鬼信之妖发。神歇灵绎，海水群飞。二世而亡，何其剧与！帝王之道，兢兢乎不可离已。回而昧之者极妖愆。上览古在昔，有凭应而尚缺。焉坏彻而能全？故若古者称尧舜，威侮者陷桀纣，况尽汛扫前圣数千载功业，专用己之私而能享祐者哉？

会汉祖龙腾丰沛，奋迅宛叶，自武关与项羽戮力咸阳，创业蜀汉，发迹三秦，克项山东，而帝天下。擿秦政惨酷尤烦者，应时而蠲。如儒林、刑辟、历纪、图典之用稍增焉。秦余制度，项氏爵号，虽违古而犹袭之。是以帝典阙而不补，王纲弛而未张，道极数殚，闇忽不还。

逮至大新受命，上帝还资，后土顾怀，玄符灵契，黄瑞涌出，滭浡沕潏，川流海渟，云动风偃，雾集雨散，诞弥八圻，上陈天庭，震声日景，炎光飞响，盈塞天渊之间，必有不可辞让云尔。于是乃奉若天命，穷宠极崇，与天剖神符，地合灵契，创亿兆，规万世，奇伟倜傥谲诡，天祭地事。其异物殊怪，存乎五威将帅，班乎天下者，四十有八章。登假皇穹，铺衍下土，非新家其畴离之。卓哉煌煌，真天子之表也。若夫白鸠丹乌，素鱼断蛇，方斯蔑矣。受命甚易，格来甚勤。昔帝缵皇，王缵帝，随前踵古，或无为而治，或损益而亡。岂知新室委心积意，储思垂务，旁作穆穆，明旦不寐，勤勤恳恳者，非秦之为与？夫不勤勤，则前人不当；不恳恳，则觉德不恺。是以发秘府，览书林，遥集乎文雅之囿，翱翔乎礼乐之场，胤殷周之失业，绍唐虞之绝风，懿律嘉量，金科玉条，神卦灵兆，古文毕发，焕炳照曜，靡不宣臻。式軨轩旂旗以示之，扬和鸾肆夏以节之，施黼黻衮冕以昭之，正嫁娶送终以尊之，亲九族淑贤以穆之。

夫改定神祇，上仪也。钦修百祀，咸秩也。明堂雍台，壮观也。九庙长寿，极孝也。制成六经，洪业也。北怀单于，广德也。若复五爵，度三壤，经井田，免人役，方甫刑，匡马法，恢崇祗庸烁德懿和之风，广彼搢绅讲习言谏箴诵之涂，振鹭之声充庭，鸿鸾之党渐阶。俾前圣之绪，布濩流衍而不韫韣，郁郁乎焕哉！天人之事盛矣，鬼神之望允塞。群公先正，罔不夷仪；奸宄寇贼，罔不振威。绍少典之苗，著黄虞之裔。帝典阙者已补，王纲弛者已张，炳炳麟麟，岂不懿哉！厥被风濡化者，京师沉潜，甸内匝洽，侯卫厉揭，要荒濯沐，而术前典，巡四民，迄四岳，增封泰山，禅梁父，斯受命者之典业也。

盖受命日不暇给，或不受命，然犹有事矣。况堂堂有新，正丁厥时，崇嶽渟海通渎之神，咸设坛场，望受命之臻焉。海外遐方，信延颈企踵；回面内向，喁喁如也。帝者虽勤，恶可以已乎？宜命贤哲作帝典一篇，旧三为一袭，以示来人，摛之罔极。令万世常戴巍巍，履栗栗，臭馨香，令甘实，镜纯粹之至精，聆清和之正声，则百工伊凝，庶绩咸喜。荷天衢，提地厘，斯天下之上则已，庶可试哉！[①]

王莽篡汉自立，国号新。扬雄仿司马相如《封禅文》，上封事给王莽，指斥秦朝，美化新朝，故名《剧秦美新》。文中抨击秦始皇焚书、统一度量衡等措施，对王莽则歌功颂德。李充《翰林论》曰："杨子论秦之剧，称新之美，此乃计其胜负，比其优劣之义。"此文曾被看作是扬雄的"白圭之玷"。因为王莽是逆臣，不该歌颂。不过也要看到，这也是因为王莽的新朝一代而亡，继而代之者又是刘氏，于是王莽便算是逆臣，而扬雄便歌颂错了。假若新莽能够传宗接代，百年不绝，则其后代臣子不知将怎样歌功颂德。《剧秦美新》所歌颂的内容怕是远远不够的。

政治和帝王的成败已有定论。仅从封禅文体的发展历史角度看，汉代封禅文有相如、扬雄、班固三家，巴蜀作家首创其例，独占两席，成就不可谓不高。

在《书记》篇中，刘勰征引扬雄"心声心画"的著名论断，作为二十五类书体与记体文学的权威名称解释：

大舜云："书用识哉！"所以记时事也。盖圣贤言辞，总为之书；书之为体，主言者也。扬雄曰："言，心声也；书，心画也。声画形，君子小人见矣。"故书者，舒也。舒布其言，陈之简牍，取象于夬，贵在明决

① 转引自萧统《文选》卷四十八"符命·二"。严可均辑《全后汉文》扬雄各篇中不载本文。

而已。①

"舒布其言，陈之简牍"，这是历代"文如其人"的情性风格论在《文心雕龙》中的首次运用，刘勰直接将扬雄提出的"人—言—书"的评价模式运用于二十多类文体之中，顺势展开了《体性》《才略》诸篇对作家作品风格理论的精深阐释。在理论支持之外，扬雄的书体创作也被刘勰视为代表作加以褒赞："及七国献书，诡丽辐辏；汉来笔札，辞气纷纭。观史迁之《报任安》，东方之《难公孙》，杨恽之《酬会宗》，子云之《答刘歆》：志气槃桓，各含殊采；并杼轴乎尺素，抑扬乎寸心。"② 扬雄《答刘歆书》自言醉心学术，无意仕途，最爱"沉博绝丽之文"，也介绍了自己精深的小学造诣，可以视为扬雄生平与学术成就的自我简介。刘勰认为这封书信足以与司马迁《报任安书》等著名书信并称，"杼轴尺素，抑扬寸心"，是"汉来笔札"的经典。现录其文如下：

雄叩头，赐命谨至，又告以田仪事，事穷竟，白案显出，甚厚，甚厚。田仪与雄同乡里，幼稚为邻，长艾相更，视觊动精采，似不为非者，故举至日雄之任也。

不意淫迹暴于官朝，令举者怀赧而低眉，任者含声而宛舌。知人之德，尧犹病诸，雄何慚焉？叩头叩头。又敕以《殊言》十五卷，君何由知之？谨归诚底里，不敢违信。雄少不师章句，亦于五经之训所不解。尝闻先代辅轩之使，奏籍之书，皆藏于周秦之室。及其破也，

① 杨明照：《增订文心雕龙校注》，第348页。
② 杨明照：《增订文心雕龙校注》，第349页。

遗弃无见之者，独蜀人有严君平、临邛林闾翁孺者，深好训诂，犹见輶轩之使所奏言。翁孺与雄外家牵连之亲，又君平过误，有以私遇少而与雄也。君平财有千言耳，翁孺梗概之法略有。翁孺往数岁死，妇蜀郡掌氏子，无子而去。而雄始能草文，先作《县邸铭》《玉佴颂》《阶闼铭》，及《成都城四隅铭》。蜀人有杨庄者，为郎，诵之于成帝。成帝好之，以为似相如。雄遂以此得外见。（按：《文选・甘泉赋》注无“外”字。）此数者，皆都水君常见也，故不复奏。

雄为郎之岁，自奏少不得学，而心好沈博绝丽之文，愿不受三岁之奉，且休脱直事之繇，得肆心广意，以自克就，有诏可不夺奉。令尚书赐笔墨钱六万，得观书于石室，如是后一岁，作绣补灵节龙骨之铭，诗三章。成帝好之，遂得尽意，故天下上计孝廉及内郡卫卒会者，雄常把三寸弱翰，赍油素四尺，以问其异语，归即以铅摘次之于椠，二十七岁于今矣，而语言或交错相反，方覆论，思详悉集之燕其疑。张伯松不好雄赋颂之文，然亦有以奇之，常为雄道，言其父及其先君喜典训，属雄以此篇目，颇示其成者。伯松曰：“是悬诸日月不刊之书也。”又言恐雄为《太玄经》，由鼠坻之与牛场也，如其用，则实五稼，饱邦民，否则为牴粪，弃之于道矣。而雄般之，伯松与雄独何德慧，而君与雄独何谮隙，而当匿乎哉。其不劳戎马高车，令人君坐帏幕之中，知绝遐异俗之语，典流于昆嗣，言列于汉籍。诚雄心所绝极，至精之所想遘也。扶圣朝远照之明，使君宋此，如君之意，诚雄散之之会，死之日，则今之荣也。

不敢有贰，不敢有爱，少而不以行立于乡里，长而不以功显于县官，著训于帝籍，但言词博览翰墨为事。诚欲崇而就之，不可以遗，不可以怠。即君必欲胁之以威，陵之以武，欲令入之于此，此又未定，未可以见。今君又终之，则缢死以从命也。而可且宽假延期，必不敢有爱。雄之所为，得使君辅贡于明朝，则雄无恨，何敢有匿？唯执事图之，长监于规绣之就，死以为小，雄敢行之，谨因还使，雄叩头叩头。①

综上，扬雄以其博通众体的创作成果，为《文心雕龙》二十篇文体论提供了共计十余类文体的经典作品支持，更因为独创性的辞赋理论以及其他文学理论，对《文心雕龙》的文体论、创作论、批评论的形成产生了重要影响。

第四节　骚体之名赋，对问之新篇

除了在上一节文体论中提到的那么多名作、理论建树外，扬雄还有两篇著名的辞赋作品。

第一篇是模拟《离骚》而作的骚体赋。在《哀吊》篇中，扬雄作为吊体文学的主要代表出场："扬雄吊屈，思积功寡，意深文略，故辞韵沈膇。"② 扬雄追悼屈原，仿屈原《离骚》体式作《反离骚》，《汉书·扬雄传》载有此事及此文：

---

① （清）严可均：《全汉文》（第7册），北京：商务印书馆，1999年版，第113～116页。唐欧阳询辑《艺文类聚》卷八十五所载不全。

② 杨明照：《增订文心雕龙校注》，第170页。

先是时，蜀有司马相如，作赋甚弘丽温雅，雄心壮之，每作赋，常拟之以为式。又怪屈原文过相如，至不容，作《离骚》，自投江而死，悲其文，读之未尝不流涕也。以为君子得时则大行，不得时则龙蛇，遇不遇命也，何必湛（沈）身哉！乃作书，往往摭《离骚》文而反之，自岷山投诸江流以吊屈原，名曰《反离骚》；又旁（傍）《离骚》作重一篇，名曰《广骚》，又旁（傍）《惜诵》以下至《怀沙》一卷，名曰《畔牢愁》。《畔牢愁》《广骚》文多不载，独载《反离骚》，其辞曰：

有周氏之蝉嫣兮，或鼻祖于汾隅，灵宗初谍伯侨兮，流于末之扬侯。淑周楚之丰烈兮，超既离虖皇波，因江潭而淮记兮，钦吊楚之湘累，惟天轨之不辟兮，何纯洁而离纷！纷累以其淟涊兮，暗累以其缤纷。汉十世之阳朔兮，招摇纪于周正，正皇天之清则兮，度后土之方贞。图累承彼洪族兮，又览累之昌辞，带钩矩而佩衡兮，履欃枪以为綦。素初贮厥丽服兮，何文肆而质！资娵娃之珍𡡉兮，鬻九戎而索赖。凤皇翔于蓬陼兮，岂驾鹅之能捷！骋骅骝以曲俈兮，驴骡连蹇而齐足。枳棘之榛榛兮，蝯貁拟而不敢下，灵修既信椒、兰之唼佞兮，吾累忽焉而不蚤睹？衿芰茄之绿衣兮，被夫容之朱裳，芳酷烈而莫闻兮，（固）不如襞而幽之离房。闺中容竞淖约兮，相态以丽佳，知䲭婷之嫉妒兮，何必扬累之蛾眉？懿神龙之渊潜，埃庆云而将举，亡春风之被离兮，孰焉知龙之所处？愍吾累之䲭芬兮，扬爗爗之芳苓，遭季夏之凝霜兮，庆夭顇而丧荣。横江、湘以南淮兮，云走乎彼苍吾，驰江潭之泛溢兮，将折衷虖重华。舒中情之烦或兮，恐重华之不累与，陵阳侯之素波兮，岂吾累之独见许？精琼靡与秋菊兮，将以延夫天年；临汨罗而自陨兮，恐日薄于西山。解扶桑之总辔兮，纵令之遂奔驰，鸾皇腾而不属兮，岂独飞廉与云师！卷薜芷与若蕙兮，临湘渊而投之；棍申椒与菌桂兮，赴江湖而沤之。费椒稰以要神兮，又勤索彼琼茅，违灵氛而不从兮，反湛身于江皋！累既夫傅说兮，奚不信而遂行？徒恐鷤枂之将鸣兮，顾先百草为不芳！初累弃彼虙妃兮，更思瑶台之逸女，抨雄鸩以作媒兮，何百离而曾不壹耦！乘云霓之旖柅兮，望昆仑以樛流，览四荒而顾怀兮，奚必云女彼高丘？既亡鸾车之幽蔼兮，（焉）驾八龙之委蛇？临江濒而掩涕兮，何有九招与九歌？夫圣哲之（不）遭兮，固时命之所有；虽增欷以于邑兮，吾恐灵修之不累改。昔仲尼之去鲁兮，斐斐迟迟而周迈，终回复于旧都兮，何必湘渊与涛濑！溷渔父之餔歠兮，絜沐浴之振衣，弃由、栁之所珍兮，跖彭咸之所遗！①

扬雄之所以要写《反离骚》，是想借此表明自己对屈原沉江而死行为的不支持态度，命运在天，不必强求。这种委曲求全、明哲保身的态度在扬雄一生的命运遭际中都有所反映。新莽政权建立之后，扬雄为存身保命，写了《剧秦美新》一文，为天下笑。不过文人之命运往往不在自己手上，不必苛求。

刘勰也主要是从音韵、声律等形式方面入手来评价本文

① （汉）班固：《汉书》（影印本），北京：中华书局，1997 年版，第 3515～3521 页。

的，他认为扬雄为哀吊屈原而写《反离骚》时思考虽多，但成就不大；其立意重在反诘《离骚》，所以文辞音韵很不流畅，有伤声韵之美。在《原道》篇中，刘勰认为："傍及万品，动植皆文：……至于林籁结响，调如竽瑟；泉石激韵，和若球锽：故形立则章成矣，声发则文生矣。夫以无识之物，郁然有采，有心之器，其无文欤?"[①] 自然界的动植物天然地具有外在形式美与声律音乐美，文章源于自然之道，故而必然兼备形式文采之美与音韵声律之美。这一思想在《情采》篇中也有所体现："圣贤书辞，总称文章，非采而何? ……故立文之道，其理有三：……二曰声文，五音是也；……五音比而成《韶》《夏》……神理之数也。"[②] 将文章本源归结到自然"神理之数"，要达到文采华丽、音韵和谐的审美之境。专论音韵修辞的《声律》篇提出"声转于吻，玲玲如振玉；辞靡于耳，累累如贯珠"的"和韵"之说，作为衡量文章音韵美的标准。刘勰以为，屈原《楚辞》本就声韵不谐，"《楚辞》辞楚，故讹韵实繁"，扬雄反之，故韵律更为艰涩。可见刘勰论文既要文采雅丽，又要声律和谐，要求很高。

第二篇是扬雄创新写作的名篇《解嘲》。在《杂文》论述"对问"体裁的创作中，刘勰评论道："自《对问》以后，东方朔效而广之，名为《客难》，托古慰志，疏而有辨。扬雄《解嘲》，杂以谐谑，回环自释，颇亦为工。……虽迭相祖述，然属篇之高者也。"[③] 扬雄《解嘲》采用主客问答的

① 杨明照：《增订文心雕龙校注》，第 1 页。
② 杨明照：《增订文心雕龙校注》，第 418 页。
③ 杨明照：《增订文心雕龙校注》，第 181 页。

形式，内容上半是幽默诙谐，半是讽刺申辩，“回环自释，颇亦为工”，位居历代九家“对问”文学代表之列，成就引人瞩目。据班固《汉书》等文献记载，扬雄《解嘲》文曰：

哀帝时，丁傅董贤用事，诸附离之者，或起家至二千石。时雄方草创太玄，有以自守，泊如也。或嘲雄以玄之尚白，雄解之，号曰解嘲。其辞曰：

客嘲扬子曰：“吾闻上世之士，人纲人纪，不生则已，生则上尊人君，下荣父母，析人之圭，儋人之爵，怀人之符，分人之禄，纡毂拖紫，朱丹其毂。今子幸得遭明盛之世，处不讳之朝，与群贤同行，历金门，上玉堂有日矣，曾不能画一奇，出一策，上说人主，下谈公卿。目如耀薛星，舌如电光，一从一横，论者莫当，顾默而作太玄五千文，枝叶扶疏，独说数十余万言，深者入黄泉，高者出苍天，大者含元气，细者入无间。然而位不过侍郎，擢才给事黄门。意者玄得毋尚白乎？何为官之拓落也？”

扬子笑而应之曰：“客徒朱丹吾毂，不知一跌将赤吾之族也。往昔周罔解结，群鹿争逸，离为十二，合为六七，四分五剖，并为战国。士无常君，国无定臣，得士者富，失士者贫，矫翼厉翮，恣意所存，故士或自盛以橐，或凿坏以遁。是故邹衍以颉亢而取世资；孟轲虽连蹇，犹为万乘伟。

“今大汉左东海，右渠搜，前番禺，后陶涂。东南一尉，西北一候。徽以纠墨，制以质呋，散以礼乐，风以诗书，旷以岁月，结以倚庐。天下之士，雷动云合，鱼鳞杂袭，咸营于八区。家家自以为稷契，人人自以为咎繇。戴縰垂缨，而谈者皆拟于阿衡；五尺童子，羞比晏婴与夷吾。当涂者入青云，失路者委沟渠。旦握权则为卿相，夕失势则为匹夫。譬若江湖之崖，渤澥之隐，乘雁集不为之多，双凫飞不为之少。昔三仁去而殷虚，二老归而周炽，子胥死而吴亡，种蠡存而越霸，五羖入而秦喜，乐毅出而燕惧，范雎以折摺而危穰侯，蔡泽虽噤吟而笑唐举。故当其有事也，非萧曹子房平勃樊霍则不能安，当其亡事也，章句之徒相与坐而守之，亦亡所患。故世乱，则圣哲驰骛而不足；世治，则庸夫高枕而有余。

“夫上世之士，或解缚而相，或释褐而傅；或倚夷门而笑，或横江潭而渔；或七十说而不遇；或立谈间而封潅；或枉千乘于陋巷，或拥帚彗而先驱。是以士颇得信其舌而奋其笔，室隙蹈瑕而无所诎也。当今县令不请士，郡守不迎赐，群卿不揖客，将相不俛眉；言奇者见疑，行殊者得辟。是以欲谈者卷舌而固声，欲步者拟足而投迹。乡使上世之士，处乎今世，策非甲科，行非孝廉，举非方正，独可抗疏，时道是非，高得待诏，下触闻饼，又安得青紫？

“且吾闻之，炎炎者灭，隆隆者绝；观雷观火，为盈为实；天收其声，地藏其热。高明之家，鬼瞰其室。攫拏者亡，默默者存；位极者高危，自守者身全。是故知玄知默，守道之极；爰清爰静，游神之廷；惟寂惟寞，守德之宅。世异事变，人道不殊，彼我易时，未知何如。今子乃以鸱枭而笑凤皇，执蝘蜓而嘲龟龙，不亦病乎！子徒笑我玄之尚白，吾亦笑子病甚，不遭臾跗与扁鹊也，悲夫！”

客曰：“然则靡玄无所成名乎？范蔡以下，何必玄哉？”

扬子曰：“范睢，魏之亡命也，折胁拉髂，免于徽索，翕肩蹈踤，扶服入橐，激卬万乘之主，界泾阳，抵穰侯而代之，当也。蔡泽，山东之匹夫也，镇颐折頞，涕唾流沫，西揖强秦之相，搤其咽而亢其气，附其背而夺其位，适也。天下已定，金革已平，都于洛阳，娄敬委辂脱挽，掉三寸之舌，建不拔之策，举中国徙之长安，哿也。五帝垂典，三王传礼，百世不易，叔孙通悵于焕鼓之间，解甲投戈，遂作君臣之仪，得也。甫刑靡敝，秦法酷烈，圣汉权制，而萧何造律，宜也。故有造萧何之律于唐虞之世，则悖矣。有作叔孙通仪于夏殷之时，则缪矣；有建娄敬之策于成周之世，则乖矣；有谈范蔡之说于金张许史之间，则狂矣。夫萧规曹随，留侯画策，陈平出奇，功若泰山，响若阺隤，唯其人之赡知哉，亦会其时之可为也。故为可为于可为之时，则从；为不可为于不可为之时，则凶。若夫蔺生收功于章台，四皓采荣于南山，公孙创业于金马，骠骑发迹于祁连，司马长卿窃訾于卓氏，东方朔割炙于细君。仆诚不能与此数公者并，故默然独守吾太玄。”①

《解嘲》是扬雄于西汉末年（公元5年）写的一篇赋文。汉哀帝时，很多攀附丁太后、傅太后的人都做了大官。当时

① （汉）班固：《汉书》（影印本），北京：中华书局，1997年版，第3566～3573页。

扬雄才华横溢却只是个侍郎，有人嘲笑扬雄，说他没有写成《太玄》，不能得到太后的赏识，官运不佳。扬雄写下这篇《解嘲》，为他人的嘲笑作解释，点出了当时的社会实情和封建制度的弊端，表明自己反对压抑人才的思想。《解嘲》立足汉代，对历史上的人物和事件进行审视，展开纵横捭阖的评说，从中抒发了作者的愤懑之情与落拓之志。《解嘲》可分为三个部分：

第一部分，客人假意称赞扬雄潜心创作《太玄》，见识卓越，文辞丰富，但是官位只到侍郎，并不能高升。客人是想嘲讽扬雄不知变通，不懂得攀附位高权重的人。扬雄对比前代士人和自己的遭遇，前代士人身处乱世，有的归隐避祸，有的辞官逃逸，孟轲虽然艰难，也成了帝王的老师，如今汉朝士人多不胜数，自比伊尹、皋陶，连管仲、晏婴都看不上。世道混乱的时候有再多的圣人也没有用，国家安定的时候士人高枕无忧也可以。扬雄称西汉强盛，人才受到压抑是社会现象。

第二部分，扬雄采用对比的方法，通过对前代士人和西汉士人的命运、作用和地位进行对比，说明社会状况注定了士人的命运，时代决定了士人的作用，时势变化决定了士人的地位。而这些都是大环境所致，不是扬雄一个人可以改变的。扬雄通过对比，讽刺客人不明事理，表明自己清静无为的思想。

第三部分，扬雄阐述了自己对著书成名的看法，表明自己不愿同流合污。草创《太玄》是因为社会现状压抑人才，他只能通过著书闻名于世。

扬雄本身出身低微，家产“不过十金”，年四十余岁，才到京城游学，慢慢开始做一些小官，经历三代皇帝，而官位始终不高。直到王莽称帝，才做了大夫。扬雄主要的工作是搞学术研究，比如编纂小学辞典、校对古书，写作文章、辞赋、思想著作是他日常生活的主要内容。这就决定了扬雄的生活是比较困顿的。这篇文章就是扬雄为自己的处境解嘲的辩护词。

作为通才，扬雄不仅创作出色，在文学评论方面也有独到的见解，汉魏六朝的“七体”文学创作成果丰硕，而扬雄对“七体”的评价至关重要。刘勰论述说：“自桓麟《七说》以下，左思《七讽》以上，枝附影从，十有余家。或文丽而义睽，或理粹而辞驳。观其大抵所归，莫不高谈宫馆，壮语畋猎。穷瓌奇之服馔，极蛊媚之声色：甘意摇骨髓，艳词动魂识。虽始之以淫侈，而终之以居正，然讽一劝百，势不自反。子云所谓‘先骋郑卫之声，曲终而奏雅’者也。”[①] 扬雄“犹骋郑卫之声，曲终而奏雅”的评价本非针对“七体”文学而言，而是对司马相如赋作的评价[②]，但“七体”特征与赋体极为近似，“始之以淫侈，终之以居正”，言辞华丽，

---

① 杨明照：《增订文心雕龙校注》，第185页。

② 班固《汉书·司马相如列传·赞》曰：“司马迁称《春秋》推见（现）至隐，《易》本隐以之显，《大雅》言王公大人，而德逮黎庶，《小雅》讥小已之得失，其流及上。所言虽殊，其合德一也。相如虽多虚辞滥说，然要其归引之于节俭，此亦《诗》之风（讽）谏何异？扬雄以为靡丽之赋，劝百而风（讽）一，犹骋郑卫之声，曲终而奏雅，不已戏乎！”扬雄这段评论又见于司马迁《史记·司马相如列传·赞》，从逻辑上说，班固在后，司马迁在前，这显然是不可能的。之所以出现这样颠倒时间的错误，估计与古书的传抄失误或后人增补有关。古代印刷术尚未兴起，史书等文献均由手工抄写传播，错漏在所难免。已故楚辞学家汤炳正先生曾考证《史记·屈原列传》中论述《离骚》的两段话位置不对，是后人传抄羼入的东西，并非史迁原文。此例似可与汤先生之说互证。

思想中正，可惜的是艳丽文辞遮掩了雅正的思想，使之功用受限，类似辞赋之“劝百讽一”，讽谏效果不好，所以刘勰从史书中移用扬雄的话来作为对“七体”特征的评价。

与《解嘲》非常近似的一篇“对问”体裁之抒情赋，是扬雄的另一名作《解难》，其文并序曰：

客有难《玄》大深，众人之不好也，雄解之，号曰《解难》。其辞曰：

客难扬子曰：“凡著书者，为众人之所好也，美味期乎合口，工声调于比耳。今吾子乃抗辞幽说，闳意眇指，独驰骋于有亡之际，而陶冶大炉，旁薄群生，历览者兹年矣，而殊不寤。亶费精神于此，而烦学者于彼，譬画者画于无形，弦者放于无声，殆不可乎?”

扬子曰：“俞。若夫闳言崇议，幽微之涂，盖难与览者同也。昔人有观象于天，视度于地，察法于人者，天丽且弥，地普而深，昔人之辞，乃玉乃金。彼岂好为艰难哉？势不得已也。独不见夫翠虬绛螭之将登乎天，必耸身于仓梧之渊；不阶浮云，翼疾风，虚举而上升，则不能撇胶葛，腾九闳。日月不经不千里，则不能烛六合，耀八纮；泰山之高不嶕峣，则不能浡滃云而散歊烝。是以伏羲氏之作《易》也，緜络天地，经以八卦，文王附六爻，孔子错其象而彖其辞，然后发天地之臧，定万物之基。《典》《谟》之篇，《雅》《颂》之声，不温纯深润，则不足以扬鸿烈而章缉熙。盖胥靡为宰，寂寞为尸；大味必淡，大音必希；大语叫叫，大道低回。是以声之眇者不可同于众人之耳，形之美者不可混于世俗之目，辞之衍者不可齐于庸人之听。今夫弦者，高张急徽，追趋逐耆，则坐者不期而附矣；试为之施《咸池》，揄六茎，发《萧韶》，咏九成，则莫有和也。是故钟期死，伯牙绝弦破琴而不肯与众鼓；獿人亡，则匠石辍斤而不敢妄斫。师旷之调钟，俟知音者之在后也；孔子作《春秋》，冀君子之前睹也。老聃有遗言，贵知我者希，此非其操与！”①

扬雄所解之“难”，是客人对他《太玄》一书太过深奥、不能理解所发出的疑问。《太玄》是扬雄模仿《周易》所作的一部哲学思想著作，一般人根本看不懂。扬雄专门写有《太玄赋》一文，其文曰：

观大易之损益兮，览老氏之倚伏。省忧喜之共门兮，察吉凶之同域。徼徼著乎日月兮，何俗圣之暗烛？岂愒宠以冒灾兮，将噬脐之不及。若飘风不终朝兮，骤雨不终日。雷隐隐而辄息兮，火犹炽而速灭。自夫物有盛衰兮，况人事之所极？奚贪婪于富贵兮，迄丧躬而危族。丰盈祸所栖兮，名誉怨所集。薰以芳而致烧兮，膏含肥而见焫。翠羽微而殃身兮，蚌含珠而擘裂。圣作典以济时兮，驱蒸民而入甲。张仁义以为纲兮，怀忠贞以矫俗。指尊选以诱世兮，疾身殁而名灭。岂若师由聃兮，执玄静于中谷。纳漘禄于江淮兮，揖松乔于华岳。升昆仑以散发兮，踞弱水而濯足。朝发轫于流沙兮，夕翱翔于碣石。忽万里而一顿兮，过列仙以托宿。役青要以承戈兮，舞冯夷以作乐。所素女之清声兮，观宓妃之

① （清）严可均：《全汉文》（第7册），北京：商务印书馆，1999年版，第124～125页。

妙曲。茹芝英以御饥兮，饮玉醴以解渴。排阊阖以窥天庭兮，骑骍騩以踟蹰。载羡门与偭游兮，永览周乎八极。

乱曰：甘饵含毒，难数尝兮。麟而可羁，近犬羊兮。鸾凤高翔，戾青云兮。不挂网罗，固足珍兮。斯错位极，离大戮兮。屈子慕清，葬鱼腹兮。伯姬曜名，焚厥身兮。孤竹二子，饿首山兮。断迹属娄，何足称兮。辟斯数子，智若渊兮。我异于此，执太玄兮。荡然肆志，不拘挛兮。[①]

这是一篇咏志抒怀之哲理赋，通过感叹贪富贵将致丧身危族、积财名将致祸怨缠绕，以鸟羽美殃身、蚌含珠遭擘为喻，希图求道纳静、自由自在，歌舞闲适、与仙同乐。而后以屈原投河、伯姬焚身、孤竹二子饿死首阳山等典故强调自己独执《太玄》以荡然肆志。全赋表现出超脱避世的道家思想，但也隐含着儒者气质，可以说是扬雄阳道阴儒思想的表征。此赋亦言志亦抒情，实为上承楚骚、下开抒情小赋之中介。

在应对了学术著作的责难之后，扬雄还写有一篇很有特色的“对问”体裁抒情小赋，名曰《逐贫赋》。和娶妻富贵的司马相如不同，扬雄终生贫寒，本人又不善于交际，更不愿放低身段去阿谀奉承，所以这篇文章非常有特色：

扬子遁居，离俗独处。左邻崇山，右接旷野，邻垣乞儿，终贫且窭。礼薄义弊，相与群聚，惆怅失志，呼

① （清）严可均：《全汉文》（第 7 册），北京：商务印书馆，1999 年版，第 103～104 页。

贫与语："汝在六极，投弃荒遐。好为庸卒，刑戮相加。匪惟幼稚，嬉戏土砂。居非近邻，接屋连家。恩轻毛羽，义薄轻罗。进不由德，退不受呵。久为滞客，其意谓何？人皆文绣，余褐不完；人皆稻粱，我独藜飧。贫无宝玩，何以接欢？宗室之燕，为乐不盘。徒行负笈，出处易衣。身服百役，手足胼胝。或耘或耔，沾体露肌。朋友道绝，进宫凌迟。厥咎安在？职汝为之！舍汝远窜，昆仑之颠；尔复我随，翰飞戾天。舍尔登山，岩穴隐藏；尔复我随，陟彼高冈。舍尔入海，泛彼柏舟；尔复我随，载沉载浮。我行尔动，我静尔休。岂无他人，从我何求？今汝去矣，勿复久留！"

贫曰："唯唯。主人见逐，多言益嗤。心有所怀，愿得尽辞。昔我乃祖，宗其明德，克佐帝尧，誓为典则。土阶茅茨，匪雕匪饰。爰及季世，纵其昏惑。饕餮之群，贪富苟得。鄙我先人，乃傲乃骄。瑶台琼榭，室屋崇高；流酒为池，积肉为崤。是用鹄逝，不践其朝。三省吾身，谓予无諐。处君之家，福禄如山。忘我大德，思我小怨。堪寒能暑，少而习焉；寒暑不忒，等寿神仙。桀跖不顾，贪类不干。人皆重蔽，予独露居；人皆怵惕，予独无虞！"言辞既罄，色厉目张，摄齐而兴，降阶下堂。"誓将去汝，适彼首阳。孤竹二子，与我连行。"

余乃避席，辞谢不直："请不贰过，闻义则服。长与汝居，终无厌极。”贫遂不去，与我游息。[1]

《逐贫赋》是扬雄晚年的作品。此赋描述了作者想摆脱“贫儿”却根本甩不掉的无可奈何之情景。首段“舍汝远窜”以下到“勿复久留”几句说的是扬雄想舍弃贫儿，故而跑到昆仑之巅，但贫儿却跟着在天上飞；扬雄躲到山崖里，贫儿也跟着上山来；扬雄摇着船躲到海上去，贫儿也跟着来到海上；扬雄走，贫儿也走，扬雄停下来，贫儿也停下来；扬雄质问贫儿为何要这样跟着自己，他要贫儿赶快离开他，一刻也不能耽搁。由此可知，扬雄想摆脱贫儿，他到处躲，但就是躲不掉，这实际上是他对自己辛酸生活的艺术描绘，他用的笔调却是轻松的、充满玩笑的，这种自嘲自解的戏谑很有一种黑色幽默之美。另外，《逐贫赋》对贫儿答语的描写也充满了黑色幽默之美：“堪寒能暑，少而习焉。寒暑不忒，等寿神仙。桀跖不顾，贪类不干。人皆重蔽，予独露居；人皆怵惕，予独无虞。”贫儿说：“主人倒是不错啊，你从小就经得住寒暑的侵袭，你简直就是不会死的神仙，那些盗贼和贪官从来也不会来打扰你，别人要几重门锁着才敢睡，你却敢在露天里睡，别人都提心吊胆的，你却从来都没有担忧。”扬雄在这里用开玩笑的语调来写贫儿的辩解，这实在是一种黑色幽默，由此可见扬雄抒情赋的大胆和幽默，显露出一种独特的美学色彩。

扬雄在《逐贫赋》中展示了一种新的态度，那就是对贫穷——物质穷乏的态度。在他酸溜溜的语气中，读者能发现

---

① （清）严可均：《全汉文》（第7册），北京：商务印书馆，1999年版，第104～106页。

中国人“一分为二”的思维方式对生活本身的影响。在这种思维方式里，关键不在于怎样生活或生活得怎样，而在于如何解释生活、解释得怎样。这种典型的唯心主义生活观、幸福观后来构成了中华民族传统文化的重要部分。这种生活观的负面影响是较大的，它往往导致人们安于现状，不能或不愿改善生活，而只是改变自己对生活的判断。扬雄的虚弱无力和无可奈何在这篇文章里表现得很充分，他没有能力过上更好的生活，他便设法把不好的生活解释为好的生活。虽然是自欺欺人，但能获得心理平衡，这才是最重要的。他试图找出贫寒生活的优点，找出富贵生活的不足。这种努力，后来在道德层面上得完成，那就是：富贵的，总是不道德的，至少是道德可疑的；贫寒的，则往往是因为道德高尚。富贵变成了道德负号，贫寒则成为道德正号。于是，精神的奖励就弥补了物质的匮乏，甚至成了生活中画的饼。扬雄的这篇《逐贫赋》，可能就暗示着中华民族文化心理的这一深刻转捩。后来韩愈的《送穷文》等著名作品，就是对扬雄本文的模拟之作。

以上五篇名作，主要是骚体赋与对问体，不仅是西汉辞赋文学的经典作品，还蕴含了深刻的人生哲理与学术思想，扬雄虽然因为生活贫寒和性情刚正而显得与世格格不入，但他留下来的辞赋名篇是宝贵的精神财富，值得我们认真学习，仔细研究。

第五节　模拟相如，独创四赋

在上一节中，我们分析了《文心雕龙》评论、征引的扬雄骚体赋《反离骚》与抒情赋《解嘲》等著名辞赋作品，但它们还不是扬雄辞赋创作的高峰。《汉书》记载说，扬雄青年时期仰慕乡人司马相如所创作的大赋作品，极力模拟，创作了使他名垂文学史的四篇大赋。在这一节中，我们就来了解一下这四篇著名的大赋作品。

扬雄所著的四大赋非常有名，分别为《河东赋》《甘泉赋》《羽猎赋》和《长杨赋》。《河东赋》描写了汉成帝出行规模的宏大。扬雄将宏大的出行与帝王的丰功伟绩联系在一起，委婉地让帝王自省自己的言行得失。《甘泉赋》描写了甘泉宫的富丽堂皇。辞藻华丽夸张，笔下的甘泉宫甚至可以跟仙境的宫殿相比。汉代的甘泉宫本来就十分奢华，可是成帝又增修了很多宫殿，可谓是穷奢极侈。扬雄作此赋旨在委婉地指出王朝的奢侈以及汉成帝与宠妃之事。《羽猎赋》和《长杨赋》都描写了成帝打猎的场景。汉成帝喜爱打猎，且每次狩猎都耗费很多资源。扬雄以高祖、文帝、武帝为榜样，指出成帝不节俭、不为民，只知道一味地享乐。扬雄的赋都带有讽谏的意味，以四大赋最为著名，但是他所作的赋多注重整体的审美，导致皇帝只看到了赋的精美，却忽略了内在思想，这是整个汉代散体大赋的通病。

一、《甘泉赋》

扬雄的《甘泉赋》是汉代宫殿赋的代表作之一。始见于《汉书·扬雄传》，后见于《文选》，又略见于《艺文类聚》39 卷。作于汉成帝永始四年（公元前 13 年），是年正月，扬雄扈从成帝游甘泉宫，回长安后作此赋，意在讽谏成帝的郊游之举。赋前有小序，交代了作赋原委及目的。其文与序曰：

孝成帝时，客有荐雄文似相如者，上方郊祀甘泉泰畤、汾阴后土，以求继嗣，召雄待诏承明之庭。正月，从上甘泉还，奏甘泉赋以风。其辞曰：

惟汉十世，将郊上玄，定泰畤，雍神休，尊明号，同符三皇，录功五帝，恤胤锡羡，拓迹开统。于是乃命群僚，历吉日，协灵辰，星陈而天行。诏招摇与太阴兮，伏钩陈使当兵。属堪舆以壁垒兮，捎夔魖而抶獝狂。八神奔而警跸兮，振殷辚而军装。蚩尤之伦带干将而秉玉戚兮，飞蒙茸而走陆梁。齐总总以撙撙，其相胶葛兮，猋骇云迅，奋以方攘。骈罗列布，鳞以杂沓兮，柴虒参差，鱼颉而鸟䀏。翕赫曶霍，雾集而蒙合兮，半散照烂，粲以成章。

于是乘舆乃登夫凤皇兮而翳华芝，驷苍螭兮六素虬，蠖略蕤绥，漓乎幓缅。帅尔阴闭，霅然阳开，腾清霄而轶浮景兮，夫何旟旐郅偈之旖旎也！流星旄以电爥兮，咸翠盖而鸾旗。敦万骑于中营兮，方玉车之千乘。声駍隐以陆离兮，轻先疾雷而馺遗风。凌高衍之嵱嵷兮，超纡谲之清澄。登椽栾而狃天门兮，驰阊阖而入凌兢。

是时未轃夫甘泉也，乃望通天之绎绎。下阴潜以惨廪兮，上洪纷而相错。直峣峣以造天兮，厥高庆而不可乎疆度。平原唐其坛曼兮，列新雉于林薄。攒并闾与茇葀兮，纷被丽其亡鄂。崇丘陵之駊騀兮，深沟嵚岩而为谷。往往离宫般以相爥兮，封峦石关施靡乎延属。

于是大厦云谲波诡，摧嗺而成观。仰挢首以高视兮，目冥眴而亡见。正浏滥以弘惝兮，指东西之漫漫。徒徊徊以徨徨兮，魂眇眇而昏乱。据軨轩而周流兮，忽坱圠而亡垠。翠玉树之青葱兮，璧马犀之瞵瑞。金人仡仡其承钟虡兮，嵌岩岩其龙鳞。扬光曜之燎烛兮，乘景炎之炘炘。配帝居之县圃兮，象泰壹之威神。洪台崛其独出兮，樧北极之嶟嶟。列宿乃施于上荣兮，日月才经于柍桭。雷郁律于岩窔兮，电倏忽于墙藩。鬼魅不能自逮兮，半长途而下颠。历倒景而绝飞梁兮，浮蠛蠓而撇天。

左欃枪而右玄冥兮，前熛阙而后应门。阴西海与幽都兮，涌醴汩以生川。蛟龙连蜷于东厓兮，白虎敦圉乎昆仑。览樛流于高光兮，溶方皇于西清。前殿崔巍兮，和氏玲珑。炕浮柱之飞榱兮，神莫莫而扶倾。闶阆阆其寥廓兮，似紫宫之峥嵘。骈交错而曼衍兮，嵕隗乎其相婴。乘云阁而上下兮。纷蒙笼以棍成。曳红采之流离兮，扬翠气之宛延。袭琁室与倾宫兮，若登高眇远，亡国肃乎临渊。

回猋肆其砀骇兮，翍桂椒而郁杍杨。香芬茀以穹隆兮，击薄栌而将荣。芗呹肸以棍批兮，声駍隐而历钟。排玉户而扬金铺兮，发兰惠与藭。帷弸彋其拂汩兮，稍暗暗而靓深。阴阳清浊穆羽相和兮，若夔牙之调琴。般倕弃其剞劂兮，王尔投其钩绳。虽方征侨与偓佺兮，犹仿佛其若梦。

于是变物化，目骇耳回，盖天子穆然，珍台闲馆，琁题玉英，蜵蜎蠖濩之中。惟夫所以澄心清魂，储精垂恩，感动天地，逆厘三神者；乃搜逑索耦皋伊之徒，冠伦魁能，函甘棠之惠，挟东征之意，相与齐乎阳灵之宫。靡薜荔而为席兮，折琼枝以为芳。吸清云之流瑕兮，饮若木之露英。集乎礼神之囿，登乎颂祇之堂。建光耀之长旓兮，昭华覆之威威。攀琁玑而下视兮，行游目乎三危。陈众车于东坑兮，肆玉釱而下驰。漂龙渊而还九垠兮，窥地底而上回。风傱傱而扶辖兮，鸾凤纷其御蕤。梁弱水之濎濙兮，蹑不周之逶蛇。想西王母欣然而上寿兮，屏玉女而却宓妃。玉女亡所眺其清卢兮，宓妃曾不得施其蛾眉。方揽道德之精刚兮，眸神明与之为资。

于是钦柴宗祈，燎薰皇天，招繇泰壹。举洪颐，树灵旗。樵蒸焜上，配藜四施。东烛沧海，西耀流沙。北爌幽都，南炀丹厓。玄瓒觩𦢊，秬鬯泔淡。肸蠁丰融，懿懿芬芬。炎感黄龙兮，熛讹硕麟。选巫咸兮叫帝阍，开天庭兮延群神。傧暗蔼兮降清坛，瑞穰穰兮委如山。

于是事毕功弘，回车而归，度三峦兮偈棠黎。天阃决兮地垠开，八荒协兮万国谐。登长平兮雷鼓磕，天声起兮勇士厉。云飞扬兮雨滂沛，于胥德兮丽万世。

乱曰：崇崇圜丘，隆隐天兮。登降峛崺，单埢垣兮。增宫嵾差，骈嵯峨兮。岭巆嶙峋，洞无厓兮。上天之縡，杳旭卉兮。圣皇穆穆，信厥对兮。徕祇郊禋，神所依兮，徘徊招摇，灵迟迡兮。辉光眩耀，降厥福兮。子子孙孙，长无极兮。①

① （清）严可均：《全汉文》（第7册），北京：商务印书馆，1999年版，第85～90页。

赋的正文极力描写甘泉宫建筑之豪华，可分前后两部分，前一部分采用由远及近、由粗到细、由全景到局部的方法，多层次地加以描绘，如："翠玉树之青葱兮，壁马犀之瞵瑞。金人仡仡其承钟虡兮，嵌岩岩其龙鳞。扬光曜之燎烛兮，垂炎景之炘炘。"运用白描、比喻和夸张的手法，把殿前景物、殿壁的装饰等，刻画得惟妙惟肖，感染力很强。赋的后半部分展开想象，以紫宫、阳灵等为喻，渲染甘泉宫的华贵。赋结尾部分的"乱曰"，再借甘泉之高峻以炫耀汉帝国声威。据《汉书·扬雄传》，汉成帝宠幸赵昭仪，扬雄上《甘泉赋》，"以微戒齐肃之事"。李善注《文选》也认为此赋有讽谏"好色败德"之意。笔者认为，这些均属望文生义的解释。通览全赋，旨在极力炫曜甘泉宫的雄伟壮观，夸饰汉成帝率群臣郊游时的盛大场面。其谏止的内容则是欲言又止，以致郊游之事已经欲罢不能。

《汉书·扬雄传》说："孝成帝时，客有荐雄文似相如者，上方郊祠甘泉泰畤、汾阴后土，以求继嗣，召雄待诏承明之庭。正月，从上《甘泉》，还奏《甘泉赋》以风。"又说："甘泉本因秦离宫，既奢泰，而武帝复增通天、高光、迎风。宫外近则洪厓、旁皇、储胥、弩陆，远则石关、封峦、枝鹊、露寒、棠梨、师得，游观屈奇瑰玮，非木摩而不雕，墙涂而不画，周宣所考，般庚所迁，夏卑宫室，唐虞棌椽三等之制也。且为其已久矣，非成帝所造，欲谏则非时，欲默则不能已，故遂推而隆之，乃上比于帝室紫宫，若曰此非人力之所能为，党鬼神可也。又是时赵昭仪方大幸，每上甘泉，常法从，在属车间豹尾中。故雄聊盛言车骑之众，参丽之驾，非所以感动天地，逆厘三神。又言'屏玉女，却虙妃’，以微戒齐肃之事。赋成奏之，天子异焉。”明代张溥曾评此赋说：“自比讽谏，相如不死。”（《汉魏六朝百三家集题辞》）此赋是扬雄随汉成帝郊祀甘泉宫归还后所作。赋中把天子郊祀的盛况铺张得恍若遨游仙境，并颂扬刘氏王朝地久天长。同时，赋中又穿串着讽谏之意。作者以天帝居住的“紫宫”比拟甘泉宫的规模气概，意在讽示帝王的过分奢靡；又从现实中的甘泉宫追溯到历史上夏桀的琁室和商纣的倾宫，讽示成帝当以亡国之君为戒，讽喻之意更为明显。在艺术上，此赋铺陈夸张，想象丰富，气魄宏伟，文辞流丽，但属模仿司马相如的《子虚赋》《上林赋》，缺乏自己的特色。

扬雄是首开模拟之风的汉赋作家，《甘泉赋》继承和弘扬了司马相如树立的赋颂传统，手法上同样讲究铺陈夸张，文字上也力求辞藻华丽，乃至流于堆砌。扬雄的《甘泉赋》，在铺排夸张的描写上可与司马相如的《子虚赋》《上林赋》比肩，是汉赋的代表作品。

早在扬雄之前，蜀人王褒就写过《甘泉宫颂》，扬雄之后（或同时），刘歆也写过《甘泉宫赋》，来赞美甘泉宫的壮美景象。

王褒《甘泉宫颂》曰：

> 甘泉山，天下显敞之名处也。前接大荆，后临北极，左抚仁乡，右望素域。其宫室也，仍巀嶭而为观，攘抗岸以为阶，壅波澜而鳞坻，驰道列以曲远。览除阁之丽靡，觉堂殿之巍巍。径落莫以差错，编玳瑁之文棍。镂螭龙以造牖，采云气以为楣。神星罗于题鄂，虹蜺往往而绕榱。缦倏忽其无垠，意能了之者谁？窃想圣主之优游，时娱神而款纵。坐凤皇之堂，听和鸾之弄。

临麒麟之域，验符瑞之贡。咏中和之歌，读太平之颂。[1]

刘歆《甘泉宫赋》曰：

轶陵阴之地室，过阳谷之秋城，回天门而凤举，蹑黄帝之明庭，冠高山而为居，乘昆仑而为宫，案轩辕之旧处，居北辰之闳中，背共工之幽都，向炎帝之祝融，封峦为之东序，缘石阙之天梯，桂木杂而成行，芳肸乡之依依，翡翠孔雀，飞而翱翔，凤皇止而集栖，甘醴涌于中庭兮，激清流之瀰瀰，黄龙游而蜿蟺兮，神龟沉于玉泥，离宫特观，楼比相连，云起波骇，星布弥山，高峦峻阻，临眺旷衍，深林蒲苇，涌水清泉，芙蓉菡萏，菱荇蘋蘩，豫章杂木，梗松柞棫，女贞乌勃，桃李枣檍。[2]

两相比较，无论从描写铺排、篇章规模、夸饰手法、文学效果等任何一个方面来说，王褒与刘歆的同题材作品都是无法与扬雄《甘泉赋》相提并论的。不过，本文的写作目的本来是想“风”汉成帝，但是和当年司马相如“风”汉武帝一样，基本上没有达到效果。

① （清）严可均辑：《全汉文》（第6册），第77～78页。脱文：十分未升其一，增惶惧而目眩，若播岸而临坑，登木末以窥泉（《文选·魏都赋》注引王褒《甘泉赋》，疑“赋”乃“颂”之误，或在汉代时“赋”与“颂”两种文章体裁区分尚有模糊的一面）。

② （清）严可均辑：《全汉文》（第6册），北京：商务印书馆，1999年版，第28～29页。

二、《羽猎赋》

《羽猎赋》是扬雄的著名大赋作品，为其代表作之一，从形式到内容都与司马相如《子虚赋》《上林赋》有着千丝万缕的联系。

羽猎赋（并序）①

孝成帝时羽猎，雄从。以为昔在二帝三王，宫馆台榭沼池苑囿林麓薮泽财足以奉郊庙，御宾客，充庖厨而已，不夺百姓膏腴谷土桑柘之地。女有余布，男有余粟，国家殷富，上下交足，故甘露零其庭，醴泉流其唐，凤凰巢其树，黄龙游其沼，麒麟臻其囿，神爵栖其林。昔者禹任益虞而上下和，草木茂；成汤好田而天下用足；文王囿百里，民以为尚小；齐宣王囿四十里，民以为大：裕民之与夺民也。武帝广开上林，东南至宜春、鼎湖、御宿、昆吾，旁南山西，至长杨、五柞，北绕黄山，濒渭而东，周袤数百里。穿昆明池象滇河，营建章、凤阙、神明、馺娑，渐台、泰液象海水周流方丈、瀛洲、蓬莱。游观侈靡，穷妙极丽。虽颇割其三垂以赡齐民，然至羽猎田车戎马器械储偫禁御所营，尚泰奢丽夸诩，非尧、舜、成汤、文王三驱之意也。又恐后世复修前好，不折中以泉台，故聊因《校猎赋》以风之，其辞曰：

或称羲农，岂或帝王之弥文哉？论者云否，各亦并时而得宜，奚必同条而共贯？则泰山之封，焉得七十而

① 《文心雕龙·诠赋》称之为《校猎》。

有二仪？是以创业垂统者，俱不见其爽，遐迩五三，孰知其是非？遂作颂曰：丽哉神圣，处于玄宫。富既与地乎侔訾，贵正与天乎比崇。齐桓曾不足使扶毂，楚严未足以为骖乘；狭三王之阨僻，峤高举而大兴；历五帝之寥廓，涉三皇之登闳；建道德以为师，友仁义与为朋。于是玄冬季月，天地隆烈，万物权舆于内，徂落于外，帝将惟田于灵之囿，开北垠，受不周之制，以奉终始颛顼、玄冥之统。乃诏虞人典泽，东延昆邻，西驰阊阖，储积共偫，戍卒夹道，斩丛棘，夷野草，御自汧、渭，经营酆、镐，章皇周流，出入日月，天与地沓。尔乃虎路三嵕以为司马，围经百里而为殿门。外则正南极海，邪界虞渊，鸿蒙沆茫，揭以崇山。营合围会，然后先置乎白杨之南，昆明灵沼之东。贲育之伦，蒙盾负羽，杖镆邪而罗者以万计。其余荷垂天之罼，张竟野之罘。靡日月之朱竿，曳彗星之飞旗。青云为纷，红蜺为缳，属之乎昆仑之虚，涣若天星之罗，浩如涛水之波，淫淫与与，前后要遮。欃枪为闉，明月为候，荧惑司命，天弧发射，鲜扁陆离，骈衍佖路。徽车轻武，鸿絧緁猎，殷殷轸轸，被陵缘阪，穷夐极远者，相与列乎高原之上；羽骑营营，昈分殊事，缤纷往来，轠轳不绝，若光若灭者，布乎青林之下。

于是天子乃以阳晁始出乎玄宫，撞鸿钟，建九旒，六白虎，载灵舆，蚩尤并毂，蒙公先驱。立历天之旗，曳捎星之旃，霹雳列缺，吐火施鞭。萃傱沇溶，淋离廓落，戏八镇而开关；飞廉、云师，吸嚊潚率，鳞罗布列，攒以龙翰。啾啾跄跄，入西园，切神光；望平乐，径竹林，蹂蕙圃，践兰唐。举烽烈火，辔者施披，方驰千驷，校骑万师，虓虎之陈，从横胶葛，猋泣雷厉，驞駍駖磕，汹汹旭旭，天动地岋。羡漫半散，萧条数千万里外。

若夫壮士慷慨，殊乡别趣，东西南北，骋者奔欲。拖苍豨，跋犀犛，蹶浮麋。斫巨狿，搏玄猿，腾空虚，距连卷。踔夭蟜，娭涧门，莫莫纷纷，山谷为之风猋，林丛为之生尘。及至获夷之徒，蹶松柏，掌蒺藜，猎蒙茏，辚轻飞；履般首，带修蛇，钩赤豹，摼象犀；跇峦坑，超唐陂。车骑云会，登降暗蔼，泰华为旒，熊耳为缀。木仆山还，漫若天外，储与乎大浦，聊浪乎宇内。

于是天清日晏，逢蒙列眦，羿氏控弦。皇车幽輵，光纯天地，望舒弥辔，翼乎徐至于上兰。移围徙陈，浸淫蹴部，曲队坚重，各案行伍。壁垒天旋，神扶电击，逢之则碎，近之则破。鸟不及飞，兽不得过。军惊师骇，刮野扫地。及至罕车飞扬，武骑聿皇；蹈飞豹，绢嘄阳；追天宝，出一方；应駍声，击流光。野尽山穷。囊括其雌雄，沈沈溶溶，遥噱乎纮中。三军芒然，穷尤阏与，亶观夫剽禽之绁隃，犀兕之抵触，熊罴之拿玃，虎豹之凌遽，徒角抢题注，蹴竦摄怖，魂亡魄失，触辐关脰。妄发期中，进退履获。创淫轮夷，丘累陵聚。

于是禽殚中衰，相与集于靖冥之馆，以临珍池。灌以岐梁，溢以江河，东瞰目尽，西畅无崖，随珠和氏，焯烁其陂。玉石嶜崟，眩耀青荧。汉女水潜，怪物暗冥，不可殚形。玄鸾孔雀，翡翠乘荣。王雎关关，鸿雁嘤嘤。群娱乎其中，噍噍昆鸣；凫鹥振鹭，上下砰磕，声若雷霆。乃使文身之技，水格鳞虫，虫凌坚冰，犯严渊，探岩排碕，薄索蛟螭，蹈獱獭，据鼋鼍，抾灵蠵，入洞穴，出苍梧，乘巨鳞，骑京鱼。浮彭蠡，目有虞。方椎夜光之流离，剖明月之珠胎，鞭洛水之宓妃，饷屈原与彭胥。

于兹乎鸿生巨儒，俄轩冕，杂衣裳，修唐典，匡《雅》《颂》，揖让于前。昭光振耀，蚃忽如神。仁声惠于北狄，武谊动于南邻。是以旃裘之王，胡貉之长，移珍来享，抗手称臣。前入围口，后陈卢山。群公常伯阳朱、墨翟之徒喟然并称曰："崇哉乎德，虽有唐、虞、大夏、成周之隆，何以侈兹！夫古之觐东岳，禅梁基，舍此世也，其谁与哉?"

上犹谦让而未俞也，方将上猎三灵之流，下决醴泉之滋，发黄龙之穴，窥凤凰之巢，临麒麟之囿，幸神雀之林，奢云梦，侈孟诸，非章华，是灵台，罕徂离宫而辍游观，土事不饰，木功不雕，烝民乎农桑，劝之以弗怠，侪男女，使莫违，恐贫穷者不遍被洋溢之饶，开禁苑，散公储，创道德之囿，弘仁惠之虞，驰弋乎神明之囿，览观乎群臣之有亡；放雉兔，收罝罘，麋鹿刍荛，与百姓共之，盖所以臻兹也。于是醇洪鬯之德，丰茂世之规，加劳三皇，勖勤五帝，不亦至乎！乃只庄雍穆之徒，立君臣之节，崇贤圣之业，未遑苑囿之丽，游猎之靡也，因回轸还衡，背阿房，反未央。[1]

① （清）严可均：《全汉文》（第7册），北京：商务印书馆，1999年版，第92～97页。

《汉书》扬雄本传之“赞曰”：“雄之自序云尔。初，雄年四十余，自蜀来至游京师，大司马车骑将军王音奇其文雅，召以为门下史，荐雄待诏，岁余，奏《羽猎赋》，除为郎，给事黄门，与王莽、刘歆并。”由此可知，本文是扬雄为大司马王音推荐作为“文学待诏”，等候觐见汉成帝时完成的“晋身”之作，其目的就是要接近喜好辞赋的汉成帝，投其所好，作为在京城站稳脚跟、安身立命的第一步。这一步无疑是非常成功的：“除为郎，给事黄门，与王莽、刘歆并。”王莽是皇亲国戚，刘歆是皇帝本家，王莽后来做了皇帝，刘歆后来做了国师，扬雄是一个巴蜀地方上出来的毫无背景、只有文才的普通人，能直接被封为黄门侍郎，这是了不起的。

当年司马相如居于成都，汉武帝身边的狗监杨得意推荐他来京都，同样是写了一篇《上林赋》，得到汉武帝的赏识，从此步入仕途，功成名就的。显然，扬雄走的就是司马相如这条老路。不仅他的辞赋模拟相如作品，他的人生轨迹——在起步阶段，也是模拟司马相如。

其后，狩猎题材的作品层出不穷，比较著名的是东汉张衡的《羽猎赋》和王粲的《羽猎赋》，但无论从篇章规模、宏大气魄还是描写刻画、艺术成就来看，都远不能与扬雄同名作品相提并论。

三、《河东赋》

《河东赋》是扬雄所作的著名大赋，虽然这篇作品和《甘泉赋》《羽猎赋》《长杨赋》一样都是模拟司马相如《子虚赋》《上林赋》两篇，但是由于扬雄才高学博，仍能别开生面，是一篇非常优秀的大赋。其文并序曰：

其三月，将祭后土，上乃帅群臣横大河，凑汾阴。既祭，行游介山，回安邑，顾龙门，览盐池，登历观，陟西岳以望八荒，迹殷周之虚，眇然以思唐虞之风。雄以为临川羡鱼不如归而结网，还，上《河东赋》以劝，其辞曰：

伊年暮春，将瘗后土，礼灵只，谒汾阴于东郊，因兹以勒崇垂鸿，发祥隤祉，饮若神明者，盛哉铄乎，越不可载已。于是命群臣，齐法服，整灵舆，乃抚翠凤之驾，六先景之乘，掉犇星之流旃，彏天狼之威弧。张耀日之玄旄，扬左纛，被云梢。奋电鞭，骖雷辎，鸣洪钟，建五旗。羲和司日，颜伦奉舆，风发飙拂，神腾鬼趡。千乘霆乱，万骑屈桥，嘻嘻旭旭，天地稠嶅。簸丘跳峦，涌渭跃泾。秦神下讋，跖魂负沴；河灵矍踢，爪华蹈衰。遂臻阴宫。穆穆肃肃，蹲蹲如也。灵祇既乡，五位时叙，絪缊玄黄，将绍厥后。于是灵舆安步，周流容与，以览虖介山。嗟文公而愍推兮，勤大禹于龙门，洒沈菑于豁渎兮，播九河于东濒。登历观而遥望兮，聊浮游以经营。乐往昔之遗风兮，喜虞氏之所耕。瞰帝唐之嵩高兮，脉隆周之大宁。汩低回而不能去兮，行睨陔下与彭城。濊南巢之坎坷兮，易豳岐之夷平。乘翠龙而超河兮，陟西岳之峣崝。云霏霏而来迎兮，泽渗漓而下降，郁萧条其幽蔼兮，滃泛沛以丰隆。叱风伯于南北兮，呵雨师于西东，参天地而独立兮，廓汤汤其亡双。遵逝虖归来，以函夏之大汉兮，彼曾何足与比功。建《乾坤》之贞兆兮，将悉总之以群龙。丽钩芒与骖蓐收兮，服玄冥及祝融。敦众神使式道兮，奋六经以摅颂。隃于穆之缉熙兮，过《清庙》之雝雝；轶五帝之遐迹兮，蹑三皇之高踪。既发轫于平盈兮，谁谓路远而不能从。①

《河东赋》先交代了事件的主题，然后铺陈祭祀队伍的盛况，出行的路线，大概是走了一段陆路，然后沿渭河而下溯黄河而上："簸丘跳峦，涌渭跃泾。秦神下詟，跖魂负沴；河灵矍踢，爪华蹈衰。"祭祀后土的情况是："遂臻阴宫。穆穆肃肃，蹲蹲如也。灵祇既乡，五位时叙，絪縕玄黄，将绍厥后。"接下来讲旅游："于是灵舆安步，周流容与，以览虖介山。"介山在后土祠的东边，只有几十里路，看来汉成帝一行是先登介山的。接下来扬雄写了一句："嗟文公而愍推兮……"这句包含了一个重要信息，汉成帝和扬雄他们登上介山之后，发思古之幽情，感叹晋文公而同情介子推。扬雄在《河东赋》中称皇帝一行在介山怀念晋文公和介子推，至少能证明在西汉时期，人们公认介子推的隐居之地在汾阴的介山。

接下来的三句是怀念大禹："勤大禹于龙门，洒沈菑于豁渎兮，播九河于东濒。""登历观而遥望兮，聊浮游以经营。乐往昔之遗风兮，喜虞氏之所耕。瞰帝唐之嵩高兮，脉隆周之大宁。"所谓历观，又称为历山，传说是虞舜耕田的地方，在今永济、芮城之间的中条山上。君臣们游览之余，既要怀念尧舜禹稷等古圣贤，也会感叹一些兴亡成败。比

① （清）严可均：《全汉文》（第7册），北京：商务印书馆，1999年版，第90～92页。

如："汨低回而不能去兮，行睨垓下与彭城。濊南巢之坎坷兮，易豳岐之夷平。""垓下"与"彭城"应当是借用项羽的典故，"南巢"指的是亡国之君夏桀的流放地，"豳岐"指的是周朝祖先的兴盛地。

最后，扬雄又发了一段议论，委婉劝谏汉成帝：与其仰慕尧舜禹稷文武周公等古圣贤，不如自己好好治国，做个圣明君主。

本文虽是模拟，但仍显出扬雄相当高的才华。他的赋不但有司马相如赋的宏伟气魄，而且更注意锤炼语言。《河东赋》以简洁的叙述开头，不落主客对话的俗套。

四、《长杨赋》

此赋以写田猎为构架，实讽汉成帝的荒淫奢靡。先以序文略叙长杨之猎，而在赋辞之中就完全以议论出之。以高祖的为民请命、文帝的节俭守成、武帝的解除边患概述历史，树立楷模，颂古鉴今，处处显出成帝背离祖宗，不顾养民之道。对先代颂得愈高，对当今讽得愈深。其文并序曰：

> 明年，上将大夸胡人以多禽兽。秋，命右扶风发民入南山，西自褒斜，东至弘农，南驱汉中，张罗罔罝罘，捕熊罴豪猪虎豹狖玃狐兔麋鹿，载以槛车，输长杨射熊馆。以网为周阹，纵禽兽其中，令胡人手搏之，自取其获，上亲临观焉。是时，农民不得收敛。雄从至射熊馆，还，上长杨赋，聊因笔墨之成文章，故藉翰林以为主人，子墨为客卿以风。其辞曰：
>
> 子墨客卿问于翰林主人曰："盖闻圣主之养民也，仁沾而恩洽，动不为身。今年猎长杨，先命右扶风，左

太华而右褒斜，椓巀嶭而为弋，纡南山以为罝。罗千乘于林莽，列万骑于山隅。帅军踤阹，锡戎获胡。扼熊罴，拖豪猪。木拥枪累，以为储胥。此天下之穷览极观也。虽然，亦颇扰于农民。三旬有余，其廑至矣，而功不图，恐不识者，外之则以为娱乐之游，内之则不以为乾豆之事，岂为民乎哉！且人君以玄默为神，澹泊为德，今乐远出以露威灵，数摇动以罢车甲，本非人主之急务也，蒙窃惑焉。”

翰林主人曰：“吁，客何谓之兹耶！若客，所谓知其一未睹其二，见其外不识其内也。仆尝倦谈，不能一二其详，请略举其凡，而客自览其切焉。”

客曰：“唯，唯。”主人曰：“昔有强秦，封豕其土，窫窳其民，凿齿之徒相与摩牙而争之。豪俊麋沸云扰，群黎为之不康。于是上帝眷顾高祖，高祖奉命，顺斗极，运天关。横钜海，漂昆仑。提剑而叱之，所过麾城撕邑，下将降旗。一日之战，不可殚记。当此之勤，头蓬不暇梳，饥不及餐。鞮鍪生虮虱，介胄被沾汗。以为万姓请命乎皇天。乃展民之所诎，振民之所乏。规亿载，恢帝业。七年之间而天下密如也。

“逮至圣文，随风乘流，方垂意于至宁。躬服节俭，绨衣不弊，革鞜不穿。大厦不居，木器无文。于是后宫贱玳瑁而疏珠玑，却翡翠之饰，除雕琢之巧。恶丽靡而不近，斥芬芳而不御，抑止丝竹晏衍之乐，憎闻郑卫幼眇之声，是以玉衡正而太阶平也。

“其后熏鬻作虐，东夷横畔。羌戎睚眦，闽越相乱。遐眠为之不安，中国蒙被其难。于是圣武勃怒，爰整其旅。乃命骠卫，汾沄沸渭，云合电发。猋腾波流，机骇蠭轶。疾如奔星，击如震霆。碎轒辒，破穹庐。脑沙幕，髓余吾。遂蹴乎王庭。驱橐驼，烧熐蠡。分剓单于，磔裂属国。夷坑谷，拔卤莽，刊山石。蹂尸舆厮，系累老弱。兖鋋瘢耆、金镞淫夷者数十万人，皆稽颡树颔，扶服蛾伏。二十余年矣，尚不敢惕息。夫天兵四临，幽都先加。回戈邪指，南越相夷。靡节西征，羌僰东驰。是以遐方疏俗，殊邻绝党之域。自上仁所不化，茂德所不绥。莫不蹻足抗首，请献厥珍。使海内澹然，永亡边城之灾，金革之患。

“今朝廷纯仁，遵道显义，并包书林，圣风云靡。英华沈浮，洋溢八区。普天所覆，莫不沾濡。士有不谈王道者则樵夫笑之。意者以为事罔隆而不杀，物靡盛而不亏。故平不肆险，安不忘危。乃时以有年出兵，整舆竦戎。振师五柞，习马长杨。简力狡兽，校武票禽。乃萃然登南山，瞰乌弋。西厌月蜡，东震日域。又恐后代迷于一时之事，常以此为国家之大务，淫荒田猎，陵夷而不御也。是以车不安轫，日未靡旃。从者彷佛，骩属而还。亦所以奉太尊之烈，遵文武之度。复三王之田，反五帝之虞。使农不辍耰，工不下机。婚姻以时，男女莫违。出凯弟，行简易。矜劬劳，休力役。见百年，存孤弱。帅与之，同苦乐。然后陈钟鼓之乐，鸣鞀磬之和，建碣磍之虡。拮隔鸣球，掉八列之舞。酌允铄，肴乐胥。听庙中之雍雍，受神人之福祜。歌投颂，吹合雅。其勤若此，故真神之所劳也。方将俟元符，以禅梁甫之基，增泰山之高。延光于将来，比荣乎往号。岂徒欲淫览浮观，驰骋秔稻之地，周流梨栗之林，蹂践刍荛，夸诩众庶，盛狖玃之收，多麋鹿之获哉！且盲者不见咫尺，而离娄烛千里之隅；客徒爱胡人之获我禽兽，曾不知我亦已获其王侯。”

言未卒，墨客降席再拜稽首曰：“大哉体乎！允非小人之所能及也。乃今日发蒙，廓然已昭矣！”①

长杨是指长杨宫，汉宫名。《三辅黄图校正》上说长杨宫在今陕西省西安市周至县东三十里，本为秦旧宫，汉时重加修饰，为秦、汉时游猎的地方。内有垂杨绵亘数亩，故称为长杨宫。《汉书·东方朔传》载：“初，建元三年，微行始出，北至池阳，西至黄山，南猎长杨，东游宜春。”其门曰射熊观，为秦汉游猎之所。

赋辞议论凌厉，气势逼人，以正言出微词，泼辣而有节，显示了辞赋家词采风发的才能，又表现出议论家逻辑缜密、无懈可击的特色。其中一些长句，尤可见出作者的功力。如“其后熏鬻作虐，东夷横畔”这一段描写武帝时期的武功，淋漓尽致地展现了卫青、霍去病征匈奴的战争场面，杀伐之气跃然纸上。扬雄当然没有亲眼见过卫青、霍去病西征的场面，他所写的只是文学上的想象。按说霍去病封狼居胥就是登山祭天，筑土为封，所以也应该有告功祭文，但可惜没能流传下来。

本篇借主人翰林与客卿子墨之口，述汉高祖刘邦创业之艰，叹文景二帝与民休戚与共之德，告诫成帝，“恐后代迷

① （清）严可均：《全汉文》（第7册），北京：商务印书馆，1999年版，第98～102页。

于一时之事，常以此为国家之大务，淫荒田猎，陵夷而不御也”。《长杨赋》一出，天下振动，万口传诵。据说，写罢此赋，扬雄立刻疲倦地倒地酣眠，昏睡了三天三夜，梦见自己的五脏六腑飞出体外，在空中飘荡，与前辈司马相如相遇。梦醒之后，他全身乏力，三个月之后才得以恢复，足见其呕心沥血至极。

以上四篇大赋，在文学史上享有“四大赋”的美誉。扬雄的性格决定了他对文学的认识。他的创作道路经历了不同于常人的发展过程。他早年喜好辞赋，敬佩司马相如的文学成就，每作赋，常以相如为楷模；晚年则对赋、对司马相如乃至对文学持否定的态度。他的变化，特别是他后期的文学观点，对后世产生了较大的影响。

扬雄的赋驰骋想象，铺排夸饰，表现出汉赋的基本特征，同时又有典丽深湛、词语蕴藉的特点。和司马相如赋的意气风发、词语雄肆相比，呈现出另一种风格。扬雄四赋具有较强的针对性。汉代的甘泉宫，本是秦之离宫，建筑非常奢华，而汉武帝又在甘泉苑增修了很多宫殿。于是，甘泉宫的崇殿华阙，成为穷奢极侈的代表。扬雄欲有所进谏，甘泉宫却又不是成帝所筑；欲缄口不言，却又不能自已，遂在《甘泉赋》中夸张铺饰，极力描绘。尽管作者想要突出讽喻性的宗旨，然而从客观上看，其主观上所设定的意图远不能同司马相如的作品相比，留给人们的感受，倒以描绘宫殿之美居多。其他三篇赋，《羽猎赋》《长杨赋》针对成帝好猎而发，《河东赋》写于随天子巡游以后，都寄寓了讽谏之意，但他的创作热情和主要精力，却是倾注在赋的审美效果方面。这就使他所奏四赋的讽谏之意不为皇帝所理解，而赋的巨丽之美倒是给人留下了深刻的印象。扬雄在描写的手法上，有意地渗入较多的主观想象，原本是基于讽谏的动机，但这种描写却使赋带上了虚无缥缈的色彩，留给人充分的想象余地。扬雄笔下的宫殿等建筑也不再是静止的，而是显得飞腾跃动，富有生气。

与扬雄同时而以赋见称于文坛者还有刘向（前79？—前8年）、刘歆（?—23年）父子。刘向略早于扬雄，对文学典籍的整理有杰出贡献，学识渊博，同样具有学者兼赋家的特点，然其赋多不出《楚辞》窠臼。刘歆典校群书成绩甚著，亦是当时杰出的学者，其文学作品以《遂初赋》为代表，这是他见朝政日败，自请出任地方官，被任命为五原太守时所作。他经历三晋故地，抚今思昔，隐以前人遭际自比，感慨颇多。此赋对后来的述行言志作品较有影响。

第六节　《蜀都》开创鸿篇，京都大赋之祖

《蜀都赋》是扬雄的代表作，大约写作于扬雄三十七八岁（离开成都到京都之前两三年）的时候。该文言辞华丽，描写细腻，刻画了成都的壮美秀丽。其文曰：

> 蜀都之地，古曰梁州。禹治其江，渟皋弥望，郁乎青葱，沃野千里。上稽乾度，则井络储精；下案地纪，则坤宫奠位。东有巴賨，绵亘百濮。铜梁金台，火井龙湫。其中则有玉石嶜岑，丹青玲珑，邛节桃枝，石鳣水螭。南则有犍牂潜夷，昆明峩眉。绝限峎嵣，堪岩亶翔。灵山揭其右，离堆被其东。于近则有瑕英菌芝，玉石江珠。于远则有银、铅、锡、碧、马、犀、象、僰，

西有盐泉铁冶，橘林铜陵。邛连卢池，澹漫波沦。其旁则有期牛兕旄，金马碧鸡。北则有岷山，外羌白马。兽则麙羊野麋，罴犛貘貙，麢麌鹿麝，户豹能黄，獑胡蜼玃，猨蝠玃猱，犹毂毕方。尔乃仓山隐天，岎崟回丛，增嶃重崒，岀石巇崔，嶘巀嶵嵬，霜雪终夏。叩岩岭嶙，崇隆临柴，诸徼崼峴，五矾参差，湔山岩岩，观上岑嵓，龙阳累峗，漼粲交倚，啱崪崛崎，集崄胁施，形精出偈，堪嶆隐倚。彭门嶋屼。岍嵺嵑岈，方彼碑地，崺崐軥嶭，砾乎岳岳。北属昆仑泰极，涌泉醴，凝水流津，漉集成川。于是乎则左沇犂，右羌庭，漆水浡其匈，都江漂其胫。乃溢乎通沟，洪涛溶沇，千溪万谷，合流逆折，必澌乎争降湖潧排碣反波逆潩磙石洌巘，纷䓘周溥，旋溺冤绥。颓惭博岸，敌呷䘲濑，磴岩槿，汾忽溶闉沛。逾窘出限。连混陁隧，铚钉钟涌，声讙薄泙。龙历丰隆，潜潜延延，雷抶电击。鸿鸿康滥，远乎长喻，驰山下卒，湍降疾流，分川并注，合乎江州。于木则楩栎，豫章树榜，檐櫖樿柙，青稚雕梓，枌梧橿枥，槲楢木稷，枒信揖丛，俊干凑集。枇樆柍楬，圠沇樘椅，从风推参，循崖撮捼。淫淫溶溶，缤纷幼靡；泛闳野望，芒芒菲菲。其竹则钟龙箊篁，野筱纷啚，宗生族攒，俊茂丰美，洪溶忿苇，纷杨搔翕，与风披拖，夹江缘山，寻卒而起。结根才业，填衍迥野，若此者方乎数十百里。于汜则注注漾漾，积土崇堤。其浅湿则生苍葭蒋蒲，藿芧青苹，草叶莲藕，茱华菱根。其中则有翡翠鸳鸯，袅鸬䴔鹭，鹱鸥鹔鹴。其深则有猵獭沈鱓，水豹蛟蛇，鼋蟺鳖龟，众鳞鳎鳠。尔乃其都门二九，四百余闾，两江珥其前。九桥带其流，武儋镇都，刻削成蔹。王基既夷，蜀候尚丛，并石石腒，岍岑倚从，秦汉之徙，充以山东。是以隤山厥饶，水贡其获，苴竹浮流，龟鳖碛竹。石蝎相救，鱼酌不收。鵁鶄鸧鹍，风胎雨縠，众物骇目，单不知所御，尔乃其裸。罗诸圃，畋缘畛。黄甘诸柘，柿桃杏李，枇杷杜樼栗柰，棠黎离支，杂以梃橙，被以樱梅，树以木兰，扶林禽，爚般关。旁支何若，英络其闲。春机杨柳，裛弱蝉杪，扶施连卷。貆貒螗蛦，子嶲呼焉。尔乃五谷冯戎，瓜瓠饶多，卉以部麻，往往姜栀，附子巨蒜，木艾椒蓠，藹酱酴清，众献储斯，盛冬育笋，旧菜增伽。百华投春，隆隐芬芳，蔓茗荧翠，藻紫青黄，丽靡摛烛，若挥锦布绣，望芒芒兮无幅。尔乃其人自造奇锦，紌缫緂縜，縿缘庐中，发文扬采，转代无穷。其布则细絺弱折，绵茧成衽，阿丽纤靡，避晏与阴。蜘蛛作丝，不可见风，筩中黄润，一端数金。雕镂扣器，百伎千工。东西鳞集，南北并凑。驰逐相逢，周流往来，方辕齐毂，隐轸幽輵，埃敦尘拂。万端异类，崇戎总浓般旋，阛齐嗜楚，而喉不感概。万物更凑，四时迭代，彼不折货，我罔乏械。财用饶赡，蓄积备具。若夫慈孙孝子，宗厥祖祢，鬼神祭祀，练时选日，沥豫齐戒。龙明衣，表玄谷，俪吉日，异清浊，合疏明，绥离旅。乃使有伊之徒，调夫五味，甘甜之和，芍药之羹，江东鲐鲍，陇西牛羊，籴米肥猪，麈麀不行，鸿貘獹乳，独竹孤鸧；炮鸮被纰之胎，山麇髓脑，水游之腴，蜂豚应雁，被鵽晨凫，戳鵠初乳；山鹤既交，春羔秋鼆，脍鲮龟肴，秔田孺鷩。形不及劳，五肉七菜，朦猷腥[illegible]，可以颐精神、养血脨者，莫不毕陈。尔乃其俗，迎春送冬，百金之家，千金之公，干池泄澳，观鱼于江。若其吉日嘉会，期于倍□□，春之阴，迎夏之阳，侯、罗、司马，郭、范、畾、杨，置酒乎荥川之闲宅，设坐乎华都之高堂。延帷扬幕，接帐连冈。众器雕琢，早刻将皇。朱缘之画，邠盼丽光。龙虵蜎蜷错其中，禽兽奇伟髦山林。昔天地降生，杜鄘密促之君，则荆上亡尸之相。厥女作歌，是以其声，呼吟靖领，激呦喝啾，户音六成，行夏低徊，胥徒入冥，及庙噌吟，诸连单情，舞曲转节，踃駇应声。其佚则接芬错芳，襜祐纤延。蹡凄秋，发阳春。罗儒吟，吴公连。眺朱颜，离绛唇，眇眇之态，吡噉出焉。若其游怠渔弋，郄公之徒。相与如平阳頿巨野，罗车百乘。期会投宿，观者方堤。行舡竞逐，偃衍撇曳，絺索恍惚，罗畏弥瀰，蔓蔓沕沕，茏睢瞡兮罧布列，枚孤施兮纤缴出，惊雌落兮高雄蹷，翔鹍卦兮奔萦毕，俎飞脍沈，单然后别。①

学友王怀成撰文指出，《蜀都赋》不是虚构的，不是想象的，而是具有鲜明的实证性特征的，这是中国文学史上第一次对四川地区进行的系统的、完整的描写：第一是反映了当时的地域特征。蜀都，古时叫梁州，因为特殊的地理位置，条件优越，自然环境封闭，气候宜人，雨量充沛，物产丰富，当时生活在四川的人们没有遭受过饥饿，被天下人称

① （清）严可均：《全汉文》（第7册），北京：商务印书馆，1999年版，第80～85页。

为“天府”。第二是反映了当时的经济状况和城市面貌。四川当时手工业、商业比较发达，金银玉器应有尽有。蜀锦闻名中外，人民富庶殷实。城市街道纵横，川流不息。[①] 第三是描写了市井日常生活与四川特色产业。《蜀都赋》介绍了四川地区的烹饪原料、技艺、筵宴、饮食习俗与丝绸纺织等特色产业，系统地描述了汉代四川地区的烹饪原料、烹饪技艺、川式筵宴及饮食习俗。赋中有：“……其浅湿则生苍葭蒋蒲，藿茅青苹，草叶莲藕，茱华菱根。……其深则有猵獭沉鲜，水豹蛟虵，鼋蟺鳖龟，众鳞鳎鲵。……尔乃五谷冯戎，瓜瓠饶多，卉以部麻，往往姜栀，附子巨蒜，木艾椒篱，蔼酱酴清，众献储斯。盛冬育笋，旧菜增伽。……乃使有伊之徒，调夫五味。甘甜之和，勺药之羹。江东鲐鲍，陇西牛羊。糴米肥猪，鹿麛不行。鸿貑狸乳，独竹孤鸧。炮鸮被纰之胎，山鹰髓脑；水游之腴，蜂豚应雁。被鹅晨凫，戳鹏初乳。山鹤既交，春羔秋跑。脍峻龟肴，粳田孺瞥。形不及劳，五肉七菜，朦猒腥臊。可以颐精神养血脉者，莫不毕陈。尔乃其俗，迎春送冬。……若其吉日嘉会……置酒乎荥川之闲宅，设座乎华都之高堂。延帷扬幕，接帐连冈。……”[②] 其中还有关于蜀绣最早的记载：“丽靡螭烛，若挥锦布绣，望芒兮无幅。”在成都人的心目中，最悠久、

① 王怀成：《扬雄〈蜀都赋〉之征实性略考》，载于《社科纵横》（新理论版），2009年第2期。

② “苍葭”：嫩芦苇。“蒋蒲”：茭白与香蒲。“藿”：豆叶，嫩时可食。“莲藕”：莲子与藕。藕同藕。“茱”：食茱萸，辛香味调料。“菱”：菱角。“猵獭”：獭的一种。“鲜”：鳝鱼。“水豹”：水兽，状似豹。“蛟虵”：水蛇。“鼋”：大鳖与蚯蚓。“鳎”：鲵鱼，俗称娃娃鱼。“冯戎”：丰盛。“蔼酱”：踌酱。“酴清”：酴酒。“伽”：同茄，茄子。“鲐鲍”：河豚与鲍鱼。“鸧”：鸧鸡、麦鸡。“鸮”：俗称猫头鹰。

最艺术、最高雅、最具四川特色的非蜀绣莫属。

笔者认为，扬雄能够写出《蜀都赋》，不是偶然的。第一，他本身就是一位史学家，写出了《蜀王本纪》这样贯通数千年历史的名作，《蜀都赋》开篇就有这样的历史地理学痕迹；第二，他是一位创造力惊人的文学家，生活在富庶、繁华的成都四十余年，耳闻目睹，《蜀都赋》具有实证性，与当时成都的现实生活是可以对应起来的，而非纯属虚构；第三，本文对司马相如《子虚赋》《上林赋》巨丽夸饰的描写带有模仿性质，但能自出机杼，独创新篇，写出司马相如未曾涉猎的京都大赋，这是了不起的。[①]

成都本系蜀王故都，在汉代又为三蜀（汉初分蜀郡置广汉郡，武帝又分置犍为郡，合称三蜀）之都会，故称"蜀都"。那么，它当时的地理坐标定位是怎样的呢？扬雄在《蜀都赋》开篇作了精确而文艺的交代："蜀都之地，古曰梁州。禹治其江，渟皋弥望，郁乎青葱，沃野千里。上稽乾度，则井络储精；下按地纪，则坤宫奠位。"大禹治水成功之后，分天下为九州，分别是冀州、兖州、青州、徐州、扬州、荆州、豫州、梁州、雍州。成都就在梁州的地盘上，到处都是渟（储水的地方）皋（水边高地），水网密布，植被郁郁葱葱，有"沃野千里"之美誉。沃者，灌溉也。言其土地皆有灌溉之利（比如都江堰所带来的便利），故云沃野。

---

① 关于扬雄《蜀都赋》，历史上还有一些考证或质疑：有的专家认为这不是扬雄的作品，有的认为该文没有入选《汉书》与《文选》是因为没有实证性，是虚构的。可以参考以下论文：邵小龙、谢小刚：《扬雄〈蜀都赋〉未入〈文选〉探赜》（《北京社会科学》2015 年 10 期）；熊良智：《扬雄〈蜀都赋〉释疑》（《文献》2010 年第 1 期）。

《战国策》中已有“沃野千里”一语，赞美的是秦国，扬雄则挪用来颂扬蜀都（成都平原）。《三国志》内秦宓说“蜀有汶阜之山，江出其腹，帝以会昌，神以建福，故能沃野千里”，诸葛亮说“益州险塞，沃野千里，天府之土，高祖因之以成帝业”，或许皆是沿袭《蜀都赋》而来。占星家为了用天象变化来占卜人间的吉凶祸福，便将天上星宿与地上区域对应、统一起来，提出“分野”的概念，二十八宿南方七宿之首东井（即井宿，因在玉井星之东，故称东井，属于今日之双子座）的分野包括蜀地，所以孙樵又称蜀都之地为“井络之野”。西汉末纬书《河图括地象》扩展“上稽乾度，则井络储精”一句为：“岷山之地，上为井络，帝以会昌，神以建福，上为天井。”言岷山之地其上为东井维络，岷山之精上升为天之井星也。道家认为，山川精气可以上腾变成宇宙列星。这个观念后被晋人所普遍接受，例如左思《蜀都赋》“远则岷山之精，上为井络”，又如郭璞《江赋》“岷精垂曜于东井”。五行家又把地理方位与八卦挂钩，蜀都在西南方，西南于八卦属坤位，此即所谓“坤宫奠位”。若借《华阳国志》的话来表达，井络储精就是“其精灵则井络垂耀”，坤宫奠位就是“其卦值坤”。

至汉武帝元鼎二年（公元前 115 年），成都城已有十八门，四通八达，人烟浩穰，道路笔直宽广，可容两车并行。扬雄《蜀都赋》这样表达：“尒乃其都门二九，四百余闾”；左思《蜀都赋》如此描绘：“辟二九之通门，画方轨之广涂。”其实都是一个意思。对蜀都之壮丽、宫城之辉煌的描写，左思的《蜀都赋》比扬雄的有过之而无不及，可谓极尽言辞：“结阳城之延阁，飞观榭乎云中。开高轩以临山，列绮窗而瞰江。……华阙双邈，重门洞开；金铺交映，玉题相辉。外则轨躅八达，里闬对出；比屋连甍，千庑万屋。”一言以蔽之，即杜甫《成都府》诗所谓：“曾城填华屋……喧然名都会。”“千庑万屋”，也容易让人想起老杜的名句：“安得广厦千万间。”

成都著名的“蜀锦”“蜀布”、蜀式漆器，也都接二连三贯地进入了扬雄的视野和构思，然后经其生花妙笔，定格为这样的段落：“尒乃其人，自造奇锦……发文扬采，转代无穷。”谓蜀锦流通于世间，无有穷已。“其布则……蜘蛛作丝，不可见风。筩中黄润，一端数金。”谓蜀布柔如蛛丝，薄得像禁不住风吹似的，有些一匹可值黄金好几斤。对此，左思的《蜀都赋》是这样表述的：“阛阓之里，伎巧之家，百室离房，机杼相和。贝锦斐成，濯色江波。黄润比筒，籝金所过。”比扬雄的简练得多。蜀锦、蜀布普及开来，才有了“都人士女，袨服靓妆”（左思《蜀都赋》）的美好街景。成都人追时髦，爱漂亮，其风显然由来已久。紧接着“一端数金”，是“雕镂扣器，百伎千工”两句，讲的是蜀式漆器，其详细解释可参看《成都晚报》2017年9月29日《闻名天下的“成市草”》一文，兹不赘。

古时立春日有迎春祭（《后汉书》：“立春之日，迎春于东郊，祭青帝句芒。”），农历十二月则举行腊祭（《说文解字》：“冬至后三戌，腊祭百神。”），即“送腊”，古时成都人当然也不例外。扬雄《蜀都赋》记载：“尒乃其俗，迎春送腊。百金之家，千金之公，干池泄澳，观鱼于江。”冬去春来，成都人民都会迎春送腊，其中的那些百金之家、千金之公，更是财大气粗；要么干池（淘干池塘）泄澳（泄出澳湾之水)，涸泽而渔，要么泛舟江上，观赏鱼跃。不啻此也，他们还有其他“吉日嘉会”可以饮酒作乐：“置酒乎荥川之闲宅，设坐乎华都之高堂。延帷扬幕，接帐连冈。”于水边闲宅、豪华高堂设坐置酒，这是在室内联欢。延帷扬幕，接帐连冈，则是在户外野餐（接帐连冈并非夸张，《晋书》“石崇与贵戚王恺、羊琇之徒以奢靡相尚：恺作紫丝步障四十里，崇作锦步障五十里以敌之”)。具体说来，这是一种用于围隔空间的“步障”，其具体形象见于山东沂南古画像石墓的一块东汉画像石，系于地面立柱，在柱头牵拉绳索，下挂帷幔而成。步障在庭院、郊野均可使用，既能挡风遮尘保护隐私，搭建、串联、拆卸也比较方便，至魏晋南北朝时颇为流行。当代著名学者孙机先生曾溯其渊源，认为“东汉时已经有了”。我们今天读了扬雄《蜀都赋》，可知此种设施在西汉时的成都就已经有了。

扬雄的《蜀都赋》是汉代大赋中京都题材的代表作品。京都赋是汉代散体赋的一种体裁，出现在西汉后期到东汉前期的一段时间，以歌颂城市的风物建筑为主，常在铺排和夸张中展示城市的繁华富丽，作家的审美情趣和艺术视野同汉赋发展的鼎盛时期相比产生了明显的差异。东汉初，光武帝定都洛阳，而不回迁长安，引起朝野震动，成了牵动全社会的中心问题，也为文学家所普遍关注。杜笃《论都赋》继承扬雄开创的京都题材，是大赋转变的重要标志，它把以往天子、王侯生活的题材转化为关乎国家、社会的重大问题，作品中所表达的思想感情也具有更广泛的社会题材。杜笃对京都的繁华描写引起一片哗然，使得京都赋正式流行起来。

扬雄是最早写京都赋的作家，他歌颂成都的《蜀都赋》

对后代作家产生了深远影响，东汉杜笃《论都赋》、班固《两都赋》、张衡《二京赋》、傅毅《洛都赋》，晋代左思《三都赋》，唐代李庾《两都赋》，清代乾隆《御制盛京赋》是其中著名的代表作品。

班固《两都赋》是京都大赋正式确立的标志。赋前有序，说明作赋的原委和宗旨：一方面则是“海内清平，朝廷无事，京师修宫室，浚城隍，起苑囿，以备制度”，另一方面则是“西土耆老咸怀怨思，冀上之眷顾”。于是，他作《两都赋》，“以极众人之所眩曜，折以今之法度”。这说明他作此赋的背景同杜笃是一致的，只是两人的观点、感受正相反。他把西都、东都的选择，人们感受、主张的差异，归结为法度的不同，从而赋予作品较强的理性色彩。《两都赋》对天子风范的向往和描绘带有鲜明的理想化色彩。然而这正来自他对京都和京都生活的认识和感悟，也是他赋予作品的较高的宗旨。这一宗旨与其同时代的杜笃、傅毅等人的有关作品相比，无疑要远胜一筹。

在以都会或京都为题材的作品中，在赋史上占有一席之地的还有张衡（78—139 年）的《二京赋》。张衡是东汉中期著名的科学家和文学家，他见天下承平日久，自王侯以下莫不逾侈，乃拟班固《两都赋》，创作了《二京赋》。《二京赋》在结构谋篇方面完全模仿《两都赋》，以《西京赋》《东京赋》构成上下篇。《西京赋》假托凭虚公子对长安繁盛富丽的称颂，叙长安地势的有利、建都的必然，然后逐次描绘宫室的辉煌、官署宿卫的严整、后宫的侈靡，离宫苑囿，华美壮丽。纵猎上林苑，水戏昆明池，无不纵情杀戮以为快事。其间又穿插商贾、游侠、角抵百戏、嫔妃邀宠等方面的描写，展现出一幅繁荣富贵、穷奢极侈的京都景象。作品中所铺叙的品物之盛，人们对待物质享乐的态度，都在极度夸张的描写中见出其荒谬的一面，流露出作者的否定之意。《东京赋》表现安处先生对西京奢靡生活的否定。在对东都城市构筑、宫殿建设的描绘中，在对朝会、郊祀、祭庙、亲农、大射、田猎、大傩等上层统治者的盛典礼会的陈述间，使人感受到东汉君主崇尚懿德，修饬礼教，奢未及侈，俭而不陋的礼治成就。《二京赋》中安处先生的两句话："苟好剿民以偷乐，忘民怨之为仇"，凝聚了作者的创作宗旨。这是较为宽泛的讽喻，意在突出奢与俭的对比。这同班固的《两都赋》及其前后产生的以京都为题材的作品相比，都有所不同。作者务求在作品的体制、规模方面超越前贤，在铺陈过程中面面俱到，而不追求素材的代表性与典型意义。尽管如此，《二京赋》以规模宏大被称为京都赋之极轨，紧随班固之后，推动了以京都、都会为题材的文学创作的发展。

在以京都、都会为题材的作品中，较具特色的作品还有王延寿的《鲁灵光殿赋》。《两都赋》《二京赋》及扬雄的《甘泉赋》都对宫殿的壮丽华美作了生动的描写，王延寿则在这方面表现出独特的艺术才能。王延寿少有异才，客游于鲁，见汉景帝子鲁恭王所建的灵光殿巍峨壮美，且经王莽之乱后，西京宫室多废坏，而此殿独存。他既惊愕其崇高壮丽，又慨叹其历劫难而未毁，这成了作者艺术构思的精意所在。对宫殿雄伟的外观、豪华的殿内装饰、精巧的栋宇结构，无不进行了细致的描写。尤其是殿内精美绝伦的雕刻、绘画，在延寿笔下栩栩如生。这篇赋的成功，为延寿赢得了"辞赋英杰"的声誉。

在历代京都大赋的代表作品中，左思《三都赋》中的第一篇就是《蜀都赋》，该赋作继承了扬雄的拟题与写法，并在描写刻画上更上层楼，夸饰更为巨丽。左思是西晋著名文学家、山东临淄（今淄博）人，本文系他著的《三都赋》（另为《吴都赋》《魏都赋》）中的一篇，带有明显的歌功颂德的政治意味。当时人们为传抄此赋，京城洛阳的纸也因而涨价，故有“洛阳纸贵”之语。左思《蜀都赋》颇为细致地描述了巴蜀的物产、山川、风俗等，描绘了当时四川豪门的宴饮生活。赋中所记载的大量物产及食俗，都是后人研究四川烹饪史乃至中国烹饪史可以依凭的宝贵资料。

历代以来，对左思《蜀都赋》的评价都很高，褒奖甚多，研究者代不乏人。吴明贤教授曾撰文讨论扬雄与左思同名作品的特色异同，可参。[①]

综上所述，扬雄《蜀都赋》作为历代京都大赋的开山之作，具有壮丽的风物描写之美和开一代新风的首创之功，也是他毕生辞赋创作的代表作品，对后世产生了巨大的影响。这是扬雄在蜀中独创的一篇鸿文，在中国辞赋文学史上具有特殊的里程碑意义。

第七节　著名的辞赋理论批评家

司马相如等蜀中三杰在《诠赋》篇中联袂出场，星光灿烂，影响至今，其中，分量最重的是集作家、理论家、批评

① 吴明贤：《扬雄、左思〈蜀都赋〉比较》，载于《四川师范大学学报》（社会科学版），2005 年第 1 期。

家于一身的扬雄。

刘勰以为辞赋“受命于《诗》人，而拓宇于《楚辞》”，是中和《诗》《骚》之后形成的文学新体裁，学者荀子是赋体文学的创造者。发展到西汉一朝时，赋体已有八大名家：

> 陆贾扣其端，贾谊振其绪，枚马同其风，王扬骋其势；皋朔已下，品物毕图。繁积于宣时，校阅于成世，进御之赋，千有余首。讨其源流，信兴楚而盛汉矣。[①]

具体而言，这八大名家是陆贾、贾谊、枚乘、司马相如、王褒、扬雄、枚皋、东方朔。而从“讨其源流，兴楚而盛汉矣”的结论来看，辞赋与《诗经》显然并无源流关系，《楚辞》才是汉赋真正的源头，因此，辞赋之丽与《楚辞》之丽具有前后相承的因果关系。[②] 在具体讨论了京苑大赋与抒情小赋两类辞赋作品及其特征之后，刘勰又对先秦两汉赋体文学史进行了一次大阅兵：

> 观夫荀结隐语，事数自环；宋发夸谈，实始淫丽。枚乘《兔园》，举要以会新；相如《上林》，繁类以成艳；贾谊《鹏鸟》，致辨于情理；子渊《洞箫》，穷变于声貌；孟坚《两都》，明绚以雅赡；张衡《二京》，迅发以宏富；子云《甘泉》，构深玮之风；延寿《灵光》，含飞动之势：凡此十家，并辞赋之英杰也。[③]

---

① 杨明照：《增订文心雕龙校注》，第98页。

② 汉代辞赋与儒家经典的前后继承关系很不明显，更多的是对屈原《楚辞》的继承，这在《辨骚》篇中有清楚地论述：“枚贾追风以入丽，马扬沿波而得奇：其衣被词人，非一代也。”刘勰以为汉赋受《诗》之影响，主要是因为《宗经》观念的支配，“赋颂歌赞，则《诗》立其本”，文出五经，势在必行，因此不免牵强附会。

③ 杨明照：《增订文心雕龙校注》，第99页。

引文中一共列出了十位最著名的辞赋作家：荀况、宋玉、枚乘、司马相如、贾谊、王褒、班固、张衡、扬雄、王延寿，刘勰称之为“辞赋之英杰也”。如此，不论是前文断代为西汉的八家，还是通观赋体文学史的十家，扬雄均名列其间。其中，蜀地作家司马相如与扬雄开启了京苑大赋的创作，王褒则开创了抒情小赋的先河。从汉赋开创之功与创作成就来看，即使再将人数压缩一半，扬雄也依然会稳居其中。

难能可贵的是，扬雄不仅在辞赋创作上引领诸家，而且有辞赋理论，并且对汉赋创作与《文心雕龙》的文学理论产生了直接影响。

扬雄有丰富的辞赋创作经验和辞赋理论，是刘勰辞赋理论的直接导源者。扬雄的辞赋理论与司马相如密切相关。相如赋宏大巨丽，描写精彩生动，声色动人耳目，但弊在华丽过度，因此往往收不到想要的进谏结果。《史记·司马相如列传》载：

> 天子既美子虚之事，相如见上好仙道，因曰：“上林之事未足美也，尚有靡者。臣尝为大人赋，未就，请具而奏之。”相如以为列仙之传居山泽间，形容甚臞，此非帝王之仙意也，乃遂就大人赋。①

正是这篇赋，不仅没有收到良好的婉转进言的效果，还被扬雄作为“文丽用寡”的典型代表，遭到了批评。《汉书·扬雄传》载：

---

① （汉）司马迁：《史记》（影印本），北京：中华书局，1997 年版，第 3056 页。

雄以为赋者，将以风之也……既乃归之于正，然览者已过矣。往时武帝好神仙，相如上《大人赋》，欲以风，帝反缥缥有陵云之志。由是言之，赋劝而不止，明矣。①

赋的写作太过靡丽②，语词虚诞，不着边际，美则美矣，主题被冲得很淡，到了“曲终奏雅”的时候，读者已经被那些奇思妙想与闳侈巨衍的夸饰描写完全吸引，不再关注作者要说什么忠言建议了。司马相如苦心创作的《大人赋》，比《上林赋》更加绮靡虚诞，其用意本来是想借此提醒汉武帝不要铺张浪费，结果却适得其反。扬雄“文丽用寡”一说，真实地反映了相如赋巨丽而不实用的特点。从文学审美的角度看，相如赋最为壮丽，但从以文干政的角度看，扬雄所言也不无道理。

在《法言》一书中，伴随儒家经典华美思想的是扬雄的辞赋评论，我们可以从中看到晚年扬雄与青壮年时代扬雄的截然不同。扬雄早年追慕相如赋并写了许多模拟之作，还对屈原《楚辞》进行了若干仿作；晚年则因为政治失意，对辞赋功能产生了怀疑，对辞赋作家的低下地位心怀不满，因而对辞赋创作产生了不满，这种不满，集中地表现在《吾子》篇“童子雕虫篆刻”，故而“壮夫不为”的论述中。然后，扬雄以纺织为喻，回答提问者对辞赋华美的赞誉：

---

① （汉）班固：《汉书》（影印本），北京：中华书局，1997年版，第3575页。

② “赋”在此处主要指相如赋与扬雄诸赋。扬雄青壮年时仰慕相如，于是模拟相如赋作，声名鹊起。其后因仕途不畅，又见赋家地位低下，赋作功能有限，遂有此说。事见《汉书·扬雄传》。

或曰："雾縠之组丽。"曰："女工之蠹矣。"[1]

提问者说，丝织品像薄雾般的轻纱那样透明美丽，意在赞美辞赋文采华丽的特性。"雾縠"一词，主要指"薄雾般的轻纱"，宋玉《神女赋》、司马相如《子虚赋》中均有使用，指向华丽之美。[2] 但是扬雄回答说这是纺织品中的蛀虫。扬雄"女工之蠹"一说，显然是指辞赋的华丽并不好，这就指出了相如赋（按：实则包含他自己的赋作）"文丽用寡"的问题。扬雄论辞赋之丽，与司马相如立场不同：扬雄是站在辞赋讽谏功能之"用"的立场上来说的；司马相如是站在创作方法之"质"的角度来说的。一个讲究要致用，一个论述纯文学，两人的意见其实都是对的。扬雄这个意见，并非他的独创，他用的是刘向《说苑·反质》中的原话：

宫墙文画，雕琢刻镂。[3]

雕文刻镂，害农事者也。锦绣纂组，伤女工者也。[4]

---

① 王以宪、张广保：《法言注释》，北京：华夏出版社，2002年版，第17页。

② 该词含义有二：一是指"薄雾般的轻纱"。《文选·〈神女赋〉》："动雾縠以徐步兮，拂墀声之珊珊。"李善注："縠，今之轻纱，薄如雾也。"《文选·〈子虚赋〉》："于是郑女曼姬，被阿緆，揄纻缟，杂纤罗，垂雾縠。"刘良注："雾縠，其细如雾，垂之为裳也。"前蜀魏承班《渔歌子》词："柳如眉，云似发，鲛绡雾縠笼香雪。"清郑燮《大中丞尹年伯赠帛》诗："忽惊雾縠来相赠，便剪春衫好出游。"朱自清《温州的踪迹》三："这也是个瀑布；但是太薄了，又太细了。有时闪着些须的白光；等你定睛看去，却又没有——只剩一片飞烟而已。从前有所谓'雾縠'，大概就是这样了。"二是指"像轻纱一样的烟云薄雾"。五代和凝《临江仙》词："海棠香老春江晚，小楼雾縠涳濛。"苏轼《龙尾石月砚铭》："萋萋兮雾縠，宛宛兮黑白。"这两种含义均指华美飘逸之美物美景，辞赋用此，以称其辞藻之华美。

③ 向宗鲁：《说苑校证》，北京：中华书局，1987年版，第515页。

④ 向宗鲁：《说苑校证》，北京：中华书局，第519页。

刘向以“雕文刻镂”对言“锦绣纂组”，批评这些做法是饥寒之本原，扬雄则以“雕虫篆刻”对言“雾縠之组丽”。只不过刘向用的是本义，指建筑上的雕饰，而扬雄用的是引申义，特指对文章的雕饰。辞赋雕饰过多，文采过度，伤害了文义内质。扬雄的这个意见，集中体现在“丽淫丽则”的观点中，《吾子》云：

> 或问：“景差、唐勒、宋玉、枚乘之赋也，益乎？”曰：“必也淫。”“淫则奈何？”曰：“诗人之赋丽以则，辞人之赋丽以淫。如孔氏之门用赋也，则贾谊升堂，相如入室矣。如其不用何？”[①]

对扬雄的话，我们可以这样理解：“诗人之赋丽以则”是指这一类的赋不失讽喻精神，虽“丽”而有法度；“辞人之赋丽以淫”则指这一类赋作在辞章手法上过分注重修饰，而失去了讽谏的意义。这里的“诗人之赋”，所指当是屈原的骚赋，刘安、王逸、汉宣帝以及后来的刘勰等人均认为屈原的赋符合《诗经》的精神，所以称之为“诗人之赋”；辞人之赋指的是唐勒、景差、宋玉、枚乘之赋，其实就是指汉代大赋。“淫”是过分的意思，辞赋“巨丽”，过分了。所以，这是扬雄滋生“文丽用寡，长卿”一说的理论依据，也是他认为辞赋“劝而不止”的“无用”论的根本原因。从本段来看，扬雄对贾谊、相如的作品是很推崇的，可谓是孔氏之门登堂入室的好作品，但是，“如其不用何”，也就没有办法了。

① 王以宪、张广保：《法言注释》，北京：华夏出版社，2002 年版，第 17 页。

依据对辞赋"丽则丽淫"的意见，扬雄顺带论述了他的正声雅乐观，提出"明视"以辨别"苍蝇红紫"、"聪听"以区分"郑卫之似"的主张，同时提出"中正"之说，论述了"中正则雅""中正以平"的"和乐"美，并对"女有色，书亦有色"的外在文饰美再一次作了强调，指出"女恶华丹之乱窈窕，书恶淫辞之淈法度"的"正色正采"观，继续巩固他"丽则"一说的重要性。我们从这里既可以看到扬雄受孔子雅乐正色观的影响痕迹，也可以看到扬雄对刘勰《文心雕龙》的巨大影响。《诠赋》篇指出"立赋之大体"：

> 原夫登高之旨，盖睹物兴情。情以物兴，故义必明雅；物以情观，故词必巧丽。丽词雅义，符采相胜，如组织之品朱紫，画绘之著玄黄。文虽新而有质，色虽糅而有仪，此立赋之大体也。①

最根本的要求就是"丽词雅义，符采相胜"，雅而且丽，文质彬彬，不能脱离"衔华佩实"的雅丽之风，这不仅是刘勰坚持的辞赋创作理论和鉴赏理论，也是《文心雕龙》全书对一切文章的最高审美要求，在文体论的其他篇章中反复不断地提倡折中雅丽的原则。因此，单纯走向质朴或单纯追求华丽都是错误的。刘勰更多的是针对文学发展由质趋文的靡丽繁缛趋势提出批评，在《情采》《比兴》《夸饰》《物色》等重要专题中均直接将诗骚对举，而把矛头对准辞赋"淫丽"之弊，意在回归雅丽之正采，不为讹滥之歪风，为当代文学的创作找到一条正确的发展途径，可谓用心良苦。

① 杨明照：《增订文心雕龙校注》，第99页。

在《情采》篇中，刘勰指出："昔诗人什篇，为情而造文；辞人赋颂，为文而造情。……故为情者要约而写真，为文者淫丽而烦滥。而后之作者，采滥忽真，远弃《风》《雅》，近师辞赋：故体情之制日疏，逐文之篇愈盛。"辞赋淫丽，文采繁缛，后代作者应该向"要约写真"之途回归，否则就会越滑越远，讹滥丛生。《比兴》篇以为："炎汉虽盛，而辞人夸毗；诗刺道丧，故'兴'义销亡。于是赋颂先鸣，故'比'体云构，纷纭杂沓，信旧章矣。"从比兴修辞手法兴废的角度讨论到汉代辞赋兴盛的原因和弊端，指出《雅》《颂》胜于辞赋，汉赋不如周《诗》，原因就在于夸饰过度。《夸饰》篇集中批评了辞赋创作华美伤质的弊端："自宋玉、景差，夸饰始盛；相如凭风，诡滥愈甚。……验理则理无不验，穷饰则饰犹未穷矣。……虚用滥形，不其疏乎？此欲夸其威，而饰其事义暌刺也。"一句话，辞赋夸张虚诞，言过其实，必须回归雅正之途："若能酌《诗》《书》之旷旨，翦扬、马之甚泰，使夸而有节，饰而不诬，亦可谓之懿也。"《物色》篇比较了《诗经》与《楚辞》、汉赋在景物描写方面的异同，一针见血地指出"诗人丽则而约言，辞人丽淫而繁句"这一精约风格之利与繁缛风格之弊。

从《诠赋》《情采》《比兴》《夸饰》《物色》等专门论述辞赋利弊、提倡丽词雅义的篇章中，我们可以非常清晰地看到扬雄"丽则丽淫"的辞赋评论所产生的贯通作用。《文心雕龙》对待《楚辞》汉赋的基本态度就是"丽以淫"，基本的解救方法就是"丽以则"，主张折中《诗》《骚》，"风归丽则"，形成"丽词雅义"，与经典雅丽之美趋向一致。

所以，《诠赋》篇明确指出："然逐末之俦，蔑弃其本，虽读千赋，愈惑体要。遂使繁华损枝，膏腴害骨，无贵风轨，莫益劝戒。此扬子所以追悔于雕虫，贻消于雾縠者也。”将扬雄认为作赋属于“童子雕虫篆刻”系列的观点抬出来，认为这是“壮夫不为”的小事。因为华丽过度会走向反面，就会令人生厌。而“赞语”提出“风归丽则”的辞赋创作风格标准，直接语出扬雄，实际上正是《征圣》篇“圣文雅丽”说的直接表述。因为圣文雅而不丽，辞赋丽而不雅，诗骚结合，方可真正做到“衔华佩实”之彬彬正采，实现符采相胜的审美目的。雅丽结合的原则适用于一切文章的创作、审美与鉴赏批评，成为贯通《文心雕龙》全书的基本美学思想。

可以说，扬雄“五经含文”的文艺思想与“丽则丽淫”的辞赋评论，直接继承了孔子的诗乐理论，是《文心雕龙》雅丽文学思想的基本渊源之一。

第八节　对《文心雕龙》理论体系的突出贡献

《文心雕龙》下篇共二十五篇，从《神思》到《总术》的十九篇一般称为创作论，主要探讨文学写作的思维、风格、审美、通变、情采、修辞技法、主体修养等问题，这些专题又可以划分为思维论、风格论、修辞论等专题版块，涉及了从前写作到后写作的方方面面。[①] 扬雄在创作论中做出了突出的贡献，并成为刘勰论述创作得失的首选作家。

① 当代写作学界将写作过程分为前写作、显写作与后写作三个大的阶段。前写作主要指构思立意、谋篇布局阶段，显写作主要指具体的行文操作阶段，后写作主要指修改定稿阶段。从大的环节与线性写作特点来看，三阶段的划分是合理的。

一、创作思维论

《文心雕龙·神思》是古代文论史上最系统的写作思维专论①，刘勰认为“人之禀才，迟速异分；文之制体，大小殊功”，写文章不能只看快慢，因为人的思维速度本身就有快慢之分，所写文体不同，写作速度也会有差异。如前文所述，扬雄尽管创作上各体皆能，而且成就非凡，但“扬雄辍翰而惊梦”，其创作过程属于典型的慢节奏，所以“虽有巨文，亦思之缓也”，但最后的成就与思维速度无关。据桓谭《新论·祛蔽》所载，扬雄写完了《甘泉赋》，因用心过度，困倦而卧，“梦其五脏出在地，以手收而内之”。《全后汉文》卷十四说：“余少时见扬子云之丽文高论，不自量年少新进，而猥欲逮及。尝激一事而作小赋，用精思太剧，而立感动发病，弥日瘳。子云亦言，成帝时，赵昭仪方大幸，每上甘泉，诏令作赋，为之卒暴。思精苦，赋成，遂困倦小卧，梦其五藏出在地，以手收而内之。及觉，病喘悸大少气，病一岁。② 由此言之，尽思务精神也。”上述对扬雄思维迟缓的论述，讲到了构思的重要性和写作劳心费神、“为文伤命”的真实状态，所以《文心雕龙》第四十二篇列为《养气》，专门讨论写作状态的养成与平时蓄养精神的问题。刘勰列举

---

① 《庄子》书中有零散的思维理论，重自由、虚静与逍遥；陆机《文赋》是第一篇写作思维专论，但因其赋体形式与骈偶句法，许多人读不懂。刘勰在继承庄子、陆机等前人思维理论的基础上，系统地论述了文章写作思维的各个问题，是古代文论中最系统的思维论著。

② 《北堂书钞》作“病发一年而死”，《甘泉赋》注作“明日遂卒”，《太平御览》三百九十三作“一年卒”，三百九十九、七百三十九作“病一岁卒”，皆误。扬雄只是精力消耗太大，累病了，不是死掉了。

扬雄之例，是注意到了临案写作的真实思维状态，不是说有才就快，无才就慢，这种直面真实写作状态的讨论，才是最好的写作研究。

二、文学风格论

自《体性》到《情采》的五篇，一般称为风格论专题，是《文心雕龙》“剖情析采”的重要原理与范畴，司马相如与扬雄在风格类型、“风骨”范畴、文学“通变”三部分均有出现，对刘勰上述理论范畴的产生有重要影响。

《体性》是文论史上第一篇风格论专篇，迄今没有风格论理论能够超越之。刘勰在本篇中有一段话，专论作家情性风格，主张“文如其人”，以证明作品风格的多样性和丰富性，根源于作家个性的差异：

> 吐纳英华，莫非情性。是以……子云沈寂，故志隐而味深；……触类以推，表里必符。岂非自然之恒资，才气之大略哉？[①]

引文中共论及汉魏十二位文章名家。“子云沈寂”则指扬雄性格沉静。《汉书·扬雄传》载：“雄少而好学，不为章句，训诂通而已。……口吃。不能剧谈，默而好深湛之思，清静亡为，少耆欲。”扬雄作品之“志隐而味深”，可以《才略》篇“子云属意，辞人最深。观其涯度幽远，搜选诡丽；而竭才以钻思，故能理赡而辞坚矣”解释之。扬雄对刘勰的启示在于：风格独特的文章背后，必定有一位个性鲜明的作

① 杨明照：《增订文心雕龙校注》，第384页。

家，文章风格是由作家情性所决定的。刘勰认为，作家独特的情性并不仅指先天个性，它包含了才、气、学、习四个方面的内容，既与先天才气相关，又与后天习染有关。风格的本质是作家的创作个性。在齐梁时代，这样深入的文学风格阐释与原因探究是绝无仅有的。扬雄为刘勰提供了绝佳的论证案例。而在《体性》篇中提出己见，在后文以《才略》篇对应拓展之，又体现了《文心雕龙》在全书体例设计上的过人之处。

在《通变》篇中，扬雄被刘勰视为完美体现了文学发展继承规律与文学新变规律的典型。扬雄首先出场，占据了理论阐释的中心位置：

> 今才颖之士，刻意学文；多略汉篇，师范宋集：虽古今备阅，然近附而远疏矣。……桓君山云："予见新进丽文，美而无采；及见刘、扬言辞，常辄有得。"此其验也。故练青濯绛，必归蓝蒨；矫讹翻浅，还宗经诰。斯斟酌乎质文之间，而檃括乎雅俗之际，可与言通变矣。[1]

齐梁时期的写作者学今而不学古，故而文章讹滥百出，刘勰认为他们不辨文质，不分雅俗，"竞今疏古"，走了弯路，故而举桓谭论扬雄的话来反对当时片面追求新奇靡丽的不正风气。学习写作宜复古，这是贯穿《文心雕龙》始终的一个基本观念，因为古文不仅尚丽——尚丽是天然特点，而且内容与语言都比当代文章雅正。扬雄的作品成了刘勰极力

---

① 杨明照：《增订文心雕龙校注》，第 400 页。

赞美的经典。

在“斟酌质文、檃括雅俗”之后，刘勰认为汉赋的创作不仅体现了文学新变的规律，还具有继承前代、一脉相承的特点。他写道：

> 夫夸张声貌，则汉初已极。自兹厥后，循环相因，虽轩翥出辙，而终入笼内。……扬雄《校猎》云：“出入日月，天与地沓”。……诸如此类，莫不相循。①

汉赋五家描写海天日月的壮丽景象，尽管言辞有差异，但同时体现了“夸张声貌”的时代风气，“汉赋巨丽”的夸饰特点被淋漓尽致地展示出来。如此，文学需要继承前代因子，需要合理得法地创新变化——文学通变的共时规律就被揭示出来。扬雄在这一重要的篇章中再次出场，成为刘勰笔下的成功范例并受到褒扬。

在思维论与风格论的几个宏观专题中，刘勰不仅将扬雄视为最著名的作家，还将他们作为论述写作基本问题的典型案例。没有天下知名的扬雄压阵，刘勰总结的这些写作理论将难以服众，因为很少再有扬雄这样创作、理论都有很高水平的超重量级选手。

三、修辞技法论

从《镕裁》到《附会》的十二个专题，主要论述的是写作中的修辞技法问题，属于微观层面的写作研究。扬雄在这些篇章中继续扮演着经典作家的角色，其创作得失与文字小

① 杨明照：《增订文心雕龙校注》，第401页。

学水平，成为刘勰在这些篇章中立论或驳论的依据。

《丽辞》篇论述对偶修辞，诗赋皆用。“丽辞”技法是文学原道之“形文”的基本特点，刘勰从哲学原理的高度说：“造化赋形，支体必双；神理为用，事不孤立。夫心生文辞，运裁百虑；高下相须，自然成对。”① 自然万物具有“支体必双”“事不孤立”的特点，因此，“心生文辞”一定具有“自然成对”的基本属性。在诗歌、辞赋成就已经很高且骈文大兴的汉魏六朝时代，刘勰说这个话可谓是准确地把握住了时代的文学发展脉搏，《文心雕龙》主张“新变”“趋时”的文学发展观，“丽辞”理论就是一个显著成就。在刘勰看来，开启“丽辞”技法运用的是这样几个人：“自扬、马、张、蔡，崇盛丽辞：如‘宋画吴冶，刻形镂法’，丽句与深采并流，偶意共逸韵俱发。”② 扬雄在对偶修辞技法上引领了新变潮流。

《比兴》篇论述比喻和起兴两种修辞手法，主要体现了微观层面的句子写作技巧。在详细列举了比喻手法“或喻于声，或方于貌，或拟于心，或譬于事”的四种类型之后，刘勰举出宋玉、枚乘、王褒、马融等人的辞赋创作，虽然继承了《诗经》的比喻手法，但是辞赋的创作“日用乎比，月忘乎兴：习小而弃大，所以文谢于周人也”。认为汉赋比不上《诗经》。在这些人之后，刘勰继续举证说：

> 至于扬、班之伦，曹、刘以下，图状山川，影写云物，莫不纤综“比”义，以敷其华：惊听回视，资此效

① 杨明照：《增订文心雕龙校注》，第451页。
② 杨明照：《增订文心雕龙校注》，第451页。

绩。又安仁《萤赋》云“流金在沙”，季鹰《杂诗》云“青条若总翠”，皆其义者也。故“比”类虽繁，以切至为贵；若刻鹄类鹜，则无所取焉。①

扬雄、班固等著名辞赋家的作品，主要采用的都是比喻为主的写法，与上述宋玉等人一样，轻视了、忽略了起兴手法的运用，所以，刘勰认为，使用比喻一定要注意切至、准确、简约，否则就会比喻不当，文辞繁缛，刻鹄类鹜，很不好。简单地说，比喻形象生动，以直接描写为主；起兴含蓄委婉，具有多重义项的解读。所以，这实际上是汉赋与《诗经》写作手法上的一次大转变。

发展到《夸饰》篇，刘勰继承扬雄“丽淫丽则”的观念，主张“丽则”而赞《诗》，反对“丽淫”而贬《骚》的观点特别明显。整体上看，《夸饰》篇的基本观点与《辨骚》《诠赋》《情采》《物色》等篇一脉相承，而且更为具体，从夸张修辞的角度论述文体优劣与写作规范，同时深含贯通《文心雕龙》全书的雅丽文学思想。在这一重要的篇章中，扬雄成为最主要的评论对象。

《宗经》《通变》等篇都谈到了“楚艳汉侈”的华丽之美与“夸张声貌”的夸饰技法；《丽辞》《比兴》篇也都先后对辞赋夸饰过度进行了不同角度的分析。因此，《夸饰》一篇就专为解决文学创作如何正确使用夸张手法而列。值得注意的是，刘勰在本篇中指出了儒家经典的夸饰问题，对宗经观念深入骨髓的刘勰来说，这显得难能可贵。刘勰采用了正视问题、绝对宗经的态度和折中诗赋、标举雅丽的创作标准。

① 杨明照：《增订文心雕龙校注》，第461页。

《夸饰》篇从哲学依据、诗骚创作、方法正误几个方面论述了这个意见。文章开篇就说：

> 夫“形而上者谓之道，形而下者谓之器”。神道难摹，精言不能追其极；形器易写，壮辞可得喻其真；才非短长，理自难易耳。故自天地以降，豫入声貌，文辞所被，夸饰恒存。①

刘勰认为，“形而上者”的自然之“道”决定了自然万物文采艳丽的特点，作为“形而下者”的文章之“器”也应该是“文辞所被，夸饰恒存”的。夸饰手法是出自天地自然的。这就为后世所有文章尚丽尚美的美丽精神找到了坚实可信的哲学基础。于是，不论经典也好，辞赋也好，都是文采绚丽、具有夸饰特点的。但对经典以外的其他文体中的夸饰现象是一定要狠狠地批评的。刘勰找的靶子主要是辞赋创作：

> 自宋玉景差，夸饰始盛；相如凭风，诡滥愈甚。故上林之馆，奔星与宛虹入轩；从禽之盛，飞廉与鹪鹩俱获。及扬雄《甘泉》，酌其余波：语瑰奇则假珍于玉树；言峻极则颠坠于鬼神。至《东都》之比目，《西京》之海若，验理则理无可验，穷饰则饰犹未穷矣。又子云《羽猎》，鞭宓妃以饷屈原；张衡《羽猎》，困玄冥于朔野。娈彼洛神，既非罔两；惟此水师，亦非魑魅：而虚用滥形，不其疏乎？此欲夸其威，而饰其事义睽剌也。至如气貌山海，体势宫殿，嵯峨揭业，熠耀焜煌之状，

① 杨明照：《增订文心雕龙校注》，第470页。

光采炜炜而欲然，声貌岌岌其将动矣：莫不因夸以成状，沿饰而得奇也。于是后进之才，奖气挟声；轩翥而欲奋飞，腾踯而羞跼步。辞入炜烨，春藻不能程其艳；言在萎绝，寒谷未足成其凋。谈欢则字与笑并，论戚则声共泣偕：信可以发蕴而飞滞，披瞽而骇聋矣。[①]

辞赋崇尚夸饰，从战国到两汉，循流而作，“诡滥愈甚”。以司马相如和扬雄为代表的两汉辞赋的创作，呈现出越来越严重的夸饰过度的问题。不仅如此，赋“劝而不止”的讽谏功能越来越弱，“事义暌刺”，言说迂回虚诞的弊端则越来越明显，以至于后世的模仿者与学习者误入歧途，“辞入炜烨”而“言在萎绝”。刘勰对辞赋的整体评价并不高，往往以“楚艳汉侈，流弊不还”“楚汉侈而艳”指责之，又以为学习辞赋，并非习染雅制，故称“效《骚》命篇者，必归艳逸之华”，认为辞赋的影响也是不好的。《定势》篇引用桓谭“文家各有所慕，或好浮华而不知实核，或美众多而不见要约”的话，暗中指向的目标，同为夸饰艳丽的辞赋创作。

对辞赋夸饰巨丽的批评贯通《文心雕龙》全书，《通变》篇就认为辞赋之艳丽与“夸张声貌”的写法，在两汉时代登峰造极，表现得尤为明显。因此，刘勰尽管积极主张文学创作尚丽尚美，但更主张丽而有度，夸而有则，应该追求“风归丽则”的雅丽之美。刘勰据此开出药方，认为拯救汉赋夸饰巨丽之弊端，应该这样做：

① 杨明照：《增订文心雕龙校注》，第470～471页。

酌《诗》《书》之旷旨，翦扬马之甚泰，使夸而有节，饰而不诬，亦可谓之懿也。[①]

“《诗》《书》之旷旨”是要求雅正，“扬马之甚泰”是辞赋的巨丽，要做到二者的结合，“使夸而有节，饰而不诬”，创作既雅且丽的作品，才是对夸饰手法的正确运用。这个思想，早在《辨骚》篇就已提出：

若能凭轼以倚《雅》《颂》，悬辔以驭楚篇，酌奇而不失其真，玩华而不坠其实，则顾盼可以驱辞力，欬唾可以穷文致，亦不复乞灵于长卿，假宠于子渊矣。[②]

“《雅》《颂》”指代“《诗》《书》雅言”，儒家经典；“楚篇”指代“奇文”《楚辞》，汉赋诸作。二者结合，“酌奇而不失其贞，玩华而不坠其实”，取“执正驭奇”“衔华佩实”的雅丽文风为极则，那么就可以轻易地写出好文章。

刘勰解蔽夸饰、正确对待夸饰手法的论述，明显地运用了“折衷诗骚”的方法论，是在极力主张其“雅丽”文学思想。雅丽文风不仅既雅且丽，符合“正采”文质彬彬的特点，而且占据了中和《诗》《骚》的审美特点，体现了“折衷”的思维方法论，同时还是文学创作的典范原则，与尚丽尚美的自然之美和尚雅尚正的儒家思想相吻合，具有最大的包容性和可操作性。

在《事类》篇中，刘勰讨论了引事用典的修辞方法，扬、马之作，在用典修辞上是最好的范例。本篇首先提出儒

① 杨明照：《增订文心雕龙校注》，第471页。

② 杨明照：《增订文心雕龙校注》，第52页。

家经典有用典之举，继而将历代文学家对用典的态度和程度罗列出来：

> 观夫屈、宋属篇，号依《诗》人；虽引古事，而莫取旧辞。唯贾谊《鹏赋》，始用鹖冠之说；相如《上林》，撮引李斯之书：此万分之一会也。及扬雄《百官箴》，颇酌于《诗》《书》；刘歆《遂初赋》，历叙于纪传：渐渐综采矣。[①]

司马相如《上林赋》开启了辞赋文学用典的先河，难能可贵；扬雄《百官箴》多次援引儒家经典《诗经》与《尚书》的故事，慢慢地将用典手法纯熟化、习惯化。由此可见，扬雄之前的作家主要凭借的是自身的才华来创作，引用极少；而扬雄与刘歆则将先天才气与后天学习积累运用到写作中，使得文章内涵丰富，深度加强。这种观念与《体性》篇“才、气、学、习”四者结合、《才略》篇“卿、渊已前，多役才而不课学；向、雄以后，颇引书以助文”的观念是相互贯通的。由此可见，《文心雕龙》各个篇章或理论观念之间是前后呼应、论述谨严的。

刘勰认为，扬雄是古今作家中将先天才华与后天学习结合得最为成功的范例：

> 是以属意立文，心与笔谋：才为盟主，学为辅佐。主佐合德，文采必霸；才学褊狭，虽美少功。夫以子云之才，而自奏不学；及观书石室，乃成鸿采：表里相

① 杨明照：《增订文心雕龙校注》，第 477 页。

资，古今一也。[1]

扬雄早先的“自奏不学”，是追慕司马相如纵横驰骋的大赋写作，以绝妙之才思，为天下之丽文；其后观书课学，“乃成鸿采”——不仅包括辞赋作品，更指其文艺思想著作与学术理论著作，如《法言》《太玄》等，这类著作是司马相如所没有的。扬雄之所以在辞赋之外能够超越司马相如，主要原因就在于课学读书，出入经史百家，最后自成一家，著作子书传世。

《练字》篇论述到作家的文字小学功夫与写作中词语运用的问题，是一篇别开生面的专论。蜀中名家扬雄之所以能在辞赋创作中引领风尚，成为一代俊杰，有一个重要的原因，就是他是汉代最著名的文字小学专家，其在辞赋创作中运用了大量的古文字或方言文字，具有一流的学术水平，这种修养是东汉与魏晋作家所不具备的。刘勰说：

> 汉初草律，明著厥法：太史学童，教试“六体”；又吏民上书，字谬辄劾。……至孝武之世，则相如撰《篇》。及宣、成二帝，征集小学：张敞以正读传业，扬雄以奇字纂《训》，并贯练《雅》《颉》，总阅音义。鸿笔之徒，莫不洞晓；且多赋京苑，假借形声。是以前汉小学，率多玮字；非独制异，乃共晓难也。暨乎后汉，小学转疏；复文隐训，臧否太半。及魏代缀藻，则字有常检；追观汉作，翻成阻奥。故陈思称：“扬、马之作，趣幽旨深，读者非师传不能析其辞，非博学不能综其

① 杨明照：《增订文心雕龙校注》，第477页。

理。”岂直才悬，抑亦字隐。[1]

在汉武帝时期，司马相如编写了《凡将篇》，到宣帝和平帝时期，扬雄编辑了解释奇字的《训纂篇》。他们都精通《尔雅》《仓颉》等古文字书籍，全面掌握了文字的音义。当时的辞赋大家无不通晓文字学。加之他们的作品大都是描写京都苑囿的，常用假借字来状貌形声，因此，西汉时期擅长文字学的作家大都好用奇文异字。这并非他们特意要标新立异，而是当时的作家都通晓难字。这其中，扬雄是最著名的代表。随着社会的发展，后代文字学学术水平不进反退，到魏晋时期，读者已经很难看懂扬、马之作了，所以曹植说扬雄、司马相如的作品意义幽深，读者未经老师传授就不能解释其辞句，没有广博的学识就难以理解它的内容。这不仅因为读者才力不足，也由于这些作品中的文字实在深奥。

这其实怪不得扬、马二人。据史书记载，文翁石室兴学之后，蜀中子弟学术水平突然一进千里，蜀地几乎是一夜之间就成为天下学术的重镇，蜀学之兴盛，可与齐鲁之学比肩抗衡。《汉书·艺文志》说，西汉平帝“元始中，征天下通小学者以百数，各令记字于庭中。扬雄取其有用者，以作《训纂篇》”。这段话透露了一个惊人的信息：扬雄是当时天下小学成就最高的学者。天下通小学者以百数，汇集京都，最后做整理编辑工作的是扬雄。扬雄的学术学于蜀中，反推过来，当时蜀中学术水平（尤其易学与小学）应为天下之冠。没有这样的学术水平与地域文化背景，汉赋巅峰不可能出现在巴蜀大地，甚至能不能产生汉代京苑大赋，都是一个

① 杨明照：《增订文心雕龙校注》，第489页。

疑问。[1] 简而言之，在刘勰深入探讨文学作品的语言文字问题之时，扬雄又在小学水平与创作成就上，成为《文心雕龙》取材立论的最重要对象。

四、文学批评论

从《时序》到《程器》这五篇一般称为批评论，主要是宏观地对文学发展史、文学鉴赏、作家才略、道德修养等问题进行整体探讨。创作论与批评论的二十四个专题，涉及从前写作到后写作的方方面面，扬雄在这一部分内容中有突出的贡献。

《时序》篇是古代文论史上的第一篇文学史论，对先秦至齐梁“九代文学”的“文质之变”作出了从现象到本质的深度阐释。在汉代，扬雄引领时代风尚，成为著名的文学家：

> 越昭及宣，实继武绩：驰骋石渠，暇豫文会；集雕篆之轶材，发绮縠之高喻。于是……子云锐思于千首……亦已美矣。[2]

西汉一朝，文学发展昌盛，作家作品灿如星汉，扬雄跻身于最著名的文学家之列，作为巴蜀文学的杰出代表，在全国居于一流作家的行列。西汉文学的创作整体上以辞赋为主，根源主要是在《楚辞》，所以刘勰准确地指出：“爰自汉

---

① 关于汉赋与巴蜀地域文化的关系，李天道先生《司马相如赋的美学思想与地域文化心态》、毕庶春先生《巴蜀与汉赋初探》、刘跃进先生《秦汉时期巴蜀文学略论》等专著或论文已经作过先一步的探究。本书限于论述主题，在此不再展开。

② 杨明照：《增订文心雕龙校注》，第 546 页。

室，迄至成、哀，虽世渐百龄，辞人九变，而大抵所归，祖述《楚辞》：灵均余影，于是乎在。”文学发展有继承前代的规律性特征，汉赋对《楚辞》的继承就体现了这一特征。不同时代的文学体裁与创作时尚，又鲜明地体现出当时的社会风尚与哲学思潮，乃至与帝王政治关系密切。汉赋兴盛的背后，与汉王朝气象雄浑、富庶强盛、文治武功冠绝天下密切相关，与汉武帝尊崇儒术、好大喜功也有直接的关系。这又是汉赋于继承前代之外，在当时新变的一面，所以刘勰说“质文沿时，崇替在选”，汉赋巨丽，是因为时代气象之巨丽。

《才略》篇既是对《体性》篇风格理论的补充，也是对历代著名作家的一次全面比较，扬雄在刘勰点评的九代七十多位作家中地位极为显赫：

> 子云属意，辞人最深：观其涯度幽远，搜选诡丽，而竭才以钻思，故能理赡而辞坚矣。①

扬雄为文深厚博大，才思学识皆备，故而幽深瑰丽，莫与并能，是汉赋最优秀的代表。

在点评完两汉数十位著名作家之后，刘勰进一步将扬雄上升为两汉文学的断代标志：

> 然自卿、渊已前，多俊才而不课学；雄向以后，颇引书以助文：此取与之大际，其分不可乱者也。②

司马相如与王褒“多役才而不课学”，才华横溢，独步

① 杨明照：《增订文心雕龙校注》，第581页。
② 杨明照：《增订文心雕龙校注》，第582页。

当世；自刘向与扬雄“引书以助文”开始，汉代作家改变了仗气使才而欠缺学习的不足。这既是巴蜀文学在汉代的前后变化，也是整个汉代文学在创作上的分水岭。

在本篇之中，扬雄不仅是擅长各种文体的大作家，不仅是汉代文学前后分界的“屋脊”，刘勰还将其作为整个文学史的经典作家。在论述到战国时期的各位名家的时候，刘勰说：

> 战代任武，而文士不绝。诸子以道术取资，屈、宋以《楚辞》发采。乐毅报书辨以义，范雎上书密而至，苏秦历说壮而中，李斯自奏丽而动：若在文世，则扬、班俦矣。①

名将乐毅、名臣范雎、纵横家苏秦、秦国丞相李斯等人，是整个战国时期最著名的作家，他们流传下来的经典文章至今仍可以看到。刘勰以为，上述作家如果出生在昌明的文世，就会是扬雄、班固这样的伟大作家。由此可见，扬雄在整个文学史上的地位是多么高，在刘勰心目中的分量是多么足。扬雄早已经超越了汉代这个断代文学的高度，是整个文学史上最著名的作家。

在作家评论之外，刘勰又以扬雄的理论见解来评价“辞宗”司马相如的创作：

> 相如好书，师范屈、宋，洞入夸艳，致名“辞宗”；然覆取精意，理不胜辞，故扬子以为“文丽用寡者长

① 杨明照：《增订文心雕龙校注》，第581页。

卿”，诚哉是言也！[1]

关于扬雄评价司马相如辞赋创作及其审美特点的论述，本书已多次提及，并展开过详细评论，这里就不再多说了。

《知音》篇是古代文论史上最出名的一篇文学鉴赏专文。扬雄以创作与理论成就位列其中。刘勰深以为赏鉴之难，发出“见异，唯知音耳”的感叹，他认为鉴赏者必须要有主观的公正态度和具体可操作的方法，因为“文如其人”，好的文章是一定会被赏识的，比如扬雄诸作就是如此。刘勰赞美扬雄说：

> 扬雄自称：“心好沉博绝丽之文。”其不事浮浅，亦可知矣。[2]

扬雄《答刘歆书》自言不善言辞，少年时代追慕司马相如大赋诸作，“心好沉博绝丽之文”，遂拟而作四赋。创作取法甚高，故而成就非凡。刘勰的用意是在告诫后代的作家，鉴赏虽难，但创作也不容易，自己就要有意识地主动取法乎上，写出好作品，不要一味诘责鉴赏者，那样是不公正的。

《程器》篇论述了历代作家的道德瑕疵，这些作家中有文士与武将之分，而且个个知名。先论著名文人十六人，打头阵的还是扬雄：

> 略观文士之疵：……扬雄嗜酒而少算；……诸有此

---

① 杨明照：《增订文心雕龙校注》，第581页。

② 杨明照：《增订文心雕龙校注》，第600页。按：杨先生《校注》本句中没有“不”字。根据上下文推断，以及其他注本对本句的理解，在此确定加上“不”字。特作说明。

类，并文士之瑕累。①

扬雄不善营生，不会精打细算过日子，好喝酒，家贫，没有余粮，生活非常狼狈。刘勰认为像他们这样的著名文学家在德操方面都是有严重问题的，文人无行，瑕累甚多。然后，刘勰又列著名武将十六人，证明文武均有瑕疵，不止文士一类。难能可贵的是，刘勰不只是简单地罗列现象，而是深入探寻这些人为什么名声不好、德行不高。究其原因，第一是“将相以位隆特达，文士以职卑多诮”，文人地位不如将相，所以被讥讽也就最多。第二是“士之登庸，以成务为用”，人必须要有强烈的进取心，“安有丈夫学文，而不达于政事哉？”文人要参政，如果只是立言而不能立德立功，是一定没有出路的，所以说：“彼扬、马之徒，有文无质，所以终乎下位也。”一句话，文以人传，名随位尊。据史书记载，扬雄原本家贫，做官后始终只是小官，又不敢放开手脚，所以小心谨慎，数十年不得晋升。尽管文才过人，但终因官位不显而声名毁誉参半。这一论述间接地将刘勰本人身为文士而地位不高、学成文术而欲树德建言的进取雄心彰显出来。

合观本篇，与“论文”实无关联，而与论“文人”之用关联颇多，是刘勰创作《文心雕龙》一书内在动力的真实反映。刘勰提出自己对文士修养与作用的看法，并在此基础上归纳出“摛文纬军国，负重任栋梁”的人生奋斗目标，照应“贵器用而兼文采”的中心观点，显示了他思想受到《左传》“不朽”说与孔子“疾名德之不彰”论深刻影响的痕迹。为文致用，这是《文心雕龙》全书反复主张的一个观点，这一

① 杨明照：《增订文心雕龙校注》，第 606 页。

观点集中地体现在《征圣》篇的“贵文”主张中。文能用，则为文之人也可得用，这就是《文心雕龙》全书最深层的写作动力。雅丽思想之“雅”，除去雅正之思想与雅正之文采，还有“为文求用”的含义，本篇表达的正是这个意思。①

结 语

综上所述，扬雄不仅提出了许多为《文心雕龙》所直接接受的文论主张，同时，他的辞赋创作与学术著作为《文心雕龙》的作家作品批评提供了极好的实践对象。上述明道、征圣、宗经、辞赋评论所论述的若干思想标准、创作理论、鉴赏理论，归纳起来，主要有以下两点：

第一，主张“丽则”。扬雄评价辞赋尚丽尚美的文学思想，是文论史上第一次明确地自觉探寻文学本质的追求，这是建立在儒家与道家美丽思想基础上的集合产物。自此，沿着扬雄、王充、曹丕、陆机而下，文学尚美尚丽之势锐不可当；文学理论的自觉、创作的兴盛、学术思潮的自觉意识不断加强。因此，扬雄在这个“自觉”的萌芽、发展、兴盛的

---

① 早在《孟子》一书中论述圣人时即以“致用”为标准。《文心雕龙》受“为文致用”影响，大力主张“政化贵文”“事迹贵文”“修身贵文”“摛文必在纬军国，负重必在任栋梁”“五礼资之以成文，六典因之致用；君臣所以炳焕，军国所以昭明”等文学功用观念。据杨明照、张少康、王元化等先生考论，刘勰有借书晋身、以期入仕的目的。为此，刘勰托身定林寺，依附僧祐十余年，是想借用僧祐的宗教地位以及与王室宗亲的特殊关系来实现自己的政治理想。包括后来负书拦道、求誉沈约的行为，以及托身寺庙十几年不出家，而一旦出仕，就三十多年宦游官场不回寺庙的行为，如此等等，证明了刘勰本人所持的经世致用、建功立业的思想，不仅非常浓厚，而且占据他本人思想的主导地位。儒家思想不仅是《文心雕龙》文学思想的主导，更是他人生观、价值观的主导。

历史脉络中扮演了一个重要的中介角色，承上启下，继往开来。刘勰《文心雕龙》一方面肯定文学尚丽尚美的本质与文学由质趋文的发展趋势，高度赞美文学的美丽精神，同时也看到了尚丽主张、创作、批评的不良动向，提出雅丽的古今折中的新标准，对魏晋文学的自觉进行了反思与规范的再次自觉。这个思想是得益于扬雄的。

第二，扬雄具体提出的文质论、华实说、修养论、新变论、自然之道、五经含文、辞赋致用等，在继承了先秦儒家"文质彬彬""尽善尽美"的论人论诗之说，而直接用于评价文学内容与形式、文学内外发展因素、作家修养、审美评价的基础上，还重视探索文学丽淫丽则的审美特点、臧否历代名人名家、提出五经新变损益的主张、取法自然的创作感物说等，这些新变理论的提出，是刘勰"圣文雅丽，衔华佩实"的雅丽思想的哲学依据，是《文心雕龙》中体现的美丽精神、文学新变、独尊儒家等内涵的直接来源。扬雄著名的"心声心画"说，为刘勰"文如其人"的风格论奠定了理论基础；"弸中彪外"说，为《文心雕龙》作家修养论作出了示范；"尚中执中"的中道思想，为刘勰尚雅贬俗、提倡中和之美的理论主张与折中方法论的运用做了成功的示范；求实疾虚、求真疾伪的态度，上承孟子、下启王充，为《文心雕龙》主张情深、义贞、事信、批判纬书奠定了理论基础；而对于来自荀子尚法论术的思想，扬雄对其进行了拓展论述，使得刘勰为文之道尚法论术的思想基础更为牢靠。

第五章　历代边关赋之祖

——东汉名家李尤

第一节　李尤生平简介

李尤，约生于东汉光武帝建武二十年（公元 44 年），卒于顺帝永建元年（公元 126 年），字伯仁，广汉雒（今四川广汉雒城）人。年少时以能文著称，曾撰《蜀记》。汉和帝时，侍中贾逵推荐他的文章有司马相如、扬雄的风格，被召至京城洛阳，撰《函谷关》《辟雍》《德阳殿》《平乐观》《东观》诸观赋、铭，拜为兰台令史，主管国家藏书、校书之事。网罗儒生如刘珍、马融、刘騊駼等人，在东观校订编正五经、诸子传记、文艺百家等典籍，整齐脱误，是正文字，对东汉的官府藏书整理有突出贡献。

安帝时为谏议大夫，受诏与谒者仆射刘珍等共撰《东观汉记》，与刘騊駼合修有《建武以来名臣传》。后帝废太子为济阴王，尤上书谏争。顺帝即位，迁乐安相，年八十三，卒。生平最喜爱“铭”这种文体，著有一百二十首铭，时称“门阶户席，莫不有铭”。另有《果赋》《政事论》七篇、《和帝哀策》等，唯《九曲歌》残句较为有名：“年岁晚暮时已斜，安得壮（一作力）士翻日车。”文集已轶，梅鼎祚《东汉文纪》，张溥《汉魏六朝百三家集》，严可均《全上古三代秦汉三国六朝文》辑有其作品。

李尤的著作表达的是儒家正统思想，缺乏创建且文采平平，故成就不高，《文心雕龙》评为“李尤赋铭，志慕鸿裁，而才力沈腿，垂翼不飞”。在严可均辑录的《全后汉文》中，我们还可以看到李尤的几十篇文章，主要以铭文为主，刘勰以“李尤积篇，义俭辞碎”评论之，指的是李尤创作成果虽多，但与西汉三杰相比，独创性、开拓性、影响力等都有所不足，整体质量不够高，仔细阅读李尤的作品，也确实如此。

李尤文学作品以赋和铭为主，其《函谷关赋》是中国古代第一篇描写关塞的赋作，李尤本人也被誉为“历代关塞赋之祖”，其铭文数量最多，创作成就也最为突出，主要可以分为山川赋、居室铭、器物铭三类，极大地拓展了铭文的题材和表现范围，形成了短小精悍、分组连章的铭文格局和语言简练、文风质朴的铭文风格，并时常在铭文中寄予自己的政治思想和处世法则，在东汉乃至整个铭文发展史上都具有重要的历史意义。范晔《后汉书·文苑列传》对李尤有专门记载：

> 李尤字伯仁，广汉雒人也。少以文章显。和帝时，侍中贾逵荐尤有相如、杨雄之风，召诣东观，受诏作赋，拜兰台令史。稍迁，安帝时为谏议大夫，受诏与谒者仆射刘珍等俱撰《汉记》。后帝废太子为济阴王，尤上书谏争。顺帝立，迁乐安相。年八十三卒。所著诗、赋、铭、诔、颂、《七叹》《哀典》，凡二十八篇。

尤同郡李胜，亦有文才，为东观郎，著赋、诔、颂、论数十篇。[①]

清严可均在《全后汉文》卷五十的按语中说："《华阳国志》十中，和帝召作《东观》《辟雍》《德阳》诸观赋，铭《怀戎颂》百二十铭，著《政事论》七篇，帝善之。今搜辑群书，得八十四铭，其余三十七铭亡。"所以，《后汉书》记载李尤的作品"凡二十八篇"，是严重失实的。

根据范晔《后汉书》的记载，巴蜀文学家进入其中的，就只有李尤和同乡李胜二人。这和西汉时期巴蜀文学的鼎盛发展、在全国占据最高峰的形势相比，已经无法相提并论了。西汉一朝，司马相如被誉为赋圣、辞宗，鲁迅称赞他和司马迁可以相提并论，是汉代文学双峰并峙的骄傲，司马迁写作《史记》，为司马相如一个人列出一个专门篇章，详细介绍了他的生平事迹、文学作品和贡献，是全书篇幅最长、用力最勤的名人传记，开创了汉代文学作家单独列传的传统；其后，班固《汉书》全部抄录《史记》，为司马相如列传。扬雄在《汉书》中享有更高的地位，班固为他单独列传不说，一篇写不下，分为上篇和下篇，详细记述了扬雄的生平事迹、文学作品、思想成就、学术著作、时风评价与矛盾处境，这是整个《汉书》中最长的传记，也是唯一的单独人物分上下篇的传记。王褒虽然没有达到上述二人的文学高度，但在《汉书》中传记篇幅也是很长的，所列作品多样，政治地位和文学成就很高。以上三人，是整个汉代文学的杰

① （南朝宋）范晔：《后汉书》（影印本），北京：中华书局，1997 年版，第 2616 页。

出代表作家，更是巴蜀文学在汉代的顶峰作家。

发展到东汉，正如本书第一章第三节所说：汉代文翁兴学之后，巴蜀地区接受了中央政府正统儒学的教化，儒风渐盛，人才辈出，在学术上、整体文化教育上，已经具有了与齐鲁、京师比肩的盛况；但在文学创作上，人才反而逐渐凋零，整个东汉一朝，只有李尤、李胜进入了正史记载，不仅根本没有获得司马相如、扬雄等大家单独列传的优遇，和王褒在正史中被突出记载的待遇也无法相比，前面的引文只有区区一二百字，就很能说明问题。

但是，这不是说李尤的文学成就不高，而是说在开创性、独特性以及历史地位上，他比不上西汉三杰。但在东汉整体文学水平都不如西汉的时代背景之下，李尤是有着相当突出的文学成就的作家。

第一，史学与经学。李尤年少时以能文著称，曾撰《蜀记》；到京都之后，拜兰台令史，这是班固等著名史学家曾经担任过的官职；安帝时为谏议大夫，受诏与谒者仆射刘珍等共撰《东观汉记》；其后，再次受命组织人手撰写《东观汉记》，其中的成员就有后来的大儒、大文豪马融。由此可见，李尤不是那种纯粹的文学家，而是一个博学的学者型作家，他继承了扬雄等人的蜀地文学家特色：经学、文学、史学兼备，才华、学术、思想兼备，是一个不可多得的综合性人才。

第二，文学与铭赋。范晔记载其“所著诗、赋、铭、诔、颂、《七叹》《哀典》，凡二十八篇”，严可均《全后汉文》著录为八十四篇，其中最主要的体裁，是赋体与铭体。仅从数量上说，这是一个了不起的成就；从开创性上说，他是第一个大力写作铭体作品并以之成名的汉代作家。尽管在赋体创作上数量不多、篇幅不长，与司马相如等人的大赋不同，但他开中国边塞关隘辞赋之先河，《函谷关赋》等名作，奠定了李尤东汉名家的地位，使其被誉为“历代关塞赋之祖”。

随着东汉国力的逐渐衰弱，加上东汉帝王普遍短命的现实，东汉王朝无论在气象上还是开拓性上，均无法与西汉相比；随着经学传统从上到下网罗、控制全国人才，精深研究经学著作的学者越来越多，他们的理性思维得到长足发展，但在感性思维上，在走出书斋感悟山川自然的灵气上，在胸怀博大与独特的语言原创上，东汉作家更多的是对西汉作家的模仿，东汉文学已经不能像西汉文学那样具有生命活力与创造性了。

李尤生在这样一个环境中，是他的幸福：前有乡人司马相如等作为榜样，汉和帝时，侍中贾逵推荐他的文章有司马相如、扬雄的风格，被召至京城洛阳，撰《函谷关》《辟雍》《德阳殿》《平乐观》《东观》诸观赋、铭，拜为兰台令史。这使得他的学习、成长道路十分顺利，在以文章显名的同时，轻而易举就到了中央政府，这是扬雄等人难以匹敌的。另外，李尤官运亨通，汉和帝时，拜兰台令史，后来，官拜谏议大夫；汉顺帝时，拜乐安相。皇帝废立太子，他可以上书进谏；组织编写《东观汉记》，他是主要作家之一。这些都表明李尤的政治生涯很顺利。

文学之路与政治之路都很顺利，加上八十三岁的罕见高寿，李尤是人生大赢家。

《文心雕龙》全面采集了上古伏羲到齐梁年间最杰出的

作家作品，李尤在综合论述九代文学名家及其批评的《才略》篇中被提及，在最能体现他文学成就的《铭箴》篇中作为主要作家出场——这表明，李尤在汉代文学作家中是具有鲜明特色的名家。现录刘勰所论于下：

至如敬通杂器，准矱武铭，而事非其物，繁略违中。崔骃品物，赞多戒少；李尤积篇，义俭辞碎。蓍龟神物，而居博奕之下；衡斛嘉量，而在臼杵之末：曾名品之未暇，何事理之能闲哉！[1]（《铭箴》）

李尤赋铭，志慕鸿裁，而才力沉膇，垂翼不飞。[2]（《才略》）

刘勰以为，李尤的作品，最大的特点是多，最大的缺点是不够精彩。虽然他模仿前代之“鸿裁”，但毕竟时代不一样了，加上个人文学才华与前辈名家有差距，就显得像胖胖的鸟儿一样，体重大了，力量不够，飞不起来了，作品特色不够鲜明突出。但这是东汉经学氛围下整体作品的共同特色，毕竟，像班固、张衡、马融等大赋作家，也就那么几个而已。

近年以来，对李尤的研究越来越多，不仅《巴蜀文学史》等专著中提到李尤，单研究论文、硕士学位论文、研究课题中也越来越多地开始了对李尤的研究，以下成果是其中的代表：

高英《李尤及其铭文浅论》指出，李尤是东汉时期的著名作家，他也是第一个以铭文为主要写作文体的作家，他的

① 杨明照：《增订文心雕龙校注》，第144页。
② 杨明照：《增订文心雕龙校注》，第582页。

文学作品既有以大一统的铺张大气为特征的赋的特色，又有儒家正统和积极入世的精神，兼济道家学说的个人色彩，使他众多的文学作品在文学史上别具风采。[①] 在赋体之外，李尤最擅长的就是铭体，大约有八十来篇，该文专论铭体，将李尤在这一体裁上的杰出贡献揭示出来。

《汉代作家李尤初探》指出，后汉文学家李尤在铭体上做过许多尝试。他的生平、作品除前人所辑，还可以收集到一些片段，其作品以“存雅却郑”的儒家正统思想为主题，但词采匮乏却使他达不到“文质彬彬”的高度，因此成就不高。其主要成就在于开拓了铭的范围，使铭成为一种普遍的文学体裁。[②] 该文从若干角度综合论述了李尤文学作品及其思想价值、时代背景、历史成就等内容，是一篇很好的论文。

在上述单篇论文之外，还有几篇硕士学位论文也比较有特色：

郭晓瑜《论李尤赋、铭的继承与创新》指出，李尤作为东汉中期作家，一生著述颇多，尤以赋、铭为最，虽对其文学创作历史评价不一，却也不能忽视李尤在铭文文体发展上所做出的文学努力和贡献。李尤处在一个上承下继的时代，其作品主要有歌功颂德与立德修身两大主题，体现出尊崇礼制、积极入世的儒家思想和谨守阴阳、顺应四时的道家思想两者互渗的思想特点，更在铭文创作方面不断耕拓尝试，扩展了铭文的题材范围，极大地提高了铭文的文学表现力，推

---

① 高英：《李尤及其铭文浅论》，载于《文教资料》，2010 年第 18 期。

② 千里马论文网：http://www.133229.com/shx/sn/124918.html。本文是不多见的研究李尤及其作品的文章，笔者辑录在此，以飨读者。

动了汉代铭文的发展。目前学界对李尤赋铭的研究较少，留有很大的探讨空间。该文旨在从整体上以李尤赋铭内容为研究对象，对其作品进行系统整理，立足作品来分析李尤创作的思想来源、写作特征及文学成就，结合其艺术和史料价值，从而正确认识李尤在中国古代文学和文化中的地位。[①]

许玲《李尤赋铭与东汉建筑制度》指出，近年来，从文化层面来挖掘汉代赋铭的研究价值逐渐成为文学作品研究的一种新思路。该文即以东汉文人李尤的赋铭为切入点，研究其与东汉建筑制度之间的联系，深化汉代赋铭与汉代建筑制度层面的研究，力求正确认识李尤赋铭在古典文学和文化中的地位，并从中探寻其艺术意义和史料价值。[②] 该文进行了跨学科的比较研究，将文学实录化，学术交叉化，是很有新意的交叉研究。

王彦龙《李尤研究及〈李尤集〉校注》指出，李尤是东汉中期一位颇有成就的作家，但由于历来评论家对其作品评价不高，导致学界对其关注和研究不够。该文上篇主要通过对其生平、著述、文学作品等方面的研究，重新认识李尤及其作品的文学史意义；下篇是对李尤现存所有作品的校勘和注释，以期有补于相关方面的研究。李尤著述颇丰，除现存的九十多篇文学作品以外，他还曾参与撰修史学巨著《东观汉记》；另外，地理学著作《蜀记》很可能也出自李尤之手。李尤先是担任兰台令史之职，后又受命参与撰修《东观汉记》，成为东汉中期兰台文人向东观文人过渡的代表作家之

① 郭晓瑜：《论李尤赋、铭的继承与创新》，西北师范大学硕士学位论文，2016年。

② 许玲：《李尤赋铭与东汉建筑制度》，东北师范大学硕士学位论文，2014年。

一，在东汉文学中心的转移、文学风气的转变中都发挥了一定的作用。总之，承认其贡献、正视其不足，才是对李尤比较公允的评价。[①] 该文从文献实证与历史梳理的角度，实事求是地将李尤文学成就与作品进行了研究与梳理。

第二节 吟咏《函谷关》，边塞赋之祖

李尤在辞赋园林中独具特色的名作，是他的《函谷关赋》，其文曰：

惟皇汉之休烈兮，包八极以据中。混无外之荡荡兮，惟唐典之极崇。万国喜而洞洽兮，何天衢以流通。襟要约之险固兮，制关楗以擒非。其南则有苍梧荔浦，离水谢沭，汇浦零中，以穷海陆。于北则有萧居天井，壶口石陉，贯越代朔，以临胡庭。缘边邪指，阳会玉门，凌测龙堆，或置以□。于西则有随陇武夷，白水江零中沔汉阻曲，路由山泉。奋水辽溢，连潞是经，尔乃周览以泛观兮，历众关以游目。惟夸阔之显丽兮，羌莫盛乎函谷。施雕砻以作好，建峻敞之坚重。殊中外以隔别，翼巍巍之高崇。命尉臣以执钥，统群类之所从。严固守之猛厉，操戈钺而产为聪。蕃镇造而惕息，侯伯过而震忡。惟函谷之初设险，前有姬之苗流。嘉尹喜之望气，知真人之西游。爰物色以庶道，为著书而肯留。自这东迁，秦虎视乎中州文驰齐而惧追，谲鸡鸣于狗偷。睢背魏而西逝，托衾衣以免搜。大汉承弊以建德，革厥

① 王彦龙：《李尤研究及〈李尤集〉校注》，西北大学硕士学位论文，2015 年。

旧而运修准令宜以就制，因兹势以立基。盖可以诘非司邪，括执喉咽。季末荒戍，堕阙有年。天闵群黎，命我圣君。稽符皇乾，孔适河文。中兴再受，二祖同勋。永平承绪，钦明奉循。上罗三关，下列九门。会万国之玉帛，徕百蛮之贡琛。冠盖纷其云合，车马动而雷奔。察言服以有讥，捐麓而勿论。于以廓襟度于神圣，法易简于乾坤。①

章沧授《自古天险函谷关——读李尤〈函谷关赋〉》指出，函谷关自古以天险著称，历代诗文为之咏颂不绝，东汉李尤的《函谷关赋》是最早描写函谷关险要峻雄之势的杰作。李尤这篇赋所写的函谷关是古关，为战国时秦国所设，在今河南灵宝市西南。关前为弘农涧水，河岸峻峭，谷中东西十几里，绝崖壁立，道路仅容一车通过，深险如函，故名函谷。西汉末年的魄嚣曾“请以一丸泥东封函谷关，图王不成，其弊足霸矣”。可以想见其万夫莫开之势。汉武帝元鼎三年（公元前 114 年）移至河南新安县境，距离古关三百里，称新函谷关。这篇赋文可分四段。首段“控引天地”，一笔宕开，从大汉帝国四方的关塞写起。“包八极以据中”的大汉帝国所设立的险关要塞，星罗棋布于天下：南方有苍梧、荔浦、离水、谢沐、汇浦、零中；北方有萧居、天井、壶口、石胫、贯越、代朔；西北边界有阳关、玉门、凌测、龙堆；西边有随陇、武夷、白水、江零。正是凭借这些险要关塞，汉王朝方可“襟要约之险固兮，制关键以擒非”，拥

① （清）严可均：《全后汉文》（第 7 册），北京：商务印书馆，1999 年版，第 50～51 页。

有博大的地域，享有统摄万国的威势，可见，险关的自然屏障对巩固帝国起到了巨大的作用。[①] 与政治、军事、国家局势密切相关本就是文学的重要功能之一，李尤盛赞函谷关的险峻，是对国防军事、山川伟岸的高度赞美与评价。可见，他的作品是务实质朴的作品，而不是汉大赋那样务虚巨丽的作品。

与之相对应，李尤还有一篇铭文，也是赞颂函谷关的：

函谷关铭

函谷险要，襟带喉咽。尹从李老，留作二篇。孟尝离秦，奔骛东征。夜造稽疑，谲以鸡鸣。范雎将入，自盛以橐。元鼎革移，错之新安。舍彼西阻，东即高原。长墉重关，疒固不逾。简易易从，与乾合符。[②]

与之相类似，李尤在许多的铭赋体裁作品创作中，都会将之对应写作，比如观、阙、宫、殿、台等，这些题材，无一不是汉帝国建筑的宏大精品，是国力、物力、人力的综合成就，是建筑、艺术、文学的综合成就。因此，李尤文学作品的价值，最主要的就是为汉帝国的政治、军事、文化、建筑事业歌功颂德、赞美刻镂、粉饰太平，其思想性、艺术性，确实有所不定。

李尤《函谷关赋》是中国文学史上第一篇描写边塞关隘的赋体作品，而且特色鲜明，描写精妙，自此以后，从古至

---

① 章沧授：《自古天险函谷关——读李尤〈函谷关赋〉》，《古典文学知识》，1998年第3期。

② （清）严可均：《全后汉文》（第7册），北京：商务印书馆，1999年版，第56～57页。

今，历代模拟之作层出不穷，比较著名的作品有：

1. 西晋·江统《函谷关赋》

登彼函谷，爰览丘陵，地险逶迤，山冈相承，深壑累降，修岭重升，下杳冥而幽暧，上穹崇而高兴，带以河洛，重以崤阻，经略封畿，因固设险，异服则呵，奇言必捡，遏奸宄于未芽，殿邪伪于萌渐，及文仲之斯废，乃违仁而受贬，圣王制典，盖以防淫，万里顺轨，疆场不侵，抚四夷而守境，岂恃阻于高岑？彼桀纣以颠坠，非山河而不深，顾晋平之爱险，获汝叔之忠箴，鄙魏武之坠志，嘉吴起之弘心，末代陵迟，恶嬴氏之叛涣，乃因兹而自增，下凌上替，山冢卒崩，览孟尝之获免，赖博爱而多宠，惟七国之西征，仰斯阻而震恐，岂？奥险之难犯？将群帅之无勇，咨汉祖之绝关，又见败于？项，尹喜爰处，观妙研精，李老西徂，五千遗声，张禄既入，穰侯乃倾，营陵之出，禀筑田生，卫鞅及商，丧宗摧名，终军弃，拥节飞荣，睹浮伪于末俗，思玄真乎大庭。

2. 唐·阎伯玙《函谷关赋》

函谷天险，弘农邦镇。南据二虢，北荒三晋。洞开一轨，壁立千仞。迳荐双合，梯苔孤峻。世浊先封，道康後顺。远秦塞，近崤陵。幽泉脉脉，断峰棱棱。增障雾杳，聚崾烟凝。高卑异级，坻崿相承。靡届靡究，不骞不崩；实隄防之枢辖，为造化之缄縢。齐之以权衡，危不可得；约之以符玺，信而有征。昏主既废，圣人以兴。慎终于始，欲罢不能。观夫憧憧往来，骖驻成雾。据于石东西十里，临其深前后咫步。建瓴百二之国，扼喉三七之路。幅员既长，城小而固。恃元化之阴骘，望彝伦之攸序。于是敕用传，禁弃繻。商君本魏之公子，柱史乃周之臣符。知结草之可守，故习坎以无虞。原夫阻河称深，因山为卫。背宇宙之冲，连阡陌之势。万方纳款，百工献艺。四旁磔攘，诸侯之政典；一丸成功，陪臣之邪说。直指天符，变稊荑之末；横分地维，弛旂旒之赘。聿修纲纪，以遏丑戾。或悬门而不发，殊勇夫之重闭。怀德维宁，将镇其细。既皇汉之辟国，实扃鐍于新安。固之胡易，舍之则难。复襟带于故道，徒赪壤而未干。善孟子之禁暴，恶臧孙之谬官。存古训以是式，庶斯文之不刊。

3. 汉《函谷关赋》[①]

秦有雄关，巍然傲立百年。如狼卧巅，仰天长嗥诸侯颤。闭，百万雄师无策；开，势如破竹一剑。凌逼六国，熊罴顿作鸟兽散。豺旗东顾，函关以东无宫殿。

汉武胸襟，收南山之马以固中原，敛万方之粟以拓天山。君不见，李广鸣镝，卫青扩边，去病万里，杨朴定南。大漠狼烟，长安之风吹熄；汉家公主，辞别以泪洗面。赫赫之功，秦皇亦当谦逊；煌煌之名，一扫先祖羞惭。遂嫌阙下促狭，难以舒足；楼船觅侯，请移函关。当是时，驱辚辚兵车，策萧萧甲马，督十万民夫，移秦关柱石，依龙凤而起汉关。秦时明月，千年垂泪；汉家名城，轮回新安。

嗟夫！雄关巍峨，储长安、洛阳之王气；漫漫古

① 转引自 http://blog.sina.com.cn/tingxiangzhaizhu。

道，接千里崤函之商旅；滔滔水险，荡一涧湍流之豪气；茫茫山峦，举如波如涛之剑戟。锁，闭豫陕之要道，启，开京师之通衢。

汉武驾幸，紫霞苑中飘龙旗；光武赏关，大驾宫前设丹陛；炀帝出巡，龙凤嬉戏醉"显仁"。高宗登临，则天消暑畅"合璧"。紫气蒸腾，天子驻跸耀锦绣；角声笙歌，肃穆铁甲舞羽衣。

汉关城下，九门洞开。浩浩荡荡，漫过帝王华盖；恣肆张扬，碾过贵族车马；凛凛杀气，趟过将士战靴；熙熙攘攘，涌过商人珍奇；踢踏有声，走过农夫草履；长歌过市，游过文士麈驴。噫！驼铃声声，西方珠宝来矣；马声萧萧，中原丝茶往矣。夜光之杯，斟上异域之酒；八方之语，尽见万邦来仪。仰望关阙，睹皇权之赫赫；俯视过客，为名利而期期。

文人学士，际会名城，登临眺望，关山留情。孟迟题咏，希将军能有来者；胡曾怀古，叹田文出关之窘；昌龄击镫，慨唱出塞之曲；严武有诗，犹忆昨夜秋风。李白道中，喻比嵩岳燕山；工部大作，世传《新安吏》名；清人细描，函谷晓月丽景；南海题额，至今高挂西城。嗟夫！吟不完长歌短调，唱不尽汉风唐风。宋人词，明人诗，清人文，今人歌，古今皆曰：汉关最堪唱大风。

狼烟起，鲜血滴，金戈铁马催交替。赤眉悍勇，难移阴识雄关；孙郎霸气，迫走董卓西去；宇文争城，将军亦被夺命；闯王入豫，斩杀皇叔无忌；倭寇命短，落日已近西山；陈谢渡黄，尽扫蒋家王气；星转斗移，盛衰交替，弹洞城壁，汉关默默无有语，但凭风流存史记。

民族复兴，汉关复兴，雄关金鸡将复鸣。待功成之日，登楼祝庆。登斯楼也，难述心旷神怡；万山接广宇，雁阵军伍齐。画阁飞丹，映黄河之波光，檐牙高啄，扬大国之雄奇；城垣漫漫，接散关而去远。涧水清清，传长歌而风靡。刻贤人之诗词，彰今日之朝气，给自然以和谐，煌文化与天齐。日月照福祉，青史记新意。

除《函谷关赋》外，李尤还写有一系列的建筑赋，主要有以下作品：

德阳殿赋

开三阶而参会，错金银于两楹，入青阳而窥总章，历户牖之所经，连壁组之润漫，杂虬文之蜿蜒，尔乃周阁回匝，峻楼临门，朱阙岩岩，嵯峨鲍云，青琐禁门，廊庑翼翼，华虫诡异，密采珍缛，达兰林以西通，中方池而特立，果竹郁茂以蓁蓁，鸿雁沛裔而来集，德阳之北，斯曰濯龙，蒲蒟安石，蔓延蒙笼，橘柚含桃，甘果成丛，文□曜水，光映煌煌。①

德阳殿是汉代洛阳北宫的宫殿名，是北宫最大的宫殿，高大雄伟，据称在离洛阳四十三里的偃师城，可望见德阳殿及朱雀阙郁郁与天相连。《后汉书》中说德阳殿“可容万人，

① （清）严可均：《全后汉文》（第7册），北京：商务印书馆，1999年版，第51～52页。

周旋容万人。陛高二丈，皆文石作坛，激沼水于殿下，画屋朱梁，玉阶金柱，刻缕作宫掖之好，厕以青翁翠”。可见德阳殿修建得多么宏伟。李尤《德阳殿赋》是历史上对这一宏伟建筑进行歌颂的第一篇作品。与之对应的有《德阳殿铭》，文曰：

皇穹垂象，以示帝王，紫微之则，弘诞弥光，大汉体天，承以德阳，崇弘高丽，苞受万方，内综朝贡，外侯遐荒，陈徐陵太极殿铭曰：夫紫盖黄旗，扬都之王气长久，虎踞龙蟠，金陵之地体贞固，天居爽垲，大寝尊严，高应瑞门，仰模营室，归于有德，譬彼河图，传我休明，义同商鼎，太极殿者，法互象冗[1]，王者之位以尊，左平右墄，天子之堂为贵，往朝煨烬，多历年所，世道隆平，宜其休复，监军邹子度启称，即日忽有一大梓柱，从流来泊，在後渚岸，嵯峨容与，若汉水之仙槎，摇漾波涛，似新亭之龙刹，孤拔灵山，允彰天贶，昔梁氏承圣，将图缮修，东虏窥江，西胡犯毕，定之方中，亟兴师旅，揆之以日，辄有灾故，是知秦人所止，实汉祖而为宫，吴都佳气，乃元皇而斯宅，千栌赫弈，万栱崚层，植绿芰而动微风，舒丹莲而制流火，甘泉远望，睹正殿之峥嵘，函谷遥看，美皇居之佳丽，信可以齐三光而示宇宙，会万国而朝诸侯，爰命微臣，乃为铭曰：雍畤相望，参差未央，偃师回顾，崔嵬德阳，高扪太一，正睹瑶光，瓘瓘灵柱，赫赫流樟，美矣宫室，嘉哉令日，御扆垂旒，当朝靖跸，乐备韶夏，礼兼文质，

① 互，《初学记》卷二十四作氐。冗，《初学记》作亢。

帝旅无喧，王旗斯谧，肃肃卿士，邕邕承弼，汉座雕屏，周人槛檽，城隅有勒，殿省皆铭，况复皇寝，宜昭国经，方流典训，永树天廷。[①]

李尤曾作为主要成员，参加集体撰述的《东观汉记》，于是写下了《东观赋》这篇名文，其文曰：

臣虽顽卤，慕《小雅·斯干》叹咏之美。敷华实于雍堂，集幹质于东观。东观之艺，孽孽洋洋。上承重阁，下属周廊。步西蕃以徙倚，好绿树之成行。历东厓之敞坐，庇蔽茅之甘棠。前望云台，后匝德阳。道无隐而不显，书无阙而不陈。览三代而采宜，包郁郁之周文。[②]

与赋文相对应，李尤《东观铭》也很出名，于此不赘。西汉前期，受南方文化的影响，黄老之学、屈宋之赋促成了西汉浪漫文风的形成，在文学艺术各个领域均有不同程度的反映。东汉以来，文人学士逐渐集中到京城洛阳，集中到东观。他们以按实而录的修史传统从事文学创作，逐渐将文学兴趣转移到以征实为主的“京殿苑猎、述行序志”的辞赋创作中，体国经野，义尚光大。而高门望族的身世背景，奉诏创作的特殊场合，又使得他们的创作表现出一种繁缛壮丽的文学风貌，博喻酿采，高论卓烁。从这个意义上说，考察东汉的学术文化背景，进而探讨东观著作的学术活动及其对东

① （清）严可均：《全后汉文》（第7册），北京：商务印书馆，1999年版，第58页。按：本文有脱漏。

② （清）严可均：《全后汉文》（第7册），北京：商务印书馆，1999年版，第54页。

汉文学创作的深刻影响，对我们全面认识东汉文学创作倾向的形成，确有其独特的认识价值。

东观是东汉宫廷中贮藏档案、典籍和从事校书、著述的处所，位于洛阳南宫，修造年代不可考。建筑高大华丽，最上层高阁十二间，四周殿阁相望，绿树成荫，环境幽雅。章帝、和帝以后，为宫廷收藏图籍档案及修撰史书的主要处所。汉代诸帝十分重视对东观所藏典籍、档案的校阅和整理。永元十三年（101 年）春，和帝刘肇往东观“览书林，阅篇籍”，并“博选术艺之士以充其官”。此后，邓康、马融、李胜等人，先后以校书郎、校书郎中、东观郎等职多次值东观“典校秘书”。其中规模最大的一次是安帝永初四年（110 年），诏令谒者刘珍及五经博士校定东观所藏五经、诸子、传记、百家艺术，整齐脱误，是正文字。后又辟为近臣习读经传的地方。东观的丰富收藏，为汉代史的修撰创造了极其有利的条件。自和帝时起（公元 92 年），班昭、刘珍、李尤、刘毅、边韶、崔寔、伏无忌、蔡邕等名儒硕学，先后奉诏于东观撰修国史，历时百余年，广泛采用本朝档案典籍，陆续撰成《汉记》143 篇（因修撰于东观，世称《东观汉记》）。后遭董卓之乱，破坏严重。

在文学、史学著述与歌功颂德之外，李尤的作品中有一篇很有特色的文章，写的是汉代的官学制度，即《辟雍赋》：

> 辟雍岩岩，规矩圆方，阶序牖闼，双观四张，流水汤汤，造舟为梁，神圣班德，由斯以匡，王公群后，卿士具集，攒罗鳞次，差池杂遝，延忠信之纯一兮，列左右之貂珰，三后八蕃，师尹群卿，加休庆德，称寿上觞，戴甫垂毕，其仪跄跄，是以乾坤所周，八极所要，

夷戎蛮羌，儋耳哀牢，重译响应，抱珍来朝，南金大路，玉象犀龟。[1]

与赋文相对应，李尤的《辟雍铭》也很出名，于此不赘。辟雍，亦作“璧雍”，本为西周天子为教育贵族子弟设立的大学。取其四周有水，形如璧环为名。其学有五，南为成均、北为上庠，东为东序，西为瞽宗，中为辟雍。其中以辟雍为最尊，故统称之。在金文中已见记载。据后人考释，明堂与辟雍实为一事而异名。东汉以后，历代皆有辟雍，除北宋末年作为太学之预备学校外，多为祭祀用。今北京国子监内辟雍，乾隆时造，为皇帝讲学之所。《麦尊》铭文：“在辟雍，王乘于舟为大丰。王射击大龚禽，侯乘于赤旗舟从。”《礼记·王制》：“大学在郊，天子曰辟雍，诸侯曰泮宫。”汉班固《白虎通·辟雍》：“辟者，璧也。象璧圆又以法天，于雍水侧，象教化流行也。”《五经通义》：“天子立辟雍者何？所以行礼乐，宣教化，教导天下之人，使为士君子，养三老，事五更，与诸侯行礼之处也。”东汉李尤《辟雍赋》：“辟雍岩岩，规矩圆方。阶序牖闼，双观四张。流水汤汤，造舟为梁。神圣班德，由斯以匡。”

“辟雍”是古代的一种学宫，男性贵族子弟在里面学习作为一个贵族所需要的各种技艺，如礼仪、音乐、舞蹈、诵诗、写作、射箭、骑马、驾车等，在课程中还有性教育。贵族子弟从 10 岁开始就要寄宿于城内的“小学”，至 15 岁时进入郊外的“辟雍”，换言之，他们从 10 岁“出就外傅”至

① （清）严可均：《全后汉文》（第 7 册），北京：商务印书馆，1999 年版，第 52 页。

20 岁行冠礼表示成年，中间要有 10 年离家在外过集体生活。

在上述赋体作品之外，李尤还写了很多赋体文章和铭体作品，如《平乐观赋》《果赋》，以及《政事论》七篇、《和帝哀策》等著名政论文，还有残缺的《九曲歌》等名篇流传。从数量上来说，李尤是一个创作成果极为丰富的作家，在文学、史学、经学、辞赋、铭文、政论散文等方面都有较多的贡献。限于本书“辞赋研究”的主题，在此不做更多展开。

结　语

总体来看，李尤在辞赋题材的开拓上是有突出贡献的大作家，铭体文章就更不用说了。不足之处在于题材开拓的特殊性不够，辞赋创作的模拟性较多而独创性较少，另外，他不具有前代巴蜀名家那种卓然独立的语言艺术魅力和丰富独特的艺术想象力，他的作品也没有奇思纵意的构思和虚辞滥说的巨丽之美，不属于汉代大赋的范畴，而更多地归于抒情小赋。

参考文献

一、《文心雕龙》专著

范文澜．文心雕龙注［M］．北京：人民文学出版社，1958.

黄霖．文心雕龙汇评［M］．上海：上海古籍出版社，2005.

黄叔琳，辑注，纪昀，评．文心雕龙辑注［M］．北京：中华书局，1957.

李建中．文心雕龙讲演录（附光盘）［M］．桂林：广西师范大学出版社，2007.

李诚．古蜀神话传说与中华文明建构［A］//巴蜀文化研究（第1辑）．成都：巴蜀书社，2004.

李天道．文心雕龙审美心理学［M］．成都：电子科技大学出版社，1996.

林杉．文心雕龙批评论新诠［M］．呼和浩特：内蒙古教育出版社，2002.

刘永济．文心雕龙校释［M］．北京：中华书局，1962.

戚良德．文心雕龙校注通译［M］．上海：上海古籍出版社，2008.

王运熙. 文心雕龙探索（增补本）[M]. 上海：上海古籍出版社，2005.

吴林伯. 文心雕龙义疏 [M]. 武汉：武汉大学出版社，2002.

杨明照. 增订文心雕龙校注（上、下）[M]. 北京：中华书局，2000.

詹锳. 文心雕龙义证（上、中、下）[M]. 上海：上海古籍出版社，1989.

中国《文心雕龙》学会. 《文心雕龙》研究（第一辑）[M]. 北京：北京大学出版社，1995.

祖保泉. 文心雕龙解说 [M]. 合肥：安徽教育出版社，1997.

二、其他著作

班固. 汉书（影印本）[M]. 北京：中华书局，1997.

曾大兴. 文学地理学研究 [M]. 北京：商务印书馆，2012.

柴剑虹，李肇翔. 说文解字（上、下）[M]. 北京：九州出版社，2001.

常璩，撰，刘琳，校注. 华阳国志新校注 [M]. 成都：四川大学出版社，2015.

陈寿. 三国志（影印本）[M]. 北京：中华书局，1997.

成林，程章灿. 西京杂记全译 [M]. 贵阳：贵州人民出版社，1993.

杜佑，撰，王文锦，等，点校. 通典 [M]. 北京：中华书局，1988.

范晔. 后汉书（影印本）[M]. 北京：中华书局，1997.

费振刚. 全汉赋 [M]. 北京：北京大学出版社，1993.

郭绍虞. 中国文学批评史 [M]. 天津：百花文艺出版社，1999.

何建章. 战国策注释 [M]. 北京：中华书局，1990.

逯钦立. 先秦汉魏晋南北朝诗 [M]. 北京：中华书局，1983.

梅新林. 中国古代文学地理形态与演变（上、下）[M]. 上海：复旦大学出版社，2006.

舒大刚. 四川大学古籍整理研究所建所三十周年纪念文集 [M]. 成都：四川大学出版社，2013.

司马迁. 史记（影印本）[M]. 北京：中华书局，1997.

宋衷，注，秦嘉谟，等，辑. 世本八种 [M]. 北京：国家图书馆出版社，2008.

童恩正. 古代的巴蜀 [M]. 重庆：重庆出版社，1998.

汪荣宝. 法言义疏 [M]. 北京：中华书局，1987.

王以宪，张广宝. 法言注释 [M]. 北京：华夏出版社，2002.

向宗鲁. 说苑校证 [M]. 北京：中华书局，1987.

萧统，编，李善，注. 文选 [M]. 北京：中华书局，1989.

徐新建. 西南研究论 [M]. 昆明：云南教育出版社，1992.

许结. 汉代文学思想史 [M]. 北京：人民文学出版社，2010.

严可均. 全上古三代秦汉三国六朝文 [M]. 北京：商

务印书馆，1999.

扬雄，撰，张震泽，校注. 扬雄集校注［M］. 上海：上海古籍出版社，1993.

杨义. 文学地理学会通［M］. 北京：中国社会科学出版社，2013.

殷孟伦. 汉魏六朝百三家集题辞注［M］. 北京：中华书局，2007.

张法. 中国美学史［M］. 成都：四川人民出版社，2006.

张峰屹. 两汉经学与文学思想［M］. 北京：生活·读书·新知三联书店，2014.

章学诚. 文史通义（附校雠通义）［M］. 北京：中华书局，1994.

朱汉民. 湖湘文化与巴蜀文化［M］. 长沙：湖南大学出版社，2013.

三、研究论文

白承锡. 王褒《四子讲德论》之探讨［J］. 辽东学院学报（社会科学版），2004（3）.

邓经武. 巴蜀文化的肇始：神话和上古传说［J］. 西华大学学报（哲学社会科学版），2004（5）.

高英. 李尤及其铭文浅论［J］. 文教资料，2010（18）.

高林广. 文心雕龙的司马相如辞赋批评［J］. 内蒙古师范大学学报（哲学社会科学版），2012（3）.

郭晓瑜. 论李尤赋、铭的继承与创新［D］. 西安：西北师范大学，2016.

李诚. 古蜀神话传说与中华文明建构 [J]. 巴蜀文化研究 (1).

李凯. 司马相如文艺思想与儒家文艺思想大相径庭吗? [J]. 重庆师范大学学报 (哲学社会科学版), 2012 (1).

李凯. 司马相如与巴蜀文学范式 [J]. 四川师范大学学报 (社会科学版), 2005 (2).

李殿元. 司马相如: 西汉边疆开拓的杰出战略家与实践者 [J]. 文史杂志, 2017 (6).

梁启勇. 责须髯奴辞校注 [J]. 湖北成人教育学院学报, 2010 (4).

林向. 巴蜀文化辨正 [J]. 华中师范大学学报 (人文社会科学版), 2005 (7).

祁和晖. 华夏儿女的人文故乡: "江源" 胜地历史回顾——并说大禹开启古代中国人的 "小康梦" [J]. 地方文化研究, 2014 (8).

乔守春. 刘勰二梦析论 [J]. 北京青年政治学院学报, 2008 (2).

邵小龙, 谢小刚. 扬雄《蜀都赋》未入《文选》探赜 [J]. 北京社会科学, 2015 (10).

谭继和. 巴蜀文化共同体的形成与发展 [J]. 西华大学学报 (哲学社会科学版), 2009 (6).

陶礼天. 文化传统与《文心雕龙》之性质略论 [J]. 学术前沿, 2008 (1).

陶礼天. 文心雕龙文学地理批评思想研究 (上篇) [Z]. 中国文心雕龙学会第十四次年会论文集, 2017 (8).

王怀成. 扬雄《蜀都赋》之征实性略考 [J]. 社科纵横

（新理论版），2009（2）.

王彦龙. 李尤研究及《李尤集》校注［D］. 西安：西北大学，2015.

吴明贤. 扬雄、左思《蜀都赋》比较［J］. 四川师范大学学报（社会科学版），2005（1）.

熊良智. 扬雄《蜀都赋》释疑［J］. 文献，2010（1）.

徐中舒. 巴蜀文化初论［J］. 四川大学学报（社会科学版），1959（5）.

徐中舒. 巴蜀文化续论［J］. 四川大学学报（社会科学版），1960（3）.

许玲. 李尤赋铭与东汉建筑制度［D］. 长春：东北师范大学，2014.

章沧授. 自古天险函谷关——读李尤《函谷关赋》［J］. 古典文学知识，1998（3）.

后　记

2017年冬，唐雪、李红波两位师姐告诉我：希望能在去岁合作研究《文心雕龙》先秦诸子的基础上，写一部研究纯文学作品的著作，她们已有好的构思和选题，建议从汉代辞赋入手，因为这是特殊而有意义的：汉代巴蜀辞赋大家辈出，是文化复兴、文化自信大背景下巴蜀儿女引以为豪的杰出研究对象，更是影响整个文学史的大家，研究一定会有新意，因为这是从《文心雕龙》的角度出发，而不是从汉文学史、汉楚辞学史、汉代辞赋史论出发展开的研究。

我认为两位师姐的建议是极好的：四川大学有着辉煌的百年“龙学”研究史，涌现了刘咸炘、庞石帚、王利器、杨明照等名家，特别是杨明照先生，他的研究成果具有世界性的声誉，被誉为“龙学泰斗”，四川大学文学与新闻学院在杨先生弟子曹顺庆先生的主持下，博士生必读、必学、必背《文心雕龙》，两位师姐产生这样的创新研究的思想火花，既是对所学的检视，也是顺理成章的事情。所以，在得到历史学院古籍所陈立军博士从历史文献学、儒学文献学角度提供的坚实支持后，我们一起开始了这一课题的研究工作。历时半年，完成了这本小书，其中：

唐雪、李红波合作负责本书第二、三章的写作，各自完成 80 千字；

陈立军负责全书历史文献、儒学文献整理工作，并负责本书第五章的写作，完成 42 千字；

王万洪完成其余内容。

《文心雕龙》博大精深，体大虑周，难以研究，更难创新研究，这一点我们是知道的。但是，四川大学自杨明照先生仙逝之后，已经逐渐退出了全国“龙学”研究的重镇位置，我们四位作者作为四川大学一手培养出来的学生，愿意继往开来，做一点事情，将川大的“龙学”研究继续下去。

但是，我们的学术实力实在不够，所以本书的错漏一定会很多。在此，我们请求各位读者朋友：请一定严格要求我们，如有错漏，请一定不吝指出！您的批评，将促使我们成长！

王万洪　唐　雪　李红波　陈立军

2018 年 3 月 28 日